2023
铸牢中华民族共同体意识
中国少数民族文学之星丛书

青 寨

张雪云 著

作家出版社

图书在版编目（CIP）数据

青寨 / 张雪云著． -- 北京：作家出版社，2023.11
（中国少数民族文学之星丛书·2023年卷）
ISBN 978-7-5212-2511-2

Ⅰ.①青… Ⅱ.①张… Ⅲ.①散文集-中国-当代 Ⅳ.①I267

中国国家版本馆CIP数据核字（2023）第179327号

青　寨

作　　　者：	张雪云
责任编辑：	李亚梓
特约编辑：	郑　函
装帧设计：	孙惟静
出版发行：	作家出版社有限公司
社　　　址：	北京农展馆南里10号　　邮　编：100125
电话传真：	86-10-65067186（发行中心及邮购部）
	86-10-65004079（总编室）
E-mail：	zuojia@zuojia.net.cn
http://	www.zuojiachubanshe.com
印　　　刷：	唐山玺诚印务有限公司
成品尺寸：	152×230
字　　　数：	251千
印　　　张：	20.75
版　　　次：	2023年11月第1版
印　　　次：	2023年11月第1次印刷
ISBN	978-7-5212-2511-2
定　　　价：	46.00元

作家版图书，版权所有，侵权必究。
作家版图书，印装错误可随时退换。

编委会名单

主　任：邱华栋
副主任：彭学明　黄国辉
编　委：赵兴红　郑　函

以民族的情意,打造文学的星辰

——"中国少数民族文学之星"丛书总序

邱华栋　彭学明

"铸牢中华民族共同体意识——中国少数民族文学之星"丛书是中国作家协会少数民族文学发展工程的项目之一,于2018年开始实施,由中国作家协会创作联络部具体组织落实。出版这套丛书的初衷,是在少数民族文学创作领域贯彻落实习近平文化思想,不断夯实铸牢中华民族共同体意识的文学责任,培养少数民族文学中青年作家,打造少数民族文学精品,为那些已经在少数民族文学界和全国文学界成绩斐然、广有影响的少数民族中青年作家再助一力,再送一程,从而把少数民族文学最优秀的中青年作家集结在一起,以最整齐的队伍、最有力的步伐、最亮丽的身影,走向文学的新高地,迈向文学的高峰,让少数民族文学的星空星光灿烂,少数民族文学的长河奔流不息。以文学的初心,繁荣民族的事业;以民族的情意,打造文学的星辰。

入选"中国少数民族文学之星"丛书的作家,必须是年龄在50岁以下的、在少数民族文学界和全国文学界广有影响的少数民族作家。不管是否出版过文学书籍,只要其作品经过本人申请申报、各团体会员单位推荐报送、专家评审论证和中国作协书记处审批而入选的,中国作协将在出版前为其召开改稿会，请专家为其作品望闻问切，以修改作品存在的不足，减少作品出版后无法弥补的遗憾。待其作品修改好后，由中国作协统一安排出版，并进行广泛的宣传推广。

中国是一个多民族的大家庭。每一个民族都沐浴着党的民族政策的光辉、感受着党的民族政策的温暖，都在党的民族政策关怀下，蓬勃发展，欣欣向荣。在这个伟大的新时代，我们正创造着中华民族的新辉煌。每一个民族的发展与巨变，每一个民族的气象与品质，都给我们提供了生生不息的创作源泉。我们每一个民族作家，都应该以一种民族自豪感，去拥抱我们的民族，以一种民族责任感，为我们的民族奉献。用崇高的文学理想，去书写民族的幸福与荣光、讴歌民族的伟大与高尚；以文学的民族情怀，去观照民族的人心与人生、传递民族的精神与力量。

我们期待每一位少数民族作家，都能够到火热的生活中去，到广大的人民中去，立心，扎根，有为，为初心千回百转，为文学千锤百炼，写出拿得出、立得住、走得远、留得下的文学精品。不负时代。不负民族。不负使命。

目 录

从蓝渡到青寨　　叶梅　/1

第一辑　家园：吾乡斯土

想把故乡再爱一遍　/3

青寨里的腔调　/7

埋伏在我中年的河流　/17

月照兰草溪　/23

近处的泸溪　/29

五宝田的时刻　/35

闲时立黄昏　/44

树树皆秋色　/49

最初的尘埃　/53

没有一块土地是慌张的　/60

第二辑　凝眸：停云时雨

五月辰河看龙舟　/67

回到惹巴拉　/83

腊尔山的风　/89

比耳斫竹编青篮　/97

齿痕　/107

吾心吾愿　/111

舍南舍北皆春水　/115

路过春天的树林　/120

小枫溪的三月　/125

父亲的蓝溪，母亲的沅河　/132

水岸的狗尾草　/137

第三辑　传承：灯火可亲

踏虎凿花　/149

阳春里的阳戏　/154

素心素绣　/161

西兰卡普　/167

花瑶之花　/171

跳花灯操的孩子　/180

芷兮胡杨　/188

春天的苗鼓响起来　/199

密基撒之语　/204

丝丝入弦　/215

摆手成舞　/224

第四辑　回望：山河远阔

一脉江流下洞庭　/233

城邑居千年　/246

时间沿岸的村庄　/253

烟火老街区　/262

以春天的名义　/269

江皋月华云渺苍　/275

四十八寨赶歌会　/287

昭山隐　/297

潇湘行记　/303

清风与归　/308

后记：一个人悄悄地铭记　/312

从蓝渡到青寨

叶 梅

张雪云曾以散文集《蓝渡》入选中华文学基金会"21世纪文学之星丛书",那是她对家乡的守望,也是她从一条小小的蓝溪出发,寻见光阴的渡口,渡人,也渡己。每个人心中都有一个属于自己的渡口,从此岸到彼岸,她为更多的人划起了摆渡船。

四年后,她的另一部散文集《青寨》又入选了中国作协2023年度"铸牢中华民族共同体意识·中国少数民族文学之星丛书",依然是以大湘西地域文化为背景的书写,而她心灵中的蓝溪已经朝向大江大河,一个个时间沿岸的村庄正在蓬勃生长,她将自己浸透乡愁的灵魂融入到大湘西的村寨,以一个游子的深情,描述着乡土生命的姿态、声音和温度,寄予了真挚的凝思及发现。

在张雪云笔下的青寨里,唱着"顿顿腔"或"高山腔"的男女老少,让劳作的日子有了悠扬的腔调,深远的苗族古歌暗含着一个多灾多难不断迁徙的民族沧桑,土家先民的生活歌谣在摆手堂前如山野的天籁唱响。还有那些峰回路转的咚咚喹,总是摇荡着人们的心旌,红灯万盏人千叠的摆手舞,汇成人神共娱的狂欢。青寨的唢呐声里,人们会忙着守秋、赶秋、晒秋,平常的四季也有响彻行云,激昂铿锵。来往于青寨的木匠、岩匠、篾匠、铁匠、银匠、瓦匠、箍桶匠，用一双双长满厚茧而又灵巧的手，将每一个日子都刀削斧劈、锤打淬炼得形形色色，有模有样。

　　青寨十足地浓缩了湘西村寨的影像，是由张雪云的彩笔不断描画、完善的村庄：一条清浅的小溪从寨子弯弯绕绕地穿过，寨子先前多是木屋小院，青瓦覆顶，远山青黛隐隐，近水青碧迢迢，男人喜欢穿藏青色的对襟上衣，上了年纪的女人喜欢包青丝头帕，偶有院墙，也是青砖砌就。山间多水雾，多青色烟雨，五大三粗的男人平常吃饭，多喜欢端了青花大瓷碗蹲在门槛上扒拉。山间的青，天空的蓝，都是作者喜欢的颜色。因为"雨过天青云破处，这般颜色做将来"，因为汝瓷般的"青如天，面如玉，蝉翼纹，晨星稀，芝麻支钉釉"，便一直在与"天青色等烟雨，而我在等你"的想象中，暗暗地给家乡的村子取了个只属于她的名字：青寨。

　　《青寨》全书分为"家园：吾乡斯土。凝眸：停云时雨。传承：灯火可亲。回望：山河远阔"四个小辑，以大湘西地域和民俗文化作为新时代乡土书写的主体，同时又超越地域局限，延展至整个湖湘大地。张雪云以灵动细腻的散文叙事，见证那方青碧山水的乡土，洞见石火电光的时代，以"我写、我在"的姿态，以时间为经，空间为纬，侧重于乡村微距式的探寻，透示出乡村人物的坚韧秉性，乡村风物的沧桑奇美，以及蕴藏其间的厚重文化。

　　《青寨》的视野多维与多元，在她所朝向的村庄、城市、河流、山脉之间，渗透融浸作者精神世界的柔性、韧性、广度和深度，散发着质朴而灵动的气质与味道。张雪云的散文写作一直保持着属于自己文章特有的调性，时而奔腾澎湃，时而温婉清丽，有飘逸也有简练雅洁。她对语言的驾驭显出一种经过锤炼之后的精美，是一种不脱本色的语言，朴素自然又流畅灵动，无论绘景状物或是叙事记人，似乎是信笔写来，但却总能给平常的文字赋予一种不寻常的韵味，使之绘景见情，状物得意，叙事成趣，写人出神，又可谓朴而不拙，素而见美，空灵跳脱且馥郁芬芳，在娓娓道来中含蓄着丰厚的底蕴和雅致。

张雪云试图以她的村庄写出一个人或者一群人的史诗，写出湖湘大地上人们的喜怒哀乐，春夏秋冬，万物日复一日的生长。她的乡土书写并不总是田园牧歌，更不仅是小女子的乡愁，且能体现出广阔的社会生活及个体生命的情感和命运，折射出新时代中国城乡的变迁。

新的时代来临，青寨已逐渐告别从前的封闭、落后和贫穷，现代农业观念下的生态保护、绿色发展已成为时尚。放眼处，可见高山峡谷、小桥流水间的村庄田园，也可见民俗民宿、高铁机场的旧貌换新颜。群峰沟壑，磅礴俊秀，隐藏于山间的土家山寨、苗疆古城，让人流连忘返。寨子里的街道两旁兴建了新式楼房，商铺鳞次栉比，动感强烈的流行音乐中，休闲绿地上的人们跳起了愉悦的广场舞。月明星稀的夜晚，家家户户的窗户里映出明亮的灯光，人们看电视、刷视频、聊微信、发抖音、网上购物、带货直播。新的腔调日新月异，老的腔调大多成为国家级非物质文化遗产，有了各自的传承人口传心授，野天野地的腔调先后登上了大雅之堂，帷幕高悬，辰音津渡，于灯火阑珊处推陈出新。

时光如水，在大自然的一次次轮回中，一个人和一个村庄，命运相互栖息，相互依存，每个人的存在，都是微小而具体的，却又挟带着更加真实和强劲的命运感，更加接近生存与时态的本质，个人的命运，便也是村庄的命运，民族的命运。从教师到作家的张雪云，努力潜下身子，深入乡野匍匐于乡土，钩沉头角，她期待淬炼生命的意义，晕染生活的美好，开掘湘西人的精神图腾；在乡村与城市，传统与现代今昔变化发展中，参悟彼此碰撞融合的生存哲学，描绘出有血有肉、有风有雨、有幸福也有磨难的乡村地理，勾画出线条分明的轮廓，还有生生不息的灵魂。

这或许，就是灵秀如云，心地似雪，骨子里又含着一股倔强执着的张雪云对家乡的回报。她是村庄的一部分，村庄亦是她的一部分，她对故乡的爱与书写，对湖湘精神的追寻与传承，将是她朝向未来的梦想，一如流过青寨的蓝溪，潺潺不断。庄子有言："山林与，皋壤与，使我欣欣然而乐与。"一位欣然投入家乡的作家因为热爱而丰盈，想看见远方的人，才能看见更广阔的世界；而看过远方的人，也才会最懂得诗画一般的乡村，见山光，见潭影，悦鸟性；见天地，见万物，遇苍茫的自己。

从蓝渡到青寨，在天青色的薄烟淡雾里，于是有了这些文字里的青寨，青寨里的文字。这是张雪云写给乡村故园、血缘亲情，写给人文自然、历史记忆，写给自己的过去与未来，也是写给时间停留在人间的另一种形态。

第一辑

家园：吾乡斯土

山寨苏醒的时候，是打着哈欠的，呵出一团青青的云雾，呵出一湾浅浅的小溪，哗哗啦啦的山泉，唱了一昼夜山歌。半坡上，也有阿姐亮亮的歌声响起，每一声腔调都温温热热的，仿佛可以把人的灵魂带走，往那幽深的寂静里去。

第一辑　家园：吾乡斯土

想把故乡再爱一遍

　　时节小雨，草木蔓发，在冬与春的接驳处，眼前温厚的土地，发出青绿青绿的光，一树树新芽，萌生在村庄最隐秘的地方。

　　乡村，开始湿润。

　　累累尘埃中，心灵之外，皆是异乡。一个游子，对于故乡的思恋，如同旧疾，偶有发作。望峰息心，窥谷忘返。只有回到自己的村庄，一颗流浪不定的心，才得以安抚。

　　庄子言："山林与，皋壤与，使我欣欣然而乐与。"一个人，要走多远的路才算离开家乡？又要走多远的路，才能回到家乡？回望家山路八千，烽烟横海浪连天。无论走得多远多近，心心念念的，依然还是家乡这方熟悉的山水。那些平凡而又琐碎的乡村记忆，有新的，也有旧的，有喜欢的，也有忧伤的，一幅幅，一帧帧，宏大的，细微的，都在烟熏火燎中，一股脑儿地承载着一个人的乡愁地理。

　　悬浮在城里，有时像一只困兽，心在无谓地东蹿西跳，晃晃荡荡，一天似乎漫长得很。多余的时光，常常用来怀旧。怀旧，也并没什么不好，我所怀念的大湘西还好吗？青寨山水还青得痴心绿得醉人吗？蓝溪水边的大柳树发出嫩芽了吗？凤凰山脚的樱桃花开满山坡了吗？小枫溪水漫过木桥了吗？祝家坪的农田春耕又进行得如何？一蓑烟雨是否润了千山万壑？一树桃李是否点燃了整个春天？此时的窗外，春色明亮，绿化道两边的山茶花开得鲜红，一袭盛世繁华，一幅锦绣模样。但我总觉得这样不接地气的春，没有泥土芬芳的春，终是少了一些春天真正的味道。

记忆里，一直有这样一个画面，画面里有这样一个清晨，清晨里有这样一个村寨：山青着山，水绿着水，水天一接处，村庄连着村庄，小桥连着小桥，禾苗偎依着禾苗，山风温柔，绿水涟漪，青蔚一片。一些在半山坡上兀自生长出的寨子，一家挨着一家，屋檐重着屋檐，错落有致地爬满了半个山头。寨子是烟熏过的半旧的寨子，是活过半个多世纪的老人的寨子，是被云雾和大雪闭锁了的寨子，既陈旧，又新鲜，美得让人心痛。山上山下，寨里寨外，田畴肥沃，鸡犬相闻，百姓劳作，邻里和乐，乡风醇厚。一河大水边，一位穿着苗服的女子，孑孑而行，眺望上行船的白帆，聆听下行船摇橹的歌声，天空高远，山河清丽。

大自然的一次次轮回，时光不可回避。或许，探究人生归去来的课题，过于宽泛而复杂。一个人和一个村庄相比，一个村庄的命运又该如何呢？难道一个村庄的命运，不应该是和人的命运相互栖息、相互依存的吗？人到中年，惯看了春花秋月，四季交替，闲着的时候，我总在凝思遐想。有人说，一个深刻的灵魂，即使痛苦，也是美的。这大概是黑格尔说的。其实，我们这一辈子，即便够不上深刻，却也在纷纭的尘世中抵抗着种种矛盾与纠结，大概也是注定要做一个痛苦而美着的人吧。

时代的洪流裹挟着人的分分秒秒，容不得人慢慢吞吞地细思细想。事实上，我们恰恰需要的是少想多做，用水做的柔眼去发现，用山做的峭笔去记录，用敏锐的心灵去感应。因为，眼下的一切，也许是有些不一样了，也应该是有些不一样了，江河旋律，乡村生长，并不会比城市缓慢。

我是山里的孩子，其实我们的祖先都是的，山里的孩子，是大山忠实的守护者，是溪水的小伙伴，是鸟雀的崇拜者，是土地的耕耘者。只要你去到乡村，去到离自然最近的地方，去到有绿树、有田畴、有风、有月、有明天的地方——一切，美皆从中溢出来，内心想要的，乡土大地，清风明月，都能给到你，万物有灵，万物有情，众生太美。

旷野过后仍是旷野，道路尽头仍是道路。我需要抒写，来见证这方水土，洞见这个时代，朝着有翅膀的事物喊叫，潜下身子，深入乡野，钩沉头角。我得淬炼生活的意义，晕染生活的美好，匍匐于乡土，将乡人骨子里的坚韧，湘西人的精神图腾，乡村风物沧桑之美的固守，乡村与城市，传统与现代，彼此碰撞融合的生存哲学，心灵轨迹与生命感悟互为一体的智性力量，在今昔变化发展中，让流淌出的一个又一个有血有肉、有风有雨、有幸福也有痛苦的乡村地理，不仅具备乡村线条分明的轮廓，还能具备生生不息的乡村灵魂。

帕慕克说：在我们的一生中，会发生成千上万件被忽略的小事，只有文字才能让我们意识到它们的存在。书写是重要的，一堆细致繁密的生活场景，不断推拉摇移，淡入淡出，成为主调。每个人的存在，都是微小而具体的，却又挟带着一股更加真实和强劲的命运感，让遇见它的人们更可以接近生存与时态的本质。这或许，是小小的我，对这个时代、对家乡、对生活的一种态度、一种传承。我是村庄的一部分，村庄亦是我的一部分，我与故乡，须臾不可分离。爱与书写，最大可能的，将是我未来的方向，一如流向村庄这条河流的方向。

水岸溪涧，草垛累累，梯田层层，一脉大山相依相随，流年溢香的村庄，是父亲的家园，是母亲的家园，也正是我的心灵故园。回到乡村，遇见的，无论是谁，都是我的乡亲；笔下抒写的他们，无论是谁，我也都视为亲人。为了这一份踏踏实实的信赖，一份并不需要经营的情意，我得继续走下去、写下去。

年已过，春尚浅，春风大雅何时归？现在，也许，还需要一场暖暖的春雪，如白白净净的铺天盖地的被子，用来孵化这些安安静静的等待，于山川万物之中，修得一份豁达；于生活的洪流之上，修得一份安然与自在。

一个底蕴深厚的乡村，即使看似暂时落后，骨子里，也应该是美好的，是生长的，是充满希望的。沟谷溪涧，吊角楼里，生长炊烟，也生长野天野地的山歌，生长各种各样的腔调。这里寻找不出远逝的繁华，只有被热血和汗水漂洗过的将来。记得，这是一位老人说的，可惜，说这句话的老人，已经看不到如今大湘西的山乡巨变了，而我，总想替他看到，替他感受，于是，天青色的薄烟淡雾里，就有了这些文字里的青寨，青寨里的文字。

烟火燃亮全城，焐不热一颗游子的心，山河远阔，凝眸吾乡斯土，依然灯火可亲。一些春天归来的信讯，正在匆匆赶赴的路上，我的心随了万家灯火也开始五彩缤纷：我想把故乡再好好地爱一遍，用整个很贵很贵的余生。

青寨里的腔调

大山里头，小溪之上，每一个属于大湘西的村庄，包括我的青寨，毫无疑问都有着格里格外的一种腔调与模样。

你看，爬满青藤丝瓜秧的墙头，矮塌塌的，藤须缠绕攀附在墙隙什物，很快，墙隙蛐蛐"唧唧唧"的叫声，就有了丝瓜藤的色彩与形状，尖翠翠的，绕来绕去。开满南瓜花的柴垛边，三三两两的老母鸡"咯咯哒，咯咯哒"地鸣叫，声音由浅黄而深黄，由明黄而土黄，像是喇叭似的南瓜花吹出来的，色泽渐次繁复，高底起伏不断。木屋小院厢房下的大黄狗，也耐不住性子，从趴着的猪食槽边欠起身，懒懒地伸了伸腰，昂头竖耳，朝着屋对面的山垭"汪汪汪"地吠出几声，响亮得像鼓点，带动了整个村庄开始苏醒的节奏。

风来风去，云卷云飞。屋前屋后橘柚树的叶子或婆娑或翻卷，奔涌招摇成阵阵绿涛，此时，家家户户的木门吱吱呀呀地响了起来，男人劈柴的劈柴，挑水的挑水，女人则生火做饭，在灶台前侧着头朝灶内的火籽吹气，将微弱的火星一点点吹得火红光亮，不一会儿，灶台、屋顶的炊烟便袅了起来，整个青寨风吹鸟鸣、鸡鸣狗吠、牛羊出栏、嫩芽拱土、菜花绽放、蟋蚰掘壤等各种各样的声音此起彼伏，错杂成晨间特有的交响。

　　青寨，这是我为村庄起的一个私藏的名字，我觉得之前的名字都没有这个名字好听，为村庄起一个自己想要的名字，或者说塑造一个自己想要的村庄，隐隐约约，我觉得自己有点小贪心。

　　你看，一条清浅的蓝溪从寨子中央弯弯绕绕地穿过，寨子并没有齐齐整整的规模，零零星星的，先前多是木屋小院，青瓦覆顶，远山青黛隐隐，近水青碧迢迢，男人喜欢穿藏青色的对襟上衣，上了年纪的女人喜欢包青丝头帕，偶有院墙，也是青砖砌就。山间多水雾，多青色烟雨，五大三粗的男人平常吃饭，多喜欢端了青花大瓷碗蹲在门槛上扒拉。后来，知道了"雨过天青云破处，这般颜色做将来"的典故，知道了汝瓷的"青如天，面如玉，蝉翼纹，晨星稀，芝麻支钉釉"，又听了"天青色等烟雨，而我在等你"的歌，于是心里便暗暗地给村子取了个只属于我一个人的名字：青寨。

　　清澈如秋空，宁静似深海，素砖青瓦下，两小无猜，桨声欸乃中，青梅竹马，小溪头浣轻纱，荷叶下唱采莲，各种青出于蓝而胜于蓝的事事物物，在心底扎了根，破了土，发了芽。青天云畔，渚洲水汀，一招一式，一板一眼，此去经年，无论身在杏花春雨的江南，或是骏马秋风的塞北，无论置身于草长莺飞的春天，乱花照眼的盛夏，或是落叶纷飞的深秋，泥炉微火的寒冬，青寨，都随了一丛花香，一阵蜂鸣，一声腔调，魅惑我整个笑青吟翠的生命。

　　既然名字是我为之起的，那么青寨就是我的，至少，是我一个人的心灵乐土，必然有我喜欢的腔调和模样，承载着我对乡村生活的情感与向往。

　　在我的青寨里，有汉族，有苗族，也有土家族，平常穿衣吃饭并无明显区别，只有到了特定的时候扯起喉咙东敲西唱，方才有了心性上的区分。我们一家都是苗族，可是，我自己并没有穿过苗服，也不会说苗语，唱苗歌，与当地的汉人生活习性已无二致，只是每次看到苗家姑娘戴着亮晃晃的银饰，环佩叮当，将整个世界的美好穿戴在身上，就会感到特别的亲切，特别的羡慕。

"无银无花，不成姑娘。"我记得母亲的陪嫁品里是有过精美银饰的，其中一只"锦鸡高鸣"的发簪非常漂亮传神，还有一对银手镯、银耳环，母亲戴过很多年。可惜的是，有一年，我与姐姐因读书需要学费，母亲忍痛将它们换掉了，没有了银饰的母亲沉默了好几天，但看看我们高高兴兴地上学堂，又悄悄笑了。

一块块悄无声息的银锭，经过铸炼、锤打、拉丝、搓丝、掐丝、镶嵌加固、清洗等道道工艺，加工成头饰、颈饰、胸饰、手饰、背饰、腰饰等多种饰物，且多半会配有响铃，成为"穿在身上的史诗"。这样，在漫长的兴衰荣辱中，无论走得多远，多久，都能在这种响声中找到迁徙的先祖，找到回家的路。如今，生活富足了，每逢重大的节日或是婚嫁等重要时刻，年轻的苗家女子都会佩戴全套的银饰，盛装出席。头戴银冠，项饰银圈，身着银衣，手配银镯，脚套银链，雍容华贵的银饰，独特艳丽的苗服，无疑成为寨子里一抹最瑰丽的色彩，举手投足间，响铃声声，简直是青山绿水间别样的一处天籁。苗家人天生会走路就会跳舞，会喝水就会喝酒，会说话就会唱歌。农闲吉庆时节，人们往往还会敲击着牛皮大鼓，唱起古老的苗歌，伴随着木叶声、唢呐声、锣鼓声，时而高亢激越，时而浑厚悠扬，人们围着一堆篝火跳起芦笙舞。男人头系青布巾，穿起对襟衫，吹起婉转动听的芦笙曲，女人们则身着精心刺绣的节日盛装，配上白得耀眼的银饰，跳起欢快朴实的舞蹈。坪场里叮当作响的是原生态银饰的歌声，充满金属的质地，曼妙婀娜的是绣裙的翻跹，令人不知今夕何夕，仿佛让人看见远古的蚩尤后代跋山涉水、披荆斩棘、辛苦迁徙的身影……

　　我的青寨，处在峥嵘险峻的武陵山脉与雪峰山脉的交汇之处，波光荡漾的沅江与酉水在这里合二为一，一眼望去，山外有山，山上有山，山搂着水，水抱着山，山水相偎相依，如胶似漆，山水之间有着无尽的柔情蜜意与沧海桑田。很多次，我在梦里都觉得该拿出赤诚的灵魂，给屋前屋后的高山流水做一次祭礼，只要屋后的那棵棕榈树喜欢，池塘里的青蛙喜欢，苦楝树上的麻雀喜欢，田野里的草籽花喜欢，就足够了。彼时，一阵长长的牛角号声在夜空中回响，锣鼓也随之敲响，身着红黑侍佛衣的傩老司将傩具、法杖、司刀、傩铃、绺旗、竹告、牛角等法器一一摆好，戴上天师帽，敲响铜锣、鼓、铙钹，吹起唢呐，供奉起各种圣人、神仙、祖师、法师等傩画，随着古老的傩戏唱腔跳起了酬神娱人的傩舞。傩舞往往集傩祭、傩仪、傩面具、傩歌、傩技、傩戏等为一体，什么土地灵官、关帝圣君、孟姜女、范七郎等，正如王逸在《楚辞章句·九歌序》中所说："昔楚国南郢之邑，沅湘之间，其俗信鬼而好祠。其祠，必作歌舞以乐诸神。"人们不管看不看得见，听不听得懂，都屏声敛气，踮起了脚尖，伸长了脖子，云里雾里，一起神乎其神地肃穆庄严，当看到傩技绝活上刀梯、下油锅、踩红犁、吞刀吐火等表演，又无不伸出长长的舌头，啧啧叹服，称赞不已。

　　我小时跟着父亲看过几回，被钟馗、五道将军、金刚力士、六丁六甲等驱鬼逐邪的神像所吸引，总是缠着父亲叽叽喳喳地东问西问，父亲说，不管三七二十一，反正求的都是风调雨顺、五谷丰登的事儿。憨厚朴实的父亲，其实懂的也不多，他虽然没能成为出色的银匠，为母亲打造出心仪的银饰，倒是成了能帮人起屋做柜，甚至造吊脚楼的高手，多多少少也会几手奇门遁甲的事。父亲说，有些事神秘得很，譬如"辰州三绝"，辰州符，可以画在地上，画在空中，也可以画在水中，画在水碗中，辰州符贴在任何一个地方，都能生效。还有放蛊，分为"情蛊""恨蛊"和"敌蛊"，还有赶尸、封尸，一些老辈子人都曾亲眼见过，玄乎得很。每次我都听得懵懵懂懂，又怯怯地惊骇不已，扯着父亲的衣角丝毫不敢放手。倒是过年时，在堂屋大门贴上钟馗和尉迟恭、秦叔宝门神画像，书写神荼、郁垒字样有趣得多。还有，就是端午时门悬艾叶菖蒲、插桃符，我们小孩子身携雄黄大蒜头，燃芦苣驱鬼，龙舌压时气，朱红点头压灾，包括小孩渡关解劫等傩俗不胜枚举，既让人心跳兴奋，又叫人觉得骇然，似乎寨子里有某种神秘的力量四处弥漫，无所不在，无所不能。

青寨里的腊月，总是热热闹闹的，杀年猪、炕腊肉、推豆腐、酿米酒、贴对联，用榔头似的木槌在石臼里舂糍粑，你一槌我一槌的，香喷喷的节奏，软糯糯的糍粑，所有的喜乐，全在高一声低一声的舂碓声中，散发出诱人的蒿香、酒香、箬叶香与糯米香。山歌里所唱：红糖泡米籽，白糖蘸糍粑；鼎罐煨腊肉，汤锅炖烧酒；围坐八仙桌，闲话壶见底。时不时，还有邻乡邻村打渔鼓的人走村串户，左手竖抱用竹筒做成的渔鼓，右手或滚或抹或弹地击拍鼓面，抑抑扬扬地说东家道西家，边说边唱一些吉祥奉承的话，有时也会即兴临场发挥，诙谐有趣地随口编唱，行云流水般地甩腔甩调，待到来来往往看热闹的人多了，渔鼓便打得更加起劲，一些《包公案》《薛仁贵征东》《隋唐演义》《罗通扫北》等剧目的片段也在屋檐下古朴明快地跳荡起来，像极了流过村中的蓝溪，跌宕起伏而来，又蜿蜒曲折而去。人们纷纷从家中端了撮瓢，瓢中有的是一升或半升米，有的是几对叶子粑粑或几个糯米糍粑，打渔鼓的用包袱裹了，说上一段四言八句作揖道谢，又自在逍遥地去下一个村寨场所。有时，也有三三两两"锵锵锵"打三棒鼓的，一人击鼓唱词，一人锣鼓配乐，一人耍花棒或刀，边打边抛又边唱。花棒有三根，长约一尺，耍时左右各执一根，将另一根抛在空中，左右开弓，击打空中花棒使之不落地，有的也以刀代棒，甚至以五刀代三棒的，锋利的刀子在空中欢欢地跳来跳去，银光闪闪，左右高低穿梭，有艺高胆大的还会突然把刀抛得老高，来一个腾空飞脚，转身外摆，继续接刀上抛，看得人惊心动魄，眼花缭乱，大呼小叫：绝了，绝了！等到众人叫声稍停，敲锣的又是一阵急切切狂猛的鼓点，咚锵咚锵咚咚锵的，从人们头顶、脖颈碾过，每个人从头到脚，每一个手指尖儿，每一根头发梢儿都麻酥酥、颤巍巍的，无论大人或是小孩都热血沸腾地直呼：过瘾，过瘾！

神仙老虎狗，生旦净末丑。在我的青寨，渔鼓和三棒鼓的腔声韵调才刚刚落幕，民间艺人们前脚走，戏班子的后脚就跨了进来。乡亲们真正盼望的好戏、大戏当数正月间的辰河高腔。

尚在腊月间，寨子里德高望重的戏迷，就会到各家各户商量请戏班子的事，人人自觉自愿地，有钱的出钱，有米的出米，有力的出力。因为乡亲们都认为，一年辛辛苦苦地忙到头，理所当然得好好地犒劳犒劳自己，若是没请到戏班子来村里唱上一场，一年算是白劳作了，甚至整个村子会没了喜气，没了盼头，没了颜面。于是，村人各司其职，请的请戏子，扎的扎戏台，到了定下唱戏的日子，青壮劳力早早地集结在村子最大的坪场，将杉条、楠竹、木板、马钉备齐，紧张有序地扎起了临时的舞台，又撑起一面面红红绿绿的旗帜，长长的竹竿悬挂起红红的灯笼，舞台又用青色布幔围了，装饰好底幕、帘幕与侧幕，万事俱备，只欠戏班子的如约而至，这时，"拉大锯，扯大锯，姥姥家唱大戏。接姑娘，请女婿，小外孙子也要去"。村人便会各自通知自家的亲戚六眷，三大姑八大姨的，来村子赶场似的看大戏。

母亲则早早地在灶台忙活，做糖馓、做炒米、炒瓜子、炒花生、炸薯片、炸灯盏窝，等着姨姨与舅舅等一家人的到来。我们小孩子则比谁都心急，迫不及待地提着火笼子，搬了小板凳，早早地去到戏场占位子。没过多久，几乎全村人都扶老携幼倾巢而出，成群结队地呼朋引伴向戏场蜂拥而去，十里八村的人也往这里赶，一时间，寨子里、寨边上都是花花绿绿的人群，很多小商贩也瞅准了时机，在戏场边上支起临时的摊位，卖起各样的香烟、糖果、零食、日杂、布匹，有的还炸起了油条、油饼，蒸起了包子、馒头……

一切准备就绪，就等着一声锣响，好戏上演。就在人们将粗脖子攒了死劲伸得又细又长时，锣鼓响了起来，喧嚣的全场像似接受了某种命令，立马安静得彼此可以听到对方的呼吸，紧接着，唢呐、京胡、二胡、大鼓、小锣、尺板等循序响了起来，铿铿锵锵的，悠悠扬扬的，连戏场边老柳树细长的叶子也听得忘记了凋落，黄黄黑黑的老狗也竖起尖尖的耳朵安静地趴着谛听，目似瞑，意暇甚。千呼万唤中，待到莲步轻移的旦角出场，水袖一甩，似有无数花瓣飘飘曳曳凌空而下，轻风带起衣袂，裙裾飘飘欲飞，兰花指灵动翻转，双臂柔若无骨，身段软如云絮，一双秋波婉转的水眸欲语还休，待开腔，一板一眼，字正腔圆，长歌当哭、长袖善舞，高亢激昂，音域宽广，粗放时，响彻云霄，柔和时，又细若游丝，特别是高八度的花腔延长，委婉清亮，动人之极，仿佛化骨的温柔隔着无数个朝代，只咿呀一声，便倾倒了众生。台下观众，不管懂行或是不懂行，一律陶醉得无法自抑，掌声雷动，齐声高叫：好！妙！

锣鼓齐鸣，管弦齐奏，戏台上，蟒袍凤冠，一个个角色粉墨登场，精美的装扮、优美的唱腔、丰富的表情、优雅的动作，征服了旷天野地里纯朴的乡亲。从《辕门斩子》到《精忠报国》，从《穆桂英挂帅》到《包公铡美案》，从《打金枝》到《女驸马》，乡民们时而被丑角的滑稽搞笑逗得笑岔了气，前俯后仰得差点扭断了腰；时而被青衣的如泣如诉悲伤得泪湿眼眶，台上一声长叹，台下一片唏嘘；时而又为武生翻起的筋斗云、一气呵成的唱念做打拍手称好。虽然我们小孩子并不懂得什么，只晓得钻来钻去凑热闹、看热闹，但从那个时候起，精忠报国的岳飞，胆识过人的穆桂英，百岁挂帅的佘太君，铁面无私的黑脸包公等却在幼小的心灵中埋下了一颗颗活蹦乱跳的种子，对残害忠良的秦桧，抛妻弃子的陈世美，恨不得蹿上台去将其暴打一顿。男人们，年轻一点的，多卷着喇叭筒旱烟吞云吐雾，年长一点的，多撑了长长的黄铜烟袋吧唧吧唧地吸溜。女人们则嗑瓜子、纳鞋垫，东家长西家短地聊天，看到舞台上吹胡子瞪眼睛的黑脸大汉，就会说，好嘿人哟！看到柔腰软腿的花旦，就会说，长得好看，又禁不住朝自家男人斜上一眼，免不了再补上一句，像个败家的妖精。男人也不语，只是愣愣地朝自己堂客看过去，用舌头舔了舔厚厚的嘴唇，假嘎马嘎地笑了笑，眼睛不再直往台上的旦角盯，而是抬了抬眼神，越过旦角的头顶看去，不久，又做贼心虚似的，羞愧地瞟上一眼。

　　后来，过了很多年，我才知道，这包括了高腔、弹腔、低腔和很少部分昆腔在内，而以高腔为主的戏曲，因流行于沅江中上游的辰州、辰河一带，故名"辰河高腔"。因为山高林密，溪流纵横，船工排工、水手纤夫彪悍霸蛮，耕种狩猎、攀山越岭如履平地，民众说话无法细声细嗓，而必得声音高尖，大腔大调，隔山隔水才能听见，因而其乐器，如大鼓、唢呐与锣钹势必浑厚雄壮，听来让人血脉偾张，充满辰河水手和高山猎人的呼喊，具着撕心裂肺的野性；其唱腔，讲究出声、运气、行腔、收声、归韵的吞吐之法，既原始粗犷，豪放明快，又饱和浓郁，澄幽深情。常常演唱的四十八本"目连戏"及《黄金印》《红袍记》《琵琶记》等剧目，又融入弋阳腔、湘西民歌、放排号子、傩腔等而成，既不像京剧的字正腔圆，也不像昆曲的幽雅细腻，而是如高巍宽阔的武陵雪峰、沅江酉水般音域宽广,腔法多变,常在高、中、低音区自由回旋切换,总能给人拨云见山的惊喜,挑战着声腔的极限。一句唱词,往往两低两高,起调较低,中间一字升高,再降低,像是穿梭于激流险滩、高峰低谷之中,最后结尾又回环起伏、激昂悠长。男声用大本嗓演唱,裂金碎玉,响遏行云。女声用高八度花腔演绎,清脆爽朗,游丝缠绵,长于淋漓尽致地抒发悲郁激愤或愁苦哀怨的情绪,如泣如诉,韵味无穷。再加上一台锣鼓半场戏,激越的鼓声如同打雷,铿锵激越,最能激发唤醒人原始雄性的基因,时而雷霆万钧,时而万马奔腾,时而艳阳高照,所有的力量和感情如日出东方喷薄而出。与鼓相配合的是钹,钹和鼓的配合简直是灵与肉、刚与柔、生与死的纠缠争斗,你中有我,我中有你,极富节奏之美、阳刚之美。整个高腔美轮美奂的服饰、爱憎分明的脸谱、极富变化的唱腔,以及跨界超高的视角俯瞰人生百态,从空空荡荡的舞台衍变出气象万千的宇宙空间和时间,积淀出风风雨雨的人生际遇、道德伦理、家国情怀、信仰敬畏,与自己、与山川、与河流、与历史、与天地对话,彰显出人最原始的野性之美与心灵极致的呐喊,不愧为东方戏曲的活化石。

或许是辰河高腔里的忠臣孝子、痴男怨女、战地搏杀、公堂断案,总能拨动人们内心深处最柔软、最隐秘的部位,每个青寨里的人,每个青寨里的人生腔调,都会在舞台上,将自己微微渺渺的一辈子重新活过一遍,于是就有了白天黑夜里始终不渝的由衷热爱。有时在一段如同船要过滩的尾声处,戏班锣鼓手和看戏的村民还要狠狠地帮腔和唱一声,很是吊诡,很是开眼。此时,台上台下早已融为一体,震天震地的敲锣打鼓声、你方唱罢我登场的唱腔声,座无虚席的台下观众说笑呼喊声,小商小贩此起彼伏的叫卖声,青年男女肆无忌惮的嬉戏俏骂声,如芝麻绿豆糯米般掺合在一起,纷杂杂,闹嚷嚷,煞是热闹到了极点。

在城市的夹隙间蛰伏得久了，心心念念的便是青寨里各式各样的腔调，一会儿山明，一会儿水秀，天缘见傩舞，地垄闻辰腔，每一声腔调都温温热热，苍苍凉凉，每一次举手投足都可以把人的魂魄带走，每一处颦笑都可以让人的灵魂轻轻浮起来，往那幽深的寂静里去。

如今我的青寨，也通了高速，和穿行的国道线比肩而立，国道边新建了一条长达约两公里的集镇，一天到晚都是川流不息的路人。车水马龙的街道两旁，各样新式的楼房，大小不一的酒楼，鳞次栉比的铺子，里间悠悠扬扬的多是流行的歌曲，休闲绿地上人们跳起了愉悦的广场舞，月明星稀的夜晚，家家户户的窗户里映出明亮的灯光，人们看电视、刷视频、聊微信、发抖音、网上购物、带货直播，新的腔调日新月异，老的腔调大多成为国家级非物质文化遗产，有了各自的传承人口传心授，野天野地的腔调先后登上了大雅之堂，帷幕高悬，辰音津渡，于灯火阑珊处推陈出新。

回到青寨，回到老旧的时光，老街坊的青石上长满了新生的苔藓，蓝溪的芦苇中鸟鸣啾啾，河滩上一朵朵野花，静静地开着自己的花朵，它们也一样有着自己沉默的腔调，承受着阳光的恩泽、春风的抚慰、夜露的滋润，期待着一场安然绽放的相遇。在风里，在雨里，在光里，我仿佛再次听见苗银苗饰的叮当，木叶声声的悠扬，渔鼓敦厚的回荡，三棒鼓的又唱又耍，傩舞傩歌的铿锵有力，辰河高腔的人声鼎沸，每一声都传递着生命丰沛的活力，每一声都渗出山川大地不朽的精魂，让人心跳怦怦地阅读四季，理解生死，学会感动，找到回家久违的路。

埋伏在我中年的河流

大概每个人的生命里，都有一条属向清晰的河流。

我出生在沅水，每天跨过的，却是湘江。如果说人有第二故乡，湘江算是吧。然而，内心深处，对于我的沅水的眷恋，一直在心里翻腾不息。有人说，沅水就是沈从文先生笔下的长河，支流酉水就是那条满是故事的白河，而长河和白河，居然离我的生命如此之近。

清晨，当阳光从城市中心的高楼攀爬过来，缎子似的，倾泻到我的窗前。起床、洗漱、做早餐，送女儿到校门口，目送她快乐地步入校园。然后，快走慢跑的，到达柑子园公交站台，挤上人满为患的69路公交，从河东往河西，跨过橘子洲大桥，横过湘江，去往上班的文学院。人到中年，每天面对的是日复一日，年复一年，日子像陀螺般快速旋转，让人几乎透不过气来，一切都在喧哗之中。唯有车过湘江时，侧脸看着车窗外博大悠远的河流，心里开始柔肠百折，一些被风吹过的事物，土地一样青绿红紫，寂静而又生生不息。

湘江北去，沅水东流，百川终归入海。每一条河流都有方向，看似不同，其实，归处都一样。沿途是无数的城市、村庄，是无数的烟火人生。每次，当我遥看江心的橘子洲头与远处的岳麓山，一黛远山，一江秋水，几痕江渚，数点白鹭，心里不由得泛起阵阵波澜。临江而望时，只觉天远云邈，山高水阔，烟柳画桥，楚风湘韵，扑面而来。岳麓飞云，衡山雾起，这条南来北往的河流，过昭山而入星城，经三汊矶转西北，至乔口出望城，再过湘阴入洞庭。"江畔长沙驿，相逢缆客船。"屈贾之乡里，楚辞汉赋，文津道岸，惟楚有材，于斯为盛。我所经过的湘江，两岸高楼林立，人群熙来攘往，车辆川流不息，多的是丰赡，是繁华，是富庶，是生机，按道理，我应该融浸其中，甚至"乐不思蜀"才是，事实上，却恰恰相反，每次从河东到河西，我就觉得离家乡、离故土近了一寸（哪怕是小小的一寸），而从河西返河东，就远了那么一大截，每每看到湘江，就不由自主地想到我的沅水，我的蓝溪，我的大湘西，我的父老乡亲。

已经是好几个清明时节，我都没有能回到父亲的山坡，去看望父亲，陪他坐一会儿，与他说说关于湘江、沅水和大伯的事儿。多年前，我正在湘江边的大学求学，父亲因为一场意外，没有留下一句话，永远地走了。父亲究竟会说些什么呢，是寄语还是鞭策，我只能猜测一二，并暗暗把伤心独自吞下。父亲平凡的一生并没有什么可大书大写，甚至乏善可陈，他把他所有的苦辣酸辛与悲喜全部留在了沅水流域边的村子里，留在一条生命的溪流上。他曾说过，想要去看看我上学的湘江的，最终却没能如愿。或许，是我上学回来，说过湘江的大，湘江的美，湘江的富厚，湘江的繁华，鄙夷过沅水的滩多、水急、地瘠、人贫，父亲不相信，总觉得要自己去看一看，才会知晓，才会判断。父亲这辈子没有见过沅水之外的河流。当我把父亲安葬在沅水的支流蓝溪边的后山上，他似乎一抬眼就可以看到对面的青山，碧绿的蓝溪，还有自己一斧头一锉子竖起的老屋，可以看到在老屋里忙碌柴米油盐的妻女，如此，就可以安心、放心，也许还有隐隐的担忧。只是，父亲不知道的是，他日日牵挂的女儿,随着人到中年的漂泊,魂牵梦萦的,早已不是山外的城市、河流,而是家乡的溪水、老屋、炊烟、方言,是谁家起了新屋,盘了媳妇,谁家杀了年猪,添了孙子,是祝家坪田埂上蝈蝈的叫声,是百合村里草莓熟得流汁的时光,是沅水里端阳扒龙船的苞谷子劲,是胜亦赢、败亦赢的帅旗满江横,是五万峰青山做营盘的山乡巨变,是三千里水路可通天的生生不息。

我还来不及明白一些浅显的人生道理,河流就将父亲永远带走了。是父亲走得太早,还是我成长成熟得太慢?有他在世的那些时光里,河流与童年,始终是快乐地流向远方。犹记小时候,恰如沈复在《浮生六记》中所言:"于土墙凹凸处,花台小草丛杂处,常蹲其身,使与台齐,定目细视。以丛草为林,以虫蚁为兽,以土砾凸者为邱,凹者为壑,神游其中,怡然自得……"田间、地头、溪旁、井边,一丛丛的草,一树树的花,一条条的蚯蚓,一只只的蚂蚁,都是我的玩伴。大自然中,每一个在大人看来微不足道、司空见惯的事物,在我眼中都变成了"奇迹",并且兴味盎然将马尾小辫甩来甩去,总想看个究竟,为此,经常耽搁了做作业,忘了回家吃饭,常被父亲骂为不晓得归屋的疯丫头。

"花木知时令,鸟鸣报四时。"大自然中,动物的蛰眠、复苏、始鸣、繁殖、迁徙,植物的萌芽、长叶、开花、结果、凋落,这一切,都随时令而动,周而复始,无不充满神秘与神奇。待到稍大一点,春种秋收、春华秋实、春韭秋菘、春露秋霜、春花秋月……每每读到这些典籍里的美好词汇,又禁不住想入非非,充满未知与期待。再后来,顺着蓝溪,走十余里山路,到了蓝溪汇入沅水的蓝溪口,看船来船往,许多人沿江而来,又沿江而去。风霜,染白了艄公的鬓角;雨雪,漂旧了船娘的青衫,山上的山歌唱起,水里的号子喊起:大河涨水向东流,青浪滩上鬼见愁。或悠扬,或高亢,或缠绵,或劲健,莫不使人感到生命的彼此应答、腔调与力量。而在某些诡谲而隐秘的暗处，无法触摸，也不能窥见的生命背面，我又感到自己无着无落，是如此地蒹葭及眼，既孱弱，又强大；既骇怕，又决绝；既无畏，又怯懦。

一路呼啸而来的成长，阻挡不了一个少年的求知，人生会有更多的河流，蓝溪汇入沅水，沅水就是一个小小少年全部的想象与世界。

沅水，又称沅江，有南北二源：南源马尾河，又称龙头江，源出贵州省都匀县之云雾山鸡冠岭；北源重安江，又称诸梁江，源出贵州麻江县平越间大山，其流域周围均有高山环绕，东以雪峰山与沅水分界，南以苗岭山与柳水分界，西以梵净山与乌江相隔，北以武陵山与澧水为邻。我的家乡——沅陵，在千里沅江的中游，八百里酉水，也就是常常有白鸟飞过的那条河流，在蓝溪口下游十余里的溪子口汇入沅江。家乡为古辰州，素有"湘西门户"之称，是沈从文先生心中"美得让人心痛"的地方，是林则徐赞叹"一县好山留客住，五溪秋水为君清"的地方。由于沅陵处于中国地势从第三阶梯迈上第二阶梯的台阶上，走进沅陵，即走进湘西，高山大岭，可谓步步高升，走出沅陵，即良田美池桑竹之属，沃野膏腴，一马平川。

很多年里，我在大湘西的山山水水里踟蹰，一步一个小脚印，一步一个小命运，从乡村到城市，从城市到乡村，最后又由乡村到城市，一步三折，步步都不容易。城市公园的玉兰花开得正好，乡村田野的油菜花正是簇簇金黄，我打量着湘江两岸那些进城的树，早些的，正努力长成原来的模样，新栽的，尚没适应脚下的土地，正勉力抽出新绿。树下，颇有秩序的芷兰芬芳，如烟的杨柳依依，丝软霞轻时，满心满眼的却是沅水畔的布谷声声、日暮乡关。时不时，我都会怀想，老屋的小青瓦是否还整整齐齐，屋后的棕榈树是否还绿意盎然，田里的一息稻香是否还一直蓊郁，家家户户的炊烟是否还照常升起，每年端午节的艾叶、粽香是否窜了满街满巷，蒙湖里那些生命的喧响是否还生机勃发，那些大自然隐秘的本事是否还依然如初……

我有时候很想写写我的大湘西，写写自己的乡亲，下笔却不知道怎么写了。可能，我们庸庸碌碌度过的这一生，大多数往往都对自己的人生一无所知，又怎么可能知晓和读懂家乡这一片厚厚的土地呢？四十多年前，父母将我带到地处大湘西的这个青绿世界，从此，注定我需要用整个一生的时间，亲近山川河流，找到最好的自己，让自己归来，然后把自己又还给这片土地，这条河流。

在人们心目中，习惯了大湘西的地理和人文属性，即山高路险，交通闭塞，楚风流韵中，多奇谲，多魔幻，诸多民俗，真真假假，虚虚实实，神秘莫测。人们惯常了解的湘西，多停留在沈从文的书里，黄永玉的画里，宋祖英的歌里，美丽与神奇并存，血色与匪性交融。印象中，上山割茅打草时，隔了溪，隔了山，唱着"顿顿腔"或"高山腔"的男女老少，扯天扯地对唱山歌，让面朝黄土背朝天的日子有了悠扬的腔调；赶边边场时，"队队银圈戴满肩，谁家娇女正翩跹"的苗家女孩，将世间的色彩穿戴在身上；高亢尖利的梯玛神歌在漆黑的乡村夜里凄神寒骨；深远的苗族古歌暗含着一个多灾多难不断迁徙的民族沧桑；盘瓠的传说演绎出远古洪荒的脉动；土家先民的生活歌谣在摆手堂前如山野的天籁唱响；成群结队的苗族山歌是不绝的咏叹；飙滩抢滩的船工号子成为山水的绝响；新岁展庆时，此起彼伏的山村镏子声一浪高过一浪；峰回路转的咚咚喹总是摇荡着人们的心旌；新娘哭嫁是岁月凝成的离歌；结草为服，抖肩沉臀的茅古斯舞是五溪蛮地的活化石；红灯万盏人千叠的摆手舞是一场人神共娱的狂欢；苗鼓声声越千年，轰轰隆隆，覆盖大地，席卷长天；绚烂的挑花，经三纬四，穿针走线，一朵朵，一枝枝，闪耀在苗疆峡谷山间；西兰卡普，是幺妹头上的一弯彩虹；踏虎凿花，是别样的风景映楚魂；河边吊脚楼，吊山吊水吊日月；唢呐声里，人们忙着守秋、赶秋、晒秋；闲暇时日，人们唱着裂金碎玉的辰河高腔，将庸常的日子过得响彻行云，激昂铿锵。当然，还有数不尽的木匠、岩匠、篾匠、铁匠、银匠、瓦匠、箍桶匠等，用一双长满厚茧而又灵巧的手，将每一个日子都刀削斧劈、锤打淬炼得形形色色，有模有样。

现在的大湘西，山水还是之前的山水，一切却又似乎不一样了，它已逐渐告别过去封闭、落后、贫穷、野蛮的印象，生态、丰富、包容、发展成为新的形容词。放眼处，高山与峡谷、小桥与流水、村庄与田园、民俗与民宿、高铁与机场……不管是名不见经传的土家山寨，还是声名远扬的苗疆古城，皆美得让人流连忘返。所有的大江大河、小溪小寨，无不群峰沟壑，磅礴俊秀，有着自己独特的魅力。

书写与热爱，成为我此后余生的要义，只因为，一切的一切，皆缘于有一条故乡的河流，早早地，埋伏在了我人生的童年、少年、中年，直至老年。只是，人到中年的我，才真正懂得，我该如何珍惜，如何表达，热爱故土，并重获一条流向生命里的河流。

月照兰草溪

月色升上来的时候,腾起茫茫的白光,映照在山寨的水泥坪场上,一些水草和柏树的影子,在眼前晃悠,晃悠。山里的夜色,正沉沉而来。

木门嘎吱一声,并不曾惊醒正在睡去的人们,却抖落下几片枯黄的树叶。劳累一天的疲惫,容不下失眠的折磨,辗转又反侧。我独独醒着,看云中月,看山之深,看溪边的山寨,思考生命的来与去。但我,似乎又什么也没有想,什么也没有看见。虫鸣阵阵,却并不理会一个孤独的外乡人的心情,任凭空气中流淌的情愫,荡漾来,晕开去。

歇脚的这个山寨,叫兰草溪,并不只是一条溪,也没有兰草满坡香,山寨名字这么美,山水却平常得就如溪边那些磨去棱角的鹅卵石,又如同大山里随处可见的松木乔木,有些稀松平常,甚至平常得亲切。如果是下一场雪,应该是画家笔下的一幅素描写生,生态而朴实。寨子倒是空气好,山高路远,弯弯绕绕一个多小时,才到达,如果不是为了一位隔房表妹家的喜事,平日里难得跑这么远。回乡的路,变得有些吃紧,所见的陌生人,似乎较平时里多。近年边,回家的游子,自然多了起来。

狭长的小溪,曲曲折折,穿过山寨,这让大山里的这个村落,多了一些活力和灵气。有水的地方，就有生命力，离水近的地方，才有村寨里人口的繁衍生息。但村里人口似乎并不多，前几年，年轻人陆陆续续外出打工，家中多的是留守老人，还有一些劳动力弱些的妇女，和牙牙学语的儿童。

村里的老人似乎少了，都闭门不出，在家烤火。木柴，屋边多的是，捆捆扎扎，整齐地排在屋后，生火做饭的同时又能熏腊肉。满炕的腊肉、腊豆腐留着给过年回家的子女。平日天气好时，山寨的老人向天尧，七十大几的年纪，喜欢戴一顶半旧的青布棉帽，坐在坪里晒太阳，身着对襟棉衣，脚穿儿子买的跑鞋，眯起眼来，打量他踩过的村里大大小小、高高低低的道路。每天早起，吃完饭闲着没事，他拄着拐杖，在山寨里穿来穿去，像检阅自己的领土。年轻时，当了多年的村干部，那时的他，想得最多的是，如何带领村民有饱饭吃，如何把山下的公路修到山顶来。通水、通电、修路，这是首先要解决的大问题。但受制于天时地利，他踌躇满志了半辈子。如今，几十年过去，山乡巨变，看样子，老人家可以把心放熨帖了。

总有一些记忆，在老人的脑海里蹿来蹿去的。那年，村里要修水泥路了，这是多么让人振奋的大事。上面拨了款，但不够，除去买水泥沙石，给了拖拉机运费，就基本没有什么结余。材料盘来了，没有劳动力，怎么办？在老人的号召下，家有劳动力的男女老少，都被动员起来，挑沙子、搬石头、整路基、敷水泥，出工出力，汗长水流，全村人苦苦干了三个月，为了这条路，村民老张，搬石头时砸伤了脚，到现在还一瘸一拐的。夏天暴雨泛滥，一次突发大水，还把村民辛辛苦苦整好的路基冲毁了，只得又一次返工。秋天丰收在望的时候，一条蜿蜒的水泥路，终于完工，这是村子里多年来没有的大喜事，乡亲们敲敲打打，锣鼓喧天，热闹了三天三夜，从此打开了兰草溪通往幸福之路的大门。

现在，一个寨子最气派、最红火的建筑，多半应是乡村学校或在外面打工发了财的人的家。老人向天尧家住的依然是吊脚楼，应该还算是扎实，两手推车式的木屋，梁柱高大结实，壁板用桐油油过。正屋两边还有偏舍，偏舍都用来做灶屋和仓库，秋天收了谷物装进来，一年的丰收也就告一段落。屋后面是猪栏，养起白白胖胖的年猪，过年杀年猪，是一村人的大事。老人家的房子看起来还很红亮的样子，门口贴了红对联，挂着串串辣椒，枯了的红薯，还有晾干的玉米棒子，偶尔有一束束捆绑的高粱把子，挂干、捆扎，乡下用来做扫帚。像他家这样典型的乡村吊脚楼，以前村里家家户户都是，也就见多不怪了。现在，能找到保护得很好的吊脚楼倒没有几家了。

外乡人第一次见到吊脚楼，多是惊喜的，语气中有羡慕。但山里人不一样，住久住烦了吊脚楼的，就想盖砖瓦房。一拨又一拨的年轻人打工回来，在新的屋场上，或者是在自家原有的屋场，拆了旧房子，盖起宽大的砖瓦房。乡里一些老人多以为，只有盖起了砖瓦房，孩子才算是有出息，这辈子才算是圆满了。那些剩下的半旧不新的吊脚楼，还都是好好的，拆了又可惜，隐在明亮的砖瓦房当中，渐渐有了一些晦暗和老态。老屋一辈子，也就是人的一辈子。最终，老屋是人，人是老屋，个中的酸甜苦辣，最后也都在里面淹没了。

盖新屋，起房子，这都是人生大事件，该办的喜事要办，还要办热闹。以前，主人除了宴请乡邻，还会请来戏班子，白天唱花灯，晚上唱阳戏，唱他三天六夜的《孟姜女》《盘花》《劈山救母》等。后来县里有了电影放映队，还经常下乡，寨子请人来放几场《花木兰》《地道战》《林海雪原》等，待天一黑，喇叭一响，乡亲们便着了急，陆续聚集到放影坪场，生怕来晚了找不到好位置。人们搬起竹板凳，坐着的，直直站着的，蹲在门槛上的，爬在矮墙上的，个个都眼巴巴瞪着看，不容有丝毫的走神。一寨子的老老少少都会来，看到精彩处，不由得发出哈哈的大笑声，毫不掩饰自己的开心，直到电影结束，还舍不得离开，津津有味地谈论回味，仿佛画中人会从银幕后面忽地跳出来一样。

寨子里的女孩，如春天的笋子般长大了，得要离了爹娘嫁到外乡地，总不免一番难舍难分、哭哭啼啼。老人向天尧那年嫁女，是在深秋，稻谷刚好收满了仓。天高气清的一个早晨，挑担子的，背棉被的，抬花轿的，放鞭炮的，长长的一排队伍，绕山绕水，浩浩荡荡，这是男方人来娶亲了。这边女方家里，却是个个面带凄凄，愁云笼罩，梳洗打扮好了的女儿，一身苗服叮叮当当，坐在床头，抱着娘，哭声戚戚："哭我阿娘泪汪汪，盘儿养女忙断肠。十月怀胎千般苦，细细皱纹爬脸上。田里功夫件件做，家务事情一大帮。勤耕苦做度日月，一头青发染白霜。生我养我抚我大，恩还未报又离娘。只有哭泣报娘恩，难止两眶泪千行。"当然，也有哭爹哭兄弟姊妹的，还有哭祖先的哭嫁歌。一些土家族、苗族的村子里，都有哭嫁闹婚庆的习俗。家里养有女孩的，从十几岁起，就要开始学唱哭嫁歌。为了使自己女儿哭得好，有的父母还请哭嫁娘上门传教。有的实在哭唱不好听，还有请来哭嫁娘在一旁帮忙哭的。出嫁女子心里欢喜，自然哭不出来，哭嫁娘句句唱词，哭得情意戚戚，到最后，出嫁女一想到从此远离亲爹娘，夫唱妇随，管公婆叫爹娘，也会跟着簌簌地流泪，越是哭得情真意切，也就越是感恩爹娘的一番养育之恩。

那天，作为父亲的向天尧一直忍着没有哭出来，看着娶亲的队伍抬着花轿渐渐走远，绕过几丘水田去追，直到看不见了，才蹲在田坎上，抱着头，簌簌地哭起来。真是一把心酸一把泪，自己辛苦用米水养大的女子，如今为另一个村子开枝散叶、传宗接代去了。

"狠心的爹，狠心的娘，为何不把我留，多留一天是一天，多留一月是一月。寒鸡一叫冷衣上身,寒鸡一啼冷脚出门。狠心的爹呀,狠心的娘,未必您都放得心。"隐隐约约,有戚戚幽幽的哭声传来。

老人多是活在回忆里的。一些回忆里,有铺天盖地的青春和热情,有原滋原味的乡风民情,也有对年岁老去的不服气,也有无可奈何花落去的悲凉。

寨子里的路,打上了水泥面,雨天再也不会一脚泥一脚草。有的路很宽敞,小车能直接开到家门口。房子新了,日子甜了,孩子大了,兰草溪也越来越美了。可是这个古董一样的老人,还是喜欢走泥巴小路,家家户户都有电视,他还是喜欢和村里一些上了年纪的老人,在那棵大枫树下摆龙门阵,排出长椅子,拿来茶缸子,摆着摆着,似乎又斗起狠来,无非是一些陈芝麻烂谷子的旧事。思念自己的儿女了,一个微信视频打过去,不管是白天还是黑夜,都能听到儿女的声音,似乎思念,也变得不那么迫切了。

向天尧是老了,越来越老了,倚在门边,若有若无的,看着远处黑黑的山,看看溪边的吊脚木楼,又似乎什么也没有看见,有些孤独,有些虚弱。他喃喃自语:现在日子都好过了,我年纪却又大了,享不了几年福啰。他说这话的时候,并不完全是遗憾,人老心慈,老爱感叹流去的日子,是再自然不过的,但是,一生出感叹,岁月就悄悄溜走,白发就悄悄爬满头,只剩下一个山寨的满目萧然。

兰草溪,还是以前的兰草溪,又似乎不是以前的兰草溪了。兰草溪是向天尧一辈子的家,是嫁过来的表妹的兰草溪,也是年轻人的兰草溪。这一点,向天尧是深深懂得的。正因为懂得,他看着兰草溪的目光,越来越慈祥。

兰草溪已经没有原来的村小学了,山上的孩子,要到山下读书去了。阵阵唢呐声催人,山下的寨子里,又是哪家孝男孝女,在送走最后的父母,那里,堆满了一个冬天厚厚的落叶与悲哀。

兰草溪,实在是一个好名字,升起月亮的山寨,朦朦胧胧中,照亮了一个又一个未知而青绿的心愿。

近处的泸溪

泸溪，离我的老家很近很近，我却很少往来。

其实，准确一点说，我是去吉首或凤凰，路过了泸溪。路过的次数多了，印象就深了，但真正停留下来的时候却不多，也并没有细细打量这一幅近在眼前的画卷。或许，那时还年轻的我，还不曾意识到这一方山水的珍贵。不消说，对此，我心里多多少少，总有些抱愧。

泸溪，恰如沈从文先生所说：奇景当前，有不可形容的瑰丽……随意割切一段勾勒纸上，就可成一绝好宋人画本……满眼是诗，一首纯粹的诗。

多年前的一个冬天，我坐车路过泸溪时，特意多看了几眼。时值下了场浅浅的薄雪，清碧如玉的沅江水，围着泸溪县城绕了个"几"字形的大湾，一岸高山直矗而上，崭劈如削，崖上竹树深碧一色，黛山覆了点白雪，有雪处雪色点点，无雪处墨绿一片。水中往来船只，船篷大都暮雪缀顶，船过处，一蒿微寒牵出一袭白浪，水花四溅，犹似雪花翻飞，颇有种"只影向谁去"的苍茫之感，虽无滩声长流与催橹歌声，倒也鸿影深黛，清旷自在。

我当时一直很纳闷，明明同样是浩荡沅水边的一座县城，怎么就叫成了"溪",以溪为城名,似乎显得不够大气,在一般人眼里,大江大湖才气派。后来,才知道,泸溪,先是因境内的卢山卢水而得名"卢溪",清顺治六年(1649),因县治所在地处武溪、沅水二水合流处,故改"卢"为"泸",始有"泸溪"之名。即便是千里沅江,到了泸溪境内,由于水流湍急、漩涡密布,两岸悬崖神雕斧凿,状如精钢硬铁,江流也因此有了另外一个名称——铁山河,显然,这是苍茫沅江只属于泸溪的乳名,硬扎、亲昵而又恰如其分。

一蠢蠢的山被激越的水慢慢凿开,峭壁如削,瓮洞回响,马嘴岩掬波探首,鹰嘴岩展翅欲飞,沿途十余里水路,"一列青黛崭削的石壁,夹江高耸,被夕阳炙成五彩的屏障",悬棺、船棺、箱子岩、盘瓠庙、盘瓠洞、辛女桥、辛女岩、辛女庵、跳香殿等奇景壮色,次第蜿蜒,如诗如画。若是登高望远,极目远舒,山似奔马,水若长龙,山水彼此雄峻缠绵,铁血钢骨,柔心四溢,既端庄灵泛,又巍穆大气。

水凿开了山,山裹挟着水,山水相依,给我亲切如一,这和处在下游的我家乡,一脉相承,不分伯仲。水深时,处处明媚旖旎,清婉动人;水浅时,滩长急流,岩壁突兀而出。如若残阳铺水,半江瑟瑟,飞鸟归来,看孤帆远影,渔歌互答,一船烟火人家。

水那边是岸,岸这边是码头,码头边多有泊船。八十多年前,沈从文先生每每想到泸溪时,就浸透了摇船人催橹的歌声,且为印象中一点小雨,仿佛把心也弄湿了。那时,泸溪县城尚在武溪与沅水交汇处的武溪古镇,东连吴越,西望巴蜀,北通洞庭,南达湘黔腹地,自古有"三楚雄关"之称。武溪小,称小河,沅水大,叫大河。十字街码头到处是从河溪、潭溪、洗溪下来的苗乡小船,乌泱泱,密密匝匝,船上船下,人们悠长的吆喝声,鸡鸭恣乱的鸣叫声,风过雨来的呼呼声,可以沿着青苔水波飘出去许远。先生多从曹家码头靠岸进城,凡从常德、桃源、沅陵上来的船只，以及从洪江、辰溪、浦市下来的船只，大都停靠在这码头边。弄船者有短小精悍的花帕苗，头包花帕，腰围裙子。有白面秀气的所里（吉首）人，说话时温文尔雅，一张口又善于唱歌。城里铺面上，有白发皤然的老妇人，庄严沉默如一尊古佛；有腆肚叉手的柜台老板，把脚拉开成八字，站在门槛边对街上檐溜出神；有扛了大而朴质雨伞的小孩，走来走去，响着很寂寞的钉鞋声。当然，还有十字街边的翠翠绒线铺，那个名叫翠翠的姑娘，明慧温柔，着实让人喜爱。夕阳，斜挂在古老的城楼上，雉堞与城楼都为夕阳落处的黄天衬出明明朗朗的轮廓，碧绿江水绕城而过，码头上行人往来，交谈中多是熟悉亲切的乡音。泊岸的小船一字儿摆成排，薄暮时分，船家开始生火做饭，炊烟袅袅升起，水边岸上，每个山头都镀上一片金色，满河是橹歌浮动。时不时的，绿头水凫三只五只，排阵掠水飞去，消失在微茫烟波里。一切光景静美而略带忧郁……当我沉浸在沈从文先生恬静而芬芳的文字里，遥想很近的泸溪时，满心满眼的，都是那些动人的黄昏，篱篱之上，炊烟袅袅，温情不断，遐思不断。

究其实，黄昏与清晨一样，也是一位故人，往往随流水而来，循波光而去，时间的胚胎里，总有秋风起于青蘋，春风跃上枝头，一些流水悄悄劫取了时间，再将桃红李白默默许配给流年。上个世纪九十年代，因老县城武溪镇处于国家重点工程五强溪水电站淹没线下，于是县城整体搬迁至沅水上游八公里外的白沙镇，就如同我的家乡老县城，同样沉于水底，新县城不得不搬到山顶一样。想来，那人见人爱的翠翠绒线铺也早已随楠木洲沉没于水下，只能让人在从文先生的文字里一次次怀想，成为切实可信的一处存在，并获得某种归来的权利。然而，让先生想不到的是，在武溪古镇的武水北岸，如今崛起了一排排错落有致的标准化厂房，常吉高速从武溪身边如虹飞越，千吨级深水码头通江达海，白武六车道把新老县城连为一体，东起秤砣山，西至田金山，南起屈望洲，北至军亭界，武溪与白沙一道，焕发出涅槃后的勃然生机，成为炫目的"双子城"冉冉升起，一个个现代高新技术企业，如新雕的出水芙蓉，在迢迢云水中抖搂新妆，抒写出这座古镇新的传奇。

近处的泸溪，实在配得上一次次的怀想，并为之专门而来的一趟行程。

夏日清晨，当我徜徉在白沙新城，阳光下的沅水像极了一匹蓝色的缎带，拂绕在辛女的脖颈。辛女，形容端庄，目光温柔，静静地凝视着铁山河，透出对丈夫盘瓠与脚下这片土地无限的眷恋与向往。"高辛之犬盘瓠，讨灭犬戎，高辛以少女妻之，封盘瓠氏。"一堵民俗风情浮雕墙，每一根线条都凿出"神母犬父"盘瓠与辛女凄美爱情的传说，亭台廊榭间恣意流淌的是"盘瓠故里"的肃穆与灵动。难怪，在泸溪与我老家，诸多的事物都与一个"盘"字有关，一个人一辈子抚养子女成家立业的事，叫盘儿了女；送孩子读书，叫盘书；外出携点旅资，叫盘缠；就是来个脑筋急转弯，也叫盘人。在泸溪，在湘西，男人孔武有力、血性霸蛮，女子矫健柔韧、朴实水灵，莫不与碧血丹心的盘瓠辛女息息相关。

两千多年前，当峨冠博带的屈原，挟长剑，披明月，入洞庭，溯沅水，抵泸溪，"诚既勇兮又以武，终刚强兮不可凌……"。一次水迢路漫的谪行，一处后皇嘉树的岸芷汀兰，看水凿巉岩，听盘瓠传说，醺楚风傩韵，风拂雨灌，涉江而过，一抹流云，一声风吟，衣袂飘飘，秋兰为佩，将束之高阁的美政化作去国怀乡的橘颂天问，将仰望苍穹的九歌韶舞化作了屈望孤村，就在屏息凝思的刹那，虽九死其犹未悔的花开花落，铺陈了泸溪满地的妙舞清歌，锦瑟华章。

涉江楼前，我似乎正看到屈子涉江而来，满楼的雕梁画栋，满楼的楚韵骚魂，处处临水浣月，道道云蒸霞蔚。木秀风清处，绮檐映彩，古渡悠悠，白鹭沙鸥，时翔时集，真是灿烂大观。橘颂塔边，穿云挑月，只此青绿，俯瞰一城锦绣，揽十里画壁幽奇，伴辰河高腔逸放，铁山枕浪，楚月描屏，沙滩枉渚犹似帧帧宋画。清代诗人张佳晟所赞"三湾曲把白沙东，数里青山莫唤风。峭壁夷岚千仞上，嵌空石屋画图中"，确凿是一点不假，半点未错。

入得城中，但见高楼林立，街道宽敞，街边樟树排排，木樨飘香，翠柳纤纤，银杏、樱树、红枫间植其中，燕伴莺歌，鸠随鹃啭，鸟语花香不断。大街上，人车并不多，显得青素闲寂，跳完广场舞的大妈们三五成群，一路慢悠悠的，论着柴米油盐、家长里短，扯到开心处，原本枯涩的皱纹旋即润出了好看的花，眯眯的笑，像朵陈年的云锦，散发出岁月深处的光芒。樟树下，有慢条斯理的老人围成圈，下着象棋或是打着扑克，虽然动作迟缓，却专注得像棵暗褐的栾树，惊蛰秋分，一丝不苟，神态安详。小孩们在旁边的空地上，玩着滑板，打着陀螺或是跳着花绳，欢欢的，落满一地稚嫩纯粹的喧闹。年轻人显得更忙碌一些，穿着时尚的苗服一边照看门店，一边拿着手机直播带货，一颦一笑间，泸溪椪柑、浦市铁骨猪、兴隆场玻璃椒、狮子山葡萄、合水茶油、泸溪佤乡米、解放岩生姜、洗溪豆腐等一道又一道舌尖上的味道，在光影中爆款。若是饿了，可以在街边小摊嗦一碗简约而不简单的斋粉，细如龙须的粉丝，行云流水间放上翠绿的葱花、白细的生姜、喷香的花生、油炸辣椒与黑豆豉酱，再浇上一勺"六味胡椒汤"，虽无肉臊子，却入口清爽，清香扑鼻，酣畅淋漓，直呼过瘾，哪怕嗦溜得脑门上直冒大汗，真应了老辈子泸溪人所说的"宁可百日食无肉，不可一日无斋粉"。若是累了，可以涉江楼上品茗听涛，高驰不顾；铁山古渡寻踪觅迹，挥戈返日；橘颂塔里绿叶素荣，纷其可喜；辛女岩上云影澄鲜，等风等雨；

屈望洲上泥融飞燕，沙暖鸳鸯；箱子岩下闭心自慎，宜笑含睇……

一湾清水，两岸碧翠，城在画中，画在城中。只是，谁又能想到，二十多年前，这里，还仅仅只是一个蜗居在沅水谷地的小渔村，草泽荒丘中，横七竖八是斑斑驳驳的矮房子，家家户户门前错落的木桩上，随处可见挂着的渔网，年老的渔夫坐在船头吸溜着旱烟，老妇在烂泥地里清理着瓜秧，临河一片环带状的沙滩，青灰黄褐的鹅卵石铺满了滩头，簇生摇曳的芦苇由青转黄变白，芦花随风飘散，偶尔会惊起一滩鸥鹭。

有风，拂过我的长发，风的形状变得有些婉约多姿，亦如眼前的一切。我兀自叹服一个小渔村，竟在如此短暂的时间内，蝶变成一座如画的城市，远远望一眼，泸溪的青绿山水，泸溪的烟浔之夜，不愧为一颗沅水明珠。

近处的泸溪，一直是亲近的模样，也是最好看的模样。

五宝田的时刻

去崇山峻岭之中的五宝田，并不容易，沿途需经无数险窄的"山路十八弯"与"水路九连环"。或许，正因为不容易，才更坚定了去的信念。

五宝田，是田畴的名字，更是一个村庄的名字，隐匿在辰溪、溆浦、中方三县交界的雪峰山与武陵山大山深处，隶属于辰溪县上蒲溪瑶族乡。

五宝田，之前的名字，应该是叫作兀泡田，或者是别的什么名字。兀，是高而上平，高耸突起的意思。后来不知何时被何人改为了五宝田，总之，不管叫什么名儿，都掩盖不了这个大山褶皱里的历史文化名村的光芒。这大概是被寄予厚望的地名，村里自古到今，出过富甲一方的商人，也出过前清的秀才，当世的教授。现在，大概能记住以前名字的只有村里八十多岁的老人了，萧守造老人就是其中之一。萧老今年已是八十七岁高龄，却腰板挺直，精神矍铄，见我们一个个晕头转向下了车，便操着浓重的方言迎了上来，先是寒暄握手，然后用土坷垃似的声音给我们解说，声音带着穿堂风似的混响，从不断翕动的喉结处涌出来，透出一股子自足平和的古拙气，恰如比他更古更老的村庄。

古村给人的第一印象，古朴、干净、馨宁，颇有亮眼之感。大概，心中想象的世外桃源就该是这个样子。我们从城市一路逶迤而来，绕山绕岭，抖落一身喧浮之气，一脚踏上这片土地，内心竟然有些小激动，小确幸，所见皆是寂静、安闲、葱绿、新鲜。

村寨前坪，散落一大堆竹筒。青绿色的竹筒，被截成一长段一长段的。一位八旬老人，戴了顶塌檐黑色布帽，脚穿黑胶防水套靴，佝偻着身子，一手拿柴刀，一手拿木槌，只见老人把柴刀对准竹筒边缘，用木槌使劲敲打，刀锋嵌入竹筒，继续握着柴刀，往下瞬间发力，架在木板凳上碗口大小的楠竹，一节一节，哔哔啵啵，顺势就劈裂开来。原来，不用锯子，也可以把竹筒劈成想要的大小尺寸。同样的动作，重复，再重复，粗大而青绿的竹子，就这样被老人劈成细小的条条片片，堆叠，打捆，扦插，适合做成拦菜园的篱笆，既整齐，又美观。竹筒和竹片，一定还适合一些其他的用途，农村的诸多事情，多神秘而阔大，各种灵巧的篾织活儿，远超人的想象。略略抬眼，不远的油菜地边，虽非采菊东篱的时候，一排排整齐的竹篱笆，倒似在列队迎宾，欢迎我这远道而来的外乡人。

说实在的，寂于深山一隅的古村是否欢迎我，是否需要被外人打扰，我不是很确定。事实上，现在，已经没有多少真正能被人遗忘的乡村了，即便是山高路远，总有被人踏过的脚印，和即将要踏上的脚印。世外桃源，只能是存于每个人心里的梦境。当绿水青山就是金山银山，当乡村游成了网红热门，当村居生活成了大多数城市人的诗和远方，一切都需要被重新定义。从一开始的乡村人逃离乡村，到现在的都市人纷纷走进乡村，乡村人渐渐回归乡村，当下的乡村，就该有新的觉醒，新的认知，或者说是早已经觉醒了。

联通山外世界的，是一条简易的水泥路。山路弯弯，重重叠叠，所幸有这样一条还算体面的水泥路。我无法想象先人们是如何找到这个地方，又是如何肩挑背扛，开采当地特有的玉竹石，把这一幢幢房屋建得如此古雅、精美。水泥路并不宽，曲曲折折，或许好久没有人养护，两边长满了茅草，这似乎有些让人意外，但我转念一想，这大概是人们刻意而留着的吧，显出本来的原生态，谁又知道呢？"原生态"这个词，如今已经被人们用得太过泛滥，但真正的"原生态"，却是多么可遇而不可求，让人心生向往。

村口视野开阔，连接溪水两岸村寨的是一座拱形石桥，桥尚新，大概没修几年，也很宽，可通车，可行人。村人往来，即使扛着锄头，背着背篓，戴着斗笠，皆有闲庭信步的感觉。桥上，一中年男子牵着红衣小女孩从桥头走来，手上拿着花花绿绿的塑料玩具。他们用好奇的眼神打量我们这一群外乡来的不速之客，眼神里分明有着一些从容与自豪。山外有的，他们大抵现在也都有了，可山外，却无法拥有他们这里亘古不变的青绿山水。他们过着平静的日子，神态自然而大方，本乡本土人的闲适，倒是一种别样的风景。相反，站在桥头迟迟不前的我，似乎有着某些犹豫，或者说有些焦虑。羡慕是理所当然的，同时又有些小感伤。我成了他们眼里的外乡人，虽然我的家乡，在不远的隔壁邻县，我却空有满腹乡愁，更多时，成了回不了家的孩子。

村子前坪，一个简易棚子里，摆着一架加工棉花的机子，旁边是一堆生活用具，与古村显得有些格格不入。是什么人住在这样的棚里？我正纳闷着，眼见一个年轻妇人坐在水泥台上，一勺一勺地，很是耐心地给孩子喂米糊，孩子张着小嘴，甜稠的米糊很养人，很快就吃了个碗底朝天。几个月大的孩子看起来有岁把左右，现在的孩子都长得飞快。一打听，原来，这也是一家外乡人，从河南而来，暂居村里的棉花加工作坊的主人。我走上去和妇人攀谈，她能说一口流利的普通话，当地的老人孩子都听得懂，也乐意听她聊山外的事情。一开始她听不懂本地话，后来渐渐能听懂一些，沟通自然没有问题。年轻的男主人在一边和村里一位戴斗笠的大妈交谈着，只见大妈笑盈盈地掏出一百元递给了男子，并道谢，然后背着看起来很厚实的新棉被回家。大妈只需绕过几丘水田，就能回到溪水边那栋有白色封火墙的木屋里。

高低错落的水田尚未插上秧，蓄满了天水，如镜子一样，映着大妈粉红的被面，给古朴的村寨添了一抹云霞似的亮色，当然也倒映着绵延的山，映着天空中即将散开的云层，整个画面，生动、活泼、立体。问起他们来村里多久了，男主人似乎也很健谈，说是在这里住了快一个月，等把村里的棉被都加工完就该要搬走了。他们这两年来拖家带口，一个县又一个县地奔走，一个村又一个村地驻扎，一家又一家地上门服务。大山深处的村落里，棉被加工似乎不太方便，特别是老人家居多的乡村。别看现在生活条件好了，家家户户电器都摆满了角落，可是，很多老年人很节俭，一辈子舍不得换几床新棉被。以前的老棉被舍不得换掉，又旧又硬。现在，棉花加工的人上门来了，老人也图方便，把旧棉絮重新弹一次，或是添上新棉花，弹一床扎实的新棉被，盖着软和温暖，再冷的冬天也不怕了。男主人说着说着，似乎有点自豪起来，说忙碌的时候，一天要加工几十床棉被。只是，最近，来找他们加工的越来越少，除了雨季的原因，估计是家家户户都更换得差不多了，看来，得赶去下一个村子。人们都暖和了，他们离搬家的日子也就不远了。

石桥下，一湾玉带般的溪水绕行，舒缓而自然，把古村环绕其中。溪水丰盈处，拦成水坝，泻出一排好看的瀑布，村里整日流水哗啦哗啦。水，或动或静，静影则成碧，飞花则溅玉，水上白鹭时飞时停，水下游鱼往来嬉戏，水草青苔，如丝如绦，皆各有风姿。偶尔传来婴儿的哭闹，黄狗的吠叫，夜里自然还有蛙鸣，寂静掩柴扉，苍茫对落晖，一个村子该有的模样，热闹的，安静的，古朴的，烟火的，就都具备了，真正是一幅"清风入弦，虚徐其韵"的田园村居图了。

进到村落，一切都是那么亲切。村屋飞檐翘角，次第排开。只见墙头屋檐层层叠叠，鳞次栉比，顺着山的走势而上，背靠高山龙脉，左青龙，右白虎，看起来风水极佳的样子。难怪三百多年前的兰陵萧姓祖先要选中这块宝地，作为他们家族繁衍生息的根基所在。这些有着三百多年历史的深宅大院，都经历了一些什么？为什么看起来，除了风雨侵蚀外，依然是一副宠辱不惊的样子？所幸的是，这座古村落依然活着，一代又一代，生生不息，烟火漫卷。

突然，我有些内敛地小心翼翼起来，为自己是家乡走失的一名游子，只能在别人的村子里晃来晃去而心存怯意。

青砖、白墙、小青瓦、檐角、门梁、照面、廊房……从诸多老旧和破败的事物中，依然能看出前朝的规模和气象，大户人家的智慧和匠心，百姓人家的仁孝和谐，能看出这里一直秉承"耕读兴家"的祖训，斑驳脱落的白墙依稀可见红色标语。从模糊不清的彩绘门梁，颓垣断壁的老土墙，长满青苔的石板，雕花的木窗户，嘎吱响的木门，锈迹斑斑的铁皮门，依稀可见那些当年烟火漫卷的画面。家家户户的木门里，又裹了一层结实的铁皮，据说是为了防火灾和土匪。屋外有封火墙和闸子门，屋内有几家人共用的屋檐和天井，有着近乎完美的排水设施，雨天屋里不潮湿，人在院子里走路不湿鞋。沿着青石板小路，在村里绕行一圈，我突然有种时空错位的感觉，要不是下着蒙蒙细雨，真想找个安静的屋檐下，面对脚下流淌的一河溪水，坐一坐，想一想，面对一些流去的旧时光，乡村该如何回顾历史，该如何传承与发展？

风雨桥上，又一位萧姓老人，八十六岁，正眯着眼看向远方，拐杖靠着桥栏杆，他坐在桥中的木凳上，听着桥下的流水，数着自己一圈又一圈的年轮，似在回忆老旧老旧的故事。只是再也没有人听他的唠叨，再也没有人知道他年轻时的模样。他的孩子们都去了城市，要待到每年十月庆祝"盘王节"时才会回家。他们中绝大部分是瑶族，还依稀保留着这个民族一些特有的风俗。老人娓娓而谈，他把自己的故事，告诉我这样一个在村里逛来逛去的外乡人，或许是需要倾听者吧。老人叹着气说：外面有了某种病，来我们村的人少了，孩子们被隔在城市里，什么时候才能回家看看呢？他说这句话的时候，已经看不出脸上悲戚的表情，实际上，他已经老得没有多少表情了。

溪水边的振青园，古朴典雅，能看见颇完整的门楼，世间风雨的侵袭，依然没有放过这幢建于清光绪年间的老宅子。振青园的萧守造老人，却越老越精神，老得依然受人尊敬，老成了村里的金牌导游，也活成了人们眼里的乡贤。他面对祖先留给他的这幢房子，解释说，之所以叫振青园，是寓意"青出于蓝而胜于蓝"，告诫子孙后代要耕读传家，承先人之学，光耀门楣。

乡风文明，是一个村庄的脸面。五宝田能有好的风气教养和礼仪传承，得益于村口的耕读所。建于清光绪年间1893年的耕读所，是村里最有灵魂的建筑，是村民储粮和耕作之余拜读诗书礼仪的场所。耕读所是一处独特的井院式建筑，正楼五开间，屋顶为歇山顶，屋角轻盈上翘，两翼横屋则采用悬山屋顶。萧氏祖先择居此地之后，一面勤劳持家，一面训育后代，要求子孙后代不仅要勤俭持家，还要勤奋学习，用智慧致富。大门横梁上用青花细瓷所嵌"三余余三"四字，苍劲有力，耐人寻味，寓"耕读兴家"之意。三余，即"冬者岁之余，夜者日之余，雨者晴之余"。意思是提醒读书人要珍惜光阴，倍加努力，学足三余。余三，即"三年之耕而余一年之食，九年之耕而余三年之食"，意即教育后人要勤俭持家，居安思危，时备饥荒。

耕读所大门对联"一水护田将绿逸，两山排闼送青来"。由于年代久远，字迹斑驳，依稀可见。一楼为乡贤讲堂，二楼有宝凤楼。乡贤讲堂里桌椅板凳齐全，定期还有先生来讲课。宝凤楼因形似凤凰而得名，旨在筑巢引凤，吉祥如意。宝凤楼圆门上方左右两侧分别题有"教""养"二字，"教"是教书育人，"养"为丰衣足食之意。宝凤楼作为教书育人的场所，三百年来一直秉承儒家理念，遵循孔孟之道，成为镶嵌在村里巍巍群山中的一颗耀眼明珠，也是村里人最重要的精神家园。二楼书屋摆放着一排排整整齐齐的书架，书架上有各种线装书，如《传家宝全集》《处世绝学》《唐诗三百首》《元曲名篇鉴赏》《水浒传》等，还有用于先生、学生、乡绅休憩、品茶、论道、交友的休闲区，体现了人格的平等，营造了浓浓的人文气氛。一楼还有烤火房、仓屋、马厩等，也都体现了建造者的匠心和人文关怀。从耕读所雕花的窗户往外看去，一座宁静的村子静静地伫立在玉带溪对岸。三百多年来，在这里读书的孩子，不断地走出了村落，走到了人世间，在翻阅了人生这本大书之后，又会纷纷回归。他们一切知识的启蒙均源于此。先人教育他们重孝道，知感恩，传美德；教育他们"己欲立而立人，己欲达而达人"；希望每一个村里少年都能"束发为髻，化蛹成蝶"。

溪水边，田地里，油菜已经饱满成熟，有的已经匍匐在地，要赶紧收割了。枇杷树上缀满黄灿灿的枇杷。五月是美丽的，五月也是忙碌的。放水、犁田，好赶上小满之后的插秧。只见一家三口在田里忙着，他们用镰刀把泛黄的油菜收割，一抱一抱，铺在地上，只待出几个日头，油菜荚晒干，铺一床竹篾垫子，用一根长长的棒槌，啪啪一顿拍打，菜籽四处蹦出，清理掉细碎的荚壳，用箩筐挑回家，再晒几个大太阳，或是用火焙干，用古法榨油，能收获满缸香喷喷的菜油呢。三五丘田，都收割下来，一家人一年的菜油就足够了。

劳作是快乐的，也是美好的图景。收割油菜的一家人，似乎并没有发现我这个外乡人在偷拍他们，或许早就发现了，但这对他们来说又有什么影响呢，他们仍然埋头干活，和日子赛跑，创造属于他们的美好生活。这不得不让我汗颜和羡慕起来。原来，除了建筑之美，劳作者的身影，也是这个村里一道最美的风景。一位大叔模样的乡亲，用推车拉来一车沙石，他想把自家的坪场也打上水泥地面，这样，过节的时候，从城里回来的孙子，就有放鞭炮和嬉闹玩耍的地方了。另一位头发泛白的大叔，坐在风雨桥上歇息，或许是干活累了，或许是因为下起了小雨。他掏出手机，乐滋滋地玩起来，不时被手机搞笑的短视频逗得乐哈哈的。在乡里，没有节日活动的时候，实在没有什么比这个更能打发时光的了。

置身美丽乡村，穿行在久远的历史中，烟雨迷蒙，似乎眼睛和大脑都不应该放空，还真应该想点什么，感悟点什么。每个人都是独一无二的，每个乡村也是独一无二的，乡村里有逐渐振兴的乡村，也有渐渐消亡的乡村，每一个乡村自有他的气象和命运，人生也各有不同。人都有来处，也有归途，人生处处都是起点，不必太过纠结未来是什么样子，我们谁也不清楚，只求耕耘，不问收获。但愿我们身处其中的每一个人，都能珍惜当下，与自己和解，顺应时代，努力追寻，各自安好，便是晴天。这样想着的时候，我是不是一个外乡人，是不是能找到回乡的路，似乎已经不太重要，也似乎有了一些答案。

临走的时候，同行的才子海文社长录下一首杨慎的词《临江仙》，一手漂亮的粉笔字，留在溪边的一块大青石板上。或许，看着流淌的溪水，容易让人内心生出诸多感慨。如川之逝，不舍昼夜。三百多年的萧氏祖先，如今何在？浪花淘尽英雄，是非成败转头空，青山依旧在，几度夕阳红。

细雨，并没有停下来的意思，时间却不等人。我这个外乡人，除了悄悄地来，也该悄悄地走了。除了清风，我什么也不会带走，除了脚印，我什么也不会留下。我能带走什么呢，我得把热爱和欢喜带走，把青山绿水留下。不管我来与不来，一些藏在大山里的小美好，正井然有序地发生着。我用眼睛所看到的，用心灵所感受到的，总是那么蓬勃、葳蕤，并不似眼前的斑驳和古旧。

　　此刻，在五宝田古村，我只是希望，没有打扰到这里的宁静、祥和、与世无争。我想起聂鲁达的一句诗：我要在你身上去做，春天在樱桃树上做的事情。但春天远了，樱桃也落了树。一个路过的外乡人，终究是要回家的，回到自己的来处，包括那对河南的小夫妻，包括曾经迷失在城市里的萧氏后人们，还有那些来过村里的行者，以及将要归来的后来人。

　　我仰着头，山岚雾色里，默默期待，每个人的家乡，都美好如初，每一个离开家乡的人，都可以向着故乡伸出双手，一只许以温情，一只给予抚慰，与子同衣，生死不吝。

闲时立黄昏

　　南方春早,柳绿花红,山岳青黛,面容可亲。然而这个春天不寻常,一些看似平常的日子,藏着不为人能左右的无奈,处处并不总是春光无限好。偶尔的风雨天气,依然蒙着属于寒冬才有的凉意,淡淡的,挥之不去。空气里弥漫的,似雨似雾似霾,淡而不去,忧而不伤。

　　不可阻挡的是,春天确实来了,虽然还夹带着一些青涩,一些凉意,一些阴晴不定。还等待什么呢?一个人该有的万水千山,想象这个春天的清新与明媚扑面而来。但现实的境遇,扑面而来的仍是生活的琐屑。

　　我明白你会来,所以我等。等待是明媚的期许。这样的等待不会很久,春天终不会擦肩而过。

　　眼前,一船炊烟煮酒,一弯新月如钩,一笺风景,两岸灯火,如梦似幻。出发的时候,天还早,一树紫藤,开得刚刚好。素雅,谦逊,和这个春天极为般配。待我转身的时候,月上黄昏,正恰到好处。

　　这是湘西开启高铁时代后,我第一次来凤凰古城。之前辗转来过几趟,似乎并不全是为了看风景,更多的是伫立沱江边,缅怀,追思,遐想。但每来一回,我都会有不一样的感觉,不知为什么,情感的底色多是沉郁而厚重的。

这一江曾给我温暖记忆的水，依然青碧如初，这让我多少有些释然，还好，甚好。四海八荒的人们，不断地来，又不断地去。流水不老，青山不老，新事物与旧时光，不断更迭。可我呢，依然如旧，还是有所不同？浮生一片草，岁月催人老。

飞檐翘角，古朴典雅，悬在河壁上的吊脚楼，几座姿态各异的桥，仿佛天际飞落的琼楼玉宇；古旧的筒车，辘辘转动着，流动着沧桑与历史的长河；清可见底的沱江，水中排列的跳岩，优雅地拖着丝丝缕缕的水草，任水面上撕碎的光斑闪烁着，如星辰，如镜面，倒映着两岸的小楼和古城墙；渔舟轻摇慢橹过后，波纹一圈圈随即荡漾开去，恰似不断延展我由来已久的思绪。

从一条街到另一条街地晃荡，一个地名又一个地名地寻觅。来了多次，还是有些不熟悉，好地方得常来。时代总是会抛却踌躇，果断前行，大过我平凡的想象，直至我到现在也没有看清，古城最真实的样子。也许，留些神秘，最为憧憬。

一方山水，有一方山水的气质，这和人有本质的相似。山和水只此青绿，不离不弃地相依相偎，把这明珠一样的小城包裹其中，宠着、爱着，皆成最美。远看和近观，都十分妥帖。山萦绕着薄薄的清雾，青翠如黛的峰峦相接延绵，在雾色中朦胧，成就若隐若现的远景。依水而建的吊脚楼，桐油漆得光亮，一栋比邻一栋，挣脱小家碧玉的气质，有些宏阔气象。当然，看多了堆叠的楼台屋檐，就觉得，绿如晶莹、柔和清亮的沱江，才是这座城的灵魂。

古城因水而生动，因水而灵气。水岸码头，有背背篓洗菜的阿姐，有穿汉服顾盼生姿的姑娘，有替人编彩辫的苗家阿嫂，卖花的苗家阿婆在讨价还价，青石岩板上，捣洗衣物的阿妹，阵阵棒杵声悠远着时光里的寂寞。

走累了，坐在河畔的青石岩板上，看一江水暖，感受岁月沉静的悠远。忍不住将手伸进河里，感受河水滑过手指的清凉。于此情景中，亦如读从文先生的书，先生用平和、淡泊的文字描写湘西充满鲜活个性的老乡，纯美如翠翠般的女子，让人倍感亲切，真切怀想，思绪悠长……

穿行在青石板小巷，能遇见卖菜的妇人，一担空着的筲箕里，放着生活的油盐酱醋。缠了高高头帕的苗家婶子，靠着墙角打瞌睡，身边的摊位，是由背篓支起的简易小摊，摆满苗家饰品，或许，这个小摊只是她用来打发时光，并不为生计所累，也并不担心东西被人拿走，哗啦啦的江水没有吵醒她的酣梦。

老街小巷里，有历史感，有时尚味，有烟火气，小店多古朴，苗服银饰等工艺品，琳琅满目，色彩装点着暗淡的小楼，生动整条街巷。买一双布鞋穿在脚上，行走在小巷深处，我似乎找到一种久违的亲切与随意。

来不及走完阡陌交错的街巷，享受沱江泛舟的浪漫与惬意。我得让匆匆的脚步，奔赴被时光遗忘的地方，去沱江边的听涛山拜谒从文先生，是此行的意义。

听涛山麓，沱江水岸，一溪清冽，迂回迤逦。和古城老街的喧嚣相比，这里真是安静，甚至有些凄寂。在挺拔的翠竹和松木的掩映中，迈过长长的石阶，经过一块石碑，上有黄永玉先生手书："一个士兵，不是战死沙场，就是回到故乡。"继续往上，在一块狭长的平地，静静伫立着一块五彩石碑，碑状如一朵云菇，五彩石碑上刻着先生手迹："照我思索，能理解我；照我思索，可认识人。"绕过背面，是先生姨妹张允和女士的诔文："不折不从，亦慈亦让。星斗其文，赤子其人。"几束尚未枯萎的花环，堆叠在五彩石碑上。看来早有人来过，还将会有人来。先生安息之地，虽极为朴素，亦十分清净，与山水自然融合，一切皆能体现先生的恬淡个性。

忽然想起一件往事来：十多年前，我第一次来此，记得是在沱江边，遇见一位穿红衣白裙苗服样式的小女孩，估计十来岁，高扬的马尾辫，一脸纯粹而固执，宛如翠翠般的女孩，手里拿着几个花环在叫卖，细长柳条编织的花环，上面插满杂色野花，用丝线捆扎，似乎还带着山野清香。

或许是看我面善，小女孩一路跟随，直至随我到了听涛山脚，但我依然没有买她的花，大概是觉得她采的野花太随意吧。最后，她转身悻悻而去，说了一句让人意味深长的话：你会后悔的。

实际上，我一来到先生的五彩石碑前，就后悔了没有买一束花。我的确需要一束花，来表达当时复杂的心情。当我想回转身寻找苗家女孩的时候，她已经去了别处，望着流水的方向，我一地悔意。

再一次来，旧时光已是恍然，除了缅怀，也可以说是来寻找，或是等待，那个扎着马尾辫、翠翠一样的女孩，这么多年过去，她当然不会还在此地卖花。也许，她去了外地谋生，又或者为新的生活所累，为人妻，为人母，过着简朴而宁静的日子。但她不曾想到的是，当年轻易的一句话，让我心心念念十多年。人世间的缘故，谁又说得清呢。

现在想起，不管隔着多久，我始终感觉欠着先生一束花，也欠着小女孩一束花，一直没有机会弥补，内心的遗憾，这成了我的一个心愿。

好在，春天的野花，开满了山坡，随手采一束路边的紫铃花，伴着白色檵木花、野蒲公英花，用柳条捆扎，悄悄地放在先生的五彩石碑上，默默期许。一丛虎耳草在崖边摇曳，一些遥远的愿望在闪烁。这一刻，我想起先生的句子：美丽总令人忧愁，然而还受用。我无意回顾先生坎坷的一生，思索的一生，挣扎的一生。我想，先生最后能回到魂牵梦萦的故乡，一江清澈的沱江水永远流淌在脚下，也是一种圆满吧。

青石堆叠，云林楼台。一块崖壁上，刻着"听涛"二字，旁边一个浅浅的山洞，据说孩童时期的先生贪恋山水，经常逃学来到这里玩耍，这里名为听涛山，据说是山腰上有个风洞，稍稍有点风吹过，便传来似松涛阵阵的响声，由此得知"听涛"二字的本意。此处临江，甚为安静，山花烂漫中，听松涛阵阵，流水潺潺，好美的去处。

此时的我，并不急着下山，只想让心安静下来，哪怕安静几秒钟。伫立，眺望，不远的青山，清泠的流水，翻新的风雨桥，两岸不断扩建的吊脚楼。看着日头渐渐淡去光芒，氤氲满是烟霞的天边。

天暗了下来，黄昏的沱江，水流并不匆匆，水车悠然地转动，一切并没有被时光催赶的匆忙。摘一枝素白的花，一瓣一瓣，看着花瓣轻盈旋转着卷入水中，也似乎卷走了内心一些说不清的惆怅。又想起先生的句子：我就这样一面看水，一面想你。

夜色弥漫开了，两岸的灯光，星星点点地从一扇一扇吊脚楼的窗棂里闪出来，随即汇聚成一条天上的街市。灯光璀璨中的夜色，似乎比白天多了妩媚与神秘。在这样的夜色下，没有任何隐藏，只有真实的自我，适合念想，可以沉醉，照人思索。

不远处，有歌声浮浮沉沉，大概真正懂的，没有几人。真正懂得时，已是人到中年。闲时立黄昏，笑问粥可温。人生海海，最难是重逢。

树树皆秋色

月光丝滑，如影似幻，夜的云影在聚拢而来。

山里有风，吹来的风，有些悠悠的，拂面的清爽，让人沉醉。和夜一起沉沉而来的，是我的倦意，但我不想辜负这静谧难得的夜。随手披起粉色丝巾，当是披肩了，多少能抵挡一些凉意。立秋时节早就过了，早晚温差是自然而然的。

云天收夏色，草木动秋声。此时唯一的响声，是一河流淌不息的索溪水，哗哗啦啦，有些蓦然，又有些理所当然。如川之逝，不舍昼夜。

一个人醒着，看云中月，看山之脊，看之所看，想之所想，一切皆有深意。夜色里，似乎能悟透人生旅程的某些迷津，但似乎又什么也没有明白过来，自己终究不过是俗世之人，好在还有一句"难得糊涂"安慰人心。夜，正夜着，木叶秋声里，伴着虫鸣阵阵，却并不被人在乎，任凭一腔心中淌出的情绪，随着水流，荡漾而去。

此时，和我一样醒着的，应该还有一群人，他们在想些什么，忙些什么呢？憔悴的道理兄，亲切的稔香，暖心的凤英，还有一些大病初愈让人牵挂的身影。人到中年，盛夏之后的必然衰颓，不免让心戚戚然。如草木入秋，褪去一身繁华，该要为渐渐泛黄的叶，多费一些心思了。

好在四季轮回,春华秋实。秋天结出硕果的同时,尚能带出一秋的韵致,一秋的境界,这就是秋天的可爱之处了。

何时入睡,又何时醒来,这已经不重要,重要的是,醒在山水间,呼吸清新甜润的空气,几多好。不知不觉中,天边染了云霞,色彩恰到好处,刚刚捕捉到一两个镜头,就又散了去。阳光开始欣欣然了,有些晃眼,又是一个天清气爽。细听窗外水响,索溪的水依然不疾不缓,长流了一整夜。

看着一切美好如初的张家界,我在心底深深地舒了一口气。秋天的我们,同秋天里的张家界一样,美好而深情。

广场空旷,人们有序地入场,好山水在深闺里养着,等着初见的人们揭开神奇的面纱。一只沉思的猴子,坐在达尔文《物种起源》的书上,一手撑着下巴,一手拿着人类的头盖骨,弓腰,屈腿,它在遐想,在琢磨。当然,这是一只由大师雕刻的猴子,和在山路上抢人背包的猴子显然不一样。这大概是后天的猴子,后天猴子思索人类的今天,这是人类和人类的祖先万万没有想到的。诚然,今天的我们,无法进口白云和蓝天;明天,也无力再造河流与山川,我们只有一个地球,赖以生存的唯一。让人感伤的是,人类需要地球,但地球,并不需要我们。

一路上,山水相依,心思惬意,眼前是走不出去的画卷。一路上,我惦记着金鞭溪抢母亲背包的那只小猴子,模样机灵,有几分顽皮,又不免让人心痛。心存善念的母亲说,让它们抢吧,看着挺开心的。只是小猴翻过包后失望的眼神,看着真是于心不忍。母亲后悔没有存着食物在包里,一路上说了好几遍,都走好远了,还在回头寻找那只隐没树丛里的猴子。人在山水间行走,良善一路随行。

坦白来说,我到张家界不仅仅是来看山看水的,还是来看母亲的,然后带着母亲看张家界的同学们。亲情与友情,对于在不断做减法的人生行囊里，是我无法割舍的，少有的几样珍贵之一。母亲所珍贵的，就只剩下我和姐姐了。在母亲的世界，一直有两个牵挂的地名，地名里，一个嵌着姐姐，一个嵌着我，母亲在原地，或东张，或西望，向东是星城长沙，西望是大庸府城张家界。一望就是一生。

张家界距离母亲，其实并不远，之间静静地隔着一条张沅公路，也隔着深溪口、枫香坪、筒车坪、四都坪、沅古坪，以及一些叫不出名字的村寨。弯弯绕绕，爬坡越岭，穿溪跨涧，近三个小时。最终，从一个村庄到达另一个村庄，从一条水途到达另一条水途。这么些年，母亲就在这条公路上一趟又一趟，走亲访友，来回奔波。她清晰地记得，这些一路蹚过的溪河、路过的村庄、越过的山岭，似乎都成了她内心的惦记，可以如数家珍，娓娓道来。张家界一直是她的牵挂，她牵挂的不仅仅是这里入画的山水，更是因为惦记嫁来这里的姐姐，这是她的心心念念，她把陌生而又熟悉的张家界，当成了蓝溪一样的自家。

母亲眼里的张家界，更多的是烟火，是温情，是儿女情长。过最烟火的日子，看最美的山水。这和满脑子诗情画意的我，似乎有些不一样。这里满眼都是诗，是画，是远方。无论我多少回来看张家界，都一如初见。来，或是不来，她们，宠辱不惊，美丽依旧。天子山，一直都在那挺拔着；金鞭溪水，一直都在那流淌着；黄龙洞石笋，一直都在静静生长着。一抬头是坚毅，一低头是温柔。难道，她们就真的不会老吗？亘古青山，流水常新，待海枯石烂，今夕何夕？看来，老去的，只能是沧海一粟的我们。

来张家界走走吧。于都市芜杂的人事纷繁中，放下一些该要放下的。来到这里，每看一眼都是景，每走一步都是诗，每过一天都是生活。闲时看十里画廊的山水长卷，顶有神仙的云海漫道，世外桃源的空中田园，纯静幽深的宝峰湖，美轮美奂的溶洞奇观，置身任何一处，你会真真忘记你自己,就如同置身亿万年前的海底世界,现实与梦幻,梦幻与现实,何须苦苦求证,身处其中就好。一些前世今生的事情,久远得让人难以置信,除了感叹,最好无言,静静端坐在时光里,不与尘世争长短。当然,你还可以,从一方水土,一片化石,一截残骸,复活一个远古的时空幻境,也复活出一份不同往昔的心情。

要暂别这一方山水了,上一号环保车时,回头又看了一眼,青山处,芄野里,到处散金碎银。树树皆秋色,山山唯落晖。上苍独爱这片神奇的土地,爱得有点让人羡慕了。有的人,醉了;有的人,不愿醒来。

最初的尘埃

岁末时节，想起家族里一些老旧老旧的事儿来。

我生活的村子，算不上纯粹的少数民族区域，是一个多民族混居的大村子，因为大，所以姓氏就多了，张姓李姓王姓，各有千秋。尽管村村寨寨间，民族风情和地域特色，已经不是之前那么浓厚了，但只要细细发掘，还是能发现幽微之处的光亮。但时下似乎人人都很忙，忙着走路，忙着做事，忙着与时俱进。

在一些崭新的事物背后，我依然留恋之前的一些东西，包括旧时光，旧物件。这么多年，我总习惯讲述别人的故事，或者说羡慕着别人精彩的人生。我一直找不到一种很好的叙述方式，来讲述我家族的故事。

我的先祖们，的确没有非凡的能力，过多的物力，把人生过得如同想象中的那般诗意与精彩。除了生活的油盐酱醋茶，还是柴米油盐醋的生活。也许，个人小我的命运，并无诸多可贵的地方，我在有意或是无意地忽略掉自己，或是身边人，那些人世间的故事，永远都仿佛在说着别人的事情。大时代之下，任何人都是微小的尘埃，一粒尘埃也能照见时代的变迁。虽然我写下这些并不见得有什么特别的意义，就单单为着一份回忆吧。

芜杂的童年记忆中,依然有无数的河街,船码头,老街坊,古阁,渡口,吊脚楼,窨子屋,竹林深处,无不透过厚重的历史,闪烁当下的温柔。站在水岸边的渡口,我不止一次,俯瞰这一片苍茫而辽远的大水,这一江大水绵延千里,奔流不息,我的思绪也开始追溯,一些很久、很远的印象,都在我模糊的记忆里,变得清晰起来。

眼见处,往来的,过去的,皆熙熙攘攘。往来船只停歇的渡口,人头攒动的河岸,普通人柴米油盐的河街,当然,这也是生命的渡口。河岸处,我所熟悉的,以及不熟悉的,在我的眼前忙碌。所有的存在,都是一种合理,所有的表现,原是生活的呈现。看了外面世界的我,常常在心底唏嘘,居然还有这样的一群人,这样的一种生活,这样的一种存在。

有山从远处蜿蜒而来,有水从另一处汇集而来,从容不迫,一派风致,眼前景,不俗,甚至有点雅。似乎正是:长河飞白雨,高树洒清风。落梅春雨后,芳草夕阳中。

还是那几个老生常谈的问题,我从哪里来?似乎是可以解答的问题。我要到哪里去?在无法明确的神一样的问题面前,我困扰已久。

当我爷爷还很小的时候,他随他的父母翻过无数座高山,蹚过不知名的河流,举家搬迁,最后,相中了一片山地下的斜土坡,幽深而僻静,选出一块稍微平整的地方,开垦屋场,开荒种田,栽树种竹。那地方,有群山环绕,有溪水流淌,有碧水深潭,那儿被称为岩屋潭。

这的确只是湘西大山深处小村落当中的一个,名不见经传,甚至在以往的地图上都找不到它的踪影。但是它确实真实存在,历经了百年的风雨,见证了时光飞逝中的无数个春夏秋冬。正因为此,湘西延绵万里的大山,成千上万个这样的小村小寨,就有了勤劳朴素的优良传承,有了美如画卷的绿水青山,有了坚如磐石的沟壑天堑,有了倔强而执着的湘西人民。

爷爷的家山并不特别，只是普通的湘西山里人家，甚至比普通人家过得还要拮据而艰难。说起读书，我祖上从来没有出过什么读书人，农村家庭大多是这样，能有口饱饭吃，把肚子填饱，如果还能念完义务教育的几年书，识几个大字，那真就是命运很好的造化。

从爷爷家坡上的菜园地，能看到群山绵延，以及群山之外的群山绵延，待到冬日，积雪覆盖，这个山头，以及山外的山，都是白晃晃的一片。那里有一种世人都想要的宁静。但那种宁静，是伴着苦难，伴着贫穷，伴着世世代代的面朝黄土背朝天。

老屋后头，有河滩，有卵石，也有风雨。奶奶漂洗过的蓝印花布，一一晾晒在浅滩的卵石上，或是场院的晒衣杆上，吊脚楼的木栏杆上。风一吹，就成了一道景，再吹起，秋天就来了。

湘西大山的故事多，就像天上的星星多得不用数，数也数不清。爷爷的故事多，就像他白花花的胡须不用数，数也数不清。说爷爷一定得多说说我的奶奶，奶奶是典型的土家女子。脸盘大，手脚粗，结实，敦厚，嗓门儿亦响亮。会绣花，会唱阳戏，里里外外一把好手。奶奶去世得早，据说是饥荒时代，为了省下几口饭给孩子吃，饿得前胸贴后背，倒在水田里，就再也没有醒过来。那时，我的父亲尚小，父亲失去了他的母亲，爷爷失去了他得力的贤内助，一大家子在苦水里熬着，数来数去的日子，总是那么漫长。一些经历被风吹走，一些记忆不会留下，普通人家的日子，谈不上快不快乐，只要有口饭吃，健康活着，比什么都重要。

我的爷爷或者是太爷爷，都是木匠，起屋架梁，雕花盘桶，手艺还蛮精湛。我的父亲算是传承了爷爷的衣钵，他一边种地，一边做木匠，倒也能养家糊口。爷爷的几个儿子中，唯有父亲一辈子做木匠，那一担子工具是少不得的饭碗子,细心保护得很好,也传了下来。乡下人,做个门窗,打个木端桶,置几把椅子,哪家不需要木匠呢?就是做寿木、竖房梁这样的大事,父亲也是乡亲眼中少不脱的匠人。木讷的父亲和精明生意的三伯,都是一辈子围着当木匠的爷爷身边转,没有奔出外乡,大概是视为没有出息。爷爷还有几个儿女,有让他骄傲的大伯,一个大厂子里的工会主席,二伯是名军医,也让爷爷提起脸上有光,还有让他操心的三姑、六姑,并没有想象中那样嫁到一个好的归宿,日子过得紧巴拮据,山路远,孩子多,负担重,都在平淡婚姻里煎熬着日子。爷爷的这些儿女,有如蒲公英的种子一般,风一吹,散落到四处安家立业,开枝散叶,一生聚少离多,有的英年早折,有的被家庭所累,一大屋子人很难聚在一起。

相对于爷爷或是祖爷爷披荆斩棘的一生,父亲短暂的一生,是留有许多遗憾的,他还没有活到他老父亲那么老,他也没有等到他的子孙成家立业的那一天,他看不见他的未来,就像我当年看不见自己的童年一样。这个世上已经没有了我的父亲,没有了我女儿橙子的外公,可我们还是他的儿孙,是他在这个世界的一点念想,而且,是一辈子的血缘和记忆。

至于深溪口的外公,一家子住在大河边,撑船放排,上山烧炭,下河网鱼,样样都在行。一字不识的外婆,在家绣花,纳鞋垫,也能把日子过得丰盈充实。至于我的母亲,是个人人称道的精明能干的妇人。年轻时到处爬坡上岭、走街串巷做小生意,摆路边摊,还开饭店,能说会道,颇有见识,在村里很受人待见,难能可贵的是,她怀揣一颗慈悲心肠,常常帮助邻居和亲戚朋友,人缘好,却也是个操心的命。可惜的是,母亲小时候没有读过什么书,大字不识,好在,她能一笔一画写出自己的名字,母亲也能把一本账目算得清清楚楚,为人处世清清白白,谁也糊弄不了她，谁也敬她几分。

母亲生下我和姐两姊妹，顺姐是我唯一的姐，长我几岁，从小却并不十分爱好读书，野小子一般，这和我形成一个反差，但体育成绩却特别好，每当学校开运动会，她就能自信地抬起头，找到专属于她的跑道，特别是冲过终点红线的那一瞬间，她感觉自己要飞起来了，离自己的梦想又近了一步。然后广播里大声播着她的名字，上台领奖，那是一种特别美妙的感觉。她还代表学校参加县里的长跑比赛，曾拿过县里的奖，得到校长亲自颁奖鼓励，并获得一双洁白的跑鞋。只是之后，她并没有穿着这双白跑鞋跑出更远的人生之路，但这份儿时的荣耀，后来一直成为温暖她半辈子的珍藏记忆。

要按之前的人生轨迹，我是不应该成为作家的，这似乎偏离了我年少时在作文本上信誓旦旦写下的梦想。

一开始的十多年，我在乡村做着教书育人的工作，在一种介于现实和理想的矛盾中，十分小心地度过宝贵的青年时期。突然这几年，因为某种机缘，选择了一个新的谋生地，无疑，对于不惑之年的我，这并没有什么优势而言，在别人艳羡的目光里，也曾有不少暗淡的微光。也许，人是可以到达一个境界，有些未知正是人生努力的方向，如果一直向前，幸福指数会不会不断流失，我不知道，似乎逃离教育，我才真正走上一条更加艰辛的路，做一个独立的思考者与写作者，除了内心的倍感煎熬，似乎收获的喜悦并不多，可以说，曾经简单的快乐，全播撒在乡间的那片土地上了，多少次，梦回故土，亲近土地，亲近祖先最接近自然的生活，才是我目前内心最真实想要的。

待我女儿橙子出生，是这个世纪初期的事情了。当她第一次睁开黑乎乎的小眼睛，她的世界是全新的。她的眼里只有外婆，她的生活中从此没有"外公"这个词语了。当然，在以后漫长的一生中，丢失掉的词语中，何止这一个呢？她在渐渐长大，她认知这个世界，她同时又在接受许多新鲜的词，世界用我们无法理解的速度，在向前奔跑，奔跑的速度，挡不了滚滚的时代车轮。女儿眼里的世界，新颖而时尚，一些传统的习俗和词语，都在渐渐丢失，丢失得让人心疼。有时候，我和母亲老旧的灵魂，老得都快跟不上了。

虽说一些家族往事的确乏善可陈，或者，追寻人生在世都得要弄清白的一脉传承，是必要的。我是谁？从哪儿来？至少我是清醒的，不茫然，我知道自己的来，也知道自己的去，生活的历练虽不多，但心明如镜。我们和子孙后人，没有谁应该担起一个家族的使命，我们尽显卑微的一生，不争不宠，不离不弃。世界之大，谁人不是一粒尘埃，大多普通而平凡的家族都会经历的，稀松平常的往事，扔不起波澜，也不需要涟漪。一些弯弯拐拐的故事，一些烟火漫卷的日子，如同屋后的芭茅草，什么时候长得郁郁葱葱的，并不需要人为欣赏，也不需谁去关照，只需要一些雨水，还有日头普照，就能随心所欲地生长。

祖先脚下的这一块土地，风景如画的蓝溪，武陵和雪峰余脉环绕而成的一小块盆地，爷爷以及他的祖先，是什么时候搬到这个地方的呢？我并不曾知晓。我知道的是，这里门前有绿汪汪的水，屋后有翠竹掩映，竹影遮住了屋檐，一不小心，雨后的竹笋就在门前破土而出了。一条蜿蜒而来的小溪，溪边有簇簇拥拥的洋球子花、水浮莲、野梭鱼草、细小卵石。远处有磅礴的大山，弯出一道道褶皱，山下的沟谷，汇集一湾湾清亮的水。有深处的，有浅处的，深处有小小汀洲，浅处横出一些码头，一些打鱼的人，撒下网去，在水中打捞一个个忙碌而充实的日子，褪去一天疲惫的色彩，在夕阳中，回家的影子变得悠长。

春天的蓝溪，似册页里飞出的一首首诗词，还带着泠泠的乐章，陶醉了一河溪水。祖先的栖居，就一直和这一条溪流有关。如果生命从一条眼前的蓝溪而来,我的祖先一定见证了她的初源,她的生长,她的蓬勃,她的起起落落。反过来,蓝溪也一定见证了岩屋潭人的迁徙,从生根落叶,到开枝散叶。你看,我的祖辈把一个叫作"岩屋潭"的地名,叠加一个叫作"乡愁"的词语,一点一画,写成了一本厚重的线装书。关于这本大书的读后感,一时之间,有满满的尘埃扑面。

没有一块土地是慌张的

　　我和母亲，已经记不清是多久没有回到自己的村庄了，大概半年，一年，两年，或者更久，就像我数不清对面山坡上到底有多少棵树一样。同样的，村庄怕是也快记不清我和母亲的模样了。一年又一年，不拘时节，流年似水，山上的树一棵一棵多了，村庄的人一个一个少了。

　　不知村庄有没有脾气，如果有脾气，他一定会凉透了心。凉透了就落一场雪，落了雪的村庄，白皑皑一片，有着创世之初的简静。融雪之后，村庄露出疲惫的神态，并真正原谅了尘世间的一切。

　　雪着的冬天，村庄凉意沉沉。村里的屋舍，大多是砖木建筑，其中也有一两栋吊角楼，多多少少都有了点年纪，苍灰色的调子，与整个冬天的气氛是协调的；安安闲闲的神态，与一些薄薄的、有些萧瑟的黄土地是一致的。雾气笼罩时，灰蒙蒙，白茫茫的，阳光照耀下，又明晃晃的，这与馨霜白雪的表情，也是十分吻合的。整个村庄都在一种复古而忧伤的调子里静穆着，这是凛冬的村庄，试图将春天的谱系默默酝酿。

　　时光偷光了时光，也偷走了我和母亲多余的选择。站在旧年的风雪中，我只能硬着头皮退回到往年的暮色。年关将近，回到自己的村庄，是一种本能的向往，于是行程变得开始迫切起来，但是，回来总归是回来了,故乡却总是一脸水波不兴的样子,村口的枫杨木依旧,该落的叶,总是落了一地,该回巢的鸟儿,还迟迟未归。

这次回村,在根本意义上来说,是因为姑爷。这个冬天,许多老人永远留在了昨天。黎明时分,淡青色的天空还残着几颗疏星,悲凄的唢呐声催人远行,稀稀疏疏的哭声消失在一片后山林子里。姑爷由繁及简的一生,犹如这一片冬天的林子,叶子落干净了,林子就空旷了。没有了叶子的枝条疏疏朗朗,落叶的乔木,如栗树、苦楝树、梓木树变得精干削拔,倒是常青的竹子、松林依然葱茏如盖。

山,变得瘦瘦小小起来,山中一切的秘密都显而易见了,什么野兔、松鼠、山鸡之类的活物,再也藏不住了,这和夏天茂密丛林的阴暗神秘有了很大的反差。如果说年轻时的姑爷,在我小时候的记忆里,就是夏日一片神秘而盛大的林子,那么,现在的姑爷,彻底地老了,也是落光了人生的叶子,褪去了所有的神秘,和眼前这片萧瑟空旷的林子,竟然如此地匹配,如此地默契。现在的他,终将埋葬在这里,长眠不醒,用一双洞察世事的双眼,会长久注视着这片林子,这方山水,这方厚土。曾经养育过他的土地,又毫不吝惜地掩埋了他,埋藏起关于他的一切甜酸苦辣、岁月风华。

母亲比我想象中坚强,眼泪终于没有流下来,当年,她一手操办父亲的后事,也是如此冷静。亲情和脚下的土地一样,在丢失,在荒芜。我想,随我在城市生活多年的母亲,应该更是坚强了。只是,看着城市的高楼霓虹,母亲时不时地,反而渐渐变得脆弱起来,常常,她怀念属于她的那个小村庄,她的老屋,她的背篓,她的乡音,她的菜园,就像村庄的那些树,那些田地,那些山岗怀念她一样。不管是身在繁华的五一路,还是别人眼里风中的街道,不得不离开的老家,都装在她的心里,偶尔总有一些思念若隐若现,菜市场里那些远道而来的萝卜白菜、葱蒜芫荽，总是带给她无比亲切的怀想。这份怀想中，当然有姑爷，有六姑，有大伯，有她熟悉的全部。

一个村庄，就是一个人或者一群人的史诗，所有人的喜怒哀乐，所有人的春夏秋冬，所有人的生老病死，村庄总会静静地聆听，默默地注视，并包容着万物日复一日的生长。

和村庄有关，必然是和老屋有关，和土地有关。老屋风雨飘摇，撑不起几年，斑驳的墙壁，失衡的梁柱，残碎的瓦砾，吹了七十二年的风，淋了七十二年的雨，不知还能承受几年生命之重。分田到户的几亩土地还在，却大半都被乡人占了去。母亲原本是有土地的，土地是母亲的底气，也是回乡的理由，一个明明有土地的人，因为儿女，因为生活，又不得不远离她的土地，或者算是失去她的土地，内心又该有着怎样的困惑、纠结呢？

祝家坪上的田，被人种了去，屋场后的菜园子，被人开垦了去，失去田和菜园子的母亲，和一个失去安全感的孩子，没有什么区别。祝家坪的田有整块的，也有零零散散的，东一块，西一块，加起来共三亩六分，水源好得很，算是良田沃土，无论放在谁的名下耕种，都能生长出丰收。想来，没有一块土地是慌张的，慌张的只会是失去土地的人。

母亲的菜园子，大多在丘陵，或是田头坡地，有的还是被开垦出来的坟地，多年来没有打理，就日渐荒废了，如今，却宝贝一样被人捡了去，重新翻挖、施肥、播种、开花、结果、收获，过不了几年，菜地变得肥沃，变得齐整，一垄垄，一畦畦，变成菜地应该有的样子，于是一些艳羡的目光就开始流转起来，如果人人都能有这样的一块菜地，土能生万物，地可发千祥，水灵灵，鲜翠翠的，那才应该是接地气的生活，有一种回归自然的底气。

荒了几年的菜园，被人开垦后，条缕清晰，土膏肥润，各种蔬菜都种了一些，大白菜一兜一兜的，齐整之间又有一定的间距，皆体态臃肿，卷着紧紧实实的菜心，浑身有着母亲般的慈光。大蒜伸长起苗条的身躯，迎风摆动。芫荽和甜菜贴着地面，忘我地伸展与扩张，皆自如而随意。青灿灿，绿油油，让人不忍心采摘。

看着自家的菜园子，看着这些泛着青绿光泽的蔬菜，母亲的眼里也泛着光，像看着属于自己的孩儿，可如今，这菜地属于了别人。母亲的心，不再矜持，母亲的笑容，不再平和。甚至，母亲悄悄拔了几个萝卜，采了几兜白菜，一边采菜，一边自我抚慰似的喃喃自语：地是我家的地，采他几兜小菜，也是应该的。

生活在城里久了，都想拥有一块乡村的土地，母亲也不例外。在城市的母亲常常唠叨着乡村的土地，也向往以前的劳动。一些炙手可热的劳动活儿，如今似乎都成了一种奢侈。在城里闲着的母亲，向往那个田里地里忙碌的身影，闲着的母亲，似乎成了被土地和劳作抛弃的边缘人。不甘心的母亲，只好在城市的阳台上种菜。阳台上的菜，自然没有土地生长的菜肥实，但好歹也算是了却了母亲的心愿。一棵乡愁，长在了他乡的土地上。

常常，母亲心神不宁，甚至有些焦虑，归根到底，都是失去土地给闹的。回到老家的那个晚上，母亲出乎意料地，没有失眠。村子里的夜，没有霓虹，没有车辆，没有四处闪烁不停的灯光，当夜暗沉沉来临时，连空气中都流淌着安详，村庄似乎晓得母亲回来了，显得无比寂静，村头村尾没了一切细小的声响，日子仿佛都被冻住了，自然，被冻住的，还有我的影子，还有我的思念。我偎在炭火炉旁暖暖地读书，一页一页，时光静好，好似木门上的那一幅泛旧的年画。不是不愿睡去，确是深更半夜，忽然而来地醒着，某些记忆的碎片，在咚咚咚地敲响疲倦的眼皮。醒来，又是相当长一段时间的无眠，记录着书中一些隙碎闲言，然后又睡去，梦里依稀出现一帧帧画面，全是童年的痕迹，醒来的时候，忽然就不见了踪影，我心间泛起了莫名的慌张，守着这夜的安静，什么话也不说，只有呼吸与心跳的声音。

冬天总是漫长的，再漫长的冬，也总是会过去。春天的雨，总是说来就来，水气盘桓在半空中，就像空中低低飞行的蜻蜓一样，仓促而慌忙，等你漫不经心的时候，就突然淋湿了你的心情。湿了的村庄，就更有理由暗淡了。但暗淡只是暂时的，云朵在山上休憩，只待春雷一响，草木齐刷刷发芽，山花齐崭崭开放，五颜六色的缤纷，就把村庄装点得无比娇艳美丽。

是的，很快，春天就会真正地来临，如果不用心发现，总会与春天擦肩而过。你看，报春花已经悄悄地打上了一树花苞，腊梅苍古而清秀地开在高高的墙头，春天絮语着风的叙事已经在赶来的路上了，就像那些离乡的游子年关时节奔走在回家的路上，一模一样。

只是，我并不能乐观地估计，丢失了土地的母亲，下一回，再次走近村庄时，还能不能在春天敞亮的明媚中，渐渐开朗起来，心平气和的，慈光满目的，喜乐顺遂的，不失眠，或者说，不慌张。

第二辑

凝眸：停云时雨

有风，从我的双肩拂过，我分明感觉到，这是多年前瑟瑟的风，正缓缓经受漫长时光的研磨，其来有自，峥嵘抵达，如今，温温的，暖暖的，清香四逸，鸟声充沛。远远的，有嫁娶的唢呐声传来，赶走了乡野暂时的寂寞，这大概是一个乡村最盛大的欢喜。

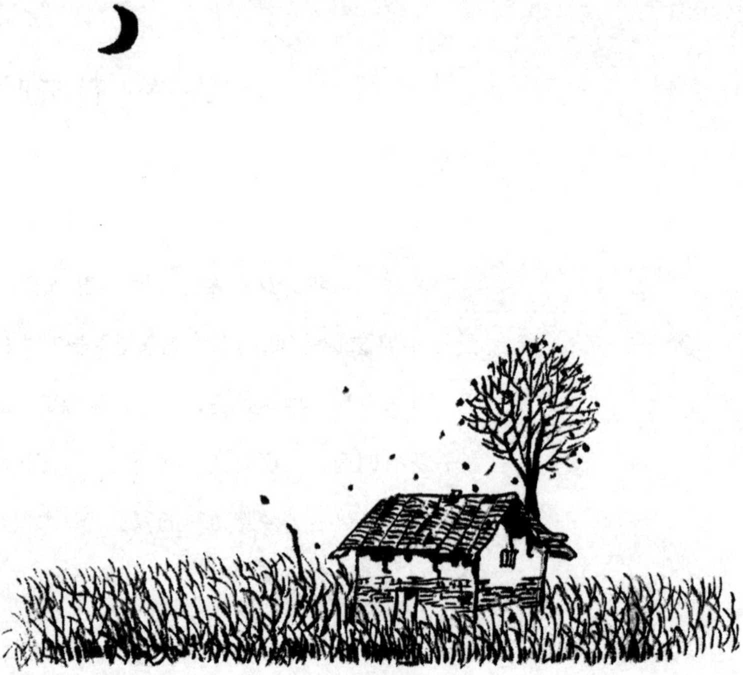

五月辰河看龙舟

一

说好了今年五月回老家看扒龙船的,结果因为一场端阳雨,又错过了。

作为"传统龙舟之乡"的沅陵人,人人似乎都有一本龙船经,大街小巷,河边码头,龙船经是讲也讲不完的。

如果说我的老家沅陵,一直是个古怪的地方,有着许多古怪的人与事,这一点,我是深信不疑的。比如,历史上曾一次封侯两次封王,曾为古黔中郡、辰州府宝地,到如今却不通半截铁路,经济落后于人不说,文脉民风倒是渊远醇厚。

这个地方,雄峻的武陵与雪峰山脉夹湍着千里沅江,如天门中断,山环水绕激荡冲折,逶迤周旋,奔流不息。或许是山高流急,常年生活在这里的人们,其中多为苗族、土家族等少数民族,扳艄、闯滩、放大排,身上的骨头是高山做的,坚韧硬扎,性子是急水做的,血性霸蛮。平常里,人们说话高喉咙、大嗓门,碰上为难的事,画符、念咒、拜土地,特定的节日还表演上刀梯、过火槽、滚刺床、踩铧犁,巫风傩韵,诡谲神秘得很。这个地方的人们，多为"其毛五采，好五色衣"的盘瓠子孙，为人做事，似乎有格里格外的一条筋。

小时候，家住蓝溪上的岩屋潭，做木匠的父亲曾带我走村串户，一为改善生活，二为长些见识。村子多半在山旁水边，屋舍多为吊脚小楼，屋前屋后种满了橘树、柚子树、枇杷、竹子，讲究的人家还种上桂花树，春夏时节，时不时还有鲜美的樱桃、李子等瓜果。父亲给人起屋打家具，东家一般招待匠人都很客气，每天的伙食有腊肉炖豆腐，有鸡蛋炒辣椒，以及鲜翠翠的白菜、芫荽、甜菜，过年了还有糍粑、炒米等零食，乐得我眉开眼笑的。更令人开怀的是，村坪场上遇见三五成群的小伙伴，用竹片、纸风斗、轮子做成纸龙船，在五六米见方的坪地上，将一只只纸龙船齐头放在同一个水平线，各人持一把大蒲扇，半蹲半站守在自己船侧，只待一声"开跑"令下，我们就挥动大蒲扇，扇起纸龙船往终点冲刺。按规矩，船头必须要始终对准终点，否则视为"走艄"，要被判为输船。小伙伴们扇的扇，喊的喊，还有拿了筷子，将青瓷饭碗当锣鼓敲来敲去，边敲边唱："锣声密密鼓声稠，端午佳节赛龙舟；江上搏来浪里斗，同心同力争上游。"一时间，喊声、敲击声震得屋旁边的橘柚树叶子都掉了下来。情急处，惹得旁边做工夫的大人，也停了手中活计，围过来憋红了脖子，无大无小地扯起喉咙呐喊助威，声音将整个坪场地皮都脆生生地抬了起来，实在是热闹。每每这时，母亲给我扎的羊角小辫都会四散松开，披头散发的，汗湿得东一绺西一绺，全然不像乖乖女，倒像个野小子，乐得朴实的父亲在一边，一手拿锯子，一手握竹片，给我也做了一个纸龙船，看着我们欢呼，他也发出"哦嗬哦嗬"的憨笑，满脸的皱纹都舒展成了一张浸满阳光的大蒲扇。

若是正月，村坊里还可见到大人们闲了步子，唱起俚歌，划起旱龙船。旱龙船通常是用竹子或木头做成，船上供奉着傩公傩母，由巫师领头,花脸艄公执竿做撑船状,众人敲锣打鼓,抬着它逐村逐户地送福,船行之处,欢笑声、鼓掌声、唱和声、鞭炮声,震耳欲聋。"旱龙船划到画堂中,既上花鞋又上红。祝罢傩神无别事,一门清吉谢主东。"被祝福的主人家,见旱龙船划到家门口,手忙脚乱地跑出来迎接,放鞭炮,并且给傩公傩母敬献香、米、花鞋、红绸布等物,认为只有给祖先们送上这些祭物,才会得到祖先保佑,消病免灾,百事通畅。

二

也许,纸龙船、旱龙船到底是不过瘾的,于是每年五月,大人和小孩都会在心里隐隐地盼着端阳的到来。因为一年一度的扒龙船,真正是激流横渡,"鼓如擂,烟似云,动桡雾气生,吼声破山门,心高山则矮,协力滩才平"。

外公与外婆,都是沅江边土生土长的水上人,一肚子龙船经,扒龙船与看龙船,是一年中天大的事情。每到端午左右,龙船花一节节长高,木槿花也开得灿烂。外婆与她的左邻右舍,都要早早地坐船赶来县城,带了包袱,背了小木凳,摇着自己镶盘边的蒲扇,占据沿大河边极好的位置,看一条条龙船从南岸冲向北岸,特别是看到本乡里的船举桡冲岸时,没一个人顾得上斯文,全都站起来扭腰挥臂,狂呼狂喊。男男女女,老老少少,都像喝了几大碗烧酒,吞下了几块腊狗肉,狂躁躁地头热、口痒、血沸腾,浑身胀起一股股不可遏止的"苞谷子"劲。

沅水流得急,龙船扒得急,看船的人也看得急,各种观点也争吵得急。外公翘起胡子昂起头说:"红龙属火,黄白龙属水,水火难容。"有人不服,由此吵起了"里手架",唾沫子到处乱飞。究其实,大致说来,以县城中南门为界,沅水上游多是红船,故而上河人也属红龙观点,沅水下游多是黄白船,故而下河人多属黄白龙观点。不管是不是自己乡里的船,只要是红龙胜了,上河人就若颠若狂,唾沫足以将黄白龙的下河人淹死。若是黄白龙胜了,下河人则若疯若痴,爆竹声足可以让江水倒流。船上岸上,到处可以血脉偾张地听到,一会儿是"红龙"吼:"白龙白,一船鸦片客","红船红,一船赵子龙"。一会儿是"黄白龙"叫:"红船红,一船烂蜈蚣","白船白,一船真豪杰"。江边的龙船还未扒完,岸上人有一多半的喉咙都哑了,有的是喊哑的,有的是吵哑的,还有的是气哑的。于是,也就有了故事:乌宿一妇女,看龙船拼命地喊:"攒劲!攒劲!"由于用劲太大太猛,结果把腰给扭坏了,半个月做不得夫妻间的那个"好事",留下了一句津津乐道的俗话:"船上人不着急,岸上人挣断腰。"每每说起此事,人们就前俯后仰笑翻了天。还有,就是平常恩爱有加的两口子,若男人是红船上的人,婆娘是黄船上的人,为争个赢头,两口子往往会吵翻了天,男人甩瓶子打锅,婆娘丢碗筷砸灶,一屋子坛坛罐罐被"叮叮当当"打得稀巴烂。直到龙船划完半个月之后,才云开雾散,和好如初,然后一点点重置家当。再往后,每到五月,婆娘便悄悄回娘屋去住,等到龙船冷火了,才徐徐而归,年年如此。虽然回来后免不了还要争上几句,但总比气头上争执多少会软和一些。直到现在,无论是上河人或是下河人,只要哪家吵了嘴,解劝人就会半开玩笑半认真地说,莫不又是"吵龙船架吧"!还有朝瓦溪的一位老汉,无子无孙,养了几只下蛋的鸡,自己却从来舍不得吃蛋,卖鸡蛋的钱存了一年,看龙船时就进城换鞭炮,家乡船每赢一次,就放鞭炮一挂,直至放完为止。若是船输了,在回家的渡船上,则愁眉苦脸地偷偷将鞭炮丢入水中,连同他的期盼与喜悦一起淹没,回家后,十天半个月也不再出门,只是天天数着鸡新下的蛋,默默地等待又一个水花四溅、锣鼓喧天的来年。

三

听外公外婆对龙船念叨得多了，及至又热热闹闹地看了几回，慢慢地，除了看见热闹外，我也隐隐约约地看出了一点门道。

其实，每年到了农历的四月下旬，涨完春水，插完了秧苗，人们稍有了点空闲，船迷们就心头痒痒的，再也忍不住，提起一面大铜锣"咣当咣当"到处游说，筹人筹资，招兵买马，将现存的一只只龙船从龙船亭里抬出，趁着暖暖的阳光，将腻子刮了又刮，用猪板油、桐油，油了又油，恨不得龙船长出脚来，不划自走。若是没有现存的（多是上年输了船被砸的），则开始隐秘地实施"偷料"（在众多的龙船经中，"偷料"只怕是沅陵人额外多出来的一条经），其理由是买的料笨，偷的料灵，龙船要灵不要笨，"龙船料要偷，十赛赢九头"。因此，那些迷船的汉子们，平时就注意了存有好料的坡岭涧谷，半夜三更去偷上好的杉木料。几十米长的木料，三四人抬上肩，高一脚，低一脚的，逢山过山，逢岭过岭，仿佛有使不完的劲。如若木料的主人在他们"偷料"时发现了，扑脚翻天追上一程，骂上一通，那更是偷料者求之不得的好事情，因为偷料者狂跑在前，失料者狂追在后，追得快，跑得也快，意味着龙船在比赛时也会被别人追着跑，自然会毫无理由地大赢。有时，前脚刚刚偷来的料，也会被别的偷料者"暗度陈仓"地偷走，他们也不会气恼，认为自己偷来的料，能够被别人看上，说明有眼法，有奔头，有彩头，于是更加喜欢这种热闹，且不厌其烦地又到处去偷料。偶尔也有失料者会告到官方，官方至多无奈地说一句："那是偷龙船料，我们有什么办法呢？"因此，偷料的习惯得以一直保留至今。

选定好良辰吉日，颇有经验的船匠为偷来的木料开线落墨，为第一根立起来的龙骨架戴花挂红，经过扎底骨、制脚旁（船底）、上大旁、扎彩盘及绞栓、钉龙根、造坐凳、钉花旁（外板）、钉夹旁（内板）、装弦口、扎龙缆等十余道工序，并配上中间"五月五，龙船下水打烂鼓"的大鼓架，以及铜锣架等，最后为船身吸尘、上油，一条身轻似燕、破水能力十足的龙船便初步大功告成。当然，龙船游江时少不得龙头与龙尾，一江碧水，舟行水中，霸气而威武的龙头迎面而来，震耳欲聋的鼓声由远及近……一条龙舟的气势很大一部分取决于龙头，龙头做得越雄刚越有气势越好，更被视为有镇宅、驱邪、驱魔的作用，于是，工匠们又经过木料开料、放样、雕刻、成型、打磨、上色等工序，待龙头成型后，又为龙头安装上鼻球、龙须、龙舌，讲究的，还将一颗不锈钢珠，涂上黄色，放在龙口中，通通都能活动，显得活灵活现，且龙头又涂上了耀眼的金粉。最后，一个成型的红色或黄色龙头半张大嘴，口中露出龙珠，势若云霄腾飞，龙尾高高翘起，显得十分的威严而气派。

心心念念的龙船做好后，必须要举行庄严盛大的下水仪式，俗称"关头"。关头时，所有划手手执桡片，按顺序伫立在龙船的两旁，像等待出征的将士。旗手、锣鼓手骑在船缆之上，如战场上的元帅，当然，少不了震天响的鞭炮及数筒黄烟助兴。此时，做船的掌墨师傅虔诚地跪在船头，面朝江水，神情肃穆，口中念念有词，一手拿雄鸡，一手提利斧，在众人一声吆喝下，一斧将鸡头剁掉，旋即将猪头、鱼、粽子等祭祀物品抛入江中。一时三刻，鞭炮齐鸣，黄烟弥漫，八位童男赤身摇动火把，围着龙船奔跑，当地人称之为"跑火"，说是驱赶邪恶，迎来光明。而后，划手们齐声呐喊，将龙船连同旗手、锣鼓手一同举起，快速冲向江水，在燃烧般的气氛中飞一样划向江心。

龙船下水先祭庙王，下河水祭黄牯庙，上河水祭龙王庙，绕庙一周，上岸敬香焚纸，祈求龙王爷保佑头头得顺。然后是"清桡"，至关重要。每只龙船载四十八人，有"头桡""引水""前羊角""鼓仓""后羊角""夹艄""艄公"七个位置，必须分工明确，齐心协力，不打乱仗，才能旗开得胜。每到"清桡"时，各村的码头上，平常倔强蛮横惯了，甚至有些不听招呼的年轻人，只要一扛起桡片，成了划手，就不得不听凭有着几十年船龄的"胡子"们调遣。俗话说："菜老茎多，人老话多。"胡子们老了，平日做农活使不起力，攒不起劲，自然少人问津，多多少少有些落寞。此时此刻，他们的身价却骤然间提高百倍，在众人面前摆出龙船权威的架势，背着双手，一双鹰似的眼盯着划手们的一举一动，显示出惊人的眼力和天平般的公正，将划手们放在一个个恰当的位置之上。胡子们架势有板有眼，一而再、再而三地反复强调：从训练到开赛前的半个月时间，年轻的桡手们一律不准与婆娘同房，以免舍了精气神，头桡必须有跪劲、腰劲，还要能竖"阳雀"（倒立）；"引水"分"头引""二引""三引"，这三对桡是全船划手的引导与楷模，必须有十年以上的船龄；"前羊角"位在撑缆的前木架前后，仅次于引水，力气要好，要有推劲，前拉后推，船才起势；划"夹艄"（艄公前的两对桡）者，最主要的任务是协助艄公掌好艄，其次才是划船，俗称二艄公；艄公就不用多说了，自然是全船的核心，要是比赛时走了艄，就是再好的划手也一定会输；至于鼓仓者，比较而言就要次人一等。所以，当有人被胡子们点作引水，就显得神气十足，被点作划前、后羊角者则不卑不亢，被点作划鼓仓者，当然会有点不高兴。可是当他们看到还有许多小伙子未被点上，扛着桡片怏怏地站在岸上时，也就打心眼里满足了。然而，各人的位置并非一成不变，龙船一次又一次地在胡子们眼里试划，每划一次，划手都有被重新调动位置或另外换人的可能。所有人在"清桡"阶段谁也不敢怠慢，因为事关荣誉与尊严。如若不然，一旦被"清洗"出来，可谓丢人现眼到了家，不仅自己的脸没地方放，就连亲戚朋友也会招人耻笑嘲弄，更悲催的是，若是有了心爱的姑娘，姑娘脸上至少半年开不起花，没有了笑颜。

四

　　沅陵的传统龙船赛，横冲激流，俗称"扒横水"，不像其他地方的龙舟，平面顺水竞赛，宽短桡片，人数较少，赛距较长，讲究的是桡手的耐力和个体力量的绝对值比较。沅陵传统龙舟甚为独特，狭长如梭，长达19米，宽1.2米，深0.3米，坐22对桡手和艄公、引水、旗手、锣鼓手各一名后，舟舷几乎与水相平，静止时只要稍有风浪，就会水漫进舱而舟沉，由此可见，这与那些宽大平底的游玩之舟完全两码事，是一种不动则沉的竞渡之舟，唯有桡手一齐划动后，形成一定速度，犹如用石头打水漂，龙舟在水上几乎会飘起来，几乎看不到"舟"的存在。划时各有各的划法，各有各的板眼，各有各的风格。上河人的红龙船，举红旗，披红衣，裹红头巾。远看一团火，近看一条龙，人众船多，经常参赛的就有十七八只。握桡手心同向，划时上手过头，上臂入水，桡片跟船帮呈三十度角，手腕灵巧，善用腰劲，上桡敏捷，抽桡轻巧，频率较快，启动时喷起一船烟雾，恰似"雪花盖顶"，"出马枪"漂亮，常以先发制人，人称"飘飘儿桡"。下河人的黄白龙船，桡手身着黄衣，戴红头巾。远远望去，黄衣如片片秋叶，红巾如盏盏灯笼。握桡手心朝外，下手心朝内，推拉结合。桡片吃水比红龙更深。启动的前几桡半身入水，桡片和船帮几乎成垂直状，动作深沉、泼辣，桡片的把端直立头顶，好似"丹凤朝阳"，有翻江倒海之势。出船稳重，气势压人，"出马枪"虽不及红龙，但奔岸有力，常以后发制人，人称"抠抠儿桡"。"抠抠儿桡"决定了黄白龙厚重、雄浑的锣鼓经，尤其是河涨洲白龙，善击锣鼓边，鼓大无比，常以二人击之，地动山摇，军威大壮，奔岸凶猛。

近年来，县城里各机关也划起了龙船，进步迅猛，异军突起，多举花旗，或红绿搭配，或红白相间，或黑，或绿，或蓝，为古城龙船增添了缤纷的异彩，人称花龙流派。花龙既吸取了红龙动桡快的特点，又吸取了黄白龙下桡吃水深的长处，动作简捷实用，没有花架子，一切顺其自然，形成了独特的"顺水桡"，且创造了第三种锣鼓经，两鼓一桡，相当二四拍的进行曲，一强一弱，强拍下桡，全船划手只听锣鼓，不看"引水"。因此，锣鼓就是指挥，即便是不会划船者，只要凭了节奏，就会整齐划一，不会七上八下划乱了桡。

龙船下水到青筋盘曲的河流，劈波斩浪的"抢红"，是最为闹腾与开心的事情。大赛前夕的十来天，沅水两岸成了彩色的世界，到处是"赏红"的人，到处是"抢红"的船。岸上的人们，如同打了鸡血，大发慷慨之气，除了给各自喜欢的龙船捐现钱外，还要去河边的商店买回红布（绸）、鞭炮、香烟。手边富余宽绰的，会扯上一匹匹整"红"（二十丈），请了当地有名的书家在上面写上大大的"帅""天""百战百胜""天下第一龙"等之类霸气的吉祥语，悬挂在大江两岸，等着心中的龙船来抢红。稍稍有些拮据困窘的，也要从牙缝里省出些钱，买回丈余红布，撕成两半细条，系在竹竿上，表示好事成双。再带上两挂鞭炮，一条好烟，赶去江边凑凑热闹。所有的人，都把荣誉和希望寄托在"红"上，像是给一条河流与自己一生的成败下了赌注。如果心中的龙船赢了，自觉有一份功劳，少不得要在大街小巷多显摆几回，等着别人说几声中听的乖话，倘若输了，便只好萎萎地少出头露面，怕的是被人嘲弄。"抢红"时，赏红者只要一看到自己喜欢的龙船出现在江面上，便死劲挥篙摇红，龙船得到信号，飞一般划向岸边，湿漉漉地询问赏红者有何心愿。善良老实的人，生怕划手累了就直接将"红"喜滋滋地奉送，嬉戏弯子多的人则不那么简单，一定要抢红的多来一两次浪里表演，然后才点燃爆竹，连同他沸腾在心里的激情一起"噼噼啪啪"地炸开。此时，划头桡的，身手敏捷，一手夺下红绸，包在头上，像戴起一顶凯旋的皇冠，续而又去"抢"另一条红，直到将全船人的头上、桡片上，甚至整个船身都缠上了大吉大利的红，方才罢休。

五月五，出盘古，端阳前后听锣鼓，家家户户挂艾蒿，包香粽，悬菖蒲。划龙船也有歌谣："五月初五头端阳，门插艾，香满堂，吃粽子，撒白糖，辰州府里喜洋洋；五月十五大端阳，祭盘瓠，扫牌坊，划龙船，喝雄黄……"到了比赛日，数十只各色龙船齐聚江面，桨橹在手，龙舟正祭，招魂声声，热泪盈盈，待庄严肃穆地祭祀完河神，唱响《漫水神歌》"人家划船祭屈原，我划龙舟祭盘瓠"后，鞭炮齐鸣，鼓角喧天，龙舟开始盛大地游江、闹江。上至朝瓦溪，下至河涨洲，只见蛟龙入江，桡片翻飞，浪花四起，人人周身亢奋，热血沸腾。龙舟的头桡竖起可爱的阳雀，旗手舞出炫目的帅旗，又用红绿双面旗打出各种诙谐有趣、眼花缭乱的旗语，鼓手使出吃奶的劲敲出各种板眼的花鼓，整齐有力的独特划桡技艺与翻江倒海的气势，让看龙船的人大饱眼福，直呼过瘾。

五

俗话说，酒喝头盏，茶品二道，龙船三盘定输赢。预赛，复赛，决赛，一只只龙船激流横渡、搏击浪花、奋勇争先，带着酒气的豪迈、热血的澎湃、浪涛的喧啸、震耳欲聋的呐喊。两岸数十万观众忘乎所以地攥拳跺脚，铺天盖地叫嚷助威，"三千载浪里争雄，九万年不老乡情，败亦赢，胜亦赢，帅旗满江横"。这远比当今的世界杯足球赛更为朴野、狂热、血性、欢腾。扒龙船，既是比赛，自然有胜负输赢，大战几日后，赢船的，健壮的桡手们不约而同齐刷刷地举起四十多只桡片，像极了一片桡林，艄公的桡片最长，高高擎起，然后是间间歇斯底里地呐喊，喊声如狮虎吼叫，震天动地，在江中岸边久久回荡。旗手则会显得很"吊"，摇头晃脑，扭动身体，将手中的两面小旗在空中来回划着弧线……其若狂的欣喜，简直无与伦比。输船的，则灰头土脑，怏怏的，像是得了软骨病，满是落寞与懊悔，只是在众多划手和数万名观众之中，依旧很难有心服口服的认输者，即便输了，也总会为自己输了的船找出一大堆不是理由的理由："扒上水与扒下水有欺架，扒上水总是吃亏些！""若不走艄，你试下家伙啰！""主要还是船差！"有的输船者硬是咽不下那口气，宁愿荒废一年田，不愿输掉一年船，一怒之下，打碎桡片、砸烂龙船，以示输船没输人，然后连夜偷料又赶做新船，气势不凡地去找昨天的对手报"仇"，于是有人说：沅陵人的可爱之处全在于此——砸船！

沅陵的龙船，准备半个月，扒半个月，事后还要谈论半个月，人们仿佛有永不衰竭的精气神，街头巷尾到处可以听闲言碎语：黑船黑，一船鸦片客，三锤鼓一紧，吓得气都出不得；红船红，一船活蜈蚣，三锤鼓一紧，赛过赵子龙；黄船黄，一船活猛将，三锤鼓一紧，到处把名扬。甩旗好比总指挥，输赢在旗手；一上船，不能"咚咚咚"一通重鼓，这个船没扒头，百分之八十要输，应该是"当咊，当咊"……先敲四遍边鼓，等桡片齐了，再紧鼓，听到"咚咊，咚咊"……龙船才出头；敲锣有讲究，船落人后就要拼命紧锣，"噹噹噹，噹噹噹"……反正各样的声腔调调，各样的喜怒哀乐，各样的逸闻趣事，全在街头巷尾、屋前屋后，随了日落月升，四处弥漫。

六

后来的我，读了大学，回到家乡，做了老师，也做了母亲。纸龙船一直作为沅陵各学校特有的传统体育活动，每个学年度都要组织学生进行纸龙船比赛。每到四五月间，我便与女儿一起到山里寻了楠竹，破了楠竹篾，做成支撑纸龙船船身的梁架，然后兴趣盎然地折纸风斗，做龙头与龙尾，用五彩纸糊裱，再装上轮子，母女俩一人做了一只，时不时地也会在客厅来上一场预演比赛：虎口对准手柄和扇面，大拇指压在扇面凹的一面上，其余四指打开放在凸的扇面上，四指分开，双脚站在船体左后侧，面朝正前方，屈髋、右手后拉、重心向前。扇风时手臂由后向前平稳运动，两脚则交替向前奔跑，或是采用滑步方式向前运动，只是，稍有不慎，纸龙船会因受风力影响不均衡而跑偏走舳，得用扇子轻碰船尾或船头来调整方向。假小子一般的女儿，总有股子不服输的劲头，一如当年的我，每回输了就会急切切地抹了抹汗水，要求再赛一回，直到赛赢为止。

女儿不厌其烦地缠着我，要我讲龙舟的故事，常常打破砂锅问到底，俨然一位小小的超级龙船迷。只是少了外公外婆的龙船故事，少了父亲做的纸龙船，我的内心，总是缺失了一些味道。因为女儿的好奇，为了延续起这些珍贵的记忆，课余饭后，我便有意无意地开始了沅陵龙舟的溯源。

仲夏之夜，当杜鹃花红遍山野，布谷鸟躲在草丛中不断鸣叫时，"三垴九洞十八滩"的沅江会突然涨起"龙船水"，由碧青变成浊黄，与青山相映，似是激荡起辰河两岸人们扒龙船的天然兴致。其实，端阳赛龙舟的地方很多，且大抵是为了纪念爱国诗人屈原而流传下来的一种风俗，只是沅陵的赛龙舟，早在屈原怀石沉沙之前，就有了划龙船的习俗，且是为了纪念盘瓠。在湘西，民间一直流传这么一个故事：五千多年前，帝喾征苗，导致国力空虚，北方兴起的犬戎部落乘机入侵中原，直接威胁到帝喾政权。帝喾下旨，谁能擒杀犬戎部落首领吴将军，就将女儿辛女嫁给谁。五溪民族领袖盘瓠征讨犬戎，最后斩下了吴将军的首级。盘瓠依旨娶得辛女，俩人落户安家在沅陵半溪石穴，披荆斩棘，创造文明，繁衍成苗、瑶、侗、土、畲、黎六个民族。盘瓠为蚩尤之后，帝喾为黄帝之后，二人原本水火不容，自娶辛女，帝喾与盘瓠签订了免征徭役、永续和好的盟约，真正实现了华夏与南方少数民族的水乳交融。因此，盘瓠被五溪各族奉为始祖。盘瓠去世后，其子孙延巫请神为其招魂，因沅陵山多水密，后人不知其魂落何处，就让各族都打造一只饰有龙形图案的木舟，沿水游弋招魂。很显然，那时的龙舟活动多具有浓郁的巫祭色彩。当年盘瓠居住的洞穴（盘瓠洞）数千年如一日被苗民视为祖先的"根巴"而加以奉祀，成为上古时期苗族的祖先图腾崇拜。据说盘瓠南迁，进入沅陵、泸溪一带开疆拓土（泸溪亦存辛女、盘瓠遗迹），极可能乘独木舟逆沅水而上，这种细长、瘦弱的木舟，即是龙舟的原始雏形。

当屈原获罪于楚顷襄王，遭受第二次流放，在沅湘间不停地问天问地，把种种问题和牢骚诉诸笔端，给后人留下了伟大的诗篇《天问》与《离骚》。当他到达沅陵时，一年一度的端阳龙舟大赛，让他从中汲取到一种奋发向上、昂扬激越的勇气和力量。因为这次放逐，他在沅陵及古时属沅陵管辖的今辰溪、溆浦一带生活了三年，对沅陵一带的巫傩文化进行了深入的搜集、研究与整理，为后人留下了反映古沅湘荆楚文化现象的《九歌》，他从沅陵龙船的激烈竞争中，感受到了生命的辉煌与力量的雄健，于是在《湘君》中抒怀："驾飞龙兮北征，吾道兮洞庭。薜荔柏兮蕙绸，荪桡兮兰旌。"对龙舟进行赞美和祝愿："美要渺兮宜修，沛吾乘兮桂舟。令沅湘兮无波，使江水兮安流。"在《东君》一诗中，更是写出了龙舟竞渡时的恢宏场面与气势，"驾龙舟兮乘雷，载云旗兮委蛇"，差不多是今天沅陵龙舟赛的真实写照，沅陵如今的龙舟竞渡，也是差不多完整地保留着两千多年前的旧楚遗风，完全是一副古老风俗画卷的现代动感体现。

唐时，"诗豪"刘禹锡被贬朗州（今湖南常德）司马，曾数次溯沅水而上，悠游沅陵等楚国旧地，歇脚于辰阳水驿（沅陵中南门河对岸的驿码头）访寻古迹，采录民风，观看沅陵的龙舟竞渡，写下千古流传的《竞渡曲》。只是，当他听到岸边船迷们"嗨哉，嗨哉"地为船上人鼓劲时，作为河南洛阳人，他听不懂沅陵人喊"嗨哉"的意思，认为是"何在"的谐音，继而由自己的命运联想到同样忠而被谤的屈原，同样被放逐沅湘，感同身受，自然而然地认为沅陵人赛船齐呼"嗨哉"是为屈原寻找亡魂，故特意在《竞渡曲》前加了一段小序："竞渡始于武陵，至今举楫而相向之，其音咸乎云'何在'，斯招屈之意。"由此，五月端午划龙船，是为纪念屈原的说法，大行天下，延续至今。就这样，沅陵龙舟祭盘瓠之本意逐渐与祭屈原之新意相融合，给古老的巫祭活动注入了新的思想，使得沅陵龙舟竞渡具有了愈加深厚的文化与精神内涵。

七

无独有偶，1926年，贺龙元帅在贵州誓师北伐，一路由铜仁来到沅陵。时值农历五月"闹端阳"的日子，为激发北伐战士奋勇杀敌之情，贺龙决定举行一次较大规模的龙舟竞渡活动。当时，沅陵洲头红船是"常胜龙舟"。贺龙则鼓励黄、白龙船与红船大赛三天，并选定县城西验匠湾村的黄龙船与洲头村的红船开展对手赛。比赛这天，方圆百里的人都赶来观看龙舟竞渡,城里大街小巷、河滩两岸,几乎是人山人海,有的甚至站在齐腰深的水里,晒得面红耳赤、大汗淋漓,也乐此不疲。最引人注目的是中南门河南的一排大驳船,船上摆着四张大方桌,周围栏杆上飘着彩旗,船头挂着数十面锦旗,贺龙手拿指挥旗坐镇指挥,调配着红、白、黄二十余条龙船应着激越的锣鼓点子倒海翻江,挥桡竞渡,破浪向前。每次竞赛开始,都得经贺龙点旗,鸣炮三声,胜者环绕指挥船一周,被授予锦旗一面,成为辰河两岸赛龙舟经久不息的佳话。

1938年10月,张学良将军被辗转押送到沅陵,幽禁在沅水河边凤凰山的凤凰寺里。翌年端午,龙舟下水,少不了要癫狂炫耀一番,张学良在山上坐不住了,早早地领着赵四小姐,在一帮便衣宪兵的簇拥下,坐上特制的官船,到江中观看。虽然还不到赏红的时候,但他却不断给龙舟赏红,还不时炸一挂鞭炮,甩几只鸭子下水,引逗那些抢红的龙船围着官船转,不时有划船的人跳入河中游着水去追鸭子。正如沈从文先生所说:鼓声起处,船便如一支没羽箭,在平静无波的长潭中来去如飞……鞭炮在半空中爆裂,形成一团团五彩碎纸云尘,砰砰砰的鞭炮声与水面船中锣鼓声相应和……水面各处是鸭子,同时各处有追赶鸭子的人,船与船的竞赛,人与鸭子的竞赛,直到天晚方能完事……那一派声音,那一种情调,真不是用文字语言可以形容的事情……正式比赛那天,张学良又让人捎话给决赛的龙船,说谁若决赛夺冠,每人赏大洋两块,亚军赏鸭一笼。彩头一出,引来一片欢呼。张学良听着江上如雷的鼓声和两岸的助威呐喊声,看着眼前这条沸腾起来的江水,仿佛又置身于万马奔腾、冲锋陷阵的疆场,不知不觉,双眼不禁湿润了起来。

"咬一口辣椒热一身汗,喝一碗烧酒赛一回船,擂一通大鼓壮一次行,三千里水路可通天。"世界文化遗产专家邓微曾说:沅陵传统龙舟十分有代表性,它拥有历史最悠久、参赛规模最大、运动员最多、观众最多的四个"世界之最"。此话切中肯綮,不无道理。

《穆天子传》说:天子乘鸟舟、龙舟浮于大沼。2002年10月,沅陵被中国龙舟协会授予"中国传统龙舟之乡"称号,并指定沅陵为全国传统龙舟大赛赛场。2011年5月,沅陵传统龙舟赛被列入国家级非物质文化遗产保护名录,沅陵龙舟赛被誉为"中国当代农民最大的体育盛会"。在山边,在水里,人,是船的魂;船,是人的命。天、地、水、船、人浑然一体,那便是千年辰州的生命气象,千里沅江的苍茫辽阔,是勇敢与智慧、力量与拼搏、血性与协作的结晶。不甘落后,永不服输,那便是沅陵独有的龙舟精神,是生生不息的辰河水所赋予的王者密码,助力乡村振兴的精神皈依。

入夜,星城的灯火一丝不苟地亮了起来。转眼间,我与女儿离开老家已经好几个年头了,很是想念老家的春节,老家的端午,老家的扒龙船。早春的风,表情肃穆,苍凉如水,我将窗户关得紧紧的,怕风怕雨,也怕各种芜杂的事物挤进门,倒是女儿大大咧咧,每次总是将窗户推开得很大,说是可以装更多的乡愁,更多的青绿山水,更多的万家灯火,更多赛龙舟的锣鼓声。

虽然没有了外公外婆的龙船经,过节有了许多落寞,但生活总是向前看的。我默默许诺,下一个端阳节,数着时间,我们要一起回老家去,再看看扒龙船,因为,唯有五月辰河看龙腾,方识沅陵人。

回到惹巴拉

按说，惹巴拉，虽然在湘西，却既非我的家乡，也不是生养我的故园，是犯不着用"回到"一词的。但开始写这篇文章时，双手放在键盘上，自然而然，就敲出了"回到"二字，看来，冥冥中自有一种天然的感觉与缘分。大湘西的每一个地方，莫名的，有一种亲近。这让我突然想起了米兰·昆德拉的一句话："只要人们生活在乡村之中，大自然之中，被家禽家畜，被按部就班的春夏秋冬所怀抱，他们就至少保留了天堂牧歌的依稀微光。"或许，的确是这样。

听龙山的朋友说，去惹巴拉，其实最好是夏天，青山绿水，流光荡漾，烟火阜盛，沙洲卧虹，枫杨婆娑，鱼戏江水，月舞柳河，洗车河、靛房河、捞车河汇聚一处，捞车、惹巴拉、梁家寨沿河傍立，三山套三河，三河绕三寨，一桥通三域，风烟俱净，清凉自在，大可以溪中嬉水、望峰息心，放牧自己。但我决定还是春天去一趟，带着一颗嫩绿柔软的心，可以意态闲闲的，在随处适合野望的陌上，清心治愈，谛听有别于城市公园的鸟语，嗅一嗅林中颜色一时明白起来的花香，隔断一些世俗的喧嚣，体味某种原汁原味的静谧祥和，与耳鬓厮磨的烟火日常。

惹巴拉，一个好听的名字，自带着灵性与光芒，土家语里是"美好和美丽的地方"，或"土家族的王走过的地方"。仅仅基于这个名字，就足以让人生发许多不着边际的遐想。山绿着山，水清着水，山环水绕中，依山面水的青瓦木屋，羞羞答答、遮遮掩掩的，嵌在山脚或半坡的茂林修竹间，清晨或薄暮时分，土家吊脚楼的火塘灶台边，依依袅起若有若无的一缕炊烟，人们吆喝着牛羊进栏，鸡鸭归笼，待星光与月色落在屋边的水田里，倦鸟也归了林，村口老树下三两只黄狗，会装模作样地轻吠几声，整个村庄、山林都有了生动遥远的回应。我这么想时，自自然然的，内心竟有了些久违的漾动，雨打莲蓬般，亲亲切切的，村庄朴素别致的气息似乎扑面而来，熏得人双眼润润的。也许，是我离开家乡的土地太久，已经有些日子没看到茄子开花，丝瓜牵藤，没听到韵味斑斓的鸡鸣狗吠、干净纯粹的蛙声阵阵了，于是，便莫名其妙地想靠近它，亲近它——想来，它与我蓝溪边的家乡，并无太多的二致。

洗车河弯弯曲曲的，向南幽幽流去，沿河两岸，多一幢幢错落有致的吊脚楼，构成大大小小的寨子，古朴而生动。沿河南下没多远，地势由狭而阔，施施漫漫的，遁隐了越来越大的村寨，惹巴拉算是其中比较大的一个，居于洗车河与靛房河的交汇处，萦青缭白得很，最能让人心凝形释，与万化合冥。

河岸，是我所熟悉的槐柳，虬枝苍翠，身形颇有些老态，倒是浅绿的树叶随风摇曳，哗啦啦的，显出几分老到的活泼。无数的云朵与鸟声，随意栖息在枝丫树叶间，挤挤挨挨的，让人感觉那些近乎天籁的声音，是白云与树叶发出的，而一只只的鸟只是虔诚的倾听者，对此，它们也并不觉得有什么不好意思，依旧叶上叶下，云来云往，轻重缓急。我在柳坪里转来转去，慢慢的，百无聊赖的，仅仅只是想转转而已，也并无其他的意思。生活并不容易，平素起早贪黑匆匆忙忙惯了，此时，突然恍恍惚惚地慢下来，深深地吸上一口新鲜空气，带着云朵的白、柳叶的绿、鸟声的脆，入肺，入心，整个人的灵魂都似乎浮了起来，盈盈的，酥酥的，透透的。河水缓缓流淌，树间筛落的阳光，斜映在水面，微澜涟漪，清清亮亮。水中游鱼并不怕人，三三两两的，各自摇头摆尾，轻灵自在，树倒映其中，枝柯横披，云朵入水，青碧、湛蓝，鱼游枝头鸟宿水，或如游天上，或似寓人间。水中青苔，顺了水的方向，丝丝柔柔，恰如给水染上了缕缕翠色。溪中鹅卵石，圆润错杂，一览无遗，简直让人不忍触碰和亵渎。

惹巴拉，最惹人眼的，当然是连着三寨、横跨三河的凉亭桥，人们也叫它风雨桥。"气雾罩丫桥桥如长臂迎远客；烟霞笼碧水水似瑶刊奏轻音。"整座桥呈"Y"字形，分为三岔，每座桥与岸相接的地方建有一座三层的翘角牌楼，古色古香，桥面用鹅卵石铺成各种图案，边沿为青石板，栏杆上雕刻有十二生肖，栩栩如生，桥中央有龙凤呈祥雕塑，既壮观生动，又端庄肃穆。据《龙山县志》记载，这座凉亭桥始建于清光绪元年（1875年），多次毁于水患，又多次修复，每修复一次，就高大气派一回。现在所见的这座凉亭桥，用水泥浇铸坚固的桥墩，上搭木构的风雨连廊，再也不惧洪水。桥全长300余米，主桥长288.8米，比芷江的龙津风雨桥还长近40米，木构长廊共有365根立柱，寓意走过这座桥的人，一年365天，都会天天吉顺。凉亭桥横越双流，翘檐高阁，完整地保留了土家风雨桥的特色和建筑符号，成为世界上最长、最具特色的土家风雨桥。

风雨桥，姿若彩虹，横跨水面，水倒映亭桥，如梦如幻。眼观四面青山，有嘉木林立，修竹朴露，可见山之高，云之浮，其清凌凌之状，妩媚蹲目而至。桥下三条河流，逶迤而来，一条曾为土王洗过车，叫洗车河；一条土王曾奔逃途中捞过车，叫捞车河；一条曾给土王染过布，叫靛房河。三河如瀑落瑶琴，水波潋滟，风籁玎琮，风物长新，尺寸千里。据传，一个叫惹巴冲的土王，曾在这里建起王宫，留下了一片"毕兹卡"的圣地。殿阁、庙堂、木屋、青瓦、亭桥、流水、田畴、古树……宛如世外桃源，松峰横云，画意渐浓，满寨春色满溪诗。桥下，流水潺湲，可濯澹手足；桥面有老人吹奏起"咚咚喹"，清音脆远；稍远处，不时有土家汉子与姑娘的山歌对唱传来，悠悠的，入耳，入心。

　　土家风雨桥，我是见识过的，常在桥面中设一高出桥面可供两三人行走的通道，通道两侧，一排排双柱将坡面下低矮的空间划分一间间小摊位，便于做买卖。人们穿梭于各摊位之间，挑三拣四，讨价还价。桥面两边设有栏杆，栏杆连于座椅上，形成美人靠，既可坐下休息，又可观桥上桥下美景。常常，天刚麻麻亮，人们就会赶到桥上占一空位，卖肉的、卖菜的、卖米豆腐的、卖油粑粑的，热闹得很。三三两两的老人，慢吞吞地摇着蒲扇、抽着油光水滑的旱烟袋，三五一排，眉毛胡须一抖一抖的，摆着各自的龙门阵；妇女们也常会邀约着来到桥上，手里纳着鞋底，手里针线活儿不停，嘴巴也不停，扯着东家长西家短的家常白话，时而也会耳语着秘闻，时而会无拘无束地捧腹哈哈大笑；孩子们则喜欢在桥上蹦来蹦去，趴在桥栏上扔石子，甚至向河中撒尿，看谁撒得远。涌动的人群中，最为显眼的是各式各样的背篓，远远望去，只见人头与背篓在晃动。人们背得最多的当数柴背篓，这种背篓的经篾全是斜竖着，纬篾则比较粗，很是结实。年轻妇人则多背着大大的娃背篓，宽大的背篓里可放娃被盖或衣服，娃被盖约一米见方，中间是一块青布，三方镶有打花即织锦，且花必须是台台纹，即虎纹，可以辟邪。一座风雨桥，往往是一个寨子的聚散中心，一个寨子的气质与灵魂。惹巴拉的风雨桥，我倒是觉得过于气派，有种庙堂之高的感觉，少了许多俗世琐碎庸碌的烟火气。

　　在桥上，我遇见两三位老人，背着手，佝偻着身子，在桥上蹒跚来,蹒跚去,也不多看游人,也不多看周围的景致,他们总是习惯性地抬头看看天,又撑了双手在栏杆上看看周围的田地,或许,没有人比他们更关注天上的事情、大地上的事情,他们望天望地,也望着自己,望着望着,就是整个的一生,此时,我感觉,他们才是穹顶之下,大地之上,活得真正自在而清醒的人,他们到桥上蹒跚转一转,才是每天要做的大事情。

待入了寨中,只见一栋栋原汁原味的青瓦木屋,掩映在绿树翠竹中。四排三间,或五排四间的青瓦木屋,大多有原始古朴的吊脚楼模样。吊脚楼的栏杆与木枋上挂着蓑衣、斗笠,以及犁耙、连枷等农具。村寨整洁干净,条石砌成街沿,石板铺就平坝,正中敞亮的堂屋里,几乎都摆有一架织锦机,板壁上悬挂的五彩织锦,让人看得眼花缭乱、心花怒放。"毕兹卡"有句歌谣:"山歌好唱难开头,木匠难造冲天楼。"冲天楼位于山寨中心,保持了古代干栏建筑的特色,集正屋、偏厦、厢房、磨角、转角楼、仓廪于一体,以最原始的干栏式风格叠加而成,全是木制的榫卯结构,没有用一个铁钉,集土家民居之大成,堪称木构建筑的"活化石",透出一派古风盎然的祥和,足可显示土家匠人精湛无比的高超技艺。沿途,我看到了摆手堂遗址、古祭坛、古村巷、古码头、古油坊、古碾房、拉拉渡,幽深典雅的青石板路,飞檐翘角的吊脚楼,山水相依的古老痕迹,朴厚浓郁的土家文化,纯朴水灵的惹巴拉人,摆手舞、梯玛、山歌、毛古斯、咚咚喹、土家腊肉、甜酒、霉豆腐等,全在一步一念之中,交融、漫溻、浸入。

快离开惹巴拉时,我回头忍不住望了又望,落日余晖中,东有仙鹅来抱蛋,西有丹凤来朝阳,北有青龙来摆尾,南有神鬼来镇潭,古寨是那么地朴拙素净、和煦轻柔。迤逦的四围山峰,秀出远古的图腾崇拜,飘香的腊肉豆腐,璀璨的西兰卡普,个性的吊脚木楼……无不烙满了土家风物人事的印痕。

  我喃喃着，心生某种恰成其妙的心灵皈依，或许，并不遥远的某一天，我依旧还会回到这里，回到惹巴拉，回到五彩斑斓的自己。

腊尔山的风

遥想腊尔山，应该是很早就开始的事情。

我是苗裔，从小却没穿过苗服，听不懂苗语，更不会说苗话，一直处于似苗非苗的尴尬境地。在我这儿，一直是件很羞愧的事情。后来，听爷爷辈的人们说起过一些关于苗族的故事，更为其中的神秘和神奇而感叹不已。听说，腊尔山台地是大湘西整个苗人的腹地，一直想去看看，一睹它的风采，且隐约带有某种潜在的寻根意识。

腊尔山，在哪儿？在凤凰之西；凤凰，在湘西之西；湘西，在湖南之西。于是，仲春的一个早上，从星城长沙出发，一路翻山越岭，过雪峰山，入武陵，向西，再向西。

清晨的阳光，又透又亮。车窗外，沿途的城市与村庄，青山与绿水，不可逆转地迅速向后掠去，却又随时把整个的视野填得满满当当，前赴后继地活泼新鲜着，似乎触手可及。我在车上凝神打量，仿佛看见先祖们曾经的梦想，是如何从五千年前的涿鹿之野，背井离乡，一路漂泊，左洞庭，右彭蠡，进入到武陵与雪峰的崇山峻岭深处，艰难繁衍，生生不息，直至今天，终于和美与共，尘埃落定。

腊尔山，地处云贵高原的东端，平均海拔800多米，山高路陡，是一个典型的高山台地,素有凤凰的"西伯利亚"之称。听人说,这个地方曾是湘西苗族聚居的深度贫困地区,虽然台地辽阔,然而高寒干燥,土地贫瘠,植被稀疏,村寨散落,因流水切割严重,处处是深沟峡谷,交通闭塞,异常清苦与寂寞。"篱笆房、泥巴水,出门全靠两条腿;早苞谷、晚红苕,一天三餐难吃饱",曾是对这一带老百姓过去生活的真实写照。或许,这个地区,正是因着它的清贫与忍耐,一直以来它都默默不语,既不喧哗也不张扬,于诸多的历史烟云中,面貌沧桑,表情淡定,然而事情一旦逾越它的极限,它又会冲冠一怒,山呼水啸,摧枯拉朽,历史上几乎每一次的苗民起义都是从这儿开始,有名的清代中衰之战——乾嘉苗民起义,即源自这里。

从凤凰到腊尔山镇,约四十公里的路程,并不太远,真真切切的,却是典型的山路十八弯。中巴车一路摇摇晃晃,不断地,有客上上下下,年长的男子,多青衣黑裤,挑着担子,妇人则多包青丝头帕,背细篾背篓,利利索索。他们或她们,彼此间说着我听不懂的苗话,叽里咕噜,抑扬顿挫。好在,同座的一位阿妹,眉清目秀,倒是懂苗语,说,他们交谈的是"赶边边场"各自卖了什么东西,又买了些什么,还有孙儿孙女读书的家务话。我问阿妹是哪里人,阿妹说自己就是腊尔山镇政府所在地夺西村的。阿妹听说我是去腊尔山采访的作家,显得非常热情,一路说起有关腊尔山的地名与掌故,如数家珍。

从阿妹口中,我知道了在湘西,在腊尔山,"腊"的苗语意思为寨前的一片田。苗语中,有一种坪地叫"排",如排龙村,即龙姓居住的坪地,"排粗"即茅草坪;"排比牙"则为梨子坪。有一种山冲山谷叫"夯",如"夯八拐",即村寨在七弯八拐的峡谷里;"夯排",即村寨坐落在有坪地的峡谷;"夯里角",寨子在峡谷的角落里。由于湘西山势峥嵘险峻,腊尔山、吕洞山、八面山、大灵山……大山深处的苗民选择居所看似随遇而安，实则依山落寨，傍水而居，有山为屏障，有水做依托，既可以防止外界干扰，又能满足定居后的生活所需，"夯"，差不多就是他们生活的"世界"。有一种江河溪流叫"雾"，无论是沟、溪、水、江、河，在苗语地名里，统统称为"雾"，就连坚硬的石头都叫"柔"，看似不着腔、不着调，却往往是铁血柔情最为形象的表达。因为每天面对着云雾缥缈的山水，他们称苏马河为"雾能"，乌巢河为"雾朝"，万溶江为"瓦溶雾"，或许，这些"雾"，就是他们曾经能够抵达的远方。还有，他们将自己的能歌善舞，也融入地名，如"引挪"苗寨，即为打鼓的寨子，花垣的"补抽"，则是赶秋节在缓缓山坡上荡秋千的意思。每一个地方，正如它们的名字一样，都有着自己的特质，自己的模样，自己的语气与语音，自己的味道与芬芳。从阿拉，到山江，到吉信，到乌巢河，我看着车窗外的那些山山水水，村村寨寨，嵌在随处可见的半坡山岭间，一如国画、油画、水彩画似的，既色彩丰富，又自在安详。离公路近的地方，多是一栋栋别墅式的瓷砖贴面新式楼房，屋前小院，或橘树，或桂花树，或枇杷，树荫下多停有摩托或小车，敞亮的客厅里，有老人或在纳挑花鞋垫，或在喝一壶老茶，或摆摆龙门阵，或打打纸牌，空气中散发出季节的花香，以及流水浅浅的笑意，一晃而过的满是恬静与安逸。离公路稍远的半山半岭，依然有吊脚青瓦木屋，茂林修竹间探出半个屋檐，带着某种青素的意境，薄暮时分依然有淡淡的炊烟升起，仿若积攒千年的旋律。山为案，水为弦，一只只白鹭，在田边地头，腾空而起，倏然而落，似是跃动的音符，高低起伏，灵动缥缈，余味悠长。

　　黄昏时分，走在腊尔山集镇上，宽阔的水泥路两旁，是鳞次栉比的高楼、门面，生资、种子、肥料、五金、百货、服装、超市、手机店，山外世界所拥有的东西，在这个大山深处，并不缺少，似乎样样俱全。

镇上来往的人并不多，偶有三五个穿苗服、缠苗帕的老人走过，才让人恍然记起——这里是苗乡，曾经的"化外之地"，典型的生苗区。

一阵风吹过来，高于头顶的云朵，先是绯红，然后橘黄，最后是浅灰，不断变幻着自己的色彩与形状，有的如纱、如瀑，有的如鸟、如兔，还有的如苍狗，似走马。街旁的香樟、槐树、木樨，翠亮的树叶，蘸了春日温暖的余光，稀里哗啦地窃窃私语，一瓣鹅黄的槐花随风飘落在我的披肩长发上，我轻轻地，抚下来，嗅了嗅，淡淡的清香，沁人得很。我一个人慢慢地在风中走着，走在这片神秘而又神奇的土地上，眼前浮现出历史深处无尽的烟云。

澳大利亚史学家格迪斯在《山地民族》一书中曾说过，世界上有两个灾难深重又顽强不屈的民族，一个是分散在世界各地的犹太族，一个就是中国的苗族。苗族，从五千年前开始，经历过五次百死千难的大迁徙，生生筚路，僻居山隅，披狼烟于始终，纯朴憨厚，粗犷倔强，黜而不屈。清方亨咸在《苗俗纪闻》中说："自沅州以西即多苗民，至滇、黔更繁，种类甚多……但有生熟之异。生者匿深箐不敢出，无从见；熟者服劳役纳田租，与汉人等，往往见之。"意即明清时期，在军事上被征服，政治上经过"王化"和接受汉族文化的苗民，谓之"熟苗"。反之，在军事上未被征服，在政治上不可"王化"，不乐意或抵制接受汉族文化的，则谓之"生苗"。腊尔山生苗，显然属于三苗时期尧舜"放驩兜（欢兜）于崇山"的那一支后裔，系春秋战国时楚国的主体居民，秦灭楚后逐步西移，进入湘黔川渝交界处的崇山峻岭。元代以前，腊尔山区处于羁縻州时期，乃典型的生苗区。

清初辰州知府刘应中《平苗记》载："楚、黔、蜀万山之交，皆苗也。种类不一，曰红苗，以其衣带尚红也。曰生苗，以其强悍不通声教，且别于熟苗也。"作为明清王朝的内在边疆和化外之地，明清时期湘黔川桂等交界的"生苗"聚居区被称为"苗疆"。明中期以来，在以湘西凤凰为中心的苗疆地区设立卫所、营寨，修筑苗疆边墙，上自铜仁，下至保靖，迤山亘水，凡三百余里，隔绝"生苗"和"熟苗"，整个边墙用于屯兵、防御，由汛堡、碉楼、屯卡、哨台、炮台、关门等构成一个弧形防线，形成对腊尔山"生苗"区的包围圈，以"边墙"即"南长城"为界，"边墙"之外的苗族属"生苗"，"边墙"之内的苗族属"熟苗"，"川贵之苗不得东入，湖苗不得西过"，苗不出境，汉不入峒，且历朝历代统治者认为苗民，特别是生苗，"性情多变，叛复无常"，甚至"三年一小反，十年一大反"，为征服和控制"生苗"区，曾多次诉诸武力，进行大规模的军事征剿和屠杀。明洪武年间，更是在"生苗"腹地，建置崇山卫，督将士屯田，后又置镇溪千户所，以随时对"生苗"区采取军事行动，进行钳制和弹压。及至民国时期，连山叠嶂的腊尔山地区，依然喧嚣四起，短短的三四十年时间，算军称雄、军阀混战、土匪横行、抗战烽火，以及后来新中国建立后的湘西剿匪，各种势力在这块土地上凭险以守，争相角逐，各色人物在这块土地上粉墨登场，腊尔山地区，固极险阻，一度成为"湘西匪都"，四野荒芜，民不聊生，令人谈之色变。

夜色深沉，稻田里的蛙声此起彼伏，虽非"黄梅时节家家雨"，却依然"青草池塘处处蛙"。我一个人住在小旅馆辗转反侧，按说，多多少少应有些害怕才是，可不知怎的，却大着胆，对这片土地有着某种天然的亲近感：这不仅是一个只能遥想的地方，更是一块值得亲近的土地。千百年来，我的先祖们背井离乡、颠沛流离，在高山峻岭间挖坎掘穴，信仰万物，崇敬自然，用血泪养育着属于他们自己的古歌与神话，他们只想有一块生命的栖息之地，能够面朝黄土背朝天，有口活命的饭吃，有个能够遮风避雨、安宁的居所，他们需要拼着老命与恶劣的自然环境抗衡，在狭小的深涧石隙艰难刨食。可让他们不明白的是，为什么还要承受那么多的苛捐杂税，有那么多的追剿与屠戮？面对天道不公，为了生存繁衍，他们不得不坚忍、狂野、强悍，疾恶如仇，甚至揭竿而起，不屈不服，他们所有的抗争，或许，不仅是为求得一份生存的土地，更是为了争取一份做人的自由和尊严。长长的边墙，阻得了一时的脚步，却阻不了世道人心温暖明亮的向往。我突然想起车上阿妹哼唱的一首苗语古歌：我们在这里扎寨，重新找到家园，这里远离尘世的浊浪，我们过着无忧无虑的生活。这里有踏青的姑娘在歌唱，这里有激越的花鼓在击响。我们与山神对话，茅古斯舞步蹁跹。我们与天地往来共祷神明，耕有其田，相互帮衬，这里是苗疆美好的世外桃源……古歌里没有仇恨，没有哀怨，也没有失落，有的是隐忍，是憧憬，是淳善，是不断寻找家园的昂扬。

早晨起来，随着润泽的风拂过，远远的，有嫁娶的唢呐声传来，驱走了乡野暂时的寂寞。我知道，那是一个乡村最盛大的欢喜，阿妹们背着新背篓，背篓上大红的铺盖贴着大红的喜字，红色的脸庞洋溢着火红的喜悦，走在乡间的小路上，男人一根扁担，挑天挑地挑日月，女人们一只背篓，背风背雨背人生。我真应该停下来，好生地看一看这片曾经苦难的土地，千百年过后，它们在新时代的今天，焕发出了怎样蓬勃的生机。

在禾库镇安置区，我看到了占地面积达六百余亩的安置房，整齐划一，干净整洁，外观设计新颖别致，如同城市里壮观的别墅群。柏油路直达家家户户门口，周围的空地上，种植了许多树木、鲜花和草皮，处处鸟语花香，空气清新，环境优雅。管理服务中心、幼儿园、卫生室、派出所、图书室、文化广场、篮球场、停车场、电商生活馆等设施，一应俱全，"扶贫车间"可供每家每户有一人就业，同时家家户户有一块菜地、一亩漆树、一亩油桐、一亩青皮豆,以及一头黄牛,收入能稳定,生活有保障。在"有女不嫁夯卡郎"的夯卡苗寨,曾经,只有一条天梯路通往外界,现在,搬下了山,搬迁房清一色的黑瓦、黄墙,青石砖混结构,一栋连一栋,前有花园,后有菜地。住户吴玉发喜滋滋地说,现在新住的地方已经叫"同福苗寨"了,真是搭帮现在的好政策,真的是有福同享,日子过得舒心快活。在腊尔山希望小学,我问起校长,老师们的待遇如何,是否工作安心,校长眉开眼笑地说,现在校舍都修好了,老师待遇挺好,在乡镇与村小任教的,每月补贴最高1700元,乡村老师找对象都成了"香饽饽"。

山,还是那山,人,还是那人,所有的生活却完全变了个样儿,曾经的"水在地下流,人在地上愁"成了传说,村村有水、有电、有路,稻花香、烟叶长、菜蔬丰、果儿鲜、牛儿壮,五大特色产业红红火火,银器加工、苗绣作坊等顾客盈门,产业在路边,副业在院坝,就业在附近,生活在家里,一个山水俊美、乡风文明、生产发展和百姓生活不断富裕的腊尔山,正蔚然成形。

离开腊尔山时,正值"赶边边场",集市上人头攒动,摊贩货物丰富,镰刀锄头、竹编木器、针头线脑、背篓撮箕、蜡染布匹、腊肉酸菜、团徽炒米、天麻党参、苞谷烧酒、家用电器、特色小吃等,可谓琳琅满目,目不暇接。身穿大襟短衣、包着黑头帕的苗家阿婆,三个一堆,五个一群,背着背篓,挑着货物,拉着家常,眼里弥出软软的慈光。偶有少数的年轻阿妹,穿了挑花绣朵的传统苗服,佩戴起明晃晃的精美银饰,环佩"叮当",显得十分的明媚、抢眼。曾经的"赶边边场"是黛帕(阿妹)、黛摧(阿哥)们的乐园。黛帕们穿上绣花苗服,戴上银饰,打扮得如同春日的一朵桃花。英俊的黛摧们,则似逐花的蜜蜂,追寻着漂亮的姑娘,遇见心仪的,踩踩脚背,扯扯衣角,然后在竹林溪畔,捂耳托腮,奔放出缠绵的情歌,彼此对答,脉脉含情,生动而富有诗意。只是,现在的乡村,年轻人大多进了城,或务工,或学习,有了现代便捷的电脑、手机,微信随时可以视频,甚至百度一首情诗,轻轻松松互诉衷情,大可省了许多隔山隔水的浅唱低吟。

我正感受着"赶边边场"特有的热闹,寻思给自己和正读初中的女儿买一方苗绣或是一只银手镯。突然,一位身材窈窕的黛帕,穿了镶有花鸟鱼虫滚边绣花的苗服,银环饰耳,银头饰在阳光照耀下一闪一闪的,显得十分的明亮俏丽、婀娜动人。黛帕温婉地叫了我一声,我猛地愣怔了几秒钟,方认出是先前车上同座的那位阿妹。我看着她说,真是好看,简直美得不可方物。阿妹略带羞涩地莞尔一笑,问我,您觉得腊尔山怎么样?我稍稍沉吟片刻,说,同样很美,就如此时此刻风中的你。阿妹说,还有一年,她就大学毕业了,因为学的是工艺美术专业,她想回来开一间苗绣工作室,把腊尔山春天的色彩与秋天的收获,绣成城里人向往的诗和远方,到时候,还请我再回到腊尔山做客,吃簸箕宴。我看着这位黛帕,不假思索地说,会回来的,一定,一定。

有微微的风,从我的双肩拂过,我分明感觉到,这是五千年前瑟瑟的风,正缓缓经受漫长时光的研磨,其来有自,峥嵘抵达,如今,温温的,暖暖的,清香四逸,鸟声充沛。

比耳斫竹编青篮

一

想来，生活不该只有城市的霓虹，也应该有乡村的月光。

在依山傍水的土家山寨比耳，一阵阵的山歌缭绕中，月光总是被唤得灵灵醒醒的。

"茨岩那个塘边嘛哟，土家寨哟，男儿那个血性嘛哟，好人才啰！闹红嘛下了哇望乡台哟，你去了嘛！去了没转来耶……"土家姑娘的土家歌谣扎扎实实响起来了。

嘎吱一声，村民们推开古色古香的吊脚楼门，过完早（即吃完早餐），就开始了一天的忙碌。农忙时，在田头地边里种苞谷，种脐橙；农闲时，在家里喂鸡鸭，做竹编。天晴下雨，春夏秋冬，一年四季都有事做，有收入的日头是有盼头的，一整天，乐呵呵的。

待到寒冬腊月，家家户户，男女老少，围在火塘边，织篾器，做竹编。不用出远门找门路谋生，在家靠一双灵巧的手可过着安逸的小日子。

山里的雪，一场，两场，三场，下得很是认真。雪下了一整夜，山林静了，河洲无声，虫鸟匿迹，村里村外白茫茫一片。

搁浅在这个土家乡村的那个早晨,我特意起了个大早,呵着冻僵的双手,只为在白雪皑皑的小路上,寻找还未醒来的春。

春,总有些千呼万唤还没有出来的迟疑感,全都隐在一场白雪之下,寻找起来颇有些费力。看屋脊瓦背上厚厚的积雪,有如北方的冰雪童话城堡。屋后的一大片竹林,不堪重负的竹身被压弯了腰,偶尔有积雪从竹叶上嗖嗖地滑落,惊飞一只只正在林中觅食的鸟雀。

莫听穿林打叶声,何妨吟啸且徐行。竹杖芒鞋轻胜马,谁怕?一蓑烟雨任平生。这是我喜欢的东坡词。对竹的喜爱,也是因为这样一句词。

竹子俊逸挺拔,亭亭玉立,傲雪凌霜,受到很多人的喜欢。竹是岁寒三友之一,有着不一般的寓意。竹子四季常青,虚怀若谷,柔中带刚,高风亮节,同时又挺拔洒脱,正直青翠,是传统美德的载体,代表着君子之风,竹子也是一种民俗的象征,寓示平安吉祥。

醒来的村子,因为一场雪的加持,更丰满,更生动了。站在雪后的村子里,对天地的敬畏,对万物的感恩,是不言而喻的。时值万籁俱寂,正好可以遐思、眺望、畅想。

一河大水把村庄分割成两岸。大雪也任性,似乎只落在了河的北岸,北岸是延绵的山头,雪白的世界,充盈我整个视线,所见全是茫茫一片,素净而又庄严。南岸多是村户,田园,炊烟生长的地方,一些屋檐滴落的融雪声,正敲打门前的岩石板,滴滴入心,敲醒闲着的时光。

这是我第一次这么认真地观察一个雪后的村子,记忆却停在了对早春的向往。

在一河酉水边,我眺望上行船的白帆,聆听下行船摇橹的歌声,天空高远,山河清丽。一些在半山坡上兀自生长出的寨子,一家挨着一家,屋檐重着屋檐。寨子,是被烟熏火燎过的半旧的寨子,是活过半个多世纪的老人的寨子,是被云雾和大雪笼锁了的寨子。显得既古朴落后,又美得让人心痛。把寨子建在半山坡,这是土家人祖先的壮举,也是乡人无奈的选择。只是,吊脚楼上悬挂的生锈马灯,似乎一点点,把山寨人的脚步逐一照亮。

下了雪的河溪,隐在一片云雾缭绕之中,三三两两的吊脚楼,错落有致,依山势而建,依屋场而形态各异。倒是在吊脚木屋之外,更多的是砖瓦房,两三层楼,窗明几净的,带阳台,有坪场,崭新的不锈钢大门紧闭,大气而堂皇。

砌好的砖瓦房,当街的一面墙上总是会刷上许多标语,宽敞的墙面少不了会显显的,写上社会主义核心价值观的大幅字样,眼前所见,大抵是一幅美丽乡村建设的崭新图景。

竹林边的几丛枇杷树,枝繁叶茂的,正好开满了枇杷花,细碎的、褐色的小花,攒着白净净的雪末,剔透的样子,说不出有多美呢。待春来结了金黄的枇杷,就似黄金丸了,具着一种殷实的憧憬。我一直觉得枇杷树是一种颇有个性的植物,在秋日养霜,在冬天开花,在春天结果,在夏日成熟,大叶耸长,一梢满盘,皆备四时之气,这难道不正像是村庄里那些坚忍而又顽强的每一个生命个体?

水泥砌成的停车坪,停满各种品牌的小轿车,黑的,白的,灰的,各种色彩被雪覆盖住了,统一成灰灰白白的色调,一个个面包似的,装点着变美的村庄,也彰显着村民的生活质量。

夜黑时光,山村就渐渐睡着了,只剩下虫儿鸟儿什么的,寂寂地叫。再晚一些,月色和星子照下来,大地愈发明亮。雪后的村子也是要睡的,睡醒之后才越发轻松,距离春天不远不近,距离一丛竹笋的萌发,刚刚好。

二

　　有人说，比耳这地方没出个什么大角色，唯独会出好篾匠。沿寨街走走看看，真是如此，满街的篾货使人目不暇接，大的有竹床、竹椅、竹箪、簸箕、箩筐，小的有刷把、筷子、竹篓、笔篮……以及各种花篮、花盆、蜂腰篓、衣箱、蛋篓等，织篾货显然成了比耳人的致富门路，汉子们人人都有两手，粗糙简单的谁都会几手，只是玲珑精巧的便要选人挑角色了。

　　比耳村的村民姚本顺，大清早起来，就坐在自家院坝上，手执篾丝，潜心地编着竹艺产品。只见几根细小的篾丝，在他手里穿来穿去，花纹匀称细腻，不一会工夫，一个方形的背篓已见雏形。据说，比耳老辈子人所编织的竹艺品，簸能接浆，箪可隔水，特别是比耳睡箪可谓远近闻名。

　　姚本顺早就想为家人织一床比耳睡箪了。他吃完早餐后，就上山去寻找、砍伐一些竹子来备用。因为比耳睡箪要挑选色泽嫩绿、节长匀直光滑无痕的水竹为材，经裁、劈、剖、削、刮、匀等十余道工序，精制出匀净光洁的"熟篾"，再行编织。那"熟篾"，又称"瓜子篾"，每匹篾丝皆中间厚两侧薄。行内以一寸内篾丝多少判定睡箪优劣，一寸内只有六匹以下的睡箪为粗箪，一寸内有十匹以上篾丝的睡箪为细箪，是箪中上品。而且更厉害的，能在竹箪上织出万字格、回文格、业字格、四梅花、勾勾万等七十多种图案花样和福、禄、寿、喜等字样。

　　清晨的竹林，幽深宁静。在后山一片竹林里，姚本顺和儿子姚元飞在竹林里穿行，那些被压弯了腰的竹子，摇落一身的积雪，瞬间又挺拔了腰姿，变得轻松起来。但竹林里那么多竹子，并不是所有的竹子都适合，他们四处寻找适合做竹编的竹子。每天和竹子打交道，看一看、敲一敲，他们就知道哪些是好竹材。砍下来，运回家，竹子变成竹编工艺品，还要经过二十几道工序，每一道工序，都倾尽了他们的匠心。

比耳村，是著名的"篾乡"，这里的竹编技艺在时间的长河中已经传承了二百多年，村里有着许多竹编手艺人，姚元飞和他的父亲姚本顺，就是这里有名的篾匠。上世纪七八十年代，比耳竹编最风光时，全村有八百多名篾匠靠竹编谋生，姚元飞的父亲、湘西竹编省级非遗传承人姚本顺就是其中之一。

"比耳"，是个有意思的地名。别人比肩，土家人却比耳。其实，在土家语里，"比"是小的意思，"耳"是耳亏的简写，其意也是小的意思，两小重用，表示此地是个小小的美丽的地方。一说该村河岸有一山形如狮子，河对岸有一山形似大象，狮象隔河相望，两耳相对，故名"比耳"村。

随着时代的发展，人们使用竹制产品少了许多，多是用塑料品代替。在机器轰鸣中，传统竹器逐渐被工业品取代，竹艺品更多的是作为展览、摆设，实用性不强，用量不多。以前有名的比耳村竹编，一段时间里，"人人是篾匠，户户会编织"的盛况，也渐渐风光不再。

"我四五岁的时候，我父亲就做起了篾匠，编制背篓、箩筐、竹垫、竹椅子等，经常通宵赶货，非常辛苦。那个时候没有电，就是点煤油灯，天亮等我醒来的时候看到，父亲一整张脸都被熏得黢黑，但是为了养活这一家，也没有办法。"忆起儿时，姚元飞的脸上露出了一丝不易让人察觉的苦涩。

都说青出于蓝而胜于蓝，年轻人在外面见过世面，有了自己的思考。还是十几年前，在深圳做生意的姚元飞毅然回乡，从小就在竹子堆里长大，对竹编，年轻人心头始终有一种割舍不下的情怀。本着先传承再发展的念头，开始跟着父亲学竹编。

说句实在话，对于竹编艺术，我也默默地在心里喜欢，且特别有感情。因为我的外公就是一名篾匠，家里晒谷子的竹垫，外婆背柴的篾背篓，都是他亲手编织的。他有一把锋利的篾刀，破起竹子来，嗖嗖地响，仿佛竹叶都被一一震落了。但似乎外公做的都是大器件，一些细小精细的，他的手艺就显得没有那么灵巧了，毕竟他是无师自通，从小也没拜过什么师傅。对这一点，我似乎觉得有些小遗憾，但乡下人的日子，讲究一个实在，什么东西实用就好，要那么漂亮干什么？这是外婆的理论。当看到一些精美而小巧的竹艺品，我都忍不住驻足停留，有些爱不释手的感觉。

篾匠姚元飞的竹艺品就做得精美而小巧，让人喜爱。一开始，他也和其他年轻人一样，怀着梦想外出，以为诗和远方都在外乡。最后还是回了家乡，跟着父亲继续学篾匠。对于他的决定，他是认真的，也是坚定的。看到姚元飞回乡来，他父亲心里有喜有忧。

"篾匠是个空筒筒，十个篾匠九个穷。"刚开始，他们做的竹艺产品虽然精美，但是卖不出去，乡里的消费能力毕竟很有限，只能销出去一些实用的产品，比如背篓、箩筐之类的。

"那时候，我给父亲讲，我们大家一起做竹编，我拿出去自己去推广，然后，说干就干，我就用竹棍子两头挑着竹编产品，去凤凰旅游区，以及我们湘西周边经济好一些的地区去推广，没想到，居然很受欢迎，卖了不少的钱。于是，我父亲他们这些老篾匠就对竹编创业感兴趣了。"说到这里，姚元飞的眼睛带了笑意。

俗话说：木匠难学，木匠难起八角楼；篾匠难学，篾匠难打（编）六角篓。一切都得在摸索中前行。姚元飞憨厚，务实，执着。因为技术娴熟、手艺好，加上人和善，慢慢地，就在当地有了小小的名气，周边地区的乡亲们都来找他编织竹器。另外，由于他年轻有文化，能通过与外面的交流沟通,在竹编传统手工技艺的基础上大胆创新,做出了传统平面竹编中无法编织的平面书画;用点字法开发出一系列湘西地区没有的竹编产品。比如他做了一些创意产品:竹编灯罩系列、黄金茶叶盒包装系列、时尚竹编手提包系列等。他设计编织出的花篮、花盆、微型背篓、蜂腰篓、微型箩筐等,也都深受人们的喜爱。

原来幸福之路,是自己一步一步编织出来的,如今,他创办的本顺竹艺合作社,带着全村的竹编手艺人,找到了用武之地。

三

《说文解字》中释言:"编,次简也,织物之属。从木,又声。"《说文解字》中还说:"编笼以贯鱼鳖也。"《礼记·礼运篇》也记载:"因竹为笼,编以贯鱼鳖,谓之编笼。"

什么是竹编?就是用山上毛竹剖劈成篾片或篾丝并编织成各种用具和工艺品的一种手工艺。工艺竹编不仅具有实用价值,更具深厚的历史底蕴。

竹编工艺因人而异,一般包括编织、镂空两种,编织是先用竹片或柳条等制成编织品的框架,再由纬线编织成各种花纹;镂空是先将经线或丝线等穿成各种几何图案后,再编织成各种形状的作品。

传统竹编工艺的六大流程分别是:砍竹、破篾、修篾、染篾、编织、整形。其中,编织是竹编工艺流程中最重要的环节,大体可分起底、编织、锁口三道工序。在编织过程中,以经纬编织法为主。在经纬编织的基础上,还可以穿插各种技法,如疏编、插、穿、削、锁、钉、扎、套等,使编出的图案花色变化多样。

七零后的姚元飞,从小就在父辈们的指导下,潜心学习,逐渐掌握了篾丝的裁、劈、剖、削、撕、匀、刮等十余道工序及粗、细篾货的全套编制方法。

姚元飞首先学习竹编的基本功，认识竹子的种类、特性，不同竹子的不同用法；再熟悉竹编制作工具的功能和用法；然后学会刮青、破竹、划篾、刮篾、过匀刀等基本功。经过潜心学习，可以逐步编织一些简单的产品如升子底、竹盒、竹凉席等。而后又随父学习编织精致实用的工艺品如果盘、小饭篓等。

"师傅引进门，修行在个人。"很多技艺都得在实践中掌握真正的要领，因物而变，因地而变，因材而变，要清楚地知道斑竹、绵竹、楠竹、水竹等最适合编织什么样的物件，才能达到最经久耐用的价值，所以他在实际编织中，按需取材，不浪费，尽量把竹编技艺的工艺价值、观赏价值、实用价值融为一体。他能编织的图案五花八门，有玉盏格、万字格、四梅花、七字万、双龙抱柱、水波浪、井字底、狗牙齿、顺路路、大梅花、小梅花、升子底等，其中用顺路路和水波浪打出来的竹制品最耐用。

创意永远是最有价值的。他与父亲将竹编与茶文化糅在一起，制作出的茶垫子、茶篮子等小巧精致的竹器，受到不少消费者的青睐。良好的销路打消了父亲的疑虑，看到了市场的接纳，这也坚定了姚元飞的信心。

年轻人，点子多，脑袋灵活，近几年，他在不断观摩与学习，与外面的交流过程中，看到了中国传统竹编技艺的价值，以及在市场中的巨大商机，于是在他的努力与运作之下，比耳本顺竹艺合作社成立。

在他的合作社，我们可以看到许多纯手工制作：神秘湘西双层簸箕、鱼鳞纹镂空竹笔、荷花图精品簸箕、"梅兰竹菊"双层精品簸箕等，精美绝伦，栩栩如生。

合作社办了起来，姚元飞又面临着一个新的难题，怎样让竹编非遗传承，走好市场化的路，从而在当代生活中绽放出更强劲、更持久的生命力。经过不断的探索，姚元飞找到了一个突破口，对竹编产品进行创新设计和品牌包装，开拓市场。为此，姚元飞积极与湘潭大学、中南林业科大艺术学院、几大美术学院等高校合作，通过高校的创意，打开了竹编新思路，开辟了新市场。近年来，本顺竹艺合作社的产品销路越来越广，远销国内外，参赛作品也多次获奖。

这似乎还不够，看到民间传统手工艺的传承让人忧心的现状，他希望更多的年轻人加入这个队伍中来，发展与传承传统文化。于是，他与当地的学校合作，每学期开设竹编技艺劳动培训课程，培养中小学生对竹编技艺的兴趣和爱好，为民间传统手工艺的传承和发扬做出了自己的努力。

十多年来，姚元飞用坚守与创新，让传统竹编编出了乡村振兴的新生活。他起初在酉水河边的竹编小作坊，如今发展成了合作社，这是湘西第一家省级竹编合作社，也是湘西首批非遗扶贫就业合作社之一。

这不，刚吃完午饭，村民们就来到合作社里忙着赶制起订单来，竹艺合作社目前有民间老篾匠、留守妇女、竹农种植户等长期就业人员二十八人。随着市场的扩大，他们的竹编事业结出了珍贵的果实，编向一条连接外面世界的路，一条幸福之路。

村民宋芳一边忙着手头的竹编活儿，一边说：每月有两三千块钱的收入，比较理想了，在家里照顾了家庭，还有了经济收入。既学得手艺，又把这个非物质文化遗产传承了下去，带动我们的乡村振兴。

村里的老篾匠胡重云，六十好几，在加入合作社之前，他干着一份保安的工作，合作社成立后，他在姚元飞的邀请下回乡，做起了老本行，在这里务工，家里顾到了，橘子树也带着照顾到了，年底柑橘也丰收,一年能挣两万多块钱。

　　看着此情此景,姚元飞依然一脸谦和,目光中有着坚毅和执着,他感念更多的人对传统非遗竹编文化坚守者与劳动者的肯定,传承与坚守,虽然他们一直在路上,任重而道远!但他们在默默加油!

　　待到春归雪融,这一片大湘西的土地,泛着古朴之气,明亮中有着轻松的样子,就像一株雪后的竹子,抖落一地尘埃,舒展自己,只为释放自己的个性,然后变着花样展示自己的专长,抽丝剥茧般的,只是让自己更加好看、有用,富起来,美起来,甚至酷炫起来。

　　月亮升起来,清凌凌的月光泻了一地。一丛又一丛茂盛的竹林,一树又一树的柑橘花,彼此融浸。比耳的青山映着碧水,竹树环绕着村子,在大片大片橘林之间,一幅新农村的美丽图景越发显现出来。在这个具有艺术气息的村落,我相信,一定有着更多竹艺之乡的土家后生,为了非遗文化的传承,为了建设美丽的家乡,回到自己的故土,爱在山水间,闪着个人和时代的微光。

　　"比耳滩,长又宽,比耳街上出篾匠……"在一阵酉水船工号子声中,我读懂了一个村庄蜕变、美丽的密码。眼看新起的楼房,一栋接着一栋比肩而立,挤挤挨挨的,拥聚在坪场上、坡地上、柑橘园边,倒映在酉水中,满河都是五彩缤纷的色彩与轮廓。

　　这,大概是一个新时代的土家山寨应该有的样子。

齿　痕

小寒那几天，窗外还飘着丝丝雨雪，今天倒出乎意料放晴了。三九天，无雪无雨，惠风和畅，给人"风日既暄美，云木交清疏"的感觉，于这个暗淡的冬日，平添一丝亮色，透出几许花朵草丛无法完全溃败下去的光芒。

每天，从河东到河西，我需要穿过整条烟水漫流的湘江，去用泽国的千片云，湘水的竹一竿，试探与打捞诸多幸存的梦想。匆匆忙忙的早晨，开始汲井漱寒齿，突然，我那颗不太讲究平仄的智齿又隐隐开始疼痛，一些明媚的思绪瞬间变得阴晦萧索起来。一个人，一旦坚硬的牙齿疼了、松了、脱了，咀嚼生活与爱的能力，还会完美如初吗？

似乎人的许多情绪，都可以与牙齿扯上关系，比如说：恨得咬牙切齿，冷得牙齿打架，含蓄时笑不露齿，紧急时咬紧牙关。吃了亏叫打脱了牙往肚里吞，不值一提叫不足挂齿，背后说人叫牙缝里说话，内部不和叫牙齿咬舌头……诸如此上，虽可莞尔一笑，也足以说明牙齿随人，是有情绪的。

一颗牙的情绪，也就是一个人的情绪。有牙则必有牙痛，人类与牙痛的战争，就是一场充满诡秘的心灵之战。大文豪萧伯纳说过："牙齿痛的人，想世界上有一种人最快乐，那就是牙齿不痛的人。"这么说，世界上只有两种人：一种是牙痛的人，一种是牙不痛的人。

俗话说，牙疼不是病，疼起来真要命。人生之秋，关于一些记忆里的疼痛，有时是心灵的痛，有时，真莫过于一颗牙齿的病变。

小时候，常会听湘西的外婆说，牙齿长得越多，这个人也就越命好。28 颗牙是最少标准，32 颗算是中等，传说佛祖有 36 颗牙齿。那是不是牙齿越多越好呢？后来长大才知道，28 颗之外，多余的是智齿。智齿并不会按照我们设定的方向生长，所以很容易变成让人害怕的阻生齿。智齿而智，不知理从何来。智齿，我看更应该叫作麻烦齿。

看来，一些事物，多了，并不见得就好。一些事物，少了，也并不见得就糟糕。外婆的故事里，有多少都是可以会心一笑的，但她却陪伴了我整个的童年时光。人从五六岁换牙始，八九岁换牙结束，一口乳牙脱胎换骨，完成更新，28 颗恒牙，就伴随着我们余后的一生。我们每天刷洗它，清洁它，只为能够粲然皓齿初含雪，只为能够山肴野蔌脍炙人口，只为能够取瑟而歌品味生活。

人生曲折如同齿痕。你看，人的牙齿，一生大概要咀嚼 3000 多万次。人们遇到一个个坎儿时，常常感叹做人不易，其实，做一颗牙齿又谈何容易？

有时，想想，善待 28 颗牙齿，就是善待我们的一生。

女儿生性活泼，伶俐好动，但平时刷牙过于马虎，导致一些乳牙被细菌吞噬，牙形也不太整齐，需要矫正。一日，她捂着嘴，做疼痛状，看起来状态不佳，不得不去医院。拔牙的过程果断、利落，检查、消毒、拔牙、清洁，几分钟的事情，一些复杂的事情简单化，简约而快捷。拔牙的过程听起来很复杂，实际上就是勇气的事儿，女儿还算坚强，总能忍受一些我们看来不容易的事。松动坏死的牙齿拔落，口里留下一小块空地，等待新生的牙齿，一点一点，蜗牛爬行似的，直到长出必然而生的新恒牙，生命的成长和惊喜，不言而喻。后来矫正牙形，套上银色的牙套，箍着一圈细细小小的金属，总给我一种紧迫感，被套着的牙齿，就像被束缚起来的一颗自由的童心，我感觉现在的孩子不容易，拥有这样被物质裹挟、被过多束缚的童年，不像我们小时候，简单而清贫，却能放飞自我的成长。

母亲一辈子，深受牙疼折磨，这些年，也有许多"打脱了牙往肚里吞"的委屈。她年轻的时候就开始牙疼，到了三四十岁，牙齿陆陆续续的，一颗一颗损失惨重，如今年近七十，全凭一口假牙，细嚼慢咽下生活的酸甜苦辣。从我记事起，就见母亲经常坐在屋里的竹床上，捂着嘴，皱着眉，痛苦不堪，有时脸盘肿得很大，喝盐水、含草药，这些传统的方法都用过，有时还迷信到求神拜佛，方法用尽，只能缓解一阵子，转眼疼痛依然。但凡家里做了需要咀嚼的食物，母亲总是眼巴巴看着，动不了筷子。当然最后得借助于手，把食物撕碎，或者切成一小块一小块的，然后咽下去。长痛不如短痛，直到后来有了些闲钱，她才下决心把坏牙齿拔掉，装了一口假牙，才得一些安宁的日子过。虽换了一口假牙，咀嚼没有问题，但是吃东西总是缺少那么点味道，麻麻木木的，味觉和脑细胞一样，都是会退化的。母亲用一口新的假牙，随我在新的城市，来咀嚼新的生活，可是她心里怀恋唠叨着的，还是之前在乡村那些老旧老旧的烟火日子。

看到母亲这个样子，我只能心里怜之痛之，同时害怕我老了也是这样的，于是照着镜子，牙齿尚没有少，皱纹却多了好几条。刷牙时，一颗一颗，小心翼翼地清数着我的牙齿，清洁我的牙齿，我又怎能忍心拒绝多出的那一颗智齿，又怎能拒绝渐渐老去的岁月？

那年去湘西古城旅游，或许是一路奔波辗转，牙疼犯了，对一路风景毫无兴趣，辜负了美途，回忆是一些染了疼痛的碎片。直到回来后，去医院把疼痛的牙神经杀死。然而，再也不知疼痛的那一颗智齿，长在口里，终究是多余的，拔掉是迟早的事，是它唯一的结局。但我依然相信一句话，上帝给我们的每一颗牙齿都是有用的。

我以为日子久了，就会淡忘了痛，然而，这颗智齿并没有让人省心，不时搅乱我平静的生活。是不是现在的日子都好过了，牙齿却过不好了，你看，大街小巷，都开着不少口腔医院呢，看来，饱受牙疼折磨的，当然不止我这一家子。终于，这个冬日的早晨，我拔掉了这颗跟随我多年的智齿，之后，如释重负，心里轻松不少，感觉脸也小巧了，这当然是心理作用。我想，有时候我们苦苦不愿放手的东西，于生活来说，实际上一无是处。这个世界上没有什么事是放不下的，痛了，自然就会放下。

一颗牙的情绪，足以影响一个人的情绪。人一生走过的路，和牙一生咀嚼过的食物，谁多谁少，谁又去计算呢？人活一世的痕迹，仿佛深深勒进生命里的齿痕。坏掉的牙可以补回来，多余的牙也可以拔弃掉，只是丢失的时光，丢失的人心，我上哪儿去找回呢？

寒气终究会凌然而来，晨起的雾色中，偶尔夹带着一丝寒意，路边菊花收敛起了灿烂的笑颜，直到枯萎，都有余香缕缕而来。采来野菊烘焙、晾干，制成一朵一朵的菊花茶，泡水喝，既清肝明目，又清热解毒，据说还可以缓解牙疼。女儿又开心自信起来，母亲也健康阳光了。重要的是，我们仨在一起，一起酝酿日子的甜，憧憬日子的美，一路相携相守，幸福似乎就离这里不远了。

"放肆笑，不等待。"当我看到这一句，心里暖意盎然，不由得摘了口罩，嘴角悄悄上扬。

吾心吾愿

每一个微小的心愿，都是从心出发的期许。

那年回乡，父亲的老哥，也就是三伯，笑逐颜开地告诉我：想不到呀，我都到花甲年纪了，还能被组织批准入了党。三伯开心得像个孩子，逢人就把他那枚红闪闪的党徽亮出来，徽章别在胸前，是他一身最耀眼的行头，这让一个老人，走起路来腰杆都直立着，总有雄赳赳气昂昂的自豪。

今年回家，看见三伯掰着手指头数他的年龄，有时候数着、数着，也会忘了，他今年七十五了，花白的头发下面，却是一张依然不服老的模样。想起当年，三伯和我母亲跺着脚吵架的神态，就如在眼前。他那一世精明的头脑，渐渐有了一些迟钝。我记得当年为了屋场地皮的事情，他和我母亲不知道吵过多少次架，屋檐滴水滴在哪边的问题，基脚放线寸土必争的架势，都过去了啊。从他渐渐慈祥的面容中，我感觉出了他的老态。但他似乎一直在与岁月较真，从自行车到电动摩托车，再到三轮车，他几乎无师自通，现在，他在乡村宽阔的水泥路上骑着电动摩托，像一个追风的小少年。

关于三伯在花甲之年入党的事，我一点也不觉得意外，这是他执着多年开出的花朵。尽管当时很多乡亲都不理解，甚至揶揄，但我真心祝贺三伯，我是懂他的，就像懂得父亲一样。三伯唠叨着入党这事儿，已经有好些年了。三伯年轻时当过兵，作为一名多年前退伍的老军人，在部队的时候他没能入党，遗憾至今。后来回乡当了多年农民，又做了个体户，起了新屋，依然初心不忘。而在他花甲之年终于如愿，成了一名光荣的共产党人，了却了一桩心愿，这是他晚年生活中的一件大事。

入党是三伯的心愿，同时，也是我父亲多年的心愿，只可惜父亲去世早。父亲卑微而短暂的一生，那么在乎一个党员的身份，没有入党成了他的遗憾，这似乎是我不理解的。那时，我暗暗立下决心：我要争气，实现父亲未完成的愿望，我也要入党。后来大学毕业，我参加了教育工作，成了家族中唯一的人民教师。二十多年来，记忆深刻的事俯拾皆是，其中重要的一件，就是世纪之初的那几年，一个石榴花开的季节，校长让我去参加县党校的入党积极分子培训班，这让不甚积极的我，变得积极起来。系统学习了一周理论知识后，我对党的认识更深刻了，意识到自己的不足，离合格党员的要求还有距离。之后的一年，我更加勤奋，努力创造条件。后来经过组织部门考察，那一年的七月，我面对着鲜红的旗帜，宣了誓，入了党，胸前别上了一枚闪亮的徽章。

那一刻，我心潮澎湃，好想与人分享那份抑制不住的喜悦。其实，我最想把入党这个事，告诉已经长眠地下的父亲。可惜的是，父亲永远无法得知了。心里有些淡淡的忧伤在弥漫，如雨中开败了的一树香槐。

那年我被分派去村小学教书，很有些不情愿，迟迟不肯去报到。"要服从组织安排，年轻人应该下乡锻炼。"父亲鼓励我。当时觉得父亲不疼惜子女，别人都想方设法留在县城条件好的学校，只有我得去乡村学校。后来想明白了，父亲是对的，如果大家都留在城里，谁去从事乡村教育，那些乡村的孩子谁去教呢？于是，我打包好行李，坐上摇摇晃晃的班车，去了县里最偏远的村小。村小在溪边，一整天都能听见流水的欢唱。学校有四个班，包括代课老师共五人。当年的我，教一年级数学和四年级语文，也教二年级和三年级的音乐和美术，从上午到下午，整天都有课。白天上完课后，整个人累得不想说一句话，呆呆地望着村子的远方。

夜静下来，听到窗外溪水流淌的哗哗声，久久不能入眠。村小大门外，有两棵树，一棵黄稠木，一棵木樨树，一高一低，一大一小。初夏，黄稠木绿荫如盖，嬉戏的孩子们在树下你追我赶。待到秋高气爽，金黄的木樨花开，孩子们在树下嬉戏，欢声笑语在操场回荡，空气中浸润着木樨香，花香浓郁，随风而散。每当此时，我会不由自主地停下脚步，浮躁渐趋沉静，俯仰吐纳间，陷入沉思与期盼：什么时候我们的乡村孩子，才能享受到公平的教育资源呢？

在无数个与溪水为伴的日子，信念的种子在心里生长，如一抹光，温暖我，照亮我。我始终相信：流水从未远去，世间最美的花朵都开在最艰辛的枝头，每一个困境背后，都隐藏着人生最好的礼物。

每一个不曾被辜负的日子，我都不想错过，在乡村学校努力着的我，也教会我的学生凝眸前路，瞭望未来。我告诉他们，通过自己的努力，只要不失去信念和梦想，就可以改变自己辛苦卑微的生活，改变自己的命运。我内心的小幸福，一点一点地找回。每每看到天真活泼的他们，穿行在简朴的校园，这画面美好而亲切，我仿佛看到了一朵朵梵·高的"向日葵"，正燃烧着金色的希望，这大约是我见过的最美的风景。一如那天，我从党支部书记手中接过的那枚党徽，闪耀着跨越时空的光芒，映射到整个山峦、天空，亮得灼眼，亮得深情，亮得庄严，仿佛是光的世界，照耀着青春的我。

这一切，父亲是不能知晓了。一些之前他无法看见的，我去替他看见，一些他未尽的心愿，我去替他实现。如果人生还有遗憾的话，那就是我在默默实现自己理想的同时，又同时在丢失着一些理想。父亲能看见我在默默承受中越来越多的沉默吗？父亲能看到一个努力奔跑独自擦干眼泪的我吗？父亲能看见为了女儿心愿实现而渐渐卑微苍老的母亲吗？父亲坟头上的细竹已经密密扎扎了。我记不清是多少个清明没有回来了，原谅不孝的孩儿，很多时候，不是我不愿意回来，只是有意在回避着一些感伤。童年的苦难，难道真的需要一辈子来治愈吗？好在母亲每年都回老家一趟，替我们了却一些心愿。但母亲也会老去，回到父亲的蓝溪，是我们无法回避和忘却的故土情深。

我有时想，父亲要是还健在，该多好啊，至少，他也该骑上三伯那样的电动摩托，像个少年一样在乡间穿梭，乡里的路都修得好宽了，等有条件再添上四个轮子的车，这样，他那一担子重重的木匠工具，就不用天天"呼哧呼哧"地肩挑背驮，从一个村子挑到另一个村子，走家串户，蹚水过河，上门去别人家当匠人，日复一日的，在一堆堆刨木花中操劳半生，把一个个心愿丢失在风雨中。

梨花落去，燕子呢喃，来到父亲安息的地方，已是又一个且清且明的日子，山风抚过，草尖露水零落，山花葳蕤烂漫。我并不想多说什么，这些年，我从未忘记自己的发愿，至今，人到中年的我，脚步仍然踏实而从容，两代人的心愿，支撑起我的一片精神领空，直到永远。

舍南舍北皆春水

那一年的早春,原本应是"几处早莺争暖树,谁家新燕啄春泥"的热闹光景。未承想,时节料峭,拣尽寒枝不肯栖,寂寞沙洲冷。那时的窗外,阳光稀疏,空气很重,几乎所有人,身心皆不堪重负。

宅在乡村的小屋,坐卧起居,我和我的家人,日子看似简单平静,其实内心焦虑,惴惴不安。窗外依然是安静流淌的沅江,青黛的武陵山脉延绵远去。我数着手心里的日子,祈盼着一天一天向好。

回首水云何处,只道世事无常难料。我有时恍惚觉得,这已然不再是春天,更多的像是请了一个长长的病假,春天似乎成为假象,却又非常真实,梅花开了,小草吐绿,天气晴好,但大街小巷,好像每个人都在逃离,都在隐匿,包括我自己。

时见幽人独往来,缥缈孤鸿影。对于这个崭新的春天,我渐渐感到羞愧,我拿不出该有的勇气与热情,与之欢欣,与之匹配。我无法像坚守在最前线的医护人员一样,直面病魔的挑战;我也无法远赴传说中的火神山、雷神山,帮助同胞们减轻病痛的折磨。作为一位普通的文字工作者,面对来势汹汹的疫情,我除了宅家,似乎能做的很少很少。

好在一声令下,全国上下众志成城,投入到这场史无前例的战

"疫"中，逆风而行，蹈死不顾。平凡的他们，甚至微小的他们，或者甚至连"战斗"这个词都算不上，他们只是在做自己想做的，能做的，和应该做的一切。一场没有硝烟的战争，正在城市和乡村的大地上打响。没有输与赢，没有对与错，一切交给命运之手。他或是她，谁也不希望成为这个春天里的故事的主角，谁也不希望成为这场事故的主场，但故事毫不犹豫地开始了。

也许，于千千万万个感人的抗疫故事中，远远不止这几个画面，或者这只是片段掠影，但平凡的他们，离我真的很近，甚至就在我的身边，于是，一切，皆真实可感。

大湘西的清浪乡，贫困户向丰生和他爱人，两人都是残疾，他却义务当了乡村流动宣传员，用自己的摩托车绑上音响，用手机蓝牙连接，每天到各村各组转，把村里播放的防疫广播知识骑车宣传到家家户户，不要村里给任何报酬，也不要补油钱，无论是白天还是晚上，无论天晴还是下雨，都可以看到他的身影在乡村小路上忙碌着。从大年正月初四开始，二十多天，他一天也没有间断。他就想义务为村里老百姓做点事，告诉大家不要出门，莫惹毒上身。他说："作为贫困户，一直是国家在帮助我，我想在国家有难、人民需要的时候，尽一份自己的责，做一点力所能及的事，用实际行动回报社会。"行笔到此，我的脑海里，涌出一幅画面：乡间小道，一辆摩托车，一位残疾人，一个用绳子绑着的音箱，反复播放着：防疫病毒期间，乡亲们，请戴口罩，勤洗手，不要串门，不要走亲访友，不要聚集打牌……我相信，听到这声音的，不只是乡民们，还有乡间随处可见的蓝天白云、山川树林、鸟兽鸣虫……

大山深处有人家。面对这个"加长版寒假"，孩子们倒是开心，退休的乡村学校班主任杨昌妹老师，却因为联系不上班里的三位学生，而心急如焚，她在学校工作群和其他群里四处求助。自大年初四起，山下的寨阳小学，在班主任工作群里布置了学生疫情信息摸排工作，对本班学生、家长的假期动向和身体状况进行排查，并做好登记，要求摸排全覆盖，不能漏掉任何一名学生。放假了还做这些具体而微的事情，如果不是高度的责任心使然，又是什么呢？杨昌妹只是所有乡村教师中的一个缩影。在阻击疫情的非常时期，各校活跃着一大批这样的优秀老师。他们立足自己的工作岗位，主动作为，用不一样的方式战"疫"，为疫情防控作出力所能及的贡献。为了孩子的平安，寒假依然站好最后一班岗的他们，可以说是无愿无悔。谁说他们不是"战士"呢？

自从网上发布了一些中药预防的方子，我也急匆匆从药店抓回了相关的中药，让一家人服用。我大概记得其中几味中药：黄芪、山银花、甘草、陈皮等。在城里，我们尚能找到买中药的药铺，但广袤的乡村，由于交通条件，乡亲们的预防，似乎有点力不从心。家住明溪口镇的李生清老中医，七旬高龄，大年初二那天，老人独自一人出门，顶着凄风冷雨，来到离家五里地的大山上，挖了满满一背篓中药，回家洗干净，又用大锅熬制，分发给当地易地扶贫搬迁户，一人一汤碗，告知乡亲们用来预防病毒。这天寒地冻的，李生清老人这一共上山采药两次，熬制中药三次。"我以前是一名医生，为老百姓服务是我们的职责，能为乡里乡亲做点小事，不值一提。比起那些在一线工作的医务工作者，我在后方做点微不足道的事情，算不了什么。"李生清老人说，"以后还要继续上山采几次药，多熬制一两次中药。"一碗汤药一份儿深情，从李生清老人的中药中，我分明看到了医者仁心，看到了春天的悄然来临。

待在静寂乡村的我，到底还是没法平复心绪，我得不断地在文字和文学作品中徘徊，我始终相信，文学有着温暖和唤醒人心的力量。

那时，多数人都在写日记，每个生命个体都在感觉和认知着这个世界，抒发伤感，或是悲情，不管是缅怀也好，歌颂也好，鼓励也好，记录也好，反思也好，希望留下这沉重的历史瞬间。因为历史的灰尘，落在个人头上，都是生命不可承受之重。乡村医师杨宇林也写了疫情日记，但我不知道她是如何在一边与死神抢夺生命，一边拿起笔写疫情日记的，因为他们实在是太累了，太需要休息。看了她利用休息的须臾之间写的日记，除了感动，更多的是备受鼓舞。

杨宇林，一名呼吸及危重症科医生，大年初四，她随省支援湖北疫情医疗队前往黄冈市大别山区域医疗中心进行支援。她在日记里说：其实一开始我们也好害怕，也控制不了自己的情绪。万事均有因果，由唯物转唯心，是否意味着我也渐渐老去。但是，任务来了，放下悲伤，擦干眼泪，一到了隔离区，换上装备，就投入战斗。每天都在小心翼翼中度过，还得不停地思考出现的问题。但努力终于有了回报，第一位患者出院了，除了开心，还是开心。元宵节那天，在医院简单过了一个元宵节，吃了迷你小元宵，喝了捐赠的牛奶，还有捐赠的西红柿，虽然一切都很难，但是一想到在家乡的亲人朋友，还有领导的鼓励，就拥有满满的正能量，相信一定会不辱使命，战胜疫情，早日回家。

是的，我和她一样地期待，期待回家的人，期待春暖花开。站在沅水岸边的我，呆呆地看着一县好山，两江春水，绿满微风岸，村南又村北。只是，水，细瘦了不少；岸，萧瑟了不少。空荡荡的河面显得越发宽阔，似乎传出某种呜咽的声响。缓缓地，我任其心中长出许多荒草，这些杂草藤蔓延绵，仿佛一张放大了的经纬图，延伸到了乡村大地的每一个角角落落。

阳光正变得可爱而温柔，之所以亲切又充满爱意，正是因为我们曾千百次在理所当然的明亮中徜徉过，从来都不曾忘记什么是感恩。

这些年，突如其来的疫情，也照见了人性的林林总总：有的，因无知而无畏，觉得疫情离自己还远，可以事不关己，依旧岁月静好；有的，虽然关心疫情，但只关心自己与亲友的人身安全，抱有侥幸心理，全然忘了无数的远方、无数的人都与我们息息相关；还有的，不仅仅关心疫情，更关注疫情背后的社会、体制、人性，并试图凭着自己的绵薄之力，而使事情多多少少有些改善与改观。我不知道我是属于哪一类，但我渴望是那些能够尽绵薄之力的人。我知道，某些时候，横亘在人们心间的，不仅仅是一场不可预料的灾难，它更像我眼前这一河苍凉的江水，流出了世间某些凉薄，也流出了生命中的喧嚣闹腾。但阴云，总会是雨后的山岚，或者黄昏时的暮霭，悄悄地，像它来时的不可预料，随风而逝，直到无影无踪。

东风夜放花千树，但留风月伴烟梦。我始终相信，没有过不去的冬天，也没有唤不醒的春天。正这样想时，有阳光从对面的苍山顶端覆盖下来，大片大片的阳光，涂满村庄灰暗的瓦楞与檐子，那么恬静，那么安详。

路过春天的树林

风儿,路过春天的树林,有歌声从风中响起。

"风儿轻轻吹,梨花暖心扉,云端吊脚楼,喜鹊追呀追,袅袅炊烟在苞谷烧里醉,欢快的鼓舞盛装迎客来。"正是春天里的十八洞,一支新歌又飞了出来。我静静地听着,欢快热情的旋律,让我仿佛再一次来到了十八洞村,闻到了梨花淡淡香。

一个春日的午后,我窗外的玉兰花开得素灿灿的。忽然,电话铃声响起,原来是张维,一位农民词曲作者,也是我大湘西的小老乡,他说要把一首自费录好的歌《十八洞》发给我试听。整个下午,我一边忙事,一边反复听着这新歌,一些感动油然而生,并带着深深的祝福。

这首歌,是张维精心创作了半年之久,且自己十分看好的作品之一。他将十八洞村的梨花、奇峰、吊脚楼、苞谷烧、莲台山、感恩坪等意象融合其间,字字句句,抒写出花垣县十八洞村脱贫奔小康的光辉历程,既具有地域特色,又切合时代主题。整个旋律欢快,给人行云流水、清新自然、雅俗共赏的感觉。他将大湘西老百姓过上幸福生活的欢畅心情,同时也将十八洞村奇山丽水的秀美风景以歌曲形式再次呈现,令人无限遐想、心驰神往。特别是说唱部分,可以说是整首歌曲的又一个亮点,"十八洞的山,穿过云的海;十八洞的水,飞跃千里外;十八洞的情,痴心永不改;十八洞的歌,流传千万代"。

我只是一个写作者,对于音乐,并不太懂,只是单纯地觉得,好听就是对的。有专家也曾给予这首歌高度评价,说这是一首适合旅游宣传又贴近群众,谱写大爱的好歌曲。一件作品的诞生的确很不容易,为了做成这样一首歌,张维节衣缩食,自掏腰包,四方奔走,请人录制,前前后后半年多,花费了不少心血。他说,家乡近十年来,发生了翻天覆地的变化,水变清了,路变宽了,房子变得更好看了,老百姓都喜笑颜开,过上了幸福快乐的生活。他抑制不住心中的激动与感慨,怀揣一颗感恩之心,有感而不得不发。十八洞是每个人心中的十八洞,是新时代山乡巨变的缩影,是精准扶贫政策的起源地,作为一个普通老百姓,都应该懂得和了解十八洞的历程和意义,饮水思源,吃水不忘挖井人。这是他写这首歌的初衷。

让人感动的是,这位从雪峰山脚下走出来的帅气小伙子,总是一脸阳光、无畏的感觉,没想到心里也住着一个情深义重、渴望爱和被爱的小孩。让人惊喜的是,张维创作的歌不少,还为母校毛泽东文学院也创作了一首歌曲《好儿郎》。这首歌经知名音乐人作曲,同班沁芯同学演唱,在毕业晚会那天首次推出,的确有些惊艳四座、意犹未尽之感。歌曲展现一代伟人"家国情怀放在心中,神州大地将梦飞翔"的书生意气,与指点江山的挥斥方遒。当然,这也正是他们这一班诗情飞扬的作家班才子佳人们的生动映照。我作为班主任,没想到这个平时话不多,总是面带笑容,偶尔还有些腼腆的大湘西山里的小伙子,居然还是一位作词音乐达人。

一开始,我并不知道张维是我的小老乡,在他来文学院学习之后才得以认识。看了他的简历,方知道这个年轻人不简单,还真是有想法。

中专毕业后，曾经尝试各种职业，养过几年猪，做过八年快递员，努力打拼，不等不靠，用自己的才情才华，为自己在家乡人面前，挣足了面子和荣耀。

八零后的张维，出生于溆浦龙潭，深深地被雪峰山下的龙潭文化所熏陶。龙潭，是抗战名镇，有千年古龙潭、红色龙潭之称，是雪峰山腹地一块难得的山间河谷地，风景秀美，出人才、出英雄。幽幽架笕田，发溆水之源，巍巍凉风界，立群山之巅，龙得潭以栖身，潭因龙而扬名。大美雪峰山，厚重悠久的雪峰文化，孕育和滋养着一个人丰厚的才情。每一个试图离开家乡的游子，最后都会选择回归家乡。

十多年来，张维一边回乡创业，一边学习写歌，用丰富的精神世界滋养着被现实敲打的不易。他先后创作了近千首歌曲，而且很多都有了一定的知名度，在央视各大频道及湖南、云南、吉林、陕西等多个省级电视台多次播出。比如，耳熟能详的《中国美 草原美》："中国美，草原美，歌舞唱响千百回。山也美，水也美，人也美，歌也美，快乐幸福永相随……"《红红火火中国年》："红红火火中国年，好日子每一天，快快乐乐中国年，风调雨顺每一天……"央视春晚歌曲《最亲的人》："翻过了一座山，越过了一道弯……门前的小树已成年，阻挡着风雨来得突然……"等等，都深入人心，得到社会广泛的关注。这些歌曲，虽已过去好几年，但依旧在不同的场景多次听到，依然赏心悦目。

这些年来，张维有感于为恋人们呈现无忧无虑的喜悦，他用心用情写出了一首《咱们结婚吧》的浪漫情歌；又一年，看到老百姓都过上了幸福生活，写出了《红红火火中国年》《中国美 草原美》，用心表达对生活的热爱，对祖国的挚爱；前几年，他有感于父母恩情，写出《最亲的人》表达心声，绿水青山，蓝天白云，感恩祖国，感恩亲人和家乡的父老乡亲。

付出总会有回报,命运不薄努力奔跑的人。一段时间以来,张维的歌火了,他的为人却依然朴实、谦虚。大家都说张维写的歌好听,易唱易学,能融入时代,也很接地气,歌颂着亲情大爱,传递着老百姓的幸福和喜悦,老少皆宜,深受百姓喜爱。夜深人静时,我常常想,"人民性"是新时代文艺的关键词,人民,始终是文艺创作的力量之源、落脚所在。作为广大文艺工作者,一定要明确"以人民为中心"的创作导向,写出人民喜闻乐见的作品。我私下这样认为,张维的大部分作品就具有"人民性"特质,反映了时代要求和精神气质,为人民抒写、为人民抒情、为人民抒怀。尽管当初他并不知道自己为什么而写,应该写什么。经过这么多年的尝试和努力,他渐渐清晰了自己的方向,较好地践行了为人民而创作的艺术初衷。

让人欣喜的是,张维在取得这么一些重要成绩之后,依然选择安静下来,继续充电学习,希望通过学习来增强或弥补自己的文学功底,以待日后写出更多更好的词。在毛泽东文学院学习的那段时间,他认真听课,安安心心回归学生时代,虚心请教,提升知识储备,不仅收获了知识,也收获了同学友谊。从文学院毕业之后,很少见他在群里说话,他的确是安静了一段时间,说是在沉淀自己,他还有很多想法,得要不断努力,挑战自己,写出更好的歌。最难得的是,作为湖湘青年,他有这么一份情怀在支撑着他不断努力前行,他也时刻在用音乐谱写生活,用最朴素的词句,抒发着人世间的爱,与所有老百姓一样,一步一步脚踏实地实现伟大的中国梦。当然,他也希望更多的人用音乐、文学、不同的言语和方式抒写爱、传递爱、歌颂爱。

一直觉得,从我们文学院毕业的学员个个都很优秀,这不仅仅是因为我作为班主任的一份偏爱。学院每年会举办中青年作家班,为培养湖湘文学人才而不遗余力,培养出了一批又一批文学新秀,甚至名家大家。每年还举办新疆作家班,以促进民族团结、加强两地文化交流,文化润疆、文化援藏。学员的这份优秀,大家可能在读书时期并没有充分发现,待他们走入广阔的生活,融入各行各业中,用文学照亮生活,在文学中诗意地栖居,能活出自己的精彩,活成自己喜欢的样子。这也许,就是大家曾经遇见之后,又各自东南西北分散开来的最大意义吧。

有人的地方,就有文学,有文学的地方,就有美和梦想。每每回忆起来,这都是人生一段值得珍惜的记忆,这也算是曾经来过的人生一份美的欣慰吧。正如张维在诗中所写:"鱼送来了祝福,水融化了疲惫,无论在祖国大地,还是世界各方,心,永远都在一起。"

"风路过春天的树林,在小溪边停住了脚步,不远处一群穿着绿装的孩子,正在入睡……"这是张维最近的四季组诗《春天往事》中的句子。诗歌不俗,意境也很好,有童年,有美好,有感伤。这是平时很少写诗的他,从我们文学院毕业之后交来的作业。"霜给秋天染上颜色,错把路人也染上了,临走的时候,没来得及和阳光说""多年后,雪走了,这片安静的山岗依然在,没有道路痕迹封闭了,那个停在冬天的秘密……"诸如这样有灵气的句子还很多,这是看得见的进步。

三月的文学院,如一幅由浅及深的画,绿叶与花朵在一点点相互映衬,润物细无声的春意在一点点加深。三月的龙潭,当是一曲清亮明丽的歌,生命在一点点地潜滋暗长,缤纷在一天天释放。路过春天的树林,我想把期望与祝福,都送给这个一直奔跑的年轻人:青春,会一直在梦想里,在奋斗中,在每一份不为人知的努力中,熠熠闪光!

小枫溪的三月

下了一夜春雨,溪水暴涨,快要漫过小桥了。

有水的地方就有桥,有桥的地方就有村庄。桥是三根木头拼接的木桥,水是大山深处流失的雨水,聚在沟谷处,汇集而成小枫溪。

小枫溪是一条会唱歌的溪,雨水总是隔三差五地光临,雨水每落满山野,小枫溪就又一次唱起快乐的歌。

山里散落四处的苗寨,像一片片刚刚长出的嫩绿叶片,在春天的关照下,苏醒了,丰茂了,越来越多的灯火和炊烟,照耀与点缀,在山间隐约或明亮处。大地似乎也穿上了苗服,红的、绿的、黄的、紫的,葱茏、丰富,带着叮叮当当的声响,很是养眼好看。

沿着溪水的路径,沿着片片落叶的标注,原来春天的落叶也是如此之多,有点悲壮,又有些恋恋不舍。枯叶不落,如何长出新的叶芽;冬天不去,春天如何到来?一步一步走进大山的深处,一切都仿佛不一样了,一座山,在忍住了冬天的孤寂和枯瘦,春天焕发了必然而来的光亮。万物生,万物长,万物枯荣,似乎并不需要谁的一声令下,一切,都是自自然然、大大方方的样子。

时间总得要往前推移,或者更远一些,一切属于春天的事物都在悄无声息中迸发。

比鸠，比鸠，比鸠，从远处传来小鸟奇怪的叫声，几只鸟儿，剑一样地弹射出去，嗖，嗖，嗖，穿过林子，穿过村舍，穿过斜阳，一直窜向山路延伸的远方。

沿小枫溪前行，一路会遇见很多大大小小升起炊烟的村庄，一个叫桐木坪的地方，就是小雅的家乡。

每个人心中的家乡，才是最美。小雅是这样想的，这也是我早就想来的地方，因为之前我答应过小雅，一定要来她的家里看看，不知这算不算是一次正式的家访。

一走进山里，就像走进了一个绿色的屏障，处处是赏心悦目的景。除了路途遥远一点，山里还真是个修养心性的好去处，让人心里踏实。

蹚过溪水，爬到高处，望望身后这条甩得远远的小枫溪，凡溪水流过的地方，不是田地，就是河滩，田地一片青绿，各种植物在竞相拔节生长。溪边，流水潺潺，不舍昼夜。一大片细细碎碎的鹅卵石，随意地散落在河滩，鹅卵石被河水冲刷得干净圆润，成了村里天然的晒衣场，溪水的哗啦声和妇人棒槌的拍打声，传到了村庄的耳朵里，偶尔有狗的吠叫声应和着，还有声声童谣响起：虫虫飞，虫虫飞，飞到老鸭溪，老鸦屙个蛋，宝宝好伴饭。一餐吃不完，宝宝做两餐。

小溪一眼还看不到尽头，弯弯曲曲，像一条绿色带子，弯过了村庄，弯过了山脚，一直蜿蜒到了云海深处。

小雅早早就在村口的枫杨树下等我，一看见我，就招手，她身后那只黄狗开始还不识趣地吠了几声，观望一阵，接着摆起尾巴来。小雅牵着我的手，一会儿和我并排走，一会儿又在前面带路，快乐如影随形，她像一只活脱脱的小山兔，圆乎乎的小脸蛋，被风吹得红红的，嘴角深含两个酒窝，高高扎起的马尾，一甩一甩的，穿着绣有蝴蝶等包有蓝色花边的苗家衣裙，走起路来，风一阵云一阵的，在我气喘吁吁之际，黄狗一转眼就窜到了我的前头，把我和小雅甩了很远之后，又回过头来，伸出舌头喘息着等待我们。

走在前面的小雅，瘦小的个子，在田间小路上跳跃，走过一片绿荫丛林，家就在眼前了。推开门，爷爷奶奶不在家，小雅开始提水生火做饭，俨然一个小大人。懂事的小雅，是在风中，在雨中，在不知不觉中长大的，而我眼里的她，还是个孩子。

其实，我意识到小雅长大，是在一个雨雾蒙蒙的早晨。记得，早春的那一天，天微微寒，山下学校的樱桃、紫叶李，开得素素的，辛夷花，或者是报春花，开始鲜妍起来，垂下来的柳条，柔枝吹拂，轻剪时光，晓风残月，岁月几多静好。

小雅穿着桃红色有点陈旧的棉衣，穿一双半新的白跑鞋，背着书包，从头到脚湿漉漉的，呆呆地站到我办公室门口。我正准备收拾一下备课，看见闷闷不乐的小雅，就问：小雅，周一上学怎么来这么早，上课还早呢，你怎么没打伞，还没吃早饭吧？

老师，早上好，我想，我想悄悄告诉您，昨晚我在家里，听着外面鸟雀叫个不停，开始睡不着，然后学着数羊，后来不知怎么睡着了，醒来我发现裤子红红的，呜呜，这是怎么回事呢，是不是您上次讲课说过的生理期呀？说完，小雅脸上依然红彤彤的。

不会吧，我脑袋轰的一声，小雅虽然今年十一岁，可还像个小孩子，其实就是个孩子，还和小伙伴一起唱童谣、玩捉迷藏，还并没有准备好长大。而且，按照老辈子人的讲法，还没到年龄。只是，现在的孩子，营养都不差，早一些是必然的。我记得那个年代，我们都是初三毕业了才开始懂事，现在的孩子，小学五六年级就发育了。

我让小雅进办公室来，让她把头发和衣服擦干，把冰凉的双脚烤暖和,并叮嘱她注意风寒,让她这几天都要喝热水,一定用热水清洗,然后拿出抽屉里的护垫,教她如何使用,细细道来,要她注意个人卫生,千万不能沾冷水,不能吃辛辣食物等。

看着一脸稚气又十分懂事的孩子,我是既心疼也高兴,我伸手抱了抱小雅,不知该说些什么,就只想给这个女孩一个母亲似的拥抱,一些成长的鼓励和安慰。一个失去妈妈的女孩,女孩该有的小心思,又该与谁人去述说?我总觉得有很多要说的话,却不知从哪里开始讲起,我沉默一阵子,然后翻出了一本有关成长的书送给她说:小雅,以后哪里不舒服了,一定告诉老师。

小雅的学名叫颜文雅,自从她在我班上学习以来,我也和其他老师一样,叫她小雅。小雅没了母亲,父亲在外地厂子里打工一去不回,她从小跟着爷爷奶奶长大。读书了之后,家里离学校太远,早晚上学都得翻山越岭、蹚水过桥走一个多小时的路,家里老人年迈,没有陪读的条件,不得不要求住校。可乡村学校没有多余的宿舍,有一段时间,我下乡支教住在学校,我的房间也就是我的办公室,正好空着一个铺,在学校的照顾下,小雅成了我的室友。小雅再也不受每天风里雨里奔波之苦了,她可以在每个周末的时间回到家里陪伴老人,其余时间,她是一个在校刻苦学习的乖孩子。

苗寨里的女孩,小名叫小雅的,似乎很多,但桐木坪的小雅是特别的。小雅是山里放养长大的丫头,小脑袋里装着无数稀奇古怪的东西。日常的生活中,又多是平淡而忙碌的,平日里即使有过伤心,也得把忧伤遗忘;即使有过开心,开心也是短暂而逝的。从小,她在桐木坪的田埂上奔跑,扒过地里的荠荠菜,偷过邻家的甜苞谷,在清清流水里捉过鱼,捕过虾,泅过水,晒黑过皮肤,沐过酷夏的阳光,淋过冬寒的雨雪,打禾割伤过手指,走路划伤过脚板,这些在都市孩子看来苦难的生活,却是她童年的兴与趣,难与苦,甜与乐,这也是乡村生活赋予她的灵气。

我总觉得,上学后的小雅,变了一个人似的,这是我慢慢观察发现的。简单快乐的她,开始渐渐自卑起来,特别是看到别的爸爸妈妈给自己的孩子打电话,就羡慕得想哭,通常是一个人偷偷蒙在被子里哭。但在平时生活和学习中,看不见她的眼泪和脆弱。

平时课后,小雅会和我讲她小时候的故事,并邀请我周末去她山里的家中做客。我很开心我成了小雅在这个学校的朋友,而不仅仅是老师。在我的陪伴和开导之后,她改变不少。我总在想,我什么时候会去桐木坪,去看看小枫溪,看看小雅在山上的家,和山中年迈的爷爷奶奶?

桐木坪依然如她说的那样老旧,就和桐木坪的小雅的爷爷奶奶一样。桐木坪依然如她描述的那样美丽,即使没有高高的房子,气派宽阔的高速公路,山水也依然有掩盖不了的清丽。桐木坪、小枫溪,像这个美丽的名字一样闪亮。对于喜山乐水的我来说,跋山涉水,都算不上什么辛苦,何况,还是带着家访这样的工作任务来的。

村里院坪上,隐隐有儿歌传来:月儿溜溜圆,星儿点点稀;我们手拉手,粑粑做游戏;团个大糍粑,飞到天上去;挨到月儿坐,比比谁大些。

桐木坪的孩子大了的时候,桐木坪的老人就有些老了,小雅的爷爷奶奶也不例外。他们刚从田里回来,水田要耕,秧苗要插,不能让田地抛了荒,不这样,一家人吃什么?不能让孩子荒了学业,不这样,一个家将来指望什么?爷爷七十三了,种田是一把好手,懂得什么时候制种、插秧、施肥,遵循季节规律,有条有理。面对孩子,确也是让其自然成长,却总是不得要领。爷爷奶奶在见到我的那一时刻,是开心的,眼里闪过一些光,但很快,又因为家里没有好东西招待而自卑暗淡起来,喃喃自语:让老师见笑了,乡里没有什么好招待的。山里人的纯朴和善良是一眼可见的那种。我坐下来,开始和爷爷奶奶聊天,询问小雅在家里的学习情况。小雅安静地在一旁蹲着,一边听,一边帮着奶奶择菜。菜园子就在屋门口,菜园地平整好了,秋天留的蔬菜种子,过一会儿都要播下去了。屋后的猪栏里,花白的猪崽嗷嗷叫着,一群鸡在院坪里刨来刨去,窝里一只下蛋的母鸡忽然"咯咯哒"叫起来,巾帼英雄一般出现在鸡群里。

爷爷奶奶的勤劳,大山就是最好的见证,是看得见的辛苦,一辈子用操劳的双手养育儿子,如今又要为了小雅的成长,操心费力。种了的秧田,不能没有人管理。孩子的成长,少不了家长用心的教育。

我想说,陪伴孩子成长是一件奇妙的事业,孩子成长不可逆转,爱的缺失不可避免,这是许多父母需要补习的功课。一些孩子心理和生理上的变化,需要默默关注,给予爱和温暖,这是隔代的老人大多会疏忽的地方。可是,我该如何与年老的他们讨论这样深刻的话题?原本,活着,已是多么不容易的事情。我实在不知道该要讲什么,该要求他们做什么,因为这本不应该是他们能承受的生命之重。如果说,这是一次不太成功的家访,我觉得也算是吧。离开时,唯有叮嘱老人们注意身体,不要太劳累,并留下一些必要的日常生活和学习用品。

天色不早,我计划着回家的时间,小雅一脸的不舍,似乎,她还有许许多多的好故事没有与我分享完,关于童年,关于成长,关于山那边的将来,谁的人生字典里,没有一本厚厚的书册?灶台上,炊烟里,爷爷奶奶忙碌的身影,越发佝偻。小雅站在村口挥手作别的影子,渐渐矮了下去。

下过的雨，已经不下了，吹过的风，还在吹着，风雨甚至让人相信，冷着，这也是春天的一种祝福。

这个周末黄昏的日头，似乎有点迫不及待了，夕阳染红了桐木坪的一湾溪水，三月的小枫溪，开始忙碌起来。

父亲的蓝溪，母亲的沅河

好多年之后，我在星城五一广场一栋半旧的居民楼里，日日想起之前在乡村的一些事情，以及那些被岁月漂洗得泛旧的日子，那一条条从乡村踽踽而来的河流。

于是，一个很迫切的愿望，就是想回到乡村，想去看看当初启航的地方，人生最初的出发点，那是蓝溪的源头。回乡，是一段曲折遥远的山道，是一条迷津漫长的水途，尽管我行走的脚步有点缓慢，但是，每每到了年关，几乎没有退后的余地。乡村有我的童年，也有我的念想，乡风、乡俗、乡情、乡声、乡味，有关乡里的一切腔调与记忆，都是我热衷去搜寻，并打算放在心里细细回味的。

之后的很多年，我跋涉过许多地方，之所以称为跋涉，皆是因为人生路途坎坷，从一座城到另一座城，从一条河到另一条河，一无所有的我，终于，在城市有了一个安身立命的家，有了一条每天必经的湘江，也有了一个被称为游子的身份。

回乡的日子多是春天，立夏时分，气温有了大幅回升，春和夏天的界限，渐渐明了。漠漠水田，阴阴夏木，我的乡村，又该是一番草长莺飞的光景，这是久居城里所忽略的地方，我只能在窗台上憧憬一下，乡村的气息扑面而来,思念变得迫切了。

久晴无雨,七八月的雨,就更少,一些河流疏朗了起来,小小的溪,流出了宽宽的河床,流成了裸露的河滩和黄土地,空出的河滩,平整肥沃,被勤劳的妇人开垦成一垄一垄的菜地。大大小小的河滩,干枯了的干枯,结块了的结块,结了块的黄土地,有着斑斑驳驳的裂纹,眼看大地干裂得疼痛,我的心也疼痛起来。

大地阡陌,似汝窑冰裂纹的河床,像极了母亲脸上的皱纹。如果说,母亲似一条苦难的河流,那么,我的母亲一定是这条流过她家乡的沅水。沅水蜿蜒千里而来,每一粒水珠,飞花溅水玉似的,都有着最初的来,和风尘仆仆的去。母亲这位水边的女子,下河的人家,攀山越岭,逆水而上,嫁给了一条沅水的支流,一个叫作蓝溪的小溪。从此,父亲的蓝溪,母亲的沅河,带着不同的方言,不同的习俗,看似多么不相匹配的组合,汇成了一曲奏响柴米油盐的生活咏叹调。

母亲的沅河,阔达、宽泛、丰厚;父亲的蓝溪,蜿蜒、曲折、幽窄。母亲有着大河女子的高声大调,手脚粗壮,劳动力好,一把柴背篓,背起山里的木材、木炭,走过岩板路,蹚过小溪水,到河边大船上或是街上兑换;一把柴背篓,背起大米机子做出来的粗细米粉,一捆一捆,穿山越岭,来到界上人家,换来零花钱,换来我们的学费,换来我和姐姐的新衣、新鞋子。我们小时候,个子长不高,脚却长得飞快,每年一双鞋还不够,第二年总得买新的,旧了的,舍不得扔,剪了前面的襻子当拖鞋,凉鞋变拖鞋,总是后脚跟露半截,在地上擦来擦去。母亲看着心疼,一双做粗活儿的手,也拿起绣花针来,灯下纳鞋底,剪碎布,太阳地里晒布壳,照着脚样子在布壳上画出大小,白底子,青面子,花里子,一双手工布鞋做好,得熬好几个工日。穿上新鞋去读书,舒适而合脚,有漫漫的母爱在我的书页间流淌。天下的母亲,有几人是容易的？《说文解字》中说："母，牧也。从女，象裹子形。一曰象乳子也。"母亲哺育子女，字形就像怀里抱着孩子的样子；另一种说法认为，"母"的字形像给孩子喂奶的样子。《道德经》中有说："天下有始，以为天下母，既得其母，以知其子。"母亲如水一般，善万物而不占有，水做的母亲，天生就该是一条滋养万物的河流。女子本柔弱，为母则刚强。

和母爱比起来，父爱深沉而含蓄，古往今来，写父爱的文字乏善可陈，我也很少在文字中写父亲，提及父亲，总是心有戚戚然。写父爱，犹如写一座山，但我的童年里又好像没有一座可以仰望的山，或者说是缺失像山一样巍峨有力的依赖与支撑，写父亲，我又不由得想起家门口的那一条蓝溪。父亲与一条溪，是分不开的，也可以说父亲就是那一条蓝溪。父亲的蓝溪，就是父亲的母亲河，是他从懵懂少年到青年，再到中年，所见证的那条河。父亲一辈子没有离开过他的蓝溪，就像不愿越冬的鸟儿，就像不愿归去的落叶。父亲的蓝溪，并不十分宽大，弯弯曲曲的，甚至有点狭窄。枯水季节，河中显露块块大石头，排列有序，当是水中的跳岩，三步一跨，就可以跳过去到河的对岸。涨水的蓝溪，有点骇人，排山倒海的气势，溪边的吊脚楼都被冲垮了，冲走的猪牛羊，在水中艰难挣扎。我还小的时候，蓝溪涨过几次大水，后来就少了。冬天多是水枯的时候，树上的鸟声也很瘦小，稀稀落落的声音，就像是落叶飘下来的声音。父亲挑着做木匠的一担子工具箱，用他有力的大脚板，踩过蓝溪的岩板，跨过跳岩，到对河的张家或是周家村去做木工活儿，养活我们一家四口，刚刚好。

当我渐渐能读懂一条河流的时候，青春悄悄溜走了。其实，父亲在比我更小的时候，就懂得了这条陪伴他成长乃至一辈子的溪河，懂得了一条溪流应该有的姿态和方向。而我却寻寻觅觅，绕了一个大弯弯，最终还是回到了父亲的蓝溪,并重新去认识一条溪水。与其说是重新认识溪水,不如说是重新认识父亲。

我在老屋的灶屋,在厢房,看见父亲满是灰尘的工具箱,我不敢打开的箱子,也似乎看到了一种命运的归宿。在这之前,命运一直是一个很抽象的词。在我少年的记忆中,与父亲交流的时候并不多,记得住的往事也就一两件。他总是被我们忽略,或者说是被敬而远之,总是沉默伴随着他,常常坐在堂屋的长横木门槛上,眼睛看着别处,孤独的烟圈,一个又一个飞起又消失。父亲是安静的,那个时候,时代的潮流涌动不息,但并没有影响到他内心的安静。别人家的父亲,已经在镇上做起了生意,开起铺子,买上了电视,家里修起了砖房子,父亲守着他的木匠工具箱,依然走村串户,蹚水过河,乐此不疲,这是他这一辈子都热爱的事儿,闻惯了刨木花的木香,听惯了蓝溪水的水响,有清风陪伴,有二两小酒,就觉得人生没有什么需要用力去追逐和奔跑的了。

清清的一河蓝溪水,在脚下迂回,长流常新,不舍昼夜,而人生如流水,往往就是转眼须臾间的事。在溪边的山坡上,我又一次去看父亲,父亲的坟头,竹子长得细细密密的,青苍葱郁,颇成了一定的气象。父亲简单卑微的一生,走后却用一丛茂密得似乎有些透不过气来的竹子,来长了一回脸,来聊表一些久违的欣慰,不知我该是喜还是忧,清明的雨,湿透了我和姐姐一颗疲惫的心。

头发白了的母亲,依然陪伴着我,从乡下到城市,从城市到乡里,陪伴得有些孤独寂寥。她带着一河沅水的风姿和气韵,一河沅水的包容和绵柔。而我,渐渐地,在吹过老气横秋的风之后,淋过不可一世的雨之后,也越来越看清楚前行的路,明白一条中年的河流应该有的样子,并且,学会了理解、包容和热爱。如今,父亲的蓝溪渐渐有了母亲的沅水的气度,而母亲的沅水也渐渐有着一条小溪的柔和、坚韧与慈柔,在一条河或是一个人身上，完美融合了，没有太早，也为时不晚。远远徘徊在一条湘水岸边的我，不得不在一条小溪和一河沅水之间，往复迁回，归去来兮。山还是那群山，河还是那条河，溪还是那方溪，生命中的无数个选择，如何不是早就注定了的呢？一直在等待的一条河，如何才能与一条溪水，稳稳妥妥地汇合？！

期待如初，河流和人生，千里万里的奔赴，都有一个相同的方向，都是一种难得的聚首，团圆皆欢喜，欢喜皆团圆。我想，如果一个人本身成了春天，春天就永远是这一个人的了，如果一个人本身就是一条河流，那么，河流从没有离开过他，千回百折的迂旋，也终将不会远去。

水岸的狗尾草

平常,很少去赞美一棵草。或许,正因为草很平凡,它大概是不需要,也不在意人去赞美的。

只是,此时此刻,我赞美它,却因为它是长在沅水岸边的草。

水,是一脉沅水,是旖旎清澄的水;岸,是两岸青山,是逶迤连绵的岸。沅水两岸,多的是这样的青绿山水,唐诗宋画一样的山水,见多了,就觉得天下山水就都该是这个样子的。

山多了,水就弯了,水弯了,岸就多了,水岸边也就多了一些不知名的花花草草。这些花草,和山水一样的板眼,和山水一样的气质,因为普遍,因为寻常,便总是大大方方,自自然然,葳葳蕤蕤的样子,于是"野火烧不尽,春风吹又生"。

其中,最让人感动于心的,是水边那一丛丛的狗尾草。

起初,我并不知道这草的名字,不管是根茎,还是叶,它和一些没有名字的杂草,大抵差不多。直到某一天,它长出一根根狗尾巴一样的穗子,顶了个毛茸茸的小脑袋,就有了自己的特质和辨识度。一株株、一丛丛、一簇簇,伸长了细细的腰杆,在阳光中轻摇,在风雨中舞蹈,尽显独特的韵味。似花也罢,似草也好,农人往往一遍一遍地锄,它却又一茬一茬地长。确乎,这就是蓬勃的生命,生命的可叹可敬之处正是这样。或者说,这也是人们喜欢狗尾草的原因吧。

狗尾草又叫太阳草,或者还有一些别的名,诸如稗子草、光明草、阿罗汉草等,为禾本科狗尾草属一年生草本植物,常生于海拔四千米以下的荒野、道旁,很常见,几乎不挑气候和土壤,遍地皆可自由生长。

都说狗尾草的花语是坚忍、不被人了解的爱、艰难的爱。其实,人们多了解的是狗尾草隐忍、坚强的一面,但它更多的是阳光,是奉献,是快乐。它把沁人的芬芳留给了它爱的花朵,却把倔强的平凡与普通留给了自己。

我喜欢这看似卑微,实则与光明息息相关的狗尾草。

春天来了,它会自然而然地绿。秋高气爽时,它自然而然地枯落,谁也不会多瞧它一眼。但不管你瞧与不瞧,它该黄的时候黄,该绿的时候绿,根本就不在乎,它更在乎的是自己长成自己喜欢的模样。你看,下一两场看似不经意的雨,裹挟着狗尾草种子的大地总是土膏微润的,细细小小的种子,饱满得像细微的宝石,落在哪里,就生在哪里,长在哪里,无须过问这粒小小的种子,是大风刮来的,还是鸟嘴里脱落的,它在屋檐的瓦缝里,或是土墙的缝隙里,一点都不会挑剔,随处毫不犹豫地扎下根来,长出嫩嫩的芽,伸出两片细细长长的叶子,用自己的坚忍,或者说用自己的不在乎,去拥抱,去欢呼,去摇曳,来点缀这个世界。因为有了这无名的、特别的、坚忍的草,这个世界便多了一些传奇的翠色。

如果,一个人总爱把自己比作狗尾草,而且喜欢把狗尾草当盆景,插在家中天青色的古旧花瓶里,每每朋友来了,津津乐道的样子,很陶醉,很受用。这样子的人,的确,也有点特别的意思,人与草,草与人,正如王阳明先生说的"万古一心,万物一体",那他就大概真的似一株秋天里的狗尾草了。

其实，我所遇见的他，本是一棵历经风雨的树，一棵大湘西深处高山大岭的枫杨树，总是长成村庄里最高最出众的那一棵，站在村口，一年四季都翁郁如盖，远远地成为一个村庄的标识，避风躲雨、斗寒傲雪、坚毅挺拔，孤意而深情，纯粹且自在。

一棵大树一样的湘西男人，却愿意说自己是一株小草，一株狗尾草一样的草，大概这样的人，若不是有圣者之明，就是有智者之愚了，的确，这样的一个人，在当下，还真是有点特别之处，大概是物以稀为贵吧。

用他自己的话说，他觉得生活本身就应该像狗尾草一样，似花非花，似草非草，悠闲自在，倔强挺立，宁静怡然，不招蜂引蝶，不招摇过市，无论土地肥沃或贫瘠，都努力将根深深扎入。

于是，他总是一直远远地，静静地，站在原地，击壤而歌，坐看云卷云舒，卧听空谷鸟鸣，像狗尾草一样地生活，写狗尾草一样的文字，于不可能处寻找可能的意义，或许，这是生活在别处的另一种适宜。

究其实，他一直是个孤寂寡淡而又壮怀激烈的人，经历过很多的困顿与苦厄，做过很多的事儿，走过很多的地方，想过很多别人都认为没必要想的问题。他的灵魂既耐得住寂寞，又常怀远方，背着自己的方言，有点躁动不安地四处流浪。每年，他都会在工作之余，只身一人，义无反顾地奔赴那些常人不可想象的"脚尖上的天涯"。他从家乡的沅水出发，朝向天边的若尔盖，行走在高处的拉萨，探寻最后的秘境雅鲁藏布，造访大量的寺庙，越过天光，越过日头，抵达九曲黄河，逼近心灵的码头——这是他一个人的朝圣，无数次"蒹葭回望"，无数次凝眸"眺望"，他的血液里始终流淌着"仰观宇宙之大，俯察品类之盛"的特立独行的自由精神，俯身东篱采菊，仰首可见南山。在芜杂的生活与工作之余,他有时也会提笔写写久违的文字,写一些他自己所称的狗尾草似的絮语。

其实,他写的文字岂是狗尾草一样的文字?不,那多是浑然天成的匠心之作,诗史手笔,他的文字,他的书写,有着蓬勃的诗意,兼以精妙旷达的语言,呈以深厚的哲思。可以说,那些颗粒饱满的文字,那些散金碎银的句段,是清浅河流中的水滴,是高山深涧的一抹流云,那是一股沁甜的清泉,一缕惬意的山风,那是一幅既有东方的大写意,也有西式的重彩油画,融合诗、史、画意象的山水长卷。

有人说:他是沅水的儿子,从沅陵登舟,驶向文学的长河,前方,从文先生的身影若隐若现。他的文字蘸了沅江、酉水的灵异,穿云带雨,仰天俯地,感应黔巫,悲悯苍生,有对天地万物的细察、深究、体认与默观,又有生命、灵魂与岁月的对话。佛风天雨,芫野飞雪,梵呗嘹嘹,皆纳入其视野,高歌一曲,皆成妙章。其行文雅正高古,文笔洗练简洁,且又韵律铿锵,形成独有的格调与情致,在地域美学叙事上,既有丰富多元的拓展感,又有严谨细致的历史探寻,彰显出较好的文学与审美修养。

有人说:每读到他书写湘西山水人情的文字,心中总有些这样或那样的思绪在回旋缠绕,挥之不去,又说不清到底是什么。激赏?欣然?感叹?似乎都不尽达意。总觉得那令人难割难舍,有种心生隐疼不忍匆促读完的感觉。

还有人说:他的文字朴实而安静,有自己独有的生活态度与写作立场,或许是他生在武陵雪峰的显显巍巍之中,又有沅江酉水的漫漶浸润,为人行文自然而然就有了山的硬朗、水的澄莹。他的作品视野开阔、浑厚沉雄,又不乏细腻灵动、烟火气十足,有嚼劲,有韵味,画面感强,见证和表达了湘西地域,又不只是湘西地域的一种叙事美学、一种精神征候、一种大地伦理，委实难得。

然而，对于人们这样那样的评说，依然喜欢站在原地的他，愈发诚惶诚恐，愈发勤勉谦卑，于是，一篇又一篇的山水文章，如山泉水一般汩汩而出。书写累了的时候，他又会在沅水岸边扯几茎狗尾草带回家，或许，看着这些有点意思的狗尾草，那些关乎生命里的一些回溯、一些看见、一些敬畏、一些深情、一些叩问、一些救赎、一些后来的光阴，就有了一个切切实实的安放。

大山一样憨厚的他，生活在一河大水边，水给他更多的柔软和智慧，闲暇时，他喜欢静静地坐忘于水，一个人，一支烟，一帆船，一河大水，发呆，或者仅仅只是发呆，都十分美好。写与不写，其实，都不见得是他最好的心灵安放，但他又不得不写，而且，写着，写着，就写出了生活的诸多意义。有着一身才华，不是他的错，错的是一身才华的他，却有着如一株狗尾草般的散淡和人间清醒。当然，这也许不是错，这是睿智。这大概就是古人说的：志于道德者，功名不足累其心也。

是的，他常常有着"我从山林返，携归一片云"的散淡，又有着"仰天长啸出门去，我辈岂是蓬蒿人"的洒脱，有着"宠辱不惊，看庭前花开花落"的从容，也有着如从文先生一般"我知道你会来，所以我等"的执着。或许，是在王阳明虎溪布道的余响中日复一日，他大概是悟到先生心学的真谛"此心不动，随机而动"了吧。

如果人生没别的更好的寄予，那么，也许，书写就是他最好的寄予。有人说，写作也是需要天赋的，这样一个天赋极高的人，如果将来不写了，这简直就是暴殄天物。

一株岸边的草，偏偏喜欢水。他喜欢水边的风物人事，也喜欢水边的自己。一个试图与河流对话的人，其实本身也就是一条河流。那些乡村里的事事物物，都是他笔下最熟悉最温暖的映像，他书写它们的安静、从容，书写它们的热烈、隐秘，它们不拒绝、不浮华、不抱怨，它们倾听风、倾听雨、倾听世界。所有的这些，他似乎都是信手拈来，又似乎在他的内心深处发酵已久，他所书写的，是喷薄而出的一江沅水下洞庭，可以壮阔，可以辽远，可以纵横捭阖，可以思接千载，也可以通江达海。

他笔下的溪水：夹岸高山中，长得霸蛮而又油腔滑调的，是丑溪、油溪；成天心花怒放的，是奔溪、怡溪与舒溪；俏皮的是耍溪、穿衣溪；好客的是大宴溪、小宴溪；有板有眼举止文雅的是泗濠溪、侏儽溪；烟火气十足的是鳜鱼溪、小米溪；闷声不响哲学兮兮的是深溪、阴沉溪；有着缤纷色彩与身段的是蓝溪、绿溪、朱红溪与白河……生活在水边的他，知悉溪水的长相、心情、色彩与腔调。

他写水边讨生活的男女：荷肩挑担的男人披衣敞怀，挽了袖子，卷着裤腿，扁担咯吱咯吱地响，担子越重，走得越是风快；背着细篾背篓的女人，长身细腰，走得并不着急，迎风摆柳似的，襟前少不了会缀上一朵两朵媚媚的挑花刺绣，背篓里背的是生活的家当。

他写活着的莲花池：风吹着风，雨落着雨。村庄里的众生万物，生，只管生，长，只管长。每一棵树，每一丛草，每一簇花，都显得规规矩矩，自然而然的，没有挑三拣四，没有急于求成，它们缓缓地生长着，时间一到就倒地死去。死了的东西，其实也并不真的就完全死去。只需待到春风吹过了桃花，又吹过杏花和李花，山坡上，今年的草就会盖住去年的草，去年的花朵又会热闹在今年的枝头。一些死，显然是为了生；而一些生，本身就是为了死。

他描摹身边的同事：不高也不矮的凤生，沉静寡言。难得的是，无论何时，他那一抹略显稀疏的头发，总梳得有条不紊，纹丝不乱。想来，头发，是一个人的高地，若是乱了，整个生活与人生便会显得粗糙潦草,终归有些不妥。

他写齐眉界的树:只要一看到齐眉界的树,说不清道不明的,内心的涟漪总是微微荡漾,似乎一眨眼就能看见父亲被日子压弯的脊梁,看见母亲燃起了炊烟,站在门前眺望。

他写窑头的芦花:细绒绒、白花花的,虽然简素寡淡,却又引人"私绪"绵绵。疾风中,每一株苇秆的头上飘动着盔缨,身披枯黄的铠甲,每一束,迎着风的方向,旌旗猎猎,威武浩远,如钺,如斧,互不牵扯,互不依恋,却又成簇,成片,成野,生生死死,是是非非,来来回回,从从容容。

他写村中的老人:村口窨子屋高大气派的隔火墙下,几位老人坐在油光锃亮的墨岩上晒太阳,拉家常。其中一个,散淡地半眯着眼,衔一杆长长的旱烟袋,"滋"地吸一口,半天方从鼻孔飘出几缕烟雾。

他写深处的借母溪:借母溪的炊烟是认得我的。谁家的炊烟多了,少了,浓了,淡了,高了,矮了,我都知道。然而,在别人的村庄,是不可以乱跑的。一个村子,乱跑的人多了,回家的路也许说没就没了。

他写守碾房的卓公公:酒糟鼻梁,稀白的胡子,缺牙驼背,叼根油光水亮的旱烟袋,满肚子青面獠牙僵尸鬼故事,吓人得很。卓公公双目炯然,背着手,有板有眼地踱着步子,驼了的背似乎也直了不少。随着"嚯"一声老吼,将挡水的厚木板抽掉,欢腾的水"哗"一下喷薄而出,冲击着碾房外巨大的扇鼓。扇鼓一转,巨大的碾盘,开始咯吱咯呀地旋起来。石碾,碾着稻谷、麦子,碾着此起彼伏的鸡鸣狗吠,也碾着无数既干涸又水灵灵的日子,使得整个村庄的炊烟,不由自主哔哔剥剥炸裂出某种单调而动人的声音。

他写人间的河流:一个人拥有一条真正的河流,委实是一件值得骄傲的事情。面对从你全部的世界流淌过来的水,清醒者流得清澈,昏聩者流得芜杂,智慧者流得深沉,浅薄者流得平庸,慈爱者流得温和,阴险者流得晦暗,勇敢者流得激越,怯懦者流得惶恐,喜乐者流得欢腾,悲怆者流得哀愁。

的确,阅读他的散文集《河流在人间》,是一种心灵净化的沉思,于人可以得到一种疏朗高妙的启悟。特别是夜深人静,细细读来,其思想的深邃、辽远、宏阔,语言的雅美、精致、考究,字里行间的韵味、气质、风范,文字背后的隽永、思辨、凝思,都会让人爱不释手,无法掩卷。他写水边的事,水边的景,水边的人,水边的光阴,水边的沧桑,鲜活、细腻、灵动,既是阳春白雪,更有烟火煌煌,熔自然之美、人文之美、人情之美于一炉,形成了如诗如画如史的艺术境界。这一脉人间的河流,这古老的大湘西,这青山绿水、明月翠竹、溪流野渡、山城古寺、田园村寨,近乎炉火纯青的艺术描绘与描摹,无不使人感叹敬佩,余音绕梁,心旌摇荡。

人如草木,草木随人,一个人,如果和草木有了惺惺相惜,大概也如草木一样纯善,一样葱郁,一样光明。

所幸遇见这样的他,怀抱着一棵树的理想,有着山的伟岸和雄阔,水的涵养和睿智,却像草一样的谦卑和乐观,身边有这样的人,如师,如兄,如亲,如友,幸甚,幸甚。

回望蓝溪,回到青寨,水岸的草木总是那么繁多,水岸人家吊脚楼里的故事也新鲜,一切,总是欢欢喜喜、简简素素的样子。我喜欢这样的简素和散淡,一如一河蓝溪水的散淡。

在水岸,在田边,在坡地,我再一次看见司空见惯的狗尾草,毛茸茸的,柔顺滑溜,身形修长,色彩青绿,穗子粒粒饱满,却总是耷拉着头,不管是站立或是弯腰,都是一副不卑不亢、不离不弃的样子,既不张扬,也不轻狂,没有傲气,但有傲骨。

如果侧耳聆听，无声无息的风，吹动着的风，晃晃荡荡的草，有着顺其自然的潇洒和惬意，它在逆光里飞翔，有着不可忽视的魅力，柔软而又明亮，翠微而又坚忍。甚至在深秋，万木枯萎时节，它还能凭借枯干的茎秆挺立在秋风寒霜之中，瘦削细长的叶子即便卷了，但它的穗子，依然还保持着接近完美的形体，向上天昂出一个个感叹号，或是若有所思的问号。

这风一样的狗尾草，风姿绰约，灵动万千。它并不只是喜欢摇晃，它更擅长深扎，有高过山巅的勇气，也有俯首尘埃的从容。狗尾草一样的他，也习惯了遁形、晃荡，熟悉他的人，自然会知道他。不熟悉的，他会隐得如阳光、如空气，让人感觉到他的无踪无影，这大概是真正的大隐吧。

狗尾草一样的他，也许继续会去一些地方，重新认识阳光、石头、水、空气，与一朵同样散淡的云说说话，与一棵古老的树无拘无束地攀肩搭背，遇见宽大的河流，遇见苍茫的眼神，遇见朴素的灿烂，也遇见甜美的苦役。他顺手一个水漂，飞翔的石头便会结结实实地打痛光阴的童年，面对历史，面对现实，他一直在且行且吟，用一支澄澹劲健的笔，超以象外，得其环中，构筑出一个长风寥寥的世界，既天风浪浪，海山苍苍，又白云初晴，幽鸟相逐，在庞杂繁复中时时处处在悲悯、叩问、反思。

采采流水，蓬蓬远春，如此，光明如草，因着一株水岸的狗尾草，想来，大概文学与人生之路，该是不会寂寞的，必得丰盈一生。

第三辑

传承：灯火可亲

一个人将镂空的心思，付之于山川、河流、大地与花鸟，剪刀之上，小心翼翼地，剪出阳光与土地，剪出风雨与节气，剪出时间与空间，剪出日子和生活。剪刀之下，心无旁骛的，裁出一地命运与传说，一缕炊烟与念想。

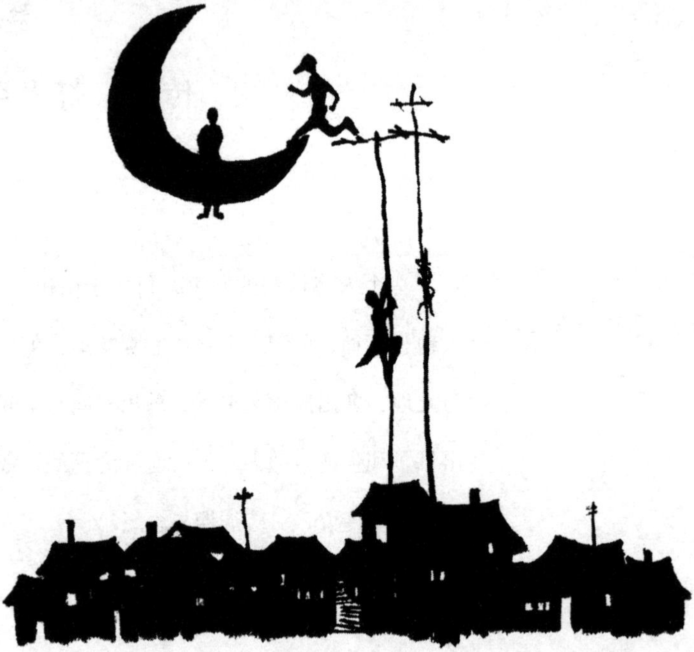

踏虎凿花

年关时节，再次与民间非遗艺术的遇见，注定是一种机缘。世上的诸多事，莫不是因热爱和向往而生巧合。或许，这是我近来迷上了剪纸艺术的缘故。

孤灯闻楚角，残月下章台，一个人将镂空的心思，付之于山川、河流、大地与花鸟，剪刀之上，小心翼翼地，剪出阳光与土地，剪出风雨与节气，剪出时间与空间，剪出日子和生活。剪刀之下，心无旁骛地，裁出岁月与历史，命运与传说，炊烟与思念。

剪纸，让我置身城市的喧嚣之外，有了一份相对超然的专注与宁静。因为对民间艺术的热爱与渐渐执着，让我一直向往乡村，一直渴望寻访非遗民间艺术。

在泸溪李铁骑工作室，我遇见国家级非物质文化遗产"踏虎凿花"省级传承人杨桂军老师和湘西州代表性传承人李铁骑老师。两位老师都是土生土长的苗家汉子，并未穿苗服，裹苗帕，而是一身休闲装束，一个目慈，一个眼炯，五短身材，气定神闲，举手投足间，有股子身怀绝技却又深藏不露的大家风范。

只见两位老师并不多说话，只是俯首凝思，纸转图移，不停地运刀凿花，只见刀尖朝下，刀锋朝内，由前往后，由上至下，先左后右，先里后外，先繁后易，先密后疏，如行云流水，凝神静气中，弯、转、提、点一气呵成，刀锋所到之处，线条的粗与细、长与短、疏与密、阴与阳、虚与实出神入化，点线交融，方圆得当，巧与拙浑然一体，细微与整体相得益彰。显然，艺术在他们的眼里，不仅仅是一把刻刀、一叠纸、一块蜡板那么简单，也是和烟火人生、爱恨情仇无法分离的。

和蔼亲切、藏而不露的杨姐，是李老师爱人，她在里间工作室台面上忙碌着，剪、凿、装裱，样样精通。台面上摆满了凿刀、蜡板、粉袋、纸钉、小钉锤、剪刀、磨刀石等工具，仅古法自制的凿刀就有斜尖形、正尖形、锥形等好几种。各种花样，或大或小，或长或短，或方形，或扇形，或圆形，有的圆如秋月，尖如麦芒，有的方如青砖，缺如锯齿，有的大似簸箕，细如针尖，有的线如胡须，薄似蝉翼，其精美，其多样，无不令人叹为观止。

当我在敬佩中说明采访来意，两位大师眼里溢出一丝藕色兼带芬芳的神采，似乎可以浸染满屋子的凿花时光。显然，一个年轻人对于非遗艺术的这份热爱，是他们没有料到的惊喜。也许很多人还不了解，什么是踏虎凿花？凿花，顾名思义，并非二月春风似剪刀般地剪出来，而是用刻刀凿制而成，因起源地形似五虎擒羊，虎脚踏在羊背上，因而得名踏虎，源自于泸溪踏虎村的凿花，故名"踏虎凿花"。

沈从文先生曾写过一篇《塔户剪纸花样》的文章，文中"塔户"即今湘西泸溪县合水镇踏虎村之"踏虎"。先生写道，"由浦市（泸溪县下辖乡镇）赴凤凰的老驿路上，就有这么一个小村子，名叫塔户……住上约三十户人家。他们数十年如一日，把生产品分散到各县大乡小镇上去，丰富了周围百余里苗汉两族年轻妇女的生活。它的全盛时期，一部分生产品还由飘乡货郎转贩行销到川黔邻近几县乡村里去，得到普遍的欢迎"。由此可见，踏虎凿花不仅是在本土村寨凿制和售卖，而且形成了一个不小的行业，剪花匠往往也是挑货郎，他们走村串寨，将乡里的剪纸花样兜售给远方的人们，"花样"往往会被绣成衣物上的纹饰，成为"绣在衣服上的文明"。踏虎村周边曾流行这样一首民谣："嫁女要嫁剪花郎，肩挑担子走四方；出门身上无银两，回来银子箩筐装。"

踏虎凿花，做工精细，线条流畅，当地人称它为"花样"，而那些卖花的人，又被叫作"花客"。千百年来，"花客"们为了生存生活，为了所喜所爱的手艺，无论天晴落雨，寒来暑往，一路斜挎竹篾纸本花夹，手摇长把花铃鼓，肩挑竹篾箱笼，翻山越岭，走乡串寨，逢墟赶场，摆摊设点，将凿花刀尖上的艺术传播到湖南、湖北、重庆、贵州等地，一年四季，风餐露宿，十分辛苦，恰如山歌所唱："三角坪的凿花郎，挑着担子走四方。人间辛苦都吃尽，风风雨雨走他乡。"想起以前的"花客"岁月，杨桂军老师不无感慨。

一刀惊日月，方寸显乾坤。非遗技艺在传承的问题上，一直都是让人忧心的。所幸的是，泸溪"踏虎凿花"这一名片，正是因为有黄富海、黄靠天、黄桂兰、黄永红、邓兴隆、杨桂军、李铁骑、邓启刚、邓淑芳等一代又一代的凿花艺人，焚膏继晷，精研细凿，终于将大山一隅的独门绝技发扬光大，形成了刀法细腻、线条流畅、作品精巧、花样繁多、独具风格的民间工艺品牌而饮誉国内外。

近年，县里办起了凿花传习所，学校也开展了"非遗"进校园，将一颗颗春天凿制的种子，播撒进孩子与年轻人的心间。李铁骑老师对凿花艺术充满情怀，培养和帮扶不少民间工匠，传承了手艺，还解决了就业。这些年他不断创新，推陈出新"多层套色凿花"技术，屡屡获得大奖，凿出了一片事业的新天地。他工作室挂满墙的凿花作品，线条丰富，层次分明，色彩多样，画面精致，具有强烈的视觉冲击和多维立体感受，更加契合人们当下的审美诉求。

当我静静地看着两位老师，他们身板略显佝偻，眼神却空旷澄明，仿佛凿的不是纸上的花样，而是时光深处的岁月与人生，一刀一划中，有他们的凤穿牡丹、鹭鸶采莲，有他们的百鸟朝凤、野鹿衔花，有他们的春耕碾米、五谷丰登，有他们的湘西鼓舞、沅水风情、画里泸溪，有他们的梦里边城、笔底春风、咫尺千里，有他们的浦市渔歌、空山新雨、烟火归期……

黄昏的风，吹过来，又吹过去，一粒粒地，凿出千姿百态的树木森林。缓慢的雨，布满青苔，一滴滴地，凿出烘云托月的山川大地；成群结队的手，扬起，又放下，一双双地，凿出青铜器般的城市与村庄。远处，曾经舟楫络绎的浦市，"浦腔浦调"中蘸合着武陵雪峰的神秘与沅江峒河的涛声；近处，一群白鹭掠过河面，倚了朵朵橘黄的霞光，翩翩的，俏着样子，渐行渐远。

混沌何由凿，青冥未有梯；买田楚山下，一身自耕凿。为什么是踏虎？为什么用凿而不用剪刀？凿花难道是自然生态逼出来的艺术？"不用剪刀的剪纸"诀窍在哪里？这是之前我一直想弄明白的，渐渐有了一些清晰的答案。恍然间，我不由觉得这世间的山川草木，城市村庄，自在喜乐，何尝不是因了一个夜以继日、叮当作响的"凿"字？时间凿着空间，人心凿着世道，过去凿着未来，无论何时何地，它，始终惟妙惟肖地站在周而复始的黎明之上，以辽阔深远的方式，镂空万物的心思，将大地暮色凿成漫天的曙光。就像许多个心里不宁静的日子，我为了寻找一份心灵寄托，会无端地喜欢剪纸艺术，也刚好被剪纸喜欢一样。

我这样子潜思默想时，耳边似乎传来念念有词的一阵童声：一把凿刀真有用，能凿山，能凿水，能凿鸭子扁扁嘴；能凿鸡，能凿鹅，能凿鲤鱼跳铁河；能凿龙，能凿凤，能凿辛女盘瓠洞……

此刻，在湘西泸溪踏虎村的青绿山水中，在霞光的映照中，一群人，开始凿出新鲜灵动的花样，凿出田野生活的根基，凿出苦难日子里的甜，凿出非遗人的坚守与热爱，一切，都是刚刚好。

阳春里的阳戏

在崇山峻岭的大湘西,每到春二三月,惊蛰谷雨前后,人们开始在田间地头做各种各样的农活,叫"做阳春"。"做阳春"是辛苦活、体力活,远非城市里的人认为若加上"白雪"两个字,便是件"高端大气上档次"的事儿。好在,湘西人自有湘西人的活法与乐子,再怎么汗长水流,再怎么劳苦奔波,湘西人面对翠生生的沟谷山坡,随便扯片树叶子,可以木叶声声,随便扯起喉咙吊上几嗓子,可以阿哥阿妹地回肠荡气,其中,阳戏,自然而然成了"做阳春"的人们的最爱,因为它是山尖尖阳春三月的戏,是坡岭岭丹凤朝阳的戏,是溪沟沟阳气暖暖的戏。

阳戏,相对于大湘西的老一辈人来说,其实并不陌生,或多或少在乡村集市的草台上,见过,听过,追逐过,偶尔也有能学着戏中人吊上两嗓子的,腔调腔韵,格外不同,往往会引来一番羡慕的目光。而对于时下新潮的年轻人,多数会觉得陌生,乡里乡气,也没有多少兴趣,即便依稀有些朦胧的认知,也只单单认为那是老年人喜欢的戏曲之一,能上前围观并热爱的,似乎是不多了。

记得小时候,在村里的大柳树下,临时搭的草台子,或是学校操场的空地上，隔不久就会有一群男男女女、老老少少，有一搭没一搭地唱阳戏，且多半作古正经，装扮艳丽，剧目繁多，大约记得的有《劈山救母》《生死牌》等。至于剧中人演唱了什么，以及剧中人物的命运，或朦胧，或清晰，或欢喜，或忧伤，小小的我，虽然不是很懂，但从大人们的表情中，或多或少也有了一些懵懂可知。况且那种高亢的长腔，艳丽的服饰，倾城而动的架势，街头巷尾的追捧，感受到一出阳戏带给大人们，包括一个村子，一种巨大的喜悦、莫大的意义与浓烈的气氛。乡亲们的精神生活，因为这些剧目的存在，不再贫乏而单调，不再寂寥而麻木。

老一辈的土家人，包括苗家人，大多心中都有一本戏谱，喜爱看戏，说戏，唱戏，尤其是阳戏。"宁舍饭和酒，不舍杨花柳"，"愿吃稀饭看戏，不愿在家白睡"，"宁愿吃腌菜看阳戏，不愿吃腊肉挑石头"。每到元宵佳节，花灯，龙灯，彩龙船，阳戏，真是"红灯万盏人千叠，香扇翩翩慢慢摇"。热闹过了，年也快完了，就安安心心种阳春。

小时候的我，有过一段时间对戏曲的痴迷，模仿是一个孩子对喜爱的最好表达。懵懂的我，用床单作长裙，围巾作丝带，打扮成剧中角色，长袖飞舞的样子。母亲的陪嫁品中，有一面方方正正的镜子，背面是富贵花开图案，我在镜前自顾自地左照右照，装扮自己，从花束中摘几朵塑料假花，插在发间，用一截红粉笔，拧碎做胭脂粉，扑了两颊，墨水笔当眉笔，描眉画线，感觉有那么几分像了，便学着戏中人，咿咿呀呀地唱起来。至于胡乱地唱些什么，我自己也不清楚，也不懂其中深浅。长裙子是床单做的，用红绳子系好，垂在耳边的头发，编成两个小辫，用红绳子扎起。看着镜中奇奇怪怪的自己，都觉得颇为陌生，但这个并不重要，重要的是一个孩子快乐的想象力，想象自己就是台上的主角，水袖轻盈，倾国倾城地舞动起来。其实那个时候，我才读小学，对戏曲的认识，更是一知半解，单单就只觉得戏服和装扮好看就够了。看来，爱美之心是与生俱来的，一颗热爱文艺的种子，大概也是那个时候悄悄埋下的。

生在大湘西的村寨里，我人生中最早听到的戏，要么是辰河高腔，要么就是阳戏。至于这有什么区别，我大概也是不懂的。后来读了书，知道首都北京以后，才渐渐晓得京剧等国粹艺术。但国粹太遥远，我们这种乡下的地方，能有辰河高腔和阳戏这样的地方戏剧表演，也是需要逢年过节，或是待阳春种了，秋收收了的空闲时间。遇到大户人家办喜事，也会请来戏班子唱个三天六夜的。许多年过去了，一些儿时的记忆被淹没，又被唤醒，如果不是再次在大庸古城遇见这个被称作中国戏曲活化石的剧目，我真的几乎忘了，忘了儿时还有那么一段美好而纯真的记忆。

凡事，不会平白无故，总有个起源，阳戏自然也是如此。历史颇为悠久的阳戏，到底是老百姓忙完阳春之后的娱乐，还是因山南水北的地域而名呢？是因为傩戏与阳戏同班演出，傩戏是为娱乐鬼神而演，称"阴戏"，而在庭前扎台所唱主要是娱人，祈福纳吉，故称之为"阳戏"？又或者起源于澧水之北，水北为阳，故为阳戏？直到现在，我也没有细细考证过，只是大致觉得，或许兼而有之吧，总之，这是来自历史深处的一种神秘的戏曲，好听，养眼，怡神，是民间文艺的精华，应该要好好传承下来。

源于这样的一种文化自觉，和对于非遗文化的热爱，这个暑假，正是八月酷热期间，我来到张家界永定区，有幸采访到了国家级非物质文化遗产张家界阳戏第十三代传承人周志家老师，聆听了他的故事，才得知更多之前不甚了解的宝贵知识，算是开了眼界，长了见识。由此得知，阳戏这一独特的地方戏，被誉为"三湘一绝，五溪奇葩"的阳戏，确是有点不一般。

大概是为了让我们更直观地了解大庸阳戏，周老师先是给我们现场唱了一段，只见周老师站如松，缓缓吸气、运气，像似换了个人，一开腔，一亮嗓子，独特的唱腔就惊艳了全场，乐得我们也禁不住学着哼唱起来。只听他腔调圆润，腔韵流转，真假嗓结合，唱词用真嗓，拖腔用假嗓，不时翻高一个八度，声音极具穿透力，如果再配上锣鼓铿锵，可以说是高亢激昂，响遏行云。他唱的是阳戏中的正宫调，用假嗓拖腔的那部分，就叫作"金线吊葫芦"。而张家界阳戏最独特的地方，就是这个"金线吊葫芦"，有着极高的难度。阳戏之前也被叫作"杨花柳"，传统戏目中，多是才子佳人、恩怨情仇的戏。不过现在，适应时代需要，旧戏新唱，许多唱词、戏服和道具，增加了新的元素，出现了许多行业戏份儿，但最重要的，就是这个"金线吊葫芦"的假嗓部分，不能丢失其灵魂。周老师说，唱阳戏得练好嗓子，嗓子练得好，就能获更多的福禄。因此，还讲了周氏家族兄弟家门口藤结八个葫芦（谐音福禄）的故事。

"苦读寒窗十年整，求名知音家道贫，澧水泛舟八百里，涛声送我过洞庭……"周老师七十有七，面色红润，身康体健，中气十足，说话抑扬顿挫，唱曲有板有眼，金线吊葫芦，吊得相当有韵味。对于大庸阳戏，周老师如数家珍，娓娓道来，不愧是张家界阳戏这一国家级非物质文化遗产的一本活字典。他说，阳戏，是张家界引以骄傲的地方文化，也是张家界人最为钟情的一种地方传统剧种，张家界阳戏是民间山歌演变而成，是土家人把山歌号子和地方戏剧相融合的一种独特的剧目。张家界有一句歇后语"敲着空碗唱阳戏——穷开心"，可见，阳戏深入土家族文化生活的骨髓，在人民群众心目中的地位是无法取代的。

慢慢地，在与周老师的深入交谈中，得知阳戏来源于傩戏，巫傩文化是阳戏的源头。如果说花灯戏是我们"南方的二人转",那么阳戏,就该是傩戏和花灯戏结合民间音乐而演化的戏曲,过去叫"二小戏",多是两人表演,一丑一旦,一问一答。据说,阳戏起源于明末清初,悠久的巴楚文化艺术和多姿多彩的民间音乐歌舞,以及湘鄂渝黔边区丰厚的少数民族文化,为阳戏的形成和发展提供了有利的土壤和条件。

大约北宋时期,大庸地界,就有了古戏楼,也有了与生活息息相关的一些表达生活喜怒哀乐的艺术形式。古往今来的历史和文化生活,包括音乐的,艺术的,都是有着一代又一代的传承和演绎。据说,阳戏中的一些音律,多是民间艺人从劳动号子演变而来,还受到民间生活的启发,比如土家女哭嫁,甚至还能从古琴曲,以及屈原的《离骚》中找到一些影子。由此而知,音律曲调的背后,是大庸古城六百年来的烟雨风情和锦绣繁华。

清康熙年间,张家界还不是张家界,是古色古香的大庸。相传覃氏兄弟喜唱花灯,于康熙年间外出四川挑盐,兄弟二人在挑盐途中常以演唱花灯解乏,路人颇爱听闻,问其所唱何调,答曰:"阳戏也!"自此便有了阳戏之名。可以认为,大庸土家族阳戏创始人为覃玉龙、覃玉凤兄弟。可以得知,大庸阳戏,发祥于永定十三都,即今张家界市永定区教字垭镇犀牛潭一带。当时,还没形成一个完整的剧种,只是民间的草台戏,也就是由民间音乐随心随意组合起来。在不断的发展过程中,张家界阳戏逐渐形成了较为完整的戏剧体系,传统剧目有一百多出,有了较为固定的唱腔,有激情悲愤、先声夺人的导板,长吁抒事的正宫,欢快轻松的悦调,滑稽诙谐的金钱调等十余种。

沈从文先生说:到了湘西,不看阳戏,等于只到了半个湘西。张家界阳戏代言人流云老师,从小就有很深的阳戏情结,他在苦难中励志成才,现在虽然退了休,依然致力于张家界文化和旅游的推广,是张家界旅游协会的创始人。他说：苦难造就一个人，甚至造就一个地方的品格。他把从文先生的话又加了一句：到了张家界，只看山水，不听阳戏，等于不了解张家界文化。他希望将阳戏融入当地的文化旅游中，既是传播，也是传承，这是彼此赋能、彼此双赢的结果，也是非遗艺术生命力所在。

许久以来，阳戏这婉转的唱腔，跳跃的鼓点，凄美的旋律，飘舞的水袖，带给张家界人太多的安慰与喜悦，灿烂与期许。阳戏承载着土家族的文化基因，无不呈现出特有的地域内人们适应自然、乐观生活的智慧与独特的审美情趣。当一个人来到张家界，除了看奇峰秀水，若是有了对当地阳戏的欣赏和理解，就可以最大程度地领略这个地方的民间文化精华，把握地方文脉，从而更深切地理解这块土地及土地上的有情众生。

"时代的前行，社会的变革，同样使阳戏等地方戏面临消亡的危险，如有'湘西梅兰芳'之美称的丁祖雪，以及一些阳戏名家的优秀剧目和优美唱腔濒临失传，艺术传承后继乏人。"说到这里，周志家老师不无感伤。老一辈阳戏人早已辞谢舞台，不少老艺人相继离世，中青年优秀人才又流失惨重，后继乏人。如今的年轻人，对这一传统艺术没有兴趣，即便有一些喜爱的人士，也因为从事这门艺术传承工作没有可靠的生活保障，而不愿做阳戏传承人，一些青年好苗子的确难得寻到。被称为"拼命三郎"的周老师，在一次舞台后累倒了，之后决心写书，出书，并自费出版，他已经写了几十本有关阳戏的书，致力于阳戏知识的普及，真心让人佩服。周老鼓励女儿说：多看书就是福，多助人就是福，阳戏人要为这一非遗文化的传承和传播，用力奔跑。张家界阳戏第十五代传承人周海燕老师，如今也是阳戏剧团的团长了，她是周志家老师的女儿。被评为"微笑志愿者"的周海燕老师，从小耳濡目染，受父亲影响很深，算是阳戏世家，全家还评得"最佳优秀家风"等荣誉称号。她在做好演出的同时，一直在想方设法培养新人，并力促阳戏非遗进校园，在土家孩子心中，播下一颗颗阳戏春天的种子。

　　土家人忙完了阳春盼丰收。都说秋分时节，仓廪可期，秋分是农民的丰收节，是稻花香里说丰年，听取蛙声一片。你看那山川大地，田野稻田，黄灿灿的一大片，农人乐开了花。这个时节，春天播撒在田间地头的辛劳都变成了累累果实，每一分付出都得到金色的收获。为了欢庆丰收，为了慰劳一年的辛苦，也为了送文艺下乡，丰富乡亲们的文化生活，百花阳戏班子又开始忙碌起来了，扎台的扎台，化装的化装，拉琴的拉琴，欢欢喜喜，喜气融融，吹吹打打，咿咿呀呀，锣鼓铿锵，古柳树下新唱阳戏。你看，好一个热闹、喜庆、丰收的土家村寨，好一个五颜六色、色彩缤纷的丰收之年。

　　"五月里来艾蒿青，采回艾蒿包粽忙，家家户户喜洋洋，大街小巷粽飘香……"安静下来的时候，我也会轻轻地哼上几句即兴学来的阳戏词，一些烟火底色的日子便泛着新鲜和生动。其中浑厚的，仿佛是张家界土家山寨的三千奇峰；细俏的，仿佛是沟沟壑壑的八百秀水；绵密处，是土家儿女希望和美好生活的愿景；婉转时，是天门狐仙的缱绻霞飞。我打着节拍，将来自土地深处的气息弥漫在锦绣繁华的星城上空，于心底飘荡出田野和山水间，一曲曲的高山流水，一幅幅的青绿画卷，一处处的力量氤氲，至刚至柔，生生不息。

素心素绣

山坳里的古丈，幽峻奇妙，山巍巍，水漾漾，当一轮酉水明月升上来，栖凤湖畔树影婆娑，蝶舞翩跹，沧海变桑田的红石林边，绿珊瑚荡起片片云彩，蓝翡翠簇卷临风的飘带，一岭岭村庄苗寨，一坎坎茶园田野，一陌陌木叶古歌，耳得目遇，诧异得让人张大了嘴，甚至惊掉了下巴。还时不时就会山窝窝里飞出"金凤凰"，譬如背着小背篓从岩头寨起飞的宋祖英，挑担茶叶上北京的何纪光，为民造福的"扶贫司令"彭楚政，等等，无不家喻户晓。

然而，更多鲜为人知的大山里的"金凤凰"，却没有选择飞出大山，而是留在崇山峻岭间，呵着一丝丝袅娜的雾气，哼着碎步嫣然的歌谣，在天青色的日子里，素手素心，穿针引线，上挑下刺，将风月同天的山川异域刺绣成一条条回家的路。

驱车来到苗乡古丈，一路被沿途如诗如画的山水风物吸引着，我的双眼应接不暇。下得车来，盈盈地绕行一小段林荫街道，三转两转到长长的步行街，一间古色古香的门面撞入我的眼帘。门面并不很起眼，木质的门，雕花的窗，上面挂了块"农家女素绣"的牌匾。看来，这是一家苗绣传习所，也是农家女素绣画庄。进门，一位素雅、含蓄，又很和气的阿姐，清风般迎了上来。听我说完来意后，阿姐略略有些腼腆地笑了笑，目光里有意外，也有一丝欣喜。阿姐给我递上一杯清茶，又切上一碟西瓜，有着一番恰到好处的热情。倒是我，觉得冒昧造访，打搅了她恬静的忙碌，显得多多少少有些不好意思，一时语塞，感动得不知该说些什么。

一段时间以来，对于民间非遗艺术，我有种莫名的潜滋暗长的热爱，这让我有了走遍每一个乡村，拜访每一位传承人的想法，并将默默用灵魂来坚守的他们或她们诉诸笔端，让更多的人知道他们，关注他们，关注大湘西这块土地生长的文化基因、生命记忆、智慧结晶与精神价值，这是目前我最想做的一件事情，或者说是支撑着我四处寻访的源泉与动力。

绣屋里，到处是素绣的作品，有大有小，有简有繁，牧童、秋千、小桥、流水、碾米、舂碓、击鼓、跳房、鸡鸣狗吠、花鸟虫鱼，各种源自生活的烟火情趣，各类遥远的生动记忆，都在一丝一线、一挑一刺中，花随玉指添春色，鸟逐金针长羽毛，每一幅绣面都构图简练、主题突出、简约有致、气韵生动，绣画结合巧妙、针法匀称灵活，给人一种意想不到的青素之美，有山水乡愁的独自思恋，有诗和远方的无限寄寓……每一幅作品，都让人爱不释手，真正是一画一绣一心境，一山一水一人生。

我有些激动地问东问西，阿姐总是轻言细语地娓娓道来。此时，我是来听故事的一个访客，聆听，就是最好的深入与尊重。交谈、参观，渐渐地，我和阿姐之间，似乎有了某种天然的默契，她知道我想听的，我知道她想说的，彼此聊得有些走心。尽管，阿姐在努力让自己开心，也想让我不虚此行，但在某个瞬间，她眉宇间似乎依旧隐着一些生活的不易，以及不愿轻易被外人知晓的难处。

我在感动之余，心里不免有些好奇，我想知道，阿姐是如何从一名并没有读过多少书的农家女，成长为一名画家、苗绣代表性传承人、素绣创办人，几十年的摸爬滚打，有些什么样的经历，什么样的困惑，什么样的艰难，什么样的厮守，什么样的感悟。阿姐告诉我，是艺术改变了她的人生，从一开始勤耕苦作之余本能的画画，然后绣苗绣、挑花，到另辟蹊径自创一种绣法，也就是素绣，之后，又成立农家女素绣公司，做文创产品，为了使传习所的绣工有稳定的收入，又接单制作民族服饰，加工手工布鞋，等等。一路走来，其间的艰辛坎坷，无法言喻，可是阿姐却讲得从从容容，云淡风轻。一个把苦难当成生活本身的女人，凭什么就不能打败苦难？一个在苦难中能够发掘美好的人，凭什么就不能有一场不留余地的绽放？更多时候，我温婉地沉默着，阿姐静静地讲述着，空气中有了一些画里话外的清芳。或许，人生的悲剧并不是没有实现目标，而是没有目标可以实现，当一个人，有了自己的目标，再苦再难的日子，都可以变得美好而充实起来。

说实在的，热爱并坚守着看似并不热门的非遗文化，本身并非易事。阿姐说：她想将祖先留下的智慧变成财富，来富裕一方百姓，将非遗融入现代生活，进行"活态"式传承。我想，这大概是一个弱女子刚健有力的梦想，迎风向前，是她唯一的方向。

人们都说，湘西苗绣从高山大水中走出来，带着山魂水魄，精美绝伦，是苗家女子用针线对古苗文文字的记录，是针和线的绘画，是指尖上流淌出来的民族艺术，承载着苗族儿女对美好生活的记忆与憧憬。

苗绣色彩丰富，配色十分讲究，给人一种原始的喜欢，缤纷而热烈，拥有一种说不清道不明的神奇感染力。苗绣图案，多源于民族图腾崇拜，多为反映喜庆吉祥、人寿年丰的物象。苗绣艺术或粗犷，或秀丽，或细萃，或素雅，图案讲究对称平稳、严谨紧凑，同时又做到丰满、疏密、虚实得当。而阿姐独创的素绣，应该属于苗绣的一个新分支，单单用青线在白色的麻布上绣图，虽然色彩单一，但简洁、素雅、安静、有质感，深为被红尘所累的人们所喜爱。在一小块白布上，挑线、刺绣、清洁、熨平，再用木质画框装裱起来，一幅作品安然而成。从苗绣到素绣，我想，这大概就是阿姐所说的"活态"式传承吧。

在绣屋的里间，我看到了阿姐早年的画作，虽然有些褪色返旧，但画面依然生动耐看。有一种童年的回归，有一些熟悉的亲切，贴心贴肺的自然生态气息扑面而来。用湘西向午平先生的话说：她是属于乡村的，她的画洋溢着一种浓浓的乡村气息。的确，她笔下的花鸟虫鱼，在形似与神似之间，有着一份难得的悠闲与从容，恍若未晞的朝露。春山可望处，炊烟袅袅间，花焕发了清香，鸟随之徘徊鸣叫，鱼往来嬉乎，虫切切可爱。而她笔下的人物朴素、淳厚、勤劳、善良，要么在看水田，要么在农家小院中劳作，要么在磨房碾槽边干活，每个人都用自己抱朴守拙的肢体语言，抒写着乡村日久弥新的诗画……看来，唯有懂得与热爱，才是最好的回应。

在一幅名叫《守护家园》的画前，我停了下来。这幅苗家素绣图是绣屋里最大最显眼的一幅，用苗家的藏青色丝线，在白色手工麻布上，一针一线绣了山，绣了水，绣了树木，绣了田园，绣了楼阁，绣出了一群快乐的苗家阿姐的精神家园。阿姐说，这是她心底的一个家园，多年来埋在心里的一个梦想。从春雨绵绵的雨水节气，到叶落而知秋的立秋，她一个人，甚至几个人，耗时几个月，把自己五彩斑斓的绮梦，把所有玲珑的心思，美好的愿望，统统淋漓尽致地绣了进去，画里有苗家阿姐无数个处变不惊的日日夜夜，有无数个花开花落的春去秋来，有家家户户小背篓中的星辰日月。终究，有梦想的人，是幸福的；为梦想而奋斗的人，是执着的；为执着而坚持的人，是值得让人尊重的。

在这个喧嚣浮躁的时代，有的人在追求世俗的成功，有的人在追求自在的生活，而有的人在追求灵魂的丰盈。源自灵魂的丰盈，那才是一个人藏在内心的惊喜，是抵抗岁月侵蚀的不变初心，是微笑向暖的如花似锦。

在阿姐的"巾帼扶贫车间"，我看到十来个绣工在堆满绣线和机器的车间忙碌着，加工，编织，刺绣，锁边，一些制衣工序进行得井井有条。车间柱子上依然挂了多幅素绣作品，墙上有大红的字：传承手工技艺，帮扶妇女创收。绣工们都似乎还很年轻，尽管车间里没有空调，只有大叶风扇呼呼转着，但大家都在气定神闲地低头忙碌，谁的手脚快，一天做的件数多，谁的收入就高一些。有的绣工为了节约时间，还把中饭也带到了车间。我看到一位绣工带着孩子来上班，孩子两三岁，乖巧地坐在一旁的塑料板凳上涂写，妈妈则在埋头做衣服，并没有多余的时间搭理孩子。机器的轰鸣，使得说什么话都得大声用力，她一边说，一边用手比画着，让孩子听话别乱跑。孩子安静地趴在长木凳子上，写下一些歪歪扭扭的拼音字母，小孩望着我的那一瞬间，眼里有骄傲，也有羞涩。我的眼里突然有些润润的，想转过身去，用纸巾擦拭，脑海里却想着一首歌的句子："为什么无语悲伤，是愁是忧默默深藏，说出来又能怎样，不知你默默去向何方，心中有多少渴望？"我不知道这位绣工的名字，只知道她也是一位母亲，我尊重并懂得所有劳动着的母亲。

采访结束的时候，我与阿姐握手道别，看着笑着的阿姐，几根依稀的白发悄悄爬上她的发梢。岁月，并不会额外对一个坚忍的母亲施以宽容，给予慈悲。我有些相信，慈悲是与生俱来的。为母则刚的我们，仅仅需要做的，就是从容应对并接纳一切，为自己，为家人，为一个自始至终的梦想而活着。

人生，其实总有高低起伏、春荣秋枯的"淡旺"两季，一年春夏秋冬，四季演绎不同的故事，无论是身处淡季或者旺季，我想，我们女人，都得始终跟着自己内心的节奏走，旺季不忘形，淡季不抱怨。任凭它雨雪风霜，画出人间期望，绣出素心禅意，任凭万千情怀自由舒放。如此，人生的快车，必将抵达"心之向往"的彼岸。

阿姐的名字叫王良玉，一个天生有着某些艺术基因的名字。玉不琢，不成器，更何况她是如切如磋、如琢如磨的良玉。她和她的名字一样善良、温润、贤淑、坚忍。如果把企业家这样的头衔放在她的身上，太商业气，她天生就是一个民间艺术的守护人，有时是一幅朴实清雅的素绣，有时是一束她笔下绚烂的牡丹，有时又是一位亲切随和的阿姐，有时更是一位有大爱情深的母亲。

如今的古丈，有了高速，有了高铁，还有了通用航空机场，处处皆画廊，步步是风景。也许有一天，你会来到美丽的苗乡古丈，你可能会偶然走进她的农家女素绣画庄，你肯定会喜欢并想着收藏她的素绣作品，穿针引线，引月惹花，一针一线，绣出苗家锦绣前程，一笔一画，绘出大山美好憧憬；或者买一身棉麻布料的民族服饰，在山间余音袅袅，山歌互答；或者，再穿上一双手工布鞋，走在山风微熏的缓坡脊岭踏歌而行，如此这般，你一定能体会到这一方水土的亲切和舒适，以及大湘西齐臻臻的沧桑与厚重，神秘与美丽。

写下这些的时候，春天就快要来了，让我把一春摇曳多姿的祝福都送给她，每一个烘云托月的日子都能呼之欲出，每一个不熄燃烧的希望都能抵达，每一次生命的别具匠心都会光彩照人，妙手丹青，素心素绣，我的苗家阿姐。

西兰卡普

在我的大湘西，有句俗话："塔卧的米，捞车河的女。"如果你有幸来了惹巴拉，不时会看到一位身穿满襟花边织锦衣服的土家妹子，坐在机前灵巧地编花织锦。也许你并不认识这些美丽的土家妹子，但你一定会被这些精美的土家织锦留住脚步。

土家织锦，又叫"西兰卡普"，她是"毕兹卡"的艺术精灵，也是惹巴拉的文化之魂。关于"西兰卡普"，相传在惹巴拉，还有一个美丽得令人心痛的传说。很久很久以前，山寨有位叫西兰的姑娘，非常热爱编织，在织机上她织过天上的云，织过水中的鱼，织过山里的花，也织过行走的兽。有天，西兰听老人们讲，山里有株白果树，开的花美丽无比，只因是半夜开花，人们很难得见。西兰为了将这美丽的花织出来，每天半夜起床去看白果树开花。不久山寨中有了闲言，说西兰半夜与人私会，败坏门风。西兰的阿科听说后，不问青红皂白，便用沙刀将她砍死。当时，西兰正从山里回来坐在织机上编织白果花，遭此横祸，血溅织布，一朵朵美丽的白果花便在织布上展现。"毕兹卡"为了纪念她，就将土家织锦改称"西兰卡普"。传说固然凄美，但西兰为追求织锦艺术，不惜一生，甚至付出生命，却正是那些毕生追求艺术的人们，不断奉献，甚至牺牲的写照。

在惹巴拉，这个不足千人的村寨，因"西兰卡普"而涌现出了三位国家级的工艺美术大师：一位叫叶玉翠，终身未嫁，却将自己嫁给了"西兰卡普"，毕其一生，开启"西兰卡普"艺术的创造，编织出了精彩逼人的燕子花、阳雀花、二十四勾花、老鼠迎亲等作品……一位名叫叶水云，一生追求"西兰卡普"艺术的创新，编织出了美轮美奂的岩墙花、鸽子花……一位叫刘代娥，痴迷一生，传承"西兰卡普"艺术的精髓，编织出了精妙绝伦的山刺花、椅子花、四十八勾花、珍兽图……她至今仍在惹巴拉勤织不已，创办传习所，将这门古老的技艺一代代传承、创新、延续。

我一直不敢相信，那些挑制花纹、斑斓五色、细致可观、陆离有古致的织锦是如何在一架看似简陋的纯木质斜式腰机上，焕发出春天般的色彩与生机的。昂起的机头，厚实的滚板，修圆的篙筒，提经进纬的综杆，细实的踩棍，紧薄的竹筘，锐削的梭罗，尖细微翘的挑子，木质的鱼儿，以及撑子、绷带、筘刀等，她们如何在一双膝盖与指尖上，牵经线、捡装棕、通经暗纬、断纬挖花、细经粗纬，以纬克经，对斜、上下斜，织造成种种辉煌的图案与色彩，看似轻轻巧巧，却隐含着千般变化，灌注着万般心血。

或许是天意，正当我百思不得其解的时候，我误打误撞来到了刘代娥的家，她是"国家级非物质文化遗产项目土家族织锦技艺代表性传承人"。刘代娥的家，并不十分显眼，木屋板壁散发出清新的木香，四壁悬满了桌子花、台台花、椅子花、四十八勾、喜相逢、月下情等织锦花样。这个眼窝深邃，看起来瘦瘦弱弱的女子，纤纤素手拿着一根牛骨勾勒彩线，在固定好的框架当中，十分专注地编织出复杂而又精美的图案，她将深陷于此生的民俗与情感、吉祥与祝福，用她的初心和匠心，一点一滴地编织出了土家族的世界名片。我静静地看着她,一举手,一投足,挑针穿线,神情专注,瘦削的脸庞,有淡淡的阳光抚过,每一道皱纹竟像织锦的经纬线一样,泛出好看的纹路与光彩。我的目光,从她的身上、手上、织锦图案上,不断地滑来滑去,耳边仿佛响起了水灵灵的织锦歌谣:"八月桂花满园香,妹妹织花正在忙;桂花虽然香得远,哪有我土花织得长……"待她终于停下手中织线,小憩的工夫,我与之攀谈起来。刘代娥老师告诉我说,因为土家族有语言无文字,"西兰卡普"就成为蕴藏、记录、传承本民族记忆的最佳物质载体,它的色彩、图饰、纹案等就是土家族人的"文字",每织一根线,都是在抒写着土家族人对自然、生活、艺术、社会、历史等方面的理解和感悟,每一块织锦,都是一本丰富多彩的土地与生命之书。我不禁深深折服,为她五十多年来一机一杼所织的年华,为她择一事而忠一生的玉汝于成,功不唐捐。

从十二岁那年开始,刘代娥正式跟随祖母学习织锦技艺,高中毕业后在家从事专业织锦。她回忆说:"那时日子苦,家庭日常生活、姐妹的学费,就靠大家织点东西换点钱。慢慢地,织锦变成了我们生命中的一部分,织布机,成为我们寄托梦想的地方。"祖母去世后,她又跟着大姐刘代玉学习,高中毕业时,正逢农村实行联产承包责任制。她除耕种责任地外,其余时间全都用在了编织西兰卡普上,后来,她干脆丢掉农活,在家里专门编织西兰卡普,把土家织锦当成自己的事业,并收三妹刘代英为徒,组建了以传承土家织锦为主的"捞车河土家织锦工艺坊"。这样,刘代娥与姐姐刘代玉、妹妹刘代英成了誉满湘鄂黔渝边区的"土家织锦刘氏三姐妹"。

由于土家织锦是民间工艺,各种图案自然也就藏身于民间,土家织锦主要靠口传心授的"模仿记忆",以家庭或家族为主,并没有一本笔记或书来记载各种复杂的图案和织法，因而要将这些传统图案收集起来并不是一件容易的事。为了继承和弘扬土家织锦艺术，刘代娥从二十岁时开始在民间收集土家织锦图案，在一种近乎痴迷的精神支撑下，四十多年来，她几乎踏遍了湘鄂渝黔边区的土家山寨，收集整理了目前广为流传的二百二十种传统纹样，将土家织锦中各种"流派""风格""技法"等精髓融会贯通，在传统西兰卡普反面挑花的基础上，新创了双面挑花，使得西兰卡普用色更为艳丽，纹样以菱形、斜线条为主，讲究几何对称。为了技艺的传承与创新，她又以自己创办的"捞车河土家织锦工艺坊"为基地，先后在龙山、花垣、张家界，湖北恩施，重庆黔江等地传授土家织锦工艺，弟子达二百多人。经她复制的一百多幅土家传统织锦，被贵州民委、湖北民委和湖北民院作为珍品收藏，湖北民院和吉首大学都以她的"捞车河土家织锦工艺坊"为点，在捞车河建立了田野文化研究基地，并取得了很好的研究效果。

"在惹巴拉，家家户户都会织锦。其实，织锦的每个图案背后都有故事，记载着土家文化和历史，只有把每一件作品打造成精品，才能将个性鲜明的土家文化更好传承下去。"刘代娥说。我有些动容地点头："人，一生为一件事而来，真是不容易，同时也是一件最幸福、最幸运的事。"

"……龙头嘴，水井湾，廖家坪前门槛滩。苗儿滩，大坪坝，西兰卡普盖有名。上苗寨，小巴里，叶家寨子人家挤。卡撮米，捞车女，惹得船儿飞得起。靛房河，流得油，树碧有座冲天楼……"耳边有爆炒炒的捞车河船歌传来，似在天地间，温习诸多习焉不察的细节与命运。

户有机声犹在耳，楼悬秀色尽入心。女勤始织，户多机声。蔚然其中，一切看似无意，如绮霞散落，却又如溪山行旅，水墨氤氲，荡气回肠，浑然天成。

花瑶之花

一

天晴开了，雨滴挂在油亮油亮的叶子上，泛着微微的光，露出一半笑脸的太阳推开了先前的阴霾，溪水在山脚下无所畏惧地流淌，看山间移动的暗绿，那是云的脚迹在悄悄告别。

雨是停了，但满山满岭的雾气，氤氲如在云端，这让我忆起一位文友写的《云端上的花瑶》。

原来，花瑶，真的是在云端之上。

一河溆水在雪峰山脚下流淌成北斗七星的模样，北斗溪镇由此得名。宝山是属于北斗溪的一个偏远村子，宝山村的深处，有美丽的花瑶。

一头撞进密密层层的大雾，我从来没有体验过身处高山之巅的云雾里，是如此神奇的一种感觉。汽车在宝山的山岚雾气之间一路穿行自如，我们从山下绕行而上山顶，弯弯曲曲，高高低低，穿行一个多小时，到达了这一片人烟稀少的瑶家村寨，在山间雨雾中，我几乎都忘了来处，也忘了归期。一路上，我的心里装下了闲逸和美好。

大概是因为"久在樊笼里，复得返自然"，在山水里的一切欣喜是必然的，这里原生态的一切，着实让人爱着。每一座山，都有向大地延绵的风度；每一滴水，都能映照天空的微笑；每一朵花，都开成自己的模样。

司机小戴是宝山当地人，一脸憨厚又透着机灵的样子，在外打过几年工，现在回乡里就业，买了一台小车，在山中往来载客，生活快乐而简单。他说，跑这样的崎岖山路，对他来说是稀松平常的事。以至于在弯道的时候，也不见他减下速度来，一路疾驰如飞。让我有一种命运把握在别人手中的焦虑感，除了担惊受怕之外，我没有一点办法，然而又不得不在心里佩服。

车在一块宽敞的屋场处停下。前有菜园，背依高山，视线开阔，用农村的说法，一看就是个好屋场。一路陪同，兼做导游、讲解、摄影师的魏老师，这才放落一颗提心吊胆的心，下车来，似乎一身轻松，他介绍说：这就是杨尖妹的新家，她原来的家，还在下面的寨子里。

此行，我们翻山越岭，只为花瑶而来，只为挑花而来。自从我决定来瑶族山中采访，我便提前了解了一些民间非遗知识，挑花是瑶族的一种非遗传承技艺。来之前，我是做了功课的，查了一些相关的资料，以便更好地了解花瑶，了解挑花。

研究花瑶民俗方面的专家魏老师，今年七十有余，是溆浦县某单位退休的国家干部，一心研究和推介家乡的花瑶文化，有他一路讲解，自然轻松放心。他说：花瑶是瑶族的一个分支。在溆浦与隆回两县交界之地，海拔1300米左右的崇山峻岭之中，居住着一个古老部族——花瑶，有两万余人。是湘西南腹地的瑶族的一个分支，因花瑶服饰独特、色彩艳丽，特别是花瑶女性挑花技艺异常精湛，故称"花瑶"。花瑶，一支奉"黄瓜"为生灵的古老部族，承袭着他们先祖代代相传的古老遗风。

花瑶，至今还保留许多特有的民俗。比如，花瑶挑花，这一国家级非物质文化遗产。花瑶挑花起源于汉代，主要流传于湖南溆浦地区，多用于花瑶衣裙的装饰，它以普通的挑花针为工具，白纱线、五彩丝线或五彩毛线及青色土织布为材料来完成，工艺精细，构思奇妙，立意新颖，体现出拙中藏巧、神秘粗犷的风格特征。

花瑶没有文字，花瑶挑花便成为记载该民族历史文化的重要载体。花瑶挑花历史悠久，早在汉代就有瑶人先祖挑花的记载。东汉应劭《风俗通义》载：(瑶族先民)"积绩木皮，染以草实，好五色衣服"。唐代魏征《隋书》亦载："长沙郡杂有夷蜒，名曰'莫瑶'，其女子蓝布衫，斑布裙，通无鞋履。"花瑶先民在迁徙的过程中，把具有民族文化特色的挑花工艺也带到了雪峰山涧的瑶寨，世代传承，不断发展。魏老师说起挑花的一些由来，头头是道。

魏老师一路兴致很好，讲解专业又细致，这更是让我充满了向往。若非到过瑶乡，亲眼看见挑花传承人杨尖妹挑花的现场，是绝不会想到，花瑶挑花，原来如此精美。

二

"寻了一春的春天，原来就在你这里，你一笑，春天便是了。"在宝山之巅，在细雨霏霏的午后，见到花瑶挑花传承人杨尖妹，以及见到她家中收藏的挑花作品的那一瞬间，我的脑海涌现了这样一句诗，我不是诗人，但面对美好的事物，诗意自然而然涌动。

"黄瓜地里种黄瓜，瓜对瓜来花对花，等到七月初二过，想吃哪瓜摘哪瓜。"杨尖妹清亮的歌声，在山间地头回荡。见到尖妹的时候，她用一首热情的瑶歌，欢迎我们的到来，霏霏细雨依然不知疲惫，我们都在她的歌声当中陶醉了。

"尖妹虽然没文化,但她又最有文化。"这是一位曾经见过杨尖妹的记者老师说的,慕名来拜访尖妹的人很多,尽管山高路远。那么,杨尖妹又有着怎样的人生故事呢?如果不是翻山越岭,来到花瑶人居住的村寨,走近尖妹,听她讲述自己的故事,我们又如何会把眼前这一位普通的农家主妇,和一位女能人,一位非遗传承人联系起来呢。

我眼前的尖妹,朴实、亲切,又能干,总是面带慈和的笑容,尖妹并不是细妹子,却是一位长得结实、饱满的阿姐,尖妹一笑,就把整个花瑶的春风都带来了。说起她的身世,也是一言难尽,都是苦水里泡大的。尖妹出生在隆回县虎形山瑶族乡万贯冲村,现住北斗溪镇宝山村。尖妹三岁丧父,四岁时迁至姑姑所在的宝山村。七岁开始学习花瑶挑花。十二三岁就成了挑花能手,并能制作花瑶部分服饰。完成一件完整的花瑶挑花筒裙,挑刺二十至三十万针,一般女子一年内只能完成二件,而杨尖妹心灵手巧,技艺精良,一年可以挑刻四件。

尖妹挑花,爱花,也种花,门前屋后,种满了月季等各种各样的花,待到春天的阳光照耀在这个幸福之家的院落,满园的月季,香气氤氲,五月的艾草,四处飘香,一个由内而外美着的女子,她在丛中笑。

说起第一次挑花,尖妹仍然记忆犹新。从小因为是寄居在姑姑家,看着同龄的女孩都能去学校上课,尖妹却只能日复一日待在家里扯猪草、洗衣服、上山砍柴等。每当隔壁的表姐上学回来,尖妹就央求表姐把学校里学习的知识教给她。学校老师今天教了算术,表姐就教她算术,老师教了拼音,放学回家,表姐就教她拼音。就是这样点点滴滴,在表姐隔三差五的帮助下,尖妹才勉强认识了几个字,但还是有许多字不认识。表姐读的书也不多,没办法教给她更多的知识。后来稍大一些,村里的女孩人人都要学习挑花,早早地就要开始给自己的衣裙挑花,期待出嫁的时候,穿上自己亲手挑的花裙,可以得到好运。据说,挑花挑得出众的女子，会得到更多后生的青睐。天性聪慧的尖妹，七岁就能挑花。其实，一开始，尖妹还只能是偷偷地学习，母亲并不支持她，也没有钱买来丝线。她只能偷偷去向隔壁的婶子们学习，开始，她还只能挑一些简单的图案，渐渐地，学什么就会什么，她悟性好，进步很快。到了一定的年龄，女孩们都要穿着自己的挑花作品去赶集。那时，尖妹也满十三岁了。尖妹每天忙着大大小小的家务，待她听说这个消息时，已经距离赶集的日子不远了。于是，她赶紧买来一些丝线，白天黑夜不停地赶制，挑了一个星期，终于，在赶集的那天，尖妹能穿上自己的挑花衣服去集市了。大人们都纷纷夸尖妹是挑花中挑得最好的姑娘。别的女孩挑了几个月，尖妹只用一个星期就挑好了。尖妹从小就不服输，每当看见别的女孩挑出漂亮的图案来，尖妹就在心里暗暗说：我一定要挑得比她还好看一些。

说到花瑶的挑花工艺，尖妹只是一根普通的挑花针用作工具，以白纱线、五彩丝线或五彩毛线及青色土织布为材料，循土布的经纬线，运用"清纱"法（也称"数针法"）等制作。通过交叉、平行、折叠、连续、套用、填充等可形成几何图案，以平行线、斜线分隔空间，其间填充太阳纹、万字纹、灯笼纹、铜钱纹、牡丹纹、蕨叶纹、勾勾藤纹等抽象纹饰。挑花图案多取材自然、生活和神话传说，有龙、虎、蛇、花草、林木、溪流、大山和由人物形象构成的民俗画面，以及表现瑶族先祖的历史题材，富有特色。花瑶族姑娘将这些图案挑绣到衣服上，希望带来好运。

长大的尖妹，穿着自己的挑花筒裙，愿望成真，拥有了好运和幸福。爱挑花又爱唱歌的她，和村里的一位能干的小伙子恋爱结婚，这都是很顺理成章的事了。她终于找到属于自己的幸福，从她脸上洋溢的笑，可见心里流淌的暖。

三

每当杨尖妹的歌声响起,对于爱人张在贤来说,就是最幸福的一天。

这么多年,张在贤看着尖妹的眼神里,依然有着欣赏和浓浓的爱。对于他们夫妻来说,美好的生活蓝图,一切都正在自己的规划和建设中。生活中的回忆太多,苦难太多,不计较得失,不放弃希望,用手中的锄头、锯子、针线,在大地的画布上,让每一天的日子,都涂满阳光。

张在贤,个子不高,眼界却不一般,非一般农村人所能比,他应该是村里少有的几个能人之一。早些年,他在邵阳一些地方做木工,也开过加工厂,算是见过外面的大世界。对于回家乡来发展,也是自己的坚持,他对于今后的一些规划,也是胸有成竹,满是自信。他说得似乎斩钉截铁:我这里虽没有花园,但我有田园。我这里没有博物馆,但我们有大自然,包罗万象。我准备做一家私人博物馆,专门收藏和展示花瑶的挑花作品和各种花瑶服饰。

他们是这样说的,也是这样做的。为了传播、传承花瑶古老的挑花技艺和传统文化,她和爱人张在贤,在自己家里就办起了花瑶挑花制品及传统工艺展示厅,还免费让附近花瑶绣女来家互教互学,传授挑花技艺。尽管她的房子还在修建之中,但已经初具规模。房子的木工全是爱人张在贤一个人做的,他以前就是远近闻名的木匠师傅,回到家乡,他用一己之力,一砖一瓦,一草一木,点点滴滴,建造起自己的理想家园。可以想象,再过不久,他们这一栋还在建设中的砖木结合,有着瑶家特色的房子,将是花瑶挑花展示厅和传习所,甚至集休闲民宿于一体,将又是一个乡村文化的聚集点,成为一个带动乡村振兴的典型家庭。

放眼这个美丽的瑶家山村,留守在家的年轻人并不多。现在,年轻一代的瑶族女孩,热衷挑花的人,越来越少,就是小时候学了一点技艺,长大想继续挑花的,更是少之又少,我们得尊重年轻人自己的选择,毕竟,解决了生存才能谈爱好。面对一些非遗的保护和传承,虽然目前政府比较看重,但在人才的后续培养上,总是青黄不接的状态,这也是一个很重要的现实问题。

说到传承的问题,屋里沉默了一会儿。之后,杨尖妹打破了沉默,拿出她的聘书,大红烫金的本本,让她从心底有着某些自豪。原来,她还是怀化学院的外聘老师,专门教民族专业的学生学习挑花。一年去学院教学生一个月。如果没有疫情,现在她应该是在怀化学院的讲台上给学生们上课。对于一个没有进过学堂、读过书的农村妇女,能站在大学的讲台,传授她的民间技艺,让人羡慕的同时,不禁让人感叹,这也是多少农村女人想都不敢想的事。

学习挑花的学生并不多。有的学生毕业了,有了更好的工作,就不再尝试挑花。她不无遗憾地说,虽然改变不了别人,但是,对于三个女儿的未来,她早就想好了。现在,大女儿张叶青,高中毕业后在家,跟着她学习挑花,已经能挑出整幅成熟的作品了。另外俩女儿,张腊雪和张桥,还在高中读书,平时也都会挑花,如果以后有兴趣,也是可以继承她的挑花技艺。家里有四朵金花,是爱人张在贤的福气,也是他手心的宝贝。

当然,神秘的瑶族,故事多,宝贝也多。杨尖妹家里就有不少宝贝。除了家中三个漂亮能干的宝贝女儿,还有就是几柜子的收藏品。如果不是亲眼看见她收藏那么多挑花图案,还真不敢想象,这么些年,他和她,不动声色地传承和保护,默默收藏这些老祖先留下的好物件,让人惊喜。在她的柜子里,保留着二百多件不同挑花手法和不同图案的裙子,有些裙子还是数百年前留传下来的。尤其是一些年代久远的丝制品手工挑花裙，虽已陈旧甚至破烂，但古色古香、精美无比的挑花工艺，显然比其他挑花制品耐看。有专家登门考究时，甚是惊喜，认为有文物收藏的价值。

花瑶挑花，之所以珍贵，全凭一双慧眼和巧手，循土布的经纬进行徒手操作。其立意巧妙，布局合理，图案古朴繁杂，且左右对称，素色与彩色，恰到好处的平衡，远看颜色近看花，均体现出浓厚的民族特色和乡土气息，加之针法精细，精致繁复，艳丽绝伦，每一件作品都是唯一的，具有一定的收藏价值。

尖妹从屋里搬出一件又一件精美的手工挑花裙，展示给我们看，显然，她眼里有一种幸福的光在流淌，为了收藏这些宝贝，张在贤专门做了几个大木柜子。尖妹甚至把压箱底的宝贝都拿了出来展示，我觉得她真心把我们当成远道而来的贵客，且带着一份期待，我觉得唯有欣赏和支持，能对保护和传承花瑶挑花起到一些积极的呼应作用，哪怕是微小的力量，都是我义不容辞的情愿。

看着尖妹挑花的作品和收藏的这些物件，如《哪吒闹海》《老鼠娶亲》《龙凤呈祥》等图案，植物纹主要是花草树木，体现着这个民族的古树崇拜，且拙中藏巧、神秘粗犷。花瑶没有文字，花瑶挑花便成为记载该民族历史文化的重要载体，具有深厚的文化内涵。这些挑花作品中，理想与现实、形式与内容达到了和谐完满的统一，既反映了花瑶的族群特征，又蕴含了花瑶的民族历史，真正是民间艺术的瑰宝，曾被沈从文先生赞誉为"天下第一挑花"。

要离开的时候，尖妹拿出她的挑花作品，要送一幅小样作品给我们。欲送这么贵重的物件，可见她的纯朴和善良，我谢绝了她的一番心意，我想，花瑶挑花作品中，那些栩栩如生的龙、虎、蛇、花草图案，一旦被我带回喧哗的城市，离开花瑶这片神奇美丽的土地，似乎会少了一些灵气。只有与花瑶的山水融合，挑花作品里的万物生灵，才是活着的，才是大自然最美最生动的呈现。最后我要了一个用五彩毛线手工编织的平安粽子，这个美丽精致的花瑶小挂件，挂在身上、车上都适合，祈愿吉祥如意，希望一生平安。

乡村时刻总是飞驰而过的美好，我们在尖妹的歌声中，在山林物语中，在蒙蒙细雨里，离开这个美丽的山村。黄狗这时很温顺的样子，看来已经接受我这个外来之客了。我想，在各种动物不怕人的山水之间，在一个偏僻乡村都有了强大的审美力，致力传承和保护美的东西，也许就是一种生态文明吧。我在感叹这个瑶家山村变美、变富、变文明的同时，又深深地为这里的未来祝福着、憧憬着，这一片神奇的土地，挑在土布上的锦绣，穿在身上的岁月悠悠，无不让人流连忘返。我想，美丽的宝山，美丽的花瑶，我还会再来的。

跳花灯操的孩子

每天，晨辉之中，苏醒的武陵山下，青碧的峒河水边，矗立着鳞次栉比、高高低低的大小居民楼，楼里的每一个普通人，匆匆而行，皆走在通往梦想的路途中。

其中，你会看到一些穿着红白相间校服的孩子，系着红领巾，步履匆匆，穿行于吉首市区的大街小巷。其中，孩子书包里除了背着满满的书，有的孩子书包里，还插着两把扇子，有的背着葫芦丝，有的背着其他乐器。由于扇子有些长，书包装不下，扇子伸出的荷叶边，随着孩子走路的节奏起伏跳跃，形成了一道独特的风景。一打听，原来书包里背扇子的，是吉首市第三小学的孩子们。扇子是他们跳花灯操所必需的道具，男孩子拿蓝色的，女孩子拿红色的。

每到大课间时段，孩子们排着整齐的队形，伴着优美而欢快的音乐旋律，跳起花灯操，手中的扇子，时而打开，时而合拢，舞扇翻飞，身形步伐有板有眼，队形变换活而不乱，红色蓝色交相呼应，给平时单调的校园，增添了一道亮丽的色彩。

经过几个月的练习，孩子们已基本做到节奏稳定，动作娴熟，既姿态优美，又整齐有序。在刚刚结束的"六一"儿童节活动中，孩子和老师们,很好地展示了精心准备的节目,这正是"非遗文化进校园,民族文化润童心"。

你看,一(四)班花灯操队,孩子们挥舞着扇子蹦蹦跳跳地上场了,一张张天真无邪的笑脸上洒满灿烂的阳光,抬头、弯腰、转身,好像一只只可爱的小企鹅。五(三)班花灯操队,他们身着整齐校服,精神抖擞,像一个个威武的小战士,一伸手,一抬腿,招式刚劲有力,表演明快流畅。接着,"啪啪啪……"孩子们热烈的掌声迎来了教师花灯操队上场。教师们洋溢着青春活力,一会儿舒展手臂,一会儿扭动腰身,一会儿男女对视,一会儿四人围圈,舞扇翩翩,舞出节奏,飞出韵律,绽出戏曲和体操完美结合的精气神,精彩表演引起全场雷鸣般的掌声。

不仅如此,这群跳花灯操的孩子们,在春节期间还参加市里文艺巡演,分别在一年一度的乾州古城春会、"吉周吉年"喜迎高铁新时代非遗展演中一展风采。孩子们跳的花灯操让人耳目一新,受到观众一致好评。同时,孩子们在非遗活动中传承传统文化,在喜庆热闹的民俗活动中感受浓浓年味,无比兴奋,无比骄傲,也变得越来越自信。这些民间非遗活动,点亮了人们的眼球,这些表演的孩子,让家长也为之自豪,原来自己的孩子有这么优秀,平时真是忽略与低估了自家孩子的能力。

大湘西非物质文化遗产资源丰富。花灯操融合了花灯戏元素。学校引导同学们领略花灯戏的魅力,学习传统艺术传承非遗文化,形成具有鲜明特色的校园文化,推动花灯戏的校园传承,打造"非遗文化进校园"示范学校。校园里推广的花灯操,是湖南省非物质文化遗产项目"乾州春会"省级代表传承人滕勇,市级花灯戏传承人石秀芝,市文化馆舞蹈专干龙璐璐、李雪清共同设计编排,音乐则由省民族歌舞团原副团长、国家二级作曲家彭昌兴根据地方花灯的元宵调、闹年调、送年调等元素,通过精心整合、改编后形成。"非遗版课间操"动作舒展流畅、朝气蓬勃有活力,既保留非遗文化花灯戏的基本元素,又做到了校内与校外、课内与课外相结合;花灯操教学与提高学生综合素质相结合;花灯操推广与学生课余文化生活和兴趣爱好相结合;花灯课间操与学校文化建设相结合。在交流中,可见杨志芳校长对非遗花灯操的热爱与熟悉,这也是对本土传统文化的一种积极态度,一种传承保护。对于非遗进校园活动,她是积极支持的。

课间时分,我看见一群小学生在兴趣盎然地跳花灯操,结束的时候,我上前与他们聊几句。男孩刘威成,正把刚刚才学会的几个新动作,反复训练几遍,跳转流畅,舞扇开合,直到熟悉到位了。对于镜头似乎有些怯怯的,他认真地说,作为一名少数民族的新时代少年,传承与发扬我们民族的非遗文化是一种自豪与骄傲,我们在搞好学习的同时,也要做一个德智体美全面发展的学生。

女孩庹真涴,个子修长,动作优美,是个跳花灯操的好料子。面对我们,她大大方方地说,跳花灯操的时候我们非常开心,在课间大家一起跳,既锻炼了身体,又增强了班级之间的团结协作,花灯操开拓了我们的视野,让我了解到我们家乡民族文化的丰富和博大精深。

"我小时候没学过才艺,那个时候,家里穷也是一个原因,最根本的原因就是,家长没有培养我们学习才艺的意识。我记得,当时要交三十块钱,妈妈没有给我报名。现在想想,真是后悔。所以,我现在有能力改变,就想给孩子们提供更多的机会,让他们从小都有学习才艺的机会,长大后,每一个孩子都有拿得出手的才艺。"说到这里,杨志芳校长不无遗憾,同时,又充满信心。

"学习才艺的孩子们自信一些。小学的学习任务不是很重,不能让孩子从小就死读书,甚至厌倦读书。有了特长的孩子,会变得越来越自信。"自信心对培养一个孩子有多重要,从学校举办这些活动中就可以看出，这都是利用课余时间学习才艺的功劳。"乡村孩子家庭，家长大多都没有学习才艺的意识，我如果不给孩子们提供机会，他们就没有机会改变自己。"杨志芳所在的学校，每个年级都要求学习一项才艺。比如说，一年级开始学花灯操，二年级学拍拍鼓，三年级学葫芦丝，四年级学吹竹笛，五、六年级学习古筝，学习任务不紧张的时候，还搞诵读和剧本表演。学校共有四十二个班，每一位班主任都多才多艺，孩子们要求学，老师也要求学。这次"六一"活动中，老师组建的校队花灯操展演，就赢得了广泛的关注和高度的赞扬。她说："从年级组层面激发教师主动意识，带领孩子们传承民族乐器，让民族文化入耳入心，为实现'减负不减质''减负增质'的工作目标努力。"

之前，为打造乡村学校的办学特色，杨志芳筹措资金，把湘西本土专家请进校园，结合民族文化免费开设书法、唢呐、苗鼓、苗歌等特色课程，培育阳光少年，发展乡村文化，取得很好的效果，一度让寨阳小学成为兄弟学校观摩学习的榜样。她调来三小后，依然延续之前的办学特色，积极落实"双减"政策，做具有"历史底色"的课后服务品牌。而传承非遗文化，助力乡村振兴，具有戏曲元素又舒展流畅、朝气蓬勃的花灯操，是他们的又一次成功的尝试。同时，她还尽最大努力，对孩子开展心理健康的教育和研究。都说表扬就像糖果，吃着美味却多吃无益，孩子需要鼓励，这正如植物需要水。

学校在今年春季开学典礼上，同时举办湘西州书法家协会教学基地授牌仪式。学校一直坚持打造特色教育品牌，推动书法文化学习，弘扬中华传统书法文化，培养学生爱国情怀。从去年秋季开学始，就聘请了专业的书法老师，对二年级以上学生和全校老师进行培训。今后他们将以"州书法家协会教学基地"为平台，进一步完善书法课程的内容体系，多渠道开展书法学习教学和交流活动。

学校还把劳动教育纳入人才培养全过程，因地制宜、统筹协调、精准施策，深入推进劳动教育。同时也为了弘扬雷锋精神，提升学生爱绿、护绿意识，3月12日，学校的少先队员们在校党支部、工会、关工委组织下，来到谷韵绿道，开展"植初心，种未来"植树节主题活动。只见少先队员们干劲十足，扶正树木、挥锹培土、提桶浇水，认真完成每一道工序，拿着种植牌和亲手栽下的"初心树"合影，勉励自己和小树苗共同成长。通过活动，进一步弘扬了植绿、爱绿、护绿的文明新风，让"低碳"环保的理念深植每个孩子的心中。

为了让孩子们多读书，培养良好的阅读习惯，优化校园读书环境，杨志芳积极筹划，除了传统文化进校园，还策划一些"书香校园"活动。在二月春天这个充满希望的季节，还开展以"书香润童年，悦读伴成长"为主题的表彰活动。学校对三百余名学生进行了表彰。其中有在一系列读书活动中涌现出来的"书香少年"，受表彰的还有"学习标兵""学优之星""才艺之星"，同时对荣获"书香教师"和"教学能手"称号的三十多名教师也进行了表彰。孩子们胸戴大红花，手拿证书和奖品，脸上洋溢着阳光般的笑容。家长们站在孩子们的身后，泪光点点，感动不已。

如今的学校，孩子们都说：学校变美了，学习氛围更浓了。学校一直注重阅读推广，在每个班级布置图书角，在环境优美的地方创设开放图书区域，在校园僻静处装饰读书亭，让学生随取随读，享受悦读的自由。以课堂主阵地为主体，落实悦读和积累两翼策略，打造"一体两翼"立体式悦读品牌，鼓励师生共读、亲子阅读，让学生徜徉在美好的阅读生活中，学校一度成为湘西州首届"书香湘西"全民阅读品牌项目校。

杨志芳聊起和学生老师们的故事，如打开健谈的话匣子，如泻万斛之珠，时而激动，时而温婉，娓娓道来时如数家珍，情绪饱满时如珠落玉盘，既亲切，又温暖。因为爱，所以深爱。只有时时把爱装在心里的人，才会时时惦记着他们，处处说道着他们的故事。不为别的，因为，教育本身，就是需要倾注热爱的一份事业。

这几年，杨志芳从一线教师成长为一校之长，她兢兢业业履行职责，为乡村教育做出许多可圈可点的成绩，成长为湘西州的优秀校长之一。去年因为工作岗位调整，从寨阳小学这所蒸蒸日上的乡村明星学校，调到了市区教育师资力量相对比较薄弱的第三小学，对于她来说，这是又一份任重道远的差事。至于，干得好好的，为什么要换地方，从米桶跳往糠桶，她没有多说什么。只是在追求安逸、急功近利的世风之下，她身上的某些品质倒显得特别可贵，如学生般天真无邪的心性，让人无端欢喜。

想到她，我就会想起《礼记·儒行》中：策马扬鞭正当时，矢志笃行立芳华。这虽有激励鞭策之意，实际上也是她立志教育的初心写照。她在乡村教育这条爱心之路上，会一直走下去，而且每走一步，都是努力和精彩的呈现。这个自带光芒的小女子，身上有一种不服输的拼劲，这份拼搏，又成就了她的光芒。女子本柔弱，为母则刚强。因为在孩子们心目中，她一直就是一位爱心妈妈；在老师们心中，她一直就是一位大家长。

张桂梅校长曾说过："种花种草和教养孩子是有共通之处的，省一点力气、少一分心血、少付出一滴汗水都是不行的，就会看不着她们的灿烂。"你看，操场上这群跳花灯操、多才多艺、活泼开朗、越来越自信的"书香少年"。我想，这也许就是杨志芳校长一直带领团队创新、进取，坚持"质量立校，特色兴校"的办学思路，以及长期心血付出所带来的惊喜吧。

"很多时候,自己并不知道为什么要这样做,只知道应该这样做。其实,我做教育,并没有什么高深的理论去支撑,只知道这是必须要做的,实实在在地做,就对了。很多时候,都是关起门来,一个人在悄悄地努力。"很多时候,杨志芳做的比说的多,不为别的,对于乡村孩子来说,多读书,学习成才,是大多数乡村家庭的孩子改变命运之捷径。

曾经去家访,一个现象让她忧心忡忡。现在,农村条件都好了,家家户户有饭吃,有衣穿,有楼房住,家里电器都摆满了角落。但是,孩子的房间却没有一张像样的书桌,没有几本好书,这是让人担忧的,这是家庭学习意识的淡薄,而且大多数是留守儿童家庭。她说:"我要把孩子在家中缺失的,尽量在学校好好给弥补回来,而且,还要灌输给家长,家校共育,才能培养出一个优秀的孩子。"

"孩子都是老百姓的孩子,解决了孩子的问题,就是为老百姓分忧。孩子们都是一张白纸,天真、无邪,应该好好引导,走向属于他们的美好未来,我应该努力成为他们生命中的贵人。"尽管肩负着教书育人的重担,她却依然每天都很快乐,每天总是风风火火,满怀一腔热情地投入工作。她说:"教育是我的宿命,也是我的热爱。在教育这条路上,我会笃行不怠,矢志不渝。之前的荣耀就不提了,总之,在一所新的学校,就是一个新的起点。我依然会延续之前一些成功的管理经验,实实在在,做好下一步的工作。"

路的前方依然是路,路的前方有荆棘,有坎坷,有远方,也有诗。非遗文化进校园,传承的问题解决了,丰富了孩子的业余生活,有了一技之长,这是双赢的事业。杨志芳和她的团队,依然不懈努力着,依然行走在乡村教育的路上,致力于传承文化,回归本质,从尊重儿童天性、关爱儿童身心、发展儿童素质的立场出发,让学校成为一个优质发展、充满活力、开放多元的生命场。我相信,有她在的地方,就有教育的光芒，就有乡村孩子的希望，就有芳华绽放的无悔，就有初心不渝的追寻。

"希望有一天能听到别人说：看！像三小那群跳花灯操的孩子阳光般自信。"一个小小目标，在杨志芳的心里酝酿着。

有人说，当校长，既要脚踏实地，又得仰望星空。教育人自带光芒，一个好校长往往是一所好学校。因为，教育的梦想一旦肩负，剩下的就只需默默践行。春生万物，陌上花开，一些教育的初心，跳跃着春天的节奏与色彩。

芷兮胡杨

一

西晃山下，㵲水河边，清波流淌，一派娴静。这和我印象中的芷江，没有什么差异。诗人屈原有"沅有芷兮澧有兰"的名句，有香草的芷江，就应该是这样一座清素美雅的小城。

沈从文先生写道：估想屈原当年或许就坐了小船，溯流而上，到过出产香草香花的沅州……先生笔下的沅州，正是芷江，看来改了名的小城，更是大美倾城，顶有作为。如果你坐高铁来大湘西，不能不来芷江这座和平之城。除了要去看看受降纪念坊之外，还一定要在㵲水河边走走，感受小城淳淳的烟火人生。如果你起一个大早，穿行河上最长的龙津风雨桥，绕两岸走一圈，沿途的山水风物，能让你浮动的心瞬间安静下来。

㵲水河无声无息流淌着，水边有浆洗被单的妇人，有洗菜的阿婆，有钓鱼的小哥，有戏水的顽童，沐着晨光的脸，越发生动可人。洗完被单的妇人，起身提起水桶，她身边的男子顺手就接了过去，生怕女人受累。这个画面，让独自行旅的我羡慕了很久。早起的市民，在街市上买了小菜和新鲜的河鱼，还得锻炼一把再回家。一位花白头发的大爷，把小菜悬挂在河边岩壁上，吹起他心爱的小号，号声幽幽，流水悠悠。

沿江而行，风物怡人，让我好奇的是，河对岸居然有一座天后宫，也就是妈祖庙，妈祖是海上渔民奉祀的神明，多建在沿海，而湘西小城芷江的天后宫，却是中国内陆最大的一座妈祖庙，实在让人惊喜。清同治八年（1869年）《芷江县志》载：乾隆十三年（1748年）福建客民创建。整个妈祖庙融古代建筑、浮雕艺术于一身，具有较高的艺术观赏价值和文物保护价值，其前坊后宫的石坊上刻有浮雕，皆栩栩如生，雕刻技艺精湛，有"江南第一坊"之称。

我在天后宫前伫立很久，感叹其宏达与精美。只见坊高10.6米，宽6.3米，呈重檐歇山顶门楼形状。两侧雄狮蹲踞，石鼓对峙。顶盖斗拱飞檐，十二金鲤咬脊，葫芦攒尖，左右青石铺地平台，围以塑有双龙、大象、金瓜饰物的石质栏杆。十七级青石台阶紧接沿河石街，其下沅水碧波荡漾，使门坊显得更加雄伟、奇峻。

观坊上浮雕，可谓精美绝伦。石雕共有95幅，大小不一，互相错呈。最大的2平方米有余，最小仅0.09平方米。或龙凤狮鱼，或竹木花草，或人仙神鬼，无不惟妙惟肖，呼之欲出。华拱"渔樵唱和"与"耕读为本"交相辉映，另有"八仙过海""丹凤朝阳""二龙争珠""狮子滚绣球""八王巡天""魁星点斗""连升三级"以及不知名者多幅。门坊上方正中"天后宫"三字，用笔浑厚圆润，虽施斧凿亦曲尽书法之妙。

其中一幅浮雕"洛阳桥"，只见桥下波涛连天，一箬篷小舟正拍浪穿行其间，船头行至浪头之上，乘船之人或贴紧箬篷，或鼓劲搬艄，情势危急却并无惧色，桥上有数十人，见此情景，或呈焦急欲呼之状，或啧啧称赞首肯，神态各异。桥头城池，旗杆耸立，旗上书着"泉州府"，一边桥头礁石垒垒，石上刻有"洛阳楼"三字。整幅浮雕，将现实与传说融为一体,引人遐思,更给人以身临其境之感。

站在前坊门口,久久不愿迈步,我真是不敢相信,如果不是亲眼所见,真是难以想象,这么精彩的浮雕作品,这么宏伟的妈祖庙,居然藏在远离海岸的大湘西腹地。我默默祈福,心里暗自想,雕刻这些石雕作品的能工巧匠,应该也过了上百年,他们都还健在吗?应该都是芷江本地的匠人吧。

一直在寻访非遗文化的我,此时有点如获至宝,没想到芷江小城还有如此厚重的文脉根基,特别是国家级非遗文化"沅州石雕",在历史长河中熠熠生辉。龙津风雨桥,妈祖天后宫,犹如散落在河水两岸的颗颗珍珠。透过天后宫上的浮雕,足以看出当地高超的雕刻水平,国家级非遗文化"沅州石雕",就是在这样一片热土上传承并发展着。

据了解,沅州石雕历史悠久,源远流长,可追溯至宋代。传说宋高宗时,一名叫吴琚的官员欲邀宠皇上,讨计于一位嫔妃,这位妃子是沅州府人,吩咐吴琚找一流工匠制作一件精美绝伦的沅州石雕插屏进献。吴琚依计,果然,皇帝赵构龙心大悦,加赏吴琚,封爵"顺应侯",并把沅州石雕插屏作为奖赏有功大臣的"奖状"。从此,历朝历代皆把沅州石雕作为贡品,达官贵人、文人墨客争相觅购,或珍藏把玩、或作为最珍贵的礼品进献赠送。

沅州石雕,因取材沅州石而得名。沅州所产之石,也就是明山石,出于芷江城北的明山而得名,一是色彩丰富,艳丽照人。清代陵江昱所著《潇湘听雨录》曾载"沅州石赭黄白五色层叠""其石紫质有纹绕之如带",如此斑斓丰富的色彩汇集于一石,绝无仅有。二是石质细腻,温润如玉,硬度适中,纹理清晰,因此有"侗家美玉"之称。

"沅州八景"中,首推"明山叠翠",足见明山画屏,美不胜收。北望明山,万木蓬盛,群峰竞秀,可以无限想象。明山所产明山石,又叫

"紫袍玉带石"，石分紫袍玉带、紫袍金带、金丝带、明山天眼等种类，每一块都有其独特的形状和色彩、各自的神韵和灵气。沅州石雕亦分两大类：一类是以芷江天后宫为代表作的门楣、园林建筑类；一类是以沅州砚台、砚屏等为代表作的文房器物类。

于我而言，意料之外的芷江之行，竟是一个惊喜的开始，我想，大概的确没有错。

二

漫步小城，晨风、霞光、绿荫、侗寨、石雕、风雨桥，每一个画面，都是那么古朴而鲜活、生动而内敛。路边的樟树、银杏，和一些不知名的树，闪着油亮的叶子。每一片叶子，都有自己独特的个性，都在为这个夏日的和平小城，奉献自己的一片绿意。

南方有枫杨树，有白杨树，并没有胡杨树。我一直觉得，胡杨是一棵树，但又不仅仅是一棵树，我常常听新疆的朋友说起胡杨树的种种奇特，更多的时候觉得胡杨是一种精神，远远超越了树的本身。

胡杨树生长在中国西北部新疆沙漠中，它扎根地下数十米，甚至上百米，能忍受荒漠中干旱、多变的恶劣气候，对盐碱有极强的忍耐性，生命力极为顽强。它"生而一千年不死，死而一千年不倒，倒而一千年不朽"，世人称为英雄树。胡杨树是毅力和自力更生的代言，在风、霜、雪和雨中忠实地守望、昂扬。

在有香草的芷江，我刚好认识一位名叫胡杨的石雕大师。起胡杨为名字的人应该很多，把树名当人名，大概也是寄寓人如树，有着坚韧自立的希望，希望自己的孩子也能像胡杨一样，经历风沙，坚忍昂扬，造福一方水土。叫胡杨这个名字的人固然很多，但能够荣获全国五一劳动奖章的胡杨，能够在"岩脑袋上雕花"的胡杨，应该说，他是唯一。

　　胡杨，说他是石匠，似乎有些不妥，却并没有不尊敬的意思，实际上，应该叫他非遗大师，国家级非遗传承人，但和这些高大上的头衔比起来，我相信，胡杨也更愿意让人叫他石匠，他自己也一直是这么认为的。石匠，作为芷江本地的一项传统手艺，能很好地传承下来，全靠他和他的师傅们这样一群热爱石雕的匠人。不知道那些老一辈的匠人之中，有多少是参与了天后宫的石雕工艺的，不仅仅是天后宫，芷江上上下下、大大小小的石雕作品中，无不浸透着一代又一代工匠们的心血。

　　胡杨石匠，叫起来亲切，接地气，老乡们不就是这样叫的吗？嗨，胡石匠！

　　胡石匠，他在自己的家乡，用胡杨精神去守护和热爱着沅州石雕，并不忘传承与创新，他就是这样一位把民间艺术当成生命热爱的侗族汉子，从一名石匠到全国五一劳动奖章获得者，成为著名的工艺大师、非遗传承人，这一系列殊荣的背后，是他数十年如一日的坚守。

　　每天清晨，阳光从苍翠的明山山巅冒了出来，照亮了山脚下的十万坪侗寨，忙碌的一天就要开始了。上山、采石、选料、下山、切锯、雕刻、打磨等，并不是轻松活儿，这都是胡杨的日常。出生于七十年代末的胡杨，是一名土生土长的侗族阿哥，从小受过农村孩子都曾受过的苦，也怀揣过乡村孩子都有的远方梦。十八岁时，因为奶奶的一句"为人不学艺，挑烂破簸箕"，便选择了拜师学艺，开始接触明山石工艺品的雕刻。

　　明山延绵数十公里，沅水环绕，溪涧纵横，为芷江胜景之一。沅州所产之石，也就是明山石，色彩丰富，艳丽照人。胡杨在明山脚下成长，从小接触石材，对石雕的材质和技巧样样精通。胡杨跟过的师傅有好几位，一生遇到的贵人也很多。张廷延老师傅是胡杨的第一位师傅，对他言传身教，奠定了一生的手艺功底。他还跟着堂兄学过木雕。随着他的知名度的提高，他有了到清华美院等专业机构进修学习的机会，又认识了很多大师，得到了很多教授的指点。从2004年开始到2017年，这十多年，胡杨不断地参与各种各样的培训和学习，可以说是学习阶段，也可以说是创作阶段，一些好作品，就是在这个时期产生的。虚心好学且爱好画画的胡杨潜心研究雕刻技艺，不断提升雕刻难度，很快就掌握了明山石雕中镂空雕、圆雕、浮雕、透雕等技法，尤其擅长因材施艺俏色巧雕，在众多工匠中脱颖而出。从2008年开始，胡杨每年都要外出参展，对外宣扬沅州石雕文化。

  石雕之美，美在方寸。每一件作品都有唯一性，都是匠心独具的结果。胡杨心思灵巧，对待每一件作品都精益求精。"很多创作的灵感来源于平时的感触，有时只是一闪而过。好的作品，要有好的构思和灵感。"他说，"每一块石头都蕴含生命，每次创作都是与石头对话，只有找到契合点才会继续。"他还说，捡石头得看缘分，石头很重要，遇到好的石头就会有好的作品。

  胡杨有一件《海屋添筹》的石雕作品。这件作品原料珍贵，当初拿到这块石头的时候他就爱不释手，决定好好构思一番，他根据石材特点，构思成了一个神话故事，用三个长寿仙人为主人公进行了雕刻，寄语寿比南山之意，充分利用了石料的色彩纹理，从构图到后期成品，胡杨花了大约五十天时间。在这段时间里，他与石对语，为石而痴迷。终于，功夫不负有心人，一块冰冷的石头，雕刻出一段有温度的岁月陪伴。

  在他的工作室，摆满了栩栩如生的石雕作品。细细看下来，除了赞叹，便是欣喜无比。方寸之地尽显宏大场面，细微之处不失毫厘之差，其雕工堪称精湛绝伦。但胡杨说："每件作品完成后再回头看，总不会满意,走着走着会发现以前的作品还可以更好。"没有最好,只有更好。这始终是他要追求的一个标准。

每一件作品的创作都是费尽心思,独一无二,也都是机缘,面对一块原石,一开始并不知道会成为一件什么作品,得观察石头的纹路、造型,每一件作品的创意十分重要。胡杨聊起一些往事,他说,眼前这一块砚台,看似上面有一个瑕疵,却成了它最大的亮点,作品看似简单,原材料却珍贵,当初拿到这块石头的时候他就很欣喜,决定根据石材特点、色彩纹理,构思成一根枯藤的老丝瓜,石块上白色的斑点,雕刻成了破瓜而出的瓜子,整个作品真实而生动,一幅原生态的砚台成品,脱颖而出。

胡杨说,在石料的创作用色上,一般有三种不同的境界表现,这就是:一绝,二巧,三不花。"绝"是石雕俏色技艺中最高的境界,在艺术上表现为绝无仅有,绝处逢生,犹如万绿丛中一点红,能出其不意引起观赏者的拍案叫绝。"巧"是指对一件作品中除主色外的一两种异色,或在琢制中突然出现的异色,匠心独运地处理应用,即所谓的"反瑕为瑜"。"不花"是指对含多色石料的运用、安排能合情入理,十分贴切,而不使人看了就有眼花缭乱的感觉。

石材之美、石雕之精,可见一斑。胡杨用心、用情、用石头,演绎独自的精彩,化山石为神奇,铸就一段美好的石雕人生。

"石不能言最可人",在胡杨位于芷江县城的工作室里,我看着这样一幅字,这是胡杨最喜欢的一句,也是他的师傅于飞鹏先生为他题写的,算是勉励,更是期许。在位于明山脚下的传习所里,还挂着毛泽东的一幅诗词作品:……风物长宜放眼量。莫道昆明池水浅,观鱼胜过富春江。这也是他最喜欢的书法作品之一。

至今,胡杨凭借一系列石雕作品,收获成功,收获友谊,收获数十项国内外大奖。但他总是谦虚地说:"我只是个手艺人。"这让我想起冯骥才先生在《俗世奇人》中曾说,"手艺人靠的是手,手上就必得有绝活。"除了绝活,我想,胡杨这位从乡村走来的手艺人,还有一颗玲珑的爱心,一份稳妥的担当,一颗回报社会的公益心。

三

时光如水,流下岁月的齿痕,历史的沉淀,沅水这条母亲河,悠悠千年,流淌不息,毫无保留地滋养并爱护着每一个自己的孩子。

沅州儿女,用自己的智慧和勤劳,让石雕这一文化遗产不断发展,走向更远的远方。明清两代,沅州石被朝廷列为贡品,达官贵人、文人墨客争相觅购,或珍藏把玩,或作为最珍贵的礼品进献赠送。沅州石雕作品还漂洋过海到达美国等更远的远方。

有关沅州石雕的知识实在丰富,不胜枚举,究其技法,多种多样,随着时间的推移,石雕的题材不断拓展,石雕技法也不断丰富发展,在表现内容上,也由独立的个体发展到人物、动物和山水等相结合的大型群雕,这就使得从技法到作品内容都更加丰富和完善。

采访中我发现,非遗手艺的传承,真正是一件让人忧心的事。沅州石雕也不例外,我了解到,大多传承人都是靠为当地人制作生活用品、桥梁、墓碑等传承沅州石雕传统手工技艺。经历清末、民国的战乱和"文革"时期,发展至今,沅州石雕已不复当年盛况。如今的沅州石雕,面临着几大困境:沅州石资源日益减少;传统手工艺逐渐消退。随着时代发展,商业利益的驱使,现代石雕机械生产正逐渐取代传统手工雕刻技艺,沅州石雕的传统技艺日益陷入濒危状态;沅州石雕传承人的老化、退化、谢世,传统技艺后继乏人。沅州石雕学艺期、沉淀期收入微薄，愿意继承手艺的人不多，新兴行业的诱惑使得年轻一代更不愿意从事传统沅州石雕技艺传承。

在这条寂寞的道路上，胡杨坚持了二十多年，因为一份热爱和责任。胡杨对石雕的传承也很担忧，他说："老一辈石雕传承人逐渐衰老，相继离世，新一代年轻人不了解这项工艺，愿意学习的很少。"作为沅州石雕的传承人，胡杨希望更多人了解石雕艺术，喜爱石雕艺术，让这项传统工艺得到保护和发展。

拿着刻刀，他是艺人，放下刻刀，他又是带领村民改善人居环境、打造侗寨景点、帮助村民销售农副产品的带头人。据了解，胡杨的石雕传习基地每年可实现产值两百余万元，带动百余人就业，为当地非物质文化遗产的传承、文化产业的发展以及当地人口就业贡献了积极力量。看来，民间非遗文化也能在推动乡村振兴、解决乡亲们就业这一方面，起到很重要的作用。

胡杨始终记得师傅的告诫：作为传承人，格局就要更高，要考虑到行业的良性发展，因为你代表的不仅是你一个人，你将非你，你代表的是整个行业，你得有这样一个榜样的力量。

胡杨是一棵朴实的树，但胡杨树也会开花，胡杨开盛花，天地粹精华。花和树一样，成为了一种美和精神的象征。若说胡杨是一棵树，胡杨的爱人张小花，就是这样的一朵胡杨花。一棵开花的树，一个幸福的家。

胡杨花与普通杨树的花很相似，只是比普通杨树的花更漂亮。一簇簇黄色的花苞里蓦然间飞出了雪白的花絮，猛然间触动了内心的柔软。一串串摇曳枝头的胡杨花，雪片般夹杂在婆婆娑娑的胡杨树黄绿相间的叶片上，秋风吹拂，成千上万绒团似的洁白小花，瞬间告别枝头，在无边无际的旷野上漫天飞舞，那是一种怎样的美啊。胡杨花朴素、淡雅，不张扬,她常常隐藏在叶片后面,躲避世间的好奇与窥探。在人们给予胡杨更多赞誉的时候,她悄然藏在叶片后面,去仰望天空的高远与空旷,来回避世人的目光与注视。

胡杨花似的妻子张小花是贤内助,是最美的胡杨花,她不光能说会道,还是一位大才女,策划,营销,编书,甚至是开农家乐,样样都做得精彩。她总是说:春天不播下种子,秋天就没有收获。目前,对他们而言,一切都还在起步的阶段,担子重,责任大,因为今年在做一些调整,这半年没有经营,做一些石料储备的工作,考虑到支持环保,目前没有采石了。用她的话说,目前的状态是,一边求生存,一边求发展,一边还做学问。

早几年,胡杨与爱人张小花在家乡芷江镇十万坪侗寨创建了芷江沅州石雕传习基地,教授学员近百人,培养出全国技术能手一名、省工艺美术大师一名、非遗代表性传承人四名,并带领当地村民改善人居环境,打造侗寨特色,助力乡村振兴,帮助村民销售农副产品,带动当地就业,农家乐解决了一部分老百姓的就业问题。如今,他们依然在继续他们的事业,并有意识地培养自己的孩子,热爱并传承非遗文化,让热爱沅州石雕的火种,一代一代传承下去。

即使穷得只剩下石头,他们也得把这份热爱坚持到底。胡杨说,手艺是一个人最后的退路。目前,读高二的儿子胡艺怀,上六年级的女儿胡芷祎,都以父母的事业为荣,利用周末和节假日时间,他们也会一起参与父母亲的非遗文化活动。他们正如父母寄语的那样:艺在怀中,美好如初。为此,夫妇俩还把工作室取名为橡兮工作室,偕音传习。

芷兮胡杨,美兮小花。我想,只要拥有美的心灵和美的事物存在,心灵必将会伸向前方的坦途。他们现在考虑的都是未来很远的事,比如,为芷江留下一座有关沅州石雕的博物馆,这是他们的梦想,显然,作为传承人的他们,将一直在路上。

　　世界是浮躁的,但手艺人是安静的。手艺人一生只做一件事,专注于一事,热爱于一事,传承于一事,成就于一事,最终会为人们所尊重。

第三辑　传承：灯火可亲

春天的苗鼓响起来

　　追赶春天的孩子，梦里有光，脸上有笑，心里有太阳。对于大山深处的孩子来说，自律和努力，是他们唯一的出路。

——题记

　　清晨的苗乡，微微润湿的雾霭，从一朵云，一棵树，一角屋檐，一声鸡鸣里，一点一点散开去，渐渐地，晨曦的第一缕阳光，扑面而来。

　　石维莎，寨阳小学六年级学生，一个快乐的湘西苗家女孩。一大清早，她就起了床，拿着牛角梳，梳好马尾，穿着学校发的新苗服，拿着系有红绸的鼓槌，一蹦一跳走出自家的大门。一路上，她与小鸟对话，与山风唱和，迈过长长的青石台阶，走过翻新的风雨桥，穿过古老而又年轻的苗寨，去往离家不远的学校。

　　学校操场上，几个同学也都早早地来了，老师们已经在忙碌着，为孩子们准备好了洗脸热水。梳洗完毕，几面红红的大鼓，静静伫立在操场，正等着孩子们敲响。排练，排练，还是排练，紧张的一天，当然，也是满怀憧憬的一天，点燃热情的一天，沐浴着师爱阳光的一天。

　　学校苗鼓队接到《乘风破浪的姐姐》节目组邀请，要去省电视台录制节目,这将让山里孩子们的表演被更多的人欣赏,让大湘西素质教育的花朵在省城盛开,这是多么难得的机会。由于疫情不明,外出需要审批,校长杨志芳,这位对乡村教育饱含情怀的女校长,想方设法,担着很大的风险也要为孩子们争取外出表演的机会。那段时间,又恰逢期末考试的关键时候,他们一边学习,一边排练,紧张而充实,虽累,却满心欢喜。

能去省城表演,大山深处的孩子们个个都很兴奋,为了加紧排练,手都磨破了皮,出了血,但是他们咬咬牙,缠上纱布,露出倔强的笑,说:"没事儿,第二天就会好了。"一边是考试时间迫近的脚步,一边是紧张排练的鼓点声声。孩子们从不怠慢,总是饱含热情的样子,在一跳一舞、一槌一鼓中,挥洒着自己的汗水,成就小小的梦想。

每一个为了梦想而歌而舞的人,都很了不起。因为,对于身处大山的孩子们来说,除了自律和努力,他们没有别的捷径。

石维莎是学校苗鼓队的队长,她从小学习打苗鼓,经常参加当地的"三独"比赛,且时常拿第一。对于这样的表演活动,她总是信心十足,很有经验的样子。老师不在的时候,石维莎就当起小老师,一遍又一遍喊口号,做示范,抠动作,鼓励队员们为了梦想而努力打鼓。说到梦想,她毫不犹豫地说:"我要把民族文化传下去,当一个好的传承人。"说完,自信而坚定地笑了,犹如一朵春天的蔷薇。

在省城表演那几天,石维莎嗓子沙哑,咽喉肿痛,领队杨老师带她到门诊买药,下午她又去参加彩排,晚上都说不出话来。她跟老师说:"老师放心,我吃了药觉得好一些了,我能坚持,您别担心。"当她在台上出色表演时,台下的老师们都很感动。之前,老师问她想家吗,她点头说有点想,又摇摇头说,不想。看来,懂事的她是怕老师们担心。

石维莎从六岁起,就跟着湘西土家族苗族自治州矮寨镇坪朗村的苗鼓传承人石金琦老师学打苗鼓，是石老师得意的学生。作为学校外聘的非遗传承人，石金琦老师每周一课，去寨阳小学教孩子们打鼓。她说："山里孩子们学习苗鼓，因此能走出大山，登上大舞台，不仅是对他们胆识能力的锻炼，也是对苗鼓文化的传承和宣传。"是的，让非遗文化进校园，让这些宝贵的湘西元素在家乡的孩子身上一代又一代传承下来，这是多么重要的事。

"学苗鼓，关键是十二字：听鼓点，套边鼓，做动作，重表情。"杨家发老师，聊起非遗文化总是很健谈，他说起学校苗鼓队从成立之初的艰难，到如今的羽翼颇丰，满是自豪和欣慰。他说："一些兄弟学校也来我们学校观摩，对学校的素质教育，传承非遗文化这些公益课堂给予肯定。"还有两年就要退休的他，目前是学校的工会主席，出于对教育的热爱，他在学校一干就是四十年。平时爱好艺术的他，全身心投入到乡村孩子的素质教育中，学校开展各种兴趣班，特别是学校的苗鼓队，倾注了他大量的心血。副校长杨金翠老师，同样有着深厚的教育情怀，给予孩子们提供后勤方面的各种保障，甚至是不遗余力。

浇灌出鲜艳的花朵，离不开辛勤的园丁，而远见卓识的园丁，似乎也更可贵。独行快，众行远。一所有温度的农村寄宿制学校，是孩子们充满爱的家园，一群有情怀的乡村教育人，他们用智慧和汗水促进孩子们快乐成长，用博大的师爱成就孩子们破茧成蝶的美丽梦想。

五年级的罗家迅，作为苗鼓队唯一的男孩，他似乎被众人寄托厚望。也许，对于苗鼓，他的认识并没队长石维莎深刻，似乎没有那么热爱，偶尔也有一些小情绪，赌气不肯练习，但打着打着，也就热爱了，而且，他越来越觉得，学打苗鼓，是自己生活的一部分，鼓点声起，他的心情就随之澎湃起来，忘掉了生活中的不愉快。这不，家里没有鼓，手中没有鼓槌，他就把墙当成鼓，墙壁、凳子、田坎、青石板、篮球场，到处都可以敲，心里就是一面大鼓。

临近表演那几天，罗家迅的脚不知怎么扭伤了。当时老师们开玩笑说不要他参加表演了，他很伤心。在排练时，他回去自己把行李箱拖来了，一直蹲在旁边看其他同学排练，后来终于忍不住跟老师说，他的脚天天擦药，已经好得差不多，可以参加排练了。虽然走路还是有点一拐一拐的。后来才知道，他的脚前几天就扭伤了，一直在擦药，他不敢跟老师们说，担心老师不要他去省城。他说他喜欢打鼓，好想借这个机会展示一下自己的才艺，也想看一看长沙的世界之窗。

石芝语，也是一个倔强的女孩，有一次，因为其他活动而左手骨折，她暂时不能打鼓，同学们每次练鼓时，她就在边上看，一次都没缺过。手刚愈合，她便又和同学一起练鼓。不仅如此，她现在还要准备挑起打边鼓的重任，因原来打边鼓的石丽雯同学，小学毕业即将离校。不断挑战自己，也许就是因为这一份热爱。不知道以后的她，会不会感谢那个曾经坚持和执着的自己。

只要鼓在，生活的勇气和希望就在。只要热爱，没有什么不可以。

留守儿童石薇薇，是苗鼓队里变化最明显的一位同学，苗鼓队如她这样的留守儿童，有好多，占大部分。石薇薇家庭困难，家中有姐弟二人，弟弟今年八岁，也在寨阳小学，读二年级，父母都在外地打工，只有八十岁的奶奶照顾他们姐弟，一日三餐，简单而粗糙。好在有学校的关心，脸上依然洋溢着属于她这个年龄的欢笑。薇薇以前特别自卑、腼腆，加入了苗鼓队，渐渐变得自信、乐观起来，主动和伙伴们交流，笑对生活的风雨。当她全身心投入到打苗鼓的时候，几乎能忘掉生活中的一切苦难和烦恼。这个顽强的女孩，心中的热爱，拯救了自己，也拯救了曾经灰暗的童年生活。

只要心中有爱，眼里有光，脸上有笑容，春天到处都是美好的模样。

苗鼓队共有四十个孩子，这次去省城参加表演的只能是三十人，经过选拔，最终确定三十二人去，其中两人是这次表演的替补。当入选的孩子坐上大巴去省城，落选的孩子，则躲在角落里哭泣，伤心得一天都不肯吃饭，后悔自己不好好练习。当知道他们表演回来，看到照片，落选的孩子羡慕极了。有几个孩子课后偷偷对老师说："我一定要好好打鼓，不偷懒，以后也要争取去省城表演的机会。"当然，两个替补的孩子也有遗憾，他们一直没有机会补上，因为，其他三十个孩子都发挥得十分出色，无可挑剔。

这些春天里的孩子，他们穿着鲜艳的苗服，头戴叮叮当当的银饰，欢歌起舞，铿锵有力，他们把对苗鼓的热情，对家乡的热爱，尽情展现在炫丽的舞台，展示给未来的自己。他们的表演来自泥土，来自大自然，来自内心的热爱，也似乎是与生俱来，苗鼓文化深深融入了湘西这片神奇的土地，融入了大山里孩子们的心田，成为他们文化生活的重要一部分。也许，远不止这些，家乡这些文化元素对一个人的精神气质的长成，都有着潜移默化的作用。走得多远，他们都记得住乡愁。

谷雨春光晓，山川黛色青。叶间鸣戴胜，泽水长浮萍。正是谷雨好时节，苗乡隐约在一片云雾间，让人很是向往。

奔跑在春天的孩子，一路有着和风细雨的呵护，一定能乘风破浪，也将成为最了不起的那一个自己。

密基撒之语

一

去湘西保靖还是十几年前的事情了,那个时候,崇山峻岭之间,还没有通高铁,高速公路也在修建之中,那个时候,夜里还可以看得见满天的星星。

从我家乡沅陵出发,经过吉首,得走319国道,这是必经之路,没有其他选择。绕山绕岭,还得走一条长约六公里的最险关卡,山高路狭,蜿蜒崎岖,一些崖壁岩层,压弯的纹理,赤褐的颜色,大自然的鬼斧神工,让人既惊奇又害怕。从山巅往下可以一眼看到溪底,潭水深黑,让人惊悸。不论远看近看,这条盘来盘去的山路,都像搅和在一起的无数个"8"字。这条让不少货车司机心惊胆战的公路,就是著名的矮寨盘山公路。从盘山公路跌跌撞撞、弯弯绕绕下来,不知道花了多久时间,头都有些绕得晕头转向了,有时还翻江倒海地呕吐,但这都已经是最为幸运的了。

至于大巴车摇晃多久才到保靖县城,已经记不太清楚了。我记得那个时候是去走亲戚,妈妈的姐妹默英阿姨嫁到了保靖,原本陌生的保靖，便有了一些亲切。那时老街上穿苗服、唱山歌、说土语的保靖老乡，都让人稀奇，虽然日子一样劳苦，又觉得他们生命中有着其他人看不懂的热情与乐趣所在。

究竟是什么呢？这是一个放在心里多年的秘密，或者说是疑问。其实也不是什么秘密，就是在城市生活太久了，我突然很想知道，人究竟怎样活着，才能找到真正的乐趣。

如今母亲都已经七十，默英姨也早就不在人世了，她住的老房子，也都有了新的主人。先前的一些记忆久了，久了的记忆就开始模糊起来。模糊的，还有乡村那一张张熟悉的面孔。一些该老去的，都一样抵抗不了岁月这把利剑。

在我的记忆快要模糊的时候，去一趟保靖，未曾想，一些记忆竟然都回来了，甚至，还有一些新的体悟。其实，说到底我还是喜欢以前的某些记忆，这说明我是怀旧的人，而保靖的一些地方，恰好就是以前的记忆，迁陵的记忆，酉水号子的记忆，竹背篓的记忆，等等，都不可避免地让心安静下来。

说来也是一种机缘，在保靖，在碗米坡，我遇见了土家语"密基撒"的收集整理人，或者说是传承人——向魁益老先生。老人是土家族，见到他的时候，并没有穿戴土家服饰，当地人只在节日里，才穿得隆重一些。老人是这里土生土长的土家人，会说客话（汉语），也说土家语（密基撒），双语切换自然，总是那么原汁原味。

保靖处大湘西腹地，山多迤逦俊秀，坐落在酉水河边，尽管有些偏远，建县历史却很悠久，可以追溯到汉高祖五年（公元前202年）。人们印象中的湘西，称为"武陵蛮"的湘西，山岗重着山岗，物产丰饶，神秘莫测，有着雄奇的自然风光，浓郁的民族风情，以及无数的奇怪故事和神秘传说。保靖的风光算不上出众，在当地人眼里，有些贫困落后，但保靖碗米坡的首八峒村，地处"酉水百里画廊"中心位置，沿河两岸风光秀丽，自然景观突出，人文历史厚重，还是土家族文化的发祥地，每年都要举行八部大王祭。现存清乾隆二年（1737）前所建的八部大王庙遗址，是湘西州唯一的八部大王庙遗址，对研究酉水流域的文化和土家族古代政治经济有不可替代的价值。

山水尚犹存，遗址都还在，但王庙远了，历史也远了，唯有口口相传的土家语，让一代又一代土家儿女，感受烟火日常的同时，体会那些不一样的乡风民俗。

虽然，山水极不平凡，却又多是远远的眺望。一批批土家儿女向往山外的世界，出走与归来，是年轻人的困惑，这在湘西的许多村寨很普遍，好山好水藏在褶皱里，也藏在游子的乡愁里。以前曾听俗语说"有女莫嫁碗米坡"，用土语翻译过来就是"莫里者歇巴茅寨踏注"，"莫里者"是姑娘的意思，"巴茅寨"说的大概就是碗米坡。一个地方美不美，我总固执地认为，需要原生态的加持，除了山水的原生态，土家人说土家语的时候，也更有土家人的味道，或者说是更纯粹了。但这只是我的一厢情愿罢了，许多人并不认同，他们觉得时尚的东西就是与时俱进。至少，现在年轻人外出多，说土语的年轻人少了，以后等老一辈的人都渐渐不在了，土家语，这个被称为"密基撒"的独特的语言，虽然没有自己的文字，却依然会显得弥足珍贵。

向魁益老先生，是大山里土家语言与风情坚定的守护者。他除了会说土家语，收集土语，也是研究八部大王的本土专家，如今已经八十三岁高龄了。相对于这个年纪的他，给人感觉并不老态龙钟，相反却耳聪目明，思路清晰，举手投足之间很利索，一点也看不出是八十多岁，他和与之同龄的老伴，两老住在碗米坡马蹄村，村子在大山里，以前交通还有些不太便利，现在都畅通了。至于为什么叫马蹄村，他说可能也是先祖因地形而名,这和大多数的土家村寨一样,自然生,自然长,并不需要什么特别的理由。

访问老人是在一个初夏,天气有点热,用土语说是"来也给惜泰"。老人说这句土话的时候,难得地笑了笑,问我听得懂不。我摇摇头,又点点头。说实在的,我虽然听不懂,却特别喜欢说土语时的调子,很神秘,很生态,含蓄又奔放,有种高山上打夯的回响,下雨天沉闷中的欢声鹊起。

山水是大地的文章,语言是大地的耳朵,这里看的听的,都有着冷静之后看透一切的豁达和本真,面对这样的通透和纯净,人的心情是能得到滋养和呵护的。

二

土家族,一直是勤劳、智慧、勇敢的民族。我知道,土家族自称"毕兹卡",是"土生土长的人"之意。土家的祖先们,和我们苗族的祖先一样,在不断繁复的劳作和生活日常中,也创造着属于自己的语言。

土家语,属汉藏语系藏缅语族,它分为南北两大方言区,湘西的保靖县等,就属于北方方言区。按说,大湘西的语言是从明代就开始的西南官话,是现代汉语官话方言。我想,不同民族,不同地方,有不同的习俗,也都有自己不同的语言属性。那么,地处大山深处的土家儿女,在官话之前,他们又是如何交流的呢?之前,土语应该就是他们的日常交流语言吧。历史上,土家先民创造并使用过自己的文字,秦灭巴蜀后,采取统一文字措施,土家先民的文字就废止了,现在的日常生活中,通用汉语汉文。当然,那些保留说土语的山寨,是弥足珍贵的,却依然只是少部分。

向魁益老人自幼生活在土家山寨，他一出生就受到父母的影响，从小便接触土语，后来又受老庚爹的影响，算是有了土语的启蒙。当时他家的短工向福太公、向学守太公和长工向明耙叔叔，他们之间也都是用土语交流，小时的他，没事的时候，就让太公他们教他说土语，在这样的环境下，自然而然，他耳熟能详的也就是土语。

我问他，土语难不难学？他说，土家孩子能说话就会说土语，只要记住一些基本词汇，就很容易。而且，他还特别说到土家语翻译为汉语时要注意的语序诀窍，因为土家语的基本语法结构为主语、宾语、谓语语序。那么我可以这样理解，土家人问，你吃饭了吗？通常会说，你饭吃了吗？诸如此类的理解，对于外行的我，能稍稍懂一点皮毛，就不虚此行了。

我想知道，眼前的高山，用土家语是怎么说的，他想了想，用土语说"苦查"。河流是什么呢，他又用土语说"湖扒"。看来，土家先人一定是很有大智慧。你看，爬山的确是很"苦"，河流聚集难道不是"湖"吗？我突然很能理解老人，原来收集和整理土语的过程，不也是乐在其中吗？

菜园就在家附近，每天早起，向魁益两老在家里种菜、养鸡、喂猪。没事的时候，就散散步，聊聊往事，一天日子过得自在而充实。现在乡里都通了水泥路，有了商店，快递也及时，买东西更方便了。乡里自家种的蔬菜一年四季都有吃的，过年待儿孙都回来了，杀年猪、推豆腐、打糍粑，还能过个热闹年。村子里虽然有了很多变化，但房屋大多都还是土家的吊脚楼。向魁益家就是住的吊脚楼，冬暖夏凉，安逸宜居。看到别处村寨一家一家比赛似的起砖瓦房，他一点也不为之心动。住惯了土家木房子，说惯了土家语言，吃惯了自己养、种的土鸡土菜，就觉得这是最好的生活。这种日子，多少有点让人羡慕。我不知道别人是否向往，至少，我是特别羡慕的。

土家族人爱群居，爱住吊脚木楼。吊脚楼依山而建，建房都是一村村，一寨寨的，很少单家独户。小青瓦、花格窗、司檐悬空、木栏扶手、走马转角，古香古色。一般居家都有小庭院，庭前有篱笆，院后有竹林，青石板铺路，刨木板装壁，松明照亮，一家过着日出而作、日落而息的田园宁静生活。木质吊脚楼的风水也讲究，一般是"左青龙，右白虎，前朱雀，后玄武"。依山的吊脚楼，在平地上用木柱撑起分上下两层，上层通风、干燥、防潮，是居室；下层是猪牛栏圈或用来堆放杂物。就算是一般人家也有一栋至少三间屋的规模，大户人家地盘子多，屋的规模就不消说了。吊脚楼的建造是乡亲生活中的一件大事，乡里人的价值观里，人活一辈子，至少要修一次屋，才算是完美。向魁益的吊脚楼还是父辈手里起的，有点年代了，这些年修修造造，居住起来还是很好，用土家语说是"查西泰"。

说起学土语的经历，老人仿佛打开了话匣子，一溜一溜的。七岁时，向魁益开始上学堂读书，他和每日劳作的父辈们，依然用土语交流，这是一种日常，也是一种积累。他一边跟着学校老师说普通话，一边回家跟大人们做农活学土语。我在想，懂得多种语言的孩子是不是聪明一些呢？也许是我的一厢情愿，但大抵是有一定依据的。

成年后，他分到普戎小学教书，普戎也是一个土家族聚居地，很多老人交流时都是用土语，出于对土家语言的喜爱，激起了他收集土家语的决心。于是心动不如行动，他利用空余时间，与住家的田景圣、王九贵和西尼湖向老九相互交流土语，向他们学习以前没有学过的名词，如岩洞、偏坡……那时，走村串户的他，开始用笔记录他们所讲的土语和故事。

工作之外，他向二家婆田维玉等长辈讨教土语，他收集的方位名词就是从她那里学得的。本寨向学录太公、太太田幺妹能说土语,他又虚心讨教,学得不少土语单词。一些生产农活之类和日常生活的土话,他暗中记录下来。还有寨上老人向魁洪,很多用土家语讲述的故事他都知道,他学得了不少的人称、事物单词。可惜,这些老人现在都不在了,而他的这些收集,愈发显得珍贵。

一生之路,看起来平淡,其实也是坎坷不断,也有备受打击的时刻。他记得那是在"文革"时期,他所写的山歌册子、土语记录册和"山乡突变"三册资料,全部被抄走,并给他扣了一个大帽子,说他记旧账,不满于现时社会。从此,他歇笔停止记录。十一届三中全会后,落实了一系列政策,他又开始回忆过去所记的土家语,一点点地重新记录。

机会总是留给真正热爱的人。2008 年,向魁益与另一位土家语搜集者贾心惠牵手合作,共同踏上了土家族语言考察的征途。而且,得到了县文化局的大力支持,他俩跋山涉水、不辞劳苦,四处挖掘土家民族瑰宝——"密基撒"名称单词,不厌其烦地整理起来,准备出一本土家语的书。

他们先后走访过黄龙山村、泽土、岔权溪、利湖、马蹄、拔茅、磋比、昂洞、大妥、岩脚、马扒溪、沙湾等乡镇村寨,还采访了贾光顺老人、五九妹、田茂理、张妹、贾祖谋、贾祷成、梯玛向顺祥等五十多位土家族老人,这些老人有的八十好几,平均年龄都是七十有余了。

我想知道,老人在家里是否也和自己的孩子用土语交流。他说,偶尔交流,但他们都不太想学。家有四个儿子,三个女儿,早些年,由于生活条件艰苦,一个儿子生病去世,老人到现在想起来都特别难过。老人患有心脏病,一直在吃药,前些年的时候,曾经有几次特别危险,好多次都挺过来了,这些年,经慢慢的调养,身体好了很多。大山里的他，常年为儿女操劳的他，如今儿女都长大了，有的都到了县城，日子都过得和和美美，添了孙儿孙女，一到过年过节就回到老家来看他和老伴儿，好不容易熬到这幸福的时代，他深深地知道，要把身体养护好，才能看到更远的未来。

水路迢迢，山岚隐隐，虽高山大河挡住了远方，但无论山高路远，新时代的风，吹暖了每一个乡镇的角角落落，也吹得土家山寨的日子，变得多姿多彩起来。

三

土家人的生活里，音乐是不可少的，这之间一直有最密切的联系，因为它们都是相生相通的。山歌与文学，一直也有着密不可分的关系，湘西土家族的歌词，大都是具体、生动、形象的，最为美丽的文学语言来源于直接的生活，又是高于生活的美的姿态。

向魁益年轻的时候，收集土家语，也收集土家山歌，他自己还能唱一些土家山歌。在马扒溪，他和他二岳爹李明善学唱土语山歌，断断续续学会了不少，也记录了不少。"土家山寨（嘛）风俗多呀，贵客（那个）来了请上坐，先敬一碗（嘛）苞谷酒呀，再唱（那个）一曲（哎）敬酒歌。哎呀也……"特别是一些节日，比如"赶年节""舍巴节"，这些节日人们得精心准备，这是土家人一年中春耕夏种之余不可缺失的重大活动。

当然，唱土家山歌的时候，配上土家族的服饰，就有了一种仪式感。"过赶年"的时候，土家族男子多穿琵琶对襟上衣，缠青丝头帕。妇女们则穿着左襟大褂，滚两三道花边，衣袖比较宽大，下着镶边筒裤或八幅罗裙。土家人也喜欢佩戴各种金、银、玉质饰物，但不如苗族的银饰，一般占不了太显眼的部分。所以更加耀眼的是歌唱本身，那原汁原味的土家山歌，是可以让一个人的灵魂飘起来的。

虽说日子好过了，乡村人口却并不多。向魁益所在的马蹄村，从之前的五百多人口，到现在只有一百多常住人口。大部分有能力的年轻人都出去了，家乡多是留守儿童和留守老人，这是大湘西的许多个村寨都面临的现实问题。好在目前建设美丽乡村，还是回来了一些年轻人，更多的人，一边留在繁华的大城市，一边把隐隐约约的乡愁播撒在家乡的土地上。

曾做过两届村主任的他，年轻时是乡村的代课老师。这些年在村里，老人也算是德高望重，加上他尊重文化，热心民俗活动，村里大大小小的事，他也是个能说得上话的能人。秋风带走了村里的落叶，也带走一些上了年纪的老人，很遗憾的是，现在和他年纪差不多的老人，都不在了。每次在村里走上一圈，他觉得有些孤独，连个说话的人都没有，更不要说是聚在一起讲土语的老人了。只有村口孤独的老树，呼啦啦地吹响着树上残余的叶片，像在吟唱着一曲土家歌谣。为此，他的内心是焦虑的，正因为如此，他更觉得有义务要把土语保护好，传承好，为年轻一代土家儿女把祖先的智慧和乡愁留下。

为了让书稿更有可读性，他开始学国际音标，在此之前，他根本就不知道国际音标是什么。有一回，龙山文化局的一位田老师来拜访他，想跟他学土语。而他得知田老师懂国际音标，就反过来向田老师学。就这样，两人互帮互学，不仅成为了朋友，也成了师友。兴趣是最好的老师，他只用四五天时间就学会了国际音标。对于这段记忆，老人记得很清楚，也颇为自豪，这算是平凡人生中让老人的内心得以欣慰的为数不多的乐趣之一。

一点一滴地收录，一次一次地走访，收获可观。这开拓了他的视野，锻炼了体力，跋山涉水，不惧风雨，能丰富和填补"密基撒"单词的内容，就是最好的收获。最终，由向魁益整理的《密基撒辞典》一书，终于大功告成，书稿共十三章，四十七科，约二十万字。编著这一本厚厚的辞典，其中的辛苦和乐趣，唯有他自己能知、能懂。

如今，老人最大的心愿就是看到他的书得到正式出版。到目前为止，他已经写了四部书稿，却只有一部《保靖土家语实录》出版，还是县政协帮忙出版了的，这让老人多多少少有了失望中的一点安慰。

老人用一辈子心血，整理、梳理、收集了很多土语词汇，土家山歌保守估计有五百多首，甚至还有大量土语对话句子，可以说是土家语大全。其实，他本人又何尝不是一本活着的土家语大全呢？

其实，一个仅仅只为热爱而来的我，能为他做的实在太少，我只是想收藏与学习土语，会说几句土家语，融合这个民族的一些独特风俗，尽管我是苗族的，但我女儿是土家族，我想，这两民族之间已经融合得非常和谐了，在此我无须多言。

我在想，老人用一辈子时间收集和传承土语，到底是不是值得，但他似乎不去想这个问题，也许，他也曾动摇过，被生活中断过，最后还是继续捡起，无悔也无怨。我有些坚信，他在其中体悟的乐趣，是其他快乐代替不了的。不管时光归去，未来总有人会记得，还有一种美妙的语言叫"密基撒"，不管未来用一种什么语言交流与表达，土家儿女一定要有关于自己民族的某些记忆，记得自己的来处，也明白自己的归途。

离开这一脉好山水时，我有些依依不舍。老人说下次有机会一定要送本书给我，这让我很是期待，那些神秘的"密基撒"词汇，能帮助我们了解有关土家儿女的生活密码，以及那些浸透智慧和人间烟火的每一个寻常日子。

氤氲一山云雾的青灰色天，终于要化为雨滴，飘落下来。回程的路上，我还念叨着从老人那里学来的土家语"多舍麦""那得亦"，用汉语翻译过来的意思就是"多谢""再见"。

丝丝入弦

一

"沅水号子喊大的地方，洞庭鱼米养胖的地方……"一个偶然的机会，听丝弦《常德是个好地方》，我便被这种独特的音乐形式所打动，甚至难以忘怀。其声音软糯，甜美沁心，极具地方特色，唱曲的女子，袅袅婷婷，温润如玉，自在芬芳。民间称之为"仙乐"，想来并不为过。

探其究竟，这种丝丝入弦、婉转悠扬的民间音乐，因用扬琴、琵琶、月琴、三弦、二胡等丝弦乐器伴奏而得名，以唱为主、以说为辅、说唱兼备、变化多样。据说，在我们湖南，一共有两个地方的丝弦入选国家级非物质文化遗产保护名录，一个是常德丝弦，一个是武冈丝弦。

这些年，常德丝弦似乎名声在外，颇得沅水与洞庭湖水乡及荆楚文化的氤氲孕育，曲调优美若水，风格典雅清俊，唱词自然活泼，兼之时而有之的轻松诙谐，通俗易懂，深受人们的喜爱。明末清初时，江浙一带的民歌和时调小曲传入常德后，流行于常德沅水、澧水一带，与当地民间音乐不断融合，不断演变，从而演绎成常德丝弦。

常德平坦，武冈多山，风物迷人，底蕴厚重，虽都接近神秘的湘西,却又因地域文化和源流的不同,其表演艺术形式和常德丝弦自有差异。武冈丝弦,是在元杂剧、南曲、小令、江南丝竹音乐的基础上,融入武冈、邵阳、隆回、洞口、城步、新宁一带的民歌、小调而形成,曲调柔腻委婉,词藻雅致高贵,抒情轻快澄澈,在别有一番文风雅韵中,多多少少显得有些曲高和寡。

一边是通俗易懂,一边是曲高和寡,这皆是大山大河所酝酿而来的民间艺术瑰宝。由平原而至山区,由轻松诙谐到雅致高贵,由简单而复杂,这大概也是我没有听过武冈丝弦的理由吧。大凡世事,难道不都是因为稀缺,而让人更添向往吗?!

据武冈丝弦传承人邓星艾老人介绍,武冈丝弦来源于宫廷,是一种贵族文化的延续,或许是最早进入湖南的丝弦曲种,具有相当的历史渊源。

武冈是湘西南部一座有着两千多年历史的古城。公元前179年,西汉始设武冈县于今市郊七里桥,后置都梁侯国,蕴含着丰厚的文化底蕴。明朝开国皇帝朱元璋的第十八个儿子岷庄王朱楩骄侈风流,好声色犬马,喜时曲小令、丝竹之音。公元1424年,由福建迁到武冈时,携带了一批杂剧艺人和女乐歌伎,因为不甘心外藩,"欲效九五之尊",在武冈私建皇宫,并派人至江浙苏杭广采女乐歌伶,以至武冈城中"歌舞百戏,通宵达旦"。随着苏杭江浙一带瓦舍艺术、杂剧、时曲小调、江南丝竹的大量传入,到明代中叶,武冈州及所属各地,各种民间说唱艺术得到很大的发展,这些艺术逐渐由宫廷、达官贵人的庭院走向民间,与当地的山歌、田歌、情歌、巫歌傩舞、小调俚语传说相结合,产生了丝弦等民间曲艺艺术。

武冈丝弦旋律轻柔,唱腔舒展,以五声音阶的商、羽调为主,宫调次之,有"移宫""犯调"等调式变化。据1956年普查统计,丝弦小调曲牌四百余个，丝弦戏曲目八十多个，现在大部分已失传，最早的丝弦曲有《杨柳青》《银钮丝》《夜落金钱》《闹五更》等，据《武冈民俗》载：嘉靖隆庆间，乃兴《闹五更》《哭皇天》《银钮丝》之属……不问男女，不问老幼良贱，人人习之，亦人人喜听之，以至刊布成帙，举世传朗，沁人心腑。明末清初，宝庆（邵阳）收集编印的民间俗曲总集已有多种，收有《玉娥郎》《清江引》《滩簧》《扬州调》《莲花落》《叠断桥》等曲调，这些曲牌至今在武冈丝弦中尚可见到。

清朝末年，许多文人学子，因愤于清廷的腐败，忧于前途渺茫，转而学技艺，编唱本，习丝弦。如《武冈州志·方技传》载：咸丰年间，武冈贡生杨其绥，就曾谱写对子调、工尺谱等各一卷传世。清末民初，由于兵匪战乱，武冈丝弦开始衰落。民国十五年（1926），武冈县政府部分喜好丝弦的幕僚和文人学士，为振兴武冈丝弦，自发对其进行系统研究和改造，并开班传授。在武冈丝弦大师张坦宜和艺人钟藻的支持下，成立"都梁丝弦委员会"，张坦宜、李国珍、钟藻、游云龙、李小梅、焦裕村、杨瑞祥、张玉如等三十多位当时有名气的武冈丝弦艺人加入，李国珍任会长，并组建了"武冈丝弦演唱队"，在民国中期特别是抗战时期，获得很大发展。他们利用武冈丝弦在群众中的影响，宣传抗日，鼓舞士气。1948年初，"都梁丝弦委员会"被当时的国民党政府强行解散并禁止演唱，武冈丝弦一时间弦断音散。

新中国成立后，政府十分关心和重视武冈丝弦艺术的抢救和发展。因为，越是民族的，也越是世界的，为人类留下一些非物质文化遗产，守护传承好人类共同的财富，既是责任，也是担当。

二

我生在沅水边,从小听过高腔、傩戏、阳戏,也偶尔听过丝弦。家乡距离常德很近,承一脉沅水,对下游的常德并不陌生,但是聆听常德丝弦,却是近些年的事,这大概也是需要时间和心情的。至于武冈丝弦,我倒是第一次听说。或许机缘所致,这个春天,遇见武冈丝弦省级传承人邓星艾老人,我才算真正体味丝弦这一民间艺术所包含的韵味。

春雨过后,空气清新,车窗外掠过年代久远的石头城墙。一些新旧交替的建筑,从眼前速速闪了去,却久久地潜滋暗长在心底。新时代下的乡村,应该会以一个怎样的面目示人?谁也没有精力去怀旧,但我喜欢一切有岁月感的东西。

沿着艺术报两位记者之前的采访路径,我也来到了邓星艾老人的家里,沿江边的石板路步行,在江边一栋民居内见到了老人,他正和一位女子在研究丝弦曲谱,神情专注,头发花白。旁边是他的二女儿邓子鹤,也是丝弦的传承者。

有人说,老年人是孤独的代名词。还有人说,老年人就该是老年人的样子,老年人就应该在家里颐养天年。今年八十四岁的邓星艾老人,2009年成为第一批湖南省级非物质文化遗产武冈丝弦传承人,平时总是闲不住的他,总想着能实实在在地为武冈丝弦做点什么。

莫道桑榆晚,为霞尚满天,人老弦不老。二十多年的退休生活,他依然坚持自己的爱好,平时还做着祁剧的研究。看着老人,本来还想听一段老人的唱曲,可惜因为年纪大了,眼睛视力不是特别好,听力也有一定的影响,加之当时也没有配乐,只好作罢,算是我的一点小遗憾。

老人习惯很好,坚持每天记录一些东西,在有灵感的时候,依旧会进行剧本及曲谱的创作。最近他还创作了一些作品,比如乡村题材的武冈丝弦作品有《刘大娘数鸡》，古典剧本有《白门楼吕布算命》，因为屈原到过武冈，留下了"渔夫对白"等经典的故事，于是他也创作了剧本《渔歌一曲吊忠魂》，还为扶贫干部写下《扶贫书记我老庚》等作品，既有古典的传承，又充满了新时代气息。他说，即使现在有的作品剧团用不上，但他始终相信总有人需要的，将来一定会有人意识到他剧本的价值。

上世纪六十年代的时候，邓星艾就帮县文化馆编了一本叫作《武冈丝弦音乐》的书，那个时候他只有二十岁，意气风发地在武冈祁剧团工作。1960年夏天，剧团正在乡下支援"双抢"，团里专门把他调回，原来县里请回了迁居城步的八十岁高龄老艺人杨瑞祥，进行挖掘、整理武冈丝弦工作。当时条件简陋，工作地点设在剧团堂屋过厅内，就在一张乒乓球台桌上记录，杨老先生则边弹边唱，他负责记谱。在杨老的悉心传授下，他将杨老演唱、传授的武冈丝弦音乐曲目一一记录下来，并掌握了武冈丝弦的演唱与伴奏风格。

邓星艾接触武冈丝弦，就是从记谱开始的。从任武冈祁剧团的团长到剧团解散，他的青春时光悄然溜走，但那段时间他觉得很充实。平时他研究整理戏曲音乐，除整理武冈丝弦乐谱和收集材料，还创作了很多丝弦作品，均受到好评。他的作品《牧鹅姑娘》代表武冈参加邵阳市非物质文化遗产日展演，《抢村官》代表邵阳市参加湖南省首届农民艺术节，获得"丰收奖"。

说起武冈丝弦，老人眉飞色舞，有掩盖不住的喜悦。谈到自己珍藏的手抄丝弦乐谱时，老人言语中透露出无比自豪。他说，自己最大的愿望就是把武冈丝弦传承、发扬下去。老人从卧室取了几本厚厚的笔记本，这是他保存多年的丝弦乐谱手抄本。随手翻开一本，让人很是惊讶，虽然年代太久已经发黄，但里面字迹工整，几乎可与印刷品相媲美。这些珍藏的笔记本上，有摘抄的丝弦乐谱，还有收集的丝弦方面各种材料的剪贴。

老人毫不保守，也很健谈，很多人慕名来向他请教，他都耐心指导，有求必应。他说，我晓得的我就传给别人，我不晓得的就向别人请教。只要我在的一天，我就要写下去，希望这么好的民间艺术能传承下去。

衡阳的一位老先生，平时也喜欢研究曲调，每次打电话向他请教，他总是耐心地给别人解释，一讲就是几个小时。很多大中专艺术院校的毕业生，喜欢以非遗文化丝弦作为毕业论文素材，株洲的一位大学生来到他家里登门拜访求教，他给大学生讲了一上午，女大学生感动得热泪盈眶。

退休的他，依然住在县城，家里隔三差五就会有人来找他指导与顾问，但都是义务劳动，买一包便宜烟，提一点水果，算是尊敬，他也不计较多少，总是热情很高，滔滔不绝地给大家讲。这个时候，一点也看不出他是一位八十多岁的老者。

家里的老伴瘫痪在床，三女儿目前住在家里，帮忙照顾老伴。相依相伴一辈子，他把更多的精力都用在了艺术上，对于老伴，他心里是有亏欠的。他有三个女儿，好在二女儿传承了他的丝弦艺术，也算是一点安慰。三女儿虽然不会丝弦，但也能歌善舞，在文化馆帮着编排节目，用自己的方式也热爱着艺术和生活。

老人喜欢充满烟火气息，经常一个人散步，每天要走上几圈，有五六千步的样子，适当的锻炼既硬朗了身体，也丰富了生活。没事儿的时候，他会走到城里的市民广场，这是老年人的乐园，一些自发的民间团队，唱曲跳舞，一些民间小调在这里得以展示，他有时候也会拿起笔记录下来。艺术来源于生活，他的很多曲目就是这样记录与收集的，回家的时候整理成剧本、曲谱，一天的时光倒也简单而充实。

三

从历史深处走来的丝弦，一定是朵飘溢着泥土芬芳的奇葩，也是民间百姓生活和智慧的结晶。

由于武冈丝弦过于高雅，缺乏常德丝弦的群众基础，曲高和寡，虽经努力抢救扶持，仍一直处于濒临失传的状态。根据普查统计，丝弦曲牌有四百多个、丝弦戏曲目八十多个，现在大部分已失传，保留下来的传统曲目已不足一半。对于非遗文化的传承与保护，老人感到忧心忡忡，心有余而力不足，已经八十多岁的年龄，又退了休，一些想法与建议，别人听不到，也不会去关注。他感觉有苦难言，有些事放在心里不吐不快，他就用创作来排遣。

他觉得一天总要做些什么，即使退休了，每天都得忙碌起来，才对得起国家每年给的这一万块钱扶持经费。他对自己的退休生活很满意，现在有四千多元退休工资，已经足够一家人的开支。对于生活，他知足而感恩。

对于丝弦的传承和保护，老人颇有自己的想法。他觉得，在人才的培养，特别是写脚本的培养上面，都还有所欠缺，而且地方对非遗传承的思考还有待加强。许多工作要落到实实在在的"做"字上，要推陈出新一些作品，不能老是因循守旧，躺在以前的功劳簿上，比如《武冈是个好地方》，一个曲调唱了十多年了，至今还没有出现更好的作品来替代。

二女儿邓子鹤，下岗之后没有固定的生活来源，跟着父亲学丝弦，能唱也能谱曲，在县文化馆做了几年合同工，非遗文化进校园后，她又在二中等地给孩子们上丝弦课，从理论和演唱两个方面进行教学，鼓励青年人学唱丝弦，了解民间音乐。现在年纪大了些，她就在家自由创业，兼职在老年大学的丝弦班教老人们唱曲，每周星期天上一次课。平常没事的时候，邓子鹤就跟随民间戏班子去唱曲，现在乡村条件好了，家里办红白喜事，热衷搭戏台请演员，吹吹打打，热热闹闹，一些以"武冈丝弦"曲牌为主的小戏曲，比如《金脑壳传奇》《牧鹅姑娘》《卤菜飘香》《抢村官》《"骂"老公》《武冈是个好地方》《忆秦娥·穿城游春》等在群众中深受欢迎，丝弦和祁剧等民间非遗文化在乡村也得到很好的展示。

丝竹之声不绝于耳，民间学唱蔚然成风。这是让人欣慰的。音乐形式的流传需要老百姓，为了建立一定的群众基础，当地文化局积极组织举办武冈丝弦演唱人员培训班，由本地专家授课。办班初始，多数人对武冈丝弦的了解不够深入，兴趣不大。但是，通过培训学习，排演的节目，一个比一个好，有效促进了武冈丝弦的普及和传承。2006年，武冈丝弦成功申报为湖南省第一批非物质文化遗产保护名录。2011年5月，武冈丝弦成功申报为第三批国家级非物质文化遗产保护名录。

为更好地挖掘、整理武冈丝弦曲目，邓星艾老人在之前整理出版的《武冈丝弦音乐》基础上，又将新收集整理的曲调补充进来，撰写了一本新的《武冈丝弦曲谱》，共收集曲调二百四十六首，这是迄今为止保存最全的武冈丝弦曲谱。近几年，他还整理了一本《湖南祁剧音乐》的书。

武冈，这座出身王族的城市，秦砖汉瓦书写着两千多年的显赫和繁华。诚然，王族的兴衰已如过眼云烟，王城的骄傲，也逐渐被青石板上的苔藓所覆，但拥有如此高贵的城市音符，自然能奏出响遏行云的山水乐章。

和其他非遗文化一样，武冈丝弦保护和传承是一项长期、艰难的工作，尽管面临一些困难，但还是取得了一定的社会成效，现已逐渐形成一种民间的、活态的传承模式，有着芸芸众生的喜乐安康，寻常巷陌的油盐酱醋，舒适悠远的精气神势，闲云野鹤的大度从容。

城市与乡地，诸多的韵味，依然回荡在悠悠的武冈丝弦里，隐藏在一招一式，一弦一调，一树一木，一桥一路，以及生于斯、长于斯的百姓生活中，一切，都是那么地个性鲜明，那么地亲和善美，那么地精彩绝伦。

摆手成舞

每个人，自出生以来，会走路，自然会摆手，走路摆手与摆手走路，是太过自然而然的事。只是，将走路的摆手，或者说，将摆手的走路，变成一种稀有罕见的舞蹈，实在还是值得一窥的。

在一个夏天，我懵里懵懂地来到了洗车河古镇，原本只是想看看这个古埠是如何地远岫列屏，如何地五峰叠翠，如何地仙鹅抱蛋，在坡子街上看看那些青石条砌成的台阶是如何一级一级奔向五峰山头的，未承想，在依山面水的木屋青瓦间，在一个大坪场的摆手堂前，我看到了一群土家汉子与女人，身穿自织的蓝黑红布传统衣服，男的用黑布或白布缠头，穿着大衣大袖无领满襟短衣，扣子用布做成，仅在胸襟右上角用两个铜扣，且腰系荷包，甩来荡去，有的还穿着相当古老的镶有花边的琵琶襟。妇女多半身穿宽衣大袖，裤子肥大，袖口与裤脚镶有五寸宽的边，内镶宽约七寸的丝绒小边，衣领约五分高，镶三道小边，肩及胸襟也镶五寸宽许的边，并不绣花，滚上淡蓝色的细边，扣子全用布做，仅领子用一颗铜扣，色彩调和，朴实美观。男女的鞋子多是两片合起来的，男鞋用黑色，鞋头上翘，鞋口滚上牛皮，鞋底很厚。妇女的鞋头稍翘，两边绣花，鞋口浅，滚丝边，鞋底稍薄，后跟不合拢，用麻线编织，可放大或收小。这些五彩缤纷的男女老少不约而同地拿起鸟枪梭镖，吹起牛角、土号、唢呐，点响三眼铳，攒劲打着溜子，兴高采烈地走进摆手堂。头戴凤冠高帽的梯玛腰系八幅罗裙，手执铜铃司刀，作古正经地祭奠"八部大王"。敬神完毕，男男女女，老老少少，有的击鼓鸣锣，唢呐齐响，大鼓雷动，大锣喧天，歌声荡漾；有的在烈日下大汗淋漓地"嗬也嗬"，弓腰屈膝，摆起同边手，不断以身体的扭动带动手的甩动，舞姿翩跹，气势雄浑，有时像拖着长长的野鸡尾巴，有时像溪中的蛤蟆在跳，有时像扶摇直上云霄的鹞鹰闪翅，有时又像头上长角的犀牛在望月，有时又感觉是从森林中走了出来，在田间地头砍的砍火渣、挖的挖田土，有的似在烧草木灰积肥，有的像是在田里撒谷种、山间种苞谷，有的像是在薅草、插秧、撬岩头，有的如同割谷织布，还有的恰似狗连裆、牛打架，有时单摆，有时双摆，有时回旋摆，有时又边摆边跳、边跳边摆。当摆手的动作幅度比较大时，锣鼓的节奏相当高亢激越，而动作比较缓慢柔和时，锣鼓节奏又显得舒缓而庄重。当呈现平常生产劳动场景的动作时，节奏快慢有致；表现烟火生活时，节奏轻松活泼。锣鼓声伴随着土家人颇有节奏的"嗬也嗬"的合唱声，一种热烈、欢快、庄严的氛围，随着洗车河的流水四处漫延，整个摆手的舞姿动作大方，粗犷有力，明快清朗，每个人都显得无比庄严，无比虔诚，执着无边。

我有些惊诧地问本地人，这是什么舞蹈？

本地人有些骄傲地回答，这是土家人特有的摆手舞。并且说，土家人用牛头、猪头、粑粑、米酒、腊肉等供品祭祀过祖先之后就会跳舞，从天黑一直跳到天亮，有时甚至一连跳几个通宵。摆手舞有大摆手和小摆手之分，小摆手主要祭祀本姓祖先，规模较小，每年正月举行一次，主要表演一年四季的农事、渔猎活动。大摆手祭祀族群始祖，又是一种军功战舞，规模浩大，舞者逾千，观者过万。每隔三五年举行一次"大摆手"，共由七个部分组成，分别是披甲起架、闯架进堂、纪念八部、兄妹成亲、迁徙定居、建设家园和自卫抗敌，无论是跳的，还是看的，人山人海，气势不凡，盛况空前。

我瞪大眼睛，怀揣敬意，再次细细领略着土家人特有的摆手舞，发现这种狂热的集体舞蹈，大多成圆形，锣鼓放在中央或边上。男女老少有时两人一行或四人一行，有时女的在里圈，"导摆者"在行列之前领头，行列之间有"示摆者"做示范，行列之后有"押摆者"押队，在锣鼓的伴奏下，边唱边舞。一般跳完一圈之后才换一个动作，各个动作连接起来，便构成一个完整的叙事，如耙田、插秧、扯草、望太阳等动作连接在一起，就表现出春季生产的劳动过程。人们跳动摆手时，手的动作虽多，但摆动较小，最高不超过肩膀，摆时臂膀伸直或固定着弯曲的角度。重拍向上摆，弱拍向下摆，同时双手和上身都要颤动一下。摆时，双膝微屈，左脚上前一步，双手顺势向前一摆，当双手轻轻摆向后面时，右脚旋即跟着上前半步；随后又再反方向做一次，左脚上前一步，右脚上前半步，双手前后轻轻连摆两次。两脚停住后，双手前后重摆一次，这就是"单摆"。如向相反方向再摆一次，就叫"双摆"。根据观察，农事动作多以"单摆"为主，要表现"挖土"，双手在摆动时就做挖土状，要表现"栽秧"，双手就做栽秧状，等等，总之，各种农活的动作都可以吸收到摆手舞中来。若是表现军事战斗的摆手时，摆者分东西排列，中间隔一丈多宽，五人为一"排"，两排为一"比"，四排为一"队"，"比摆"二十人，"队摆"四十人，手中持长矛或齐眉棍，上面饰有红缨或黄帛，摆时将手中武器斜拿，然后以一摆三跃的方式向对方冲刺，双方接近时，两人武器参差交锋，几个回合后，又跳到对方的位置，将武器直拿，慢慢转过身来，面向对方。随即又以原来的动作一直冲回自己原来的位置，算是完成了一次"摆动"。如此，锣鼓狂热地打着"十二月""龙戏水"等鼓点，以示对凯旋壮士的热烈欢迎。整个过程，舞姿健朴自在，高亢自由的歌声伴着强烈的锣鼓节奏，给人一种特别自然清新、朴拙洒脱、高亢热烈的感觉。

后来的某一天，我在永顺县城郊石壁上看到一首摩崖的古诗："千秋铜柱壮边陲，旧姓流传十八司。相约新年同摆手，看风先到土王祠。"方知摆手舞产生于土家族古老的祭祖仪式，已有近千年历史。摆手舞，土家语叫"舍巴"，广泛流传于湖南湘西土家族苗族自治州等地。各地的名称不尽相同，有叫"舍巴日"或"舍巴格资"的，意思是甩手或玩摆手，有叫"舍巴"的，意即摆手，还有叫"舍巴骆驼"的，意思是跳摆手。通过查找，发现在"梯玛"念诵的《迁徙记》中，尚有若干处提到了摆手舞，如："摆手的人们啊，咱们的萝卜无论是大的还是细的，都放到背篓里，摆手用的东西，全部放到背篓里。"

《永顺府志》有载："各寨有摆手堂，每岁正月初三至十七日止，夜间鸣锣击鼓，男女相聚，跳舞唱歌，名曰《摆手》，此俗犹存。"每逢摆手时节，坡岭涧谷的土家人会披着绚丽的被锦，擎着数百幅乃至上千幅绣有龙凤、绘着鸟兽的彩旗，木鼓声、锣钹声、上百支鸟枪声、人们的欢笑声，顷刻汇成一派节日的喧闹声，震山荡谷。成千上万的人不约而同地聚在"八部庙"前的"摆手堂"，围成圆圈，男女相携，蹁跹进退，人人迈开粗壮健美的步伐，摆动着双手，集歌、舞、乐、剧于一体，不断表现出开天辟地、人类繁衍、民族迁徙、狩猎捕鱼、桑蚕绩织、刀耕火种、古代战事、神话传说、饮食起居等广泛而丰富的历史和社会生活内容。人们可以放下一切，雄健有力、自由豪迈地跳上几天几夜，正如杜牧诗曰"霓裳一曲千峰上，舞破中原始下来"。摆手堂前宴会多，携手联袂缓行歌，鼓锣声杂喃喃语，袅袅余音嗬也嗬，山野间歌舞的魔力简直出乎人的想象，一如清代彭施铎曾所做的生动描述："福石城中锦作窝，土王宫畔水生波。红灯万点入千叠，一片缠绵摆手歌。"难怪本地人会常常说："有空不摆几场，会愧对人活着的这一辈子！"

大凡看过土家族摆手舞的，觉得既舞又歌，其歌舞律动，劲勇雄健，着实让人震撼。为此，许多学者认为，摆手舞当是由商周时期巴人的军前舞（也叫巴渝舞）演化而来。早在公元前十一世纪中叶，武王伐纣的行列就有土家先民组成的"巴师"，勇猛进军时载歌载舞，当时称这种振奋军威的舞蹈为军前舞。而民间流传的说法是：当初土王、向老官人、田好汉攻打吴著冲，将吴王围困在洛塔山击毙，土王为庆祝胜利，号令部族摆手同乐。及至明朝嘉靖年间，土家士兵抗倭凯旋，土家山寨纷纷杀猪宰羊庆贺团圆，无论生者还是死者的亲属，或庆贺，或怀念，大家自发地跳舞狂欢，从此就有了摆手舞。

光绪版《龙山县志》载录："土民寨故土司神，旧有堂，曰摆手堂，供土司某神位，陈牲醴。至期既夕，群男女并入，酬毕，披五花被锦帕首，击鼓鸣钲，跳舞唱歌，竟数夕乃止。其期或正月或三月或五月不等，歌时男女相携，蹁跹进退，故谓摆手。"王伯麟《永顺风土志》载："各寨有摆手堂，每岁正月初三至初五之夜，鸣锣击鼓，男女聚集，摇摆发喊，曰摆手，盖袚除不祥也。"段汝霖《土志》记："土人于上元节前数夜，择旷野宽平处，悬灯击金鼓作乐，聚男妇，衣彩服，周围旋走，唱歌，举手顿足，摇摆其身，谓之'跳年'，亦曰'摆手跳'。"由此可知，"新春摆手闹年华，尽是当年老土家"。跳摆手舞，自古以来就是土家人祭祀、节日喜庆娱乐的主要方式。跳时，冲拳击掌、刺矛夺棍、前俯后仰、侧身踢腿、抓拿推搡、爬山上坡、攀岩扯藤、岩鹰展翅、弯弓射狩、飞石击猎、撒网捕鱼……动作千姿百态，形神兼备，变幻无穷，意在祈求丰年，袚除不祥。

因为见识了土家人特有的摆手舞，让我觉得在洗车河的一天，真是美好。当我沿着东平街缓缓而行，看栋栋吊脚楼临河而立，一根根的木柱立于河边的石墙上，看似歪歪斜斜的小楼吊至河中，临街青一色的石条砌筑牢固的大门，有的还建有跑马转角楼，颇有轩昂的气派。沿坡子街拾级而上，错落有致的房屋不断向上延伸，屋檐勾搭相连，重重叠叠，一屋高似一屋。我十分确信，大山大水间摆手成舞的每一滴雨都能在兵荒马乱中保存得完完整整，所有的一举一动都能在自身的纹路里找到一条命运重返春日的捷径，如同河滩筋筋绊绊的狗牙根，不管天晴落雨，总会回归种子，回归泥土，回归到生命被一粒粒火苗点燃的生生不息中。

天色，在斑鸠的叫声中渐渐暗淡下来，我在入住的小店里，撕掉一张泛黄的日历，过去的日子便逝去了一天。一阵风吹过来，吹走了另外一阵风，此时，我不在现场，也不在别处，只是，天空那么大，星光那么亮，万人摆手动山河，窗外草木花朵的表情，开始一如既往地生动。

第四辑

回望：山河远阔

船舱之外，水的流动，风的沙沙，万物皆有细微的声响，一切似乎都可捕捉于心，一切又都那么辽远。我渐渐于恍惚中意识到，天地万物，皆有情意，生命即使不能永恒，也终将随着河流、山岚生生不息。

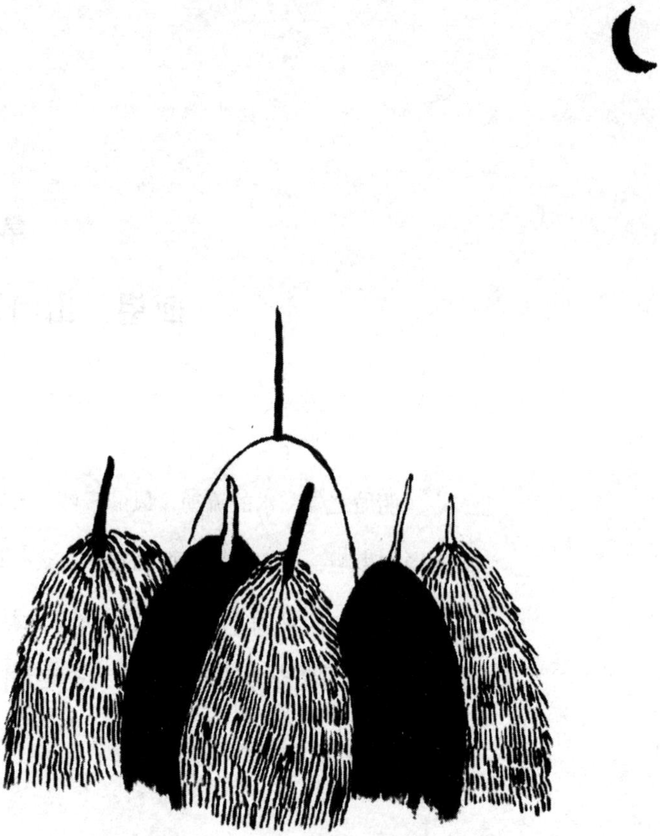

一脉江流下洞庭

一

日子久了,一些熟悉我的人,说我身上有着一条河流的气质,处处透出某种柔软的坚韧。其实,我并不知道一条河流应该有着怎样的气质,待在水边,依水而居的我,也并不见得有多懂河流,倒是河流,想来会是有那么一点点懂我。每到一处,无论是熟悉或是陌生的地方,只要有河流,我总喜欢一个人漫无目的地沿河岸行走,平淡无奇的田畴村庄,纷繁芜杂的尘烟人事,说到底,多半都是些通俗而深刻的事情,大抵与或大或小的河流有关。

陪伴河流的日子多了,阅历也多了,并不是所有的河流都能走进我的心里,但,一直流进生命里的这条沅水,无论我怎样用力抒写与歌唱,必定是理所当然的。

面对这一条拐过无数大弯的河流,只要有那么一小截,属于我的家乡,属于我,就满足了。我知道,流经我家乡的这一条沅江,它的上游,来得远,它的下游,依然去得远。不管怎样,我依然喜欢属于我的这一段沅水,固执地认为她就是我生命中见过的最美的一条河。这一河源自云贵高原深处的水,一路下来,高山、丘陵、平原,从汹涌到柔和,从奔腾到曲婉,曲曲折折,自自然然,大大方方。深蓝、浅绿、漂碧,四季变化,色彩纷繁,我尤其喜欢秋色熏染的沅江,喜欢渔舟往来穿梭的沅江,喜欢蒹葭丛生中略带苍凉的沅水岸,喜欢水边一个个名字稀奇古怪的村庄。不知为何,我总觉得,秋天这个时节的沅江,和我内在的精神气质,是颇为匹配的。

这是一定的,苍茫而悠远,是我喜欢的感觉。日日走过沅水河岸,从立春到冬至,从雨水到秋分,我能叫出河边每一棵树的名字,每一棵草的名字,每一个村庄的名字。一排排水岸的白杨、水柳、松木,还有开花的桃李,在很小的时候,我们就相知相识了。花木伸出高高的枝丫,她们伫立在小河岸边好多年,一直陪伴着河流,长成自己喜欢的样子,也陪伴我,一个孤独的少年,度过那些稍稍暗淡的时光。树叶不时发出一阵阵哗啦声,那是风儿给我的掌声,那是流水给我的底气,让一个少年得以畅想水灵灵的梦想和远方。

熟悉一条河,包括熟悉她细小而繁密的支流。无数条溪流汇入沅水,但我最熟悉的细枝末节,当是蓝溪了。从我老家背后的老街往下走,穿过祝家坪的田埂,便是蓝溪。蓝溪的上游是蒙湖,蒙湖的上游还是蓝溪,蓝溪比一般意义的小溪丰盈一些,也是因了蒙湖。蓝溪的源头在哪儿,我曾寻访过,走了好远的路,一丛茂盛的瀑布,从深山里汇集而出。大枫溪、小枫溪流出的水也都丰盈这大山深处的蓝溪,一路和山石迂回环绕,一路与花草相依相伴。过了岩屋潭,蓝溪水面由窄而宽,临近张家村时,嶙峋乱石,流水澄澈。附近有几处沙洲,长满繁茂的灌木丛及青草。野惯了的黄牛、水牛到了溪边,便不再使性子,总是气定神闲地啃着嫩草,滋滋的,津津有味。顽童或三五成群在草坪打滚嬉戏,或在溪里捕捉鱼虾,嬉乐之余,躺在河滩晒日头。河岸以外,有一马平川的沃野平畴。"清溪流过碧山头,空水澄鲜一色秋。"蓝溪的景致及韵律,像一首歌,似一支曲,在长满庄稼的两岸恰到好处地弥漫。

每一条溪,都是有梦想的,尚不可小觑。蓝溪的梦想是注入沅江,继而汇入洞庭。历经艰难,绕过无数村庄田野,梦想抵达一个叫作蓝溪口的地方。蓝溪口的河面宽阔,水流平缓,河对面有一座山,不高,却苍翠葱茏,笼罩着某种神秘气息,那是传说中的磨盘山,曾经辉煌至极的楚秦黔中古郡,就坐落在那片看似平静却波澜壮阔的土地上。沅水流经这座千年古郡旁,拐了大大的一个弯,流着,流着,流出一些奇谲诡幻、令人神往的传说。一块小小的土地,一段烽火连天的历史,这都与一条河有着某种必然的联系。更多的时候,我站在沅水边,将这些溪流,这些历史典故,无限地丰富起来,壮阔起来,整个人也随着曲婉流深的一江水辽远起来。

沅水岸边,密密麻麻的船只,半新半旧的木船,用桐油刷过,映着红霞,泛着古朴的光。或形单影只,或挤挤挨挨,泊在码头边,或横七竖八,或错落有序,跳板搭着跳板,船头靠着船尾,这样的画面,总能温暖一个个疲惫的归乡人。

生长在沅水边的,不仅有花草树木、飞禽走兽,还有无数的码头、吊脚楼、疍船。那些码头很长,从城中一直延伸到水岸,青石板铺就的码头,被尺寸不一的脚板踩磨,油光可鉴。临河林林总总的吊脚木楼,像一截一截沉闷的岁月悬在那里,长长的松木支架伸到水里,那么细,那么小,仿佛流走的岁月随时都会掉下来。

水岸人家,也是一道好风景。我的幺婆,沅水上游的苗族女人,脸盘大,手脚粗,戴银头饰,系绣花围裙,为人心直口快,嗓门儿亦响亮。放排的幺公,结实,敦厚,皮肤晒得紫红,却能言会道,生着一张能把稻草说成金条的嘴,高兴的时候,会吼上几句沅水号子:"呦嗬嗬——

排古佬过清浪滩咯！嘿咗！嘿咗！下常德啊！"幺公每次下常德回来，见了大世面，总会给幺婆带回一些外面的稀奇货。幺公回乡来，幺婆开心归开心，总不免一番盘查，得知木材钱买酒都花光了，幺婆哭哭啼啼，吵吵闹闹，生一场气，过了好一阵子才又相互搭话。幺公，幺婆，这对水上的患难夫妻，伴着一河烟火日子，伴着欢喜和吵闹，也就这么过了一辈子。

吊脚楼绝对是沅水河边的惊喜。这种建筑在我的家乡很普遍，山里木材多，几乎家家户户都是这样的木屋，上盖小青瓦，层层叠叠，屋外用桐油漆得油光发亮，屋内的格局和布置因人而异，但堂屋和神龛不可少。讲究一点的人家，门窗皆雕花，里面亦摆设雕花的家具，太师椅、雕花床、洗漱架等，各种图案，龙凤呈祥，鸟兽鱼虫，栩栩如生。匠人多是本地的，但也有从桃源请来的手艺人。沅水下游的桃源，木雕、刺绣、玉石雕等手工艺，很是让人惊艳。观那时作品，大气中不乏精巧，粗犷中不失细腻；造型夸张而不空洞，线条简练而不简单。其山水，稍加点缀则意境深远；其人物，纵横几刀则神情兼备；其花鸟，略施刻画则生动饱满。雕刻技法贯通圆雕、浮雕、透雕、阴雕、镂空雕等各种刀法，特色鲜明，莫不显出大俗大雅的风范与派头。

小小的我，对沅水下游，譬如桃源、常德这些地方，生鲜扑面般向往起来。那个年纪的少年人，尚没有走多远的路，甚至还没有心中的诗和远方，我只想，站在高处，远远地打量，这一河大江大水的去向。

江水下行，三垴九洞十八滩，滩滩都是鬼门关。其中，清浪滩最险，壤滩最长，翁子洞的纤最是难拽，洞边的寡妇链，依稀还能听到当年拉纤人的"噢嗬"声，他们和它们，见证着这一段沅水，那些苦难而悲情的往事。

过了清浪滩，沅水河骤然变得宽阔而又平静，两岸青山倒影，江水格外翠绿清冽，一如温婉贤淑的江南女子，少了些许强悍与泼辣，自然流露出温婉、包容、随和。屈原曾在《湘夫人》中这样描述：沅有芷兮澧有兰……观流水兮潺湲。沈从文先生在《沅陵的人》中写道：由常德到沅陵，一个旅行者在车上的感触，可以想象得到，第一是公路上并无苗人，第二是公路上很少听说发现土匪。公路在山上与山谷中盘旋转折虽多，路面却修理得异常良好，不问晴雨都无妨车行。公路上的行车安全的设计，可看出负责者的最大努力。旅行的很容易忘了车行的危险，乐于赞叹自然风物的美秀。在自然景致中见出宋院画的神采奕奕处，是太平铺过河时入目的光景。溪流萦回，水清而浅，在大石细沙间漱流。群峰竞秀，积翠凝蓝，在细雨中或阳光下看来，颜色真无可形容。山脚下一带树林，一些俨如有意为之布局恰到好处的小小房子，绕河洲树林边一湾溪水，一道长桥，一片烟。香草山花，随手可以掇拾。《楚辞》中的山鬼，云中君，仿佛如在眼前。

我总是不免痴迷于先生文字的至美，对照现实的景，虽说时过境迁，多有变故，但一江河流的气韵还在，一些与沅水有关的地方，慢慢走来，依然入心、养眼，岁月如同凝固了记忆。

二

置身尘世的喧嚣，所幸被这一方山和水所阻隔，时光仿佛变得深邃而悠远。

但，河流是流动的，如同这些行走的时光，没有一个孩子不渴望行走，长大，是不可抗拒的行走。于是，从一座城到另一座城，从一种方言到另一种方言，从一条河流到另一条河流，我走了很久，很久，那几乎是整个青春的时光。

过桃源，下常德，可以走水途，也可以车行而往，但我还是喜欢顺江而下，喜欢一路水途延绵的自然风物。对于承一脉沅江的下游桃源，以及我幺公幺婆心中的山外大世界——常德城，我一直还很陌生，尽管我离这儿如此近。往往，近是指地域位置而言，远是心灵的距离，就像有的人，在眼前晃了一辈子，却不是有缘的那一个。

直到多年后，我去省城求学，路过桃花源，途经常德城，依然感觉似曾相识的亲近。原来，一座城，并不能因为距离近，就忽略该有的美，好风景不只在远方。对于一座相隔不远却并不熟悉的城，要了解她，我只能去行走，从书中找答案，但书本里只有地名故事，没有滋滋冒泡的烟火味道。

桃源因《桃花源记》而名，这已然是家喻户晓。桃源山"在桃源县西南三十里，有桃源洞。相传即陶潜所记桃花源也"。那年游桃花源的时候，满眼都是桃红柳绿的四月天，满脑都是世外桃源的"屋舍俨然，有良田美池桑竹之属，阡陌交通，鸡犬相闻……"，纵然如此美景风物，可是，谁又不是匆匆过客，谁又能寻向所志，不复出焉？如今，天下人来游桃花源，也许希望寻得的，多是五柳先生的那份恬淡和与世无争吧。

还是回到沅水。汇入沅水的夷望溪，亦称怡望溪，大概有望之心怡的意思，也是个幽静之地。巍巍青山，山环水抱，林木葱郁，水心寨高耸，屹立江中，将夷望溪一劈为二，山水相依，山水相映，云烟雾霭，赛似漓江。有一年，我坐小船游经此处，那场景，便深深留在了脑海里。那天，也是个细雨蒙蒙的深秋，望着这一河流走他乡的沅江水，我开始有了深深的忧郁，似乎还有点点眷念。

顺水，不息，再往下，就是常德府。常德何以名为武陵，大概是从《左传》中的两句话"止戈为武，高平为陵"中各选一字，希望这里从此止息战争,和平发展的意思吧。五柳先生的《桃花源记》中,渔人自称武陵人,"武陵"一词,源于逶迤在湘、鄂、渝、黔四省市边境的武陵山脉之名。其地土著人多为苗族、土家族,并与少数汉族错居,古称"武陵蛮",为反苛政常聚而起事。西汉甫立,高祖五年(前202年),改秦置的黔中郡为武陵郡,就包括常德和家乡沅陵。

沅水到了常德境内,变得温顺了,河面宽阔,江流平缓。除了从上游拉纤而来的排筏,还有机帆船、货船、千吨货轮,这是天生一个大码头的地理位置,也孕育了河街丰富多彩的地域文化。东门到大西门,两千多米的沅江两岸,一条繁华的河街,一边是河水,一边是城墙,直接靠水而修,依墙而建,故名河街。

大码头在此,热闹自不用多言。上游至云贵和湘西来的各种物资,如木材、桐油、药材、山货、烟草等各种土特产,必须以常德为集散地,自小船卸下来,再装进大船,一路东行,出洞庭,下长江,直至大海。

河街云集了众商家显贵,也有多情的水手和毛脚的排古佬,还有从吊脚楼的窗口探出头来的烟花女子,都曾出现在沈先生的书页里。这是沈从文先生"一条河街占去了我大部分生活"的常德,这也是朗州司马刘禹锡"自古逢秋悲寂寥,我言秋日胜春朝"的常德,当然,这也是更多人的武陵郡。

有水必然少不得船。从文先生在《常德的船》中写道:一个旅行者理想中的武陵,渔船应当极多。到了这里一看,才知道水面各处是船只,可是却很不容易发现一只渔船。长河两岸浮泊的大小船只,外行人一眼看去,只觉得大同小异,事实上形制复杂不一,各有个性,代表了各个地方的个性。让我们从这方面来多知道一点,对于我们也许有些便利处。

先生笔下的船,各具特色,又富有生气,有麻阳船、乌江子、洪江油船及货轮等，好不热闹。我现在看到的河街，虽不是以前的旧地，但新修建的河街，还是为我找回了一段失去的记忆，这虽不是先生当年走过的沅江，却已是很接近先生的回忆。现实中，难道不是很多东西都在复制吗？在穿紫河畔，一场水岸情景剧，再现当年情景，如此美轮美奂，这就说服了一切。

在时光无休止的穿梭中，我有了一些迷茫，且越不相信永恒，我只相信，流水从未远去，在我见过了都市的变迁和繁华之后，依然还能喜欢这样一河水，一座城，像喜欢自己的家乡一样，这已经很难得了。

透过露珠的眼睛，看我的河之晨是湿的，就像刚掰开的橙子，水滴滴、鲜澄澄……有关沅水的那些人与事，并非被我真正忽略的，我在醒着的任何时候，都可以想起他们，想起他们的时候，我比任何时候都清晰生动，唯有青山，唯有流水，唯有无比热爱，才是最好的回馈。

一截河流，以及她的前世今生，虽不曾了解透彻，只能依靠无限的想象。我不能老是活在苦难的回忆中，既然有美的过往，一定会有宽阔的未来，这一直是我坚信的。

一江流水，自有她宽阔的未来，她的远方在哪儿？是下游的洞庭湖吗？或者说是长江，是大海，是不可企及的远。

三

船舱之外，水的流动，风的沙沙，万物皆有细微的声响，一切似乎都可捕捉于心，一切又都那么辽远。我渐渐于恍惚中意识，天地万物，皆有情意，生命与信仰，即使不能永恒，也终将随着河流、山岚生生不息。

秋天里，金色的芦苇在脚下绵延。举目四望，无边的空阔，无边的浩瀚。洞庭秋正阔，余欲泛归船。江河尽归纳，一统潇湘水。天下写洞庭的诗词可谓多了，未到江南先一笑，岳阳楼上对君山。

去洞庭，是我由来已久的一个梦，如今，真的见着，有些不知是真实还是梦境？是的，这就是"朝晖夕阴，气象万千"的洞庭；这就是"风恬鱼自跃，云夕雁相呼"的洞庭；这就是"以水为名，以鸟为盛"的洞庭。

在大湖岸边，我感觉到了一条小溪小河该有的自卑。同时，也感觉到了浩渺千里、阔达包容这背后无形的压力。不知道这一湖壮阔的水，这万千的水滴中，有哪一滴，是来自我家乡蓝溪的水？水流来的时候，每一滴，都长着不一样的模样，水流去的时候，却又都步调一致、千篇一律。

求学的时候，曾和几位广西的同学一起相邀，目的地是洞庭湖畔的岳阳楼，那是书生意气、挥斥方遒的美好行程，那是先忧后乐、忧国忧民在胸中激荡的年龄。时隔多年，物随心移，其间诸多感叹随了风去，再次见到洞庭，见到巍然俊秀的岳阳楼，内心依然激动不已。但，仅仅只是激动而已，激动之后，是不小的自卑，对于一座城，一楼阁，一湖大水，一些历史厚度，远远不及的，还有我仅有的那一点知识储备。

从小地方来的我，对于一些大地名，我浅浅小小的记忆中，常常是没有什么深刻印象的。也许是地方太大，没有小地名亲切，也许是湖水太多，装不下一个人青春的眼泪。时光太短暂，固然也都没有留下过只言片语，眼前飘过的往往是一团影子，或是风声，或是浮云，或是飘摇的芦苇。谁也记不住谁，谁也没有要把谁请到生命里去，学生时光，就以这样一种自卑和患得患失的方式，匆匆远去。

如今看一湖洞庭，多了一些人到中年之后的深刻。八百里洞庭湖，好大的一个词，除了依然感受其辽阔，其苍茫，文化之厚重，还有她生态的惊人变化。洞庭岸边的儿女，靠山吃山，靠水吃水，终于意识到了母亲的脆弱，保护起来，才是一个儿女应该有的态度和担当。来到这里，虽然感觉上湖面较之前有了缩小，但大与小，在我茫然的视线下，根本无法具体而形。我依然喜欢洞庭岸边漫天的芦苇丛，喜欢霞光照耀的远在天际的帆影，喜欢在浪花中隐没的江豚的微笑，喜欢青草湿地上麋鹿的欢歌，喜欢夕阳下众鸟归巢滑出天际的飞翔，喜欢渔民晾晒鱼干的满面春风。洞庭熟，天下足。我想起之前的一句俗语，看着眼前这一大片水域，这生态之湖，希望之湖，文脉之湖，配得上热情而最美的表达。

隔湖而望的，是白银盘里一青螺，是有着许多历史传奇故事需要向外人讲述的君山岛。岛上如何，我没有留下什么记忆，也没有旧地重游，人的脚步总是向前的，流水也一样。沿湖而行，港口码头城陵矶，一派繁忙，大手笔，大气象。下游的临湘，最美的长江岸线，一些风景从眼前匆匆掠过，我唯有记得诗人李白，他在长江岸边的白马矶留下了"侧叠万古石，横为白马矶。乱流若电转，举棹扬珠辉。临驿卷缇幕，升堂接绣衣。情亲不避马，为我解霜威"的诗句。

这是李白因受永王争夺帝位失败牵累，于唐至德二年（757）十一月被流放夜郎（今贵州境内），第二年秋天路过位于湖南临湘市江南镇境内的长江边鸭栏驿，碰到了老朋友裴隐，这裴隐本是岳阳人，官至侍御史，和李白交情很深，多有诗歌唱和。李白在失意潦倒之时，在这里受到故交好友热情接待，自是感激不尽，所以写了这首《至鸭栏驿上白马矶赠裴侍御》。

将离开的时候，我回头望了一眼，夕阳里的白马矶，山如黛，水清奇，江流婉转，一派静气。

庞大的洞庭水系，沃野三湘，纵横绵延。我想，一定还有许多的河流千里奔赴而来。比如，向北而来的潇湘之水，比如，蓝墨水的上游——汨罗江。

"停舟细问灵均迹，更有清流是汨罗。"距离滨湖不远的汨罗江，是一条不可忽略的河流，是端午源头，龙舟故里，承一脉清流，汨汨而来。是的，在这样的一方厚土，一泓清流中，足以完成一场让灵魂升华的追思与叩问。如果有幸，一定要来拜谒屈子祠，聆听千秋辞赋，弦歌诗韵，楚音绝响。

苍茫潇湘，一路雨水，真是雨潇潇，雾蒙蒙。行走中，我一直在想，屈原流寓湖湘十八年：自洞庭湖往长沙，又溯沅水，过常德、桃源至沅陵、泸溪、辰溪，后抵溆浦，再返回，过枉渚，经东洞庭，最后魂归汨罗江。这峨冠博带的屈子，用最后一滴泪的绝响，完成了一场没有告别仪式的告别，这最后的壮举，为何是在汨罗江，而不是"中流击水，浪遏飞舟"的湘江，或者是"美得让人心疼"的沅水？！

一路的雨滴敲窗，我不解的纳闷与茫然，居然没有发现路旁草木丛生的湿润与悲戚。直到了屈子文化园，下得车来，微雨拂面，楚韵绵缈，金戈铁马的嘶鸣远了，唯有漫漫的求索之路。这一场既知轻重，又知冷暖的雨，仿佛最近的天问，落在灰黑的屋檐，也落在心间。

此情此景，请原谅固执的我，我又开始想着大山深处的家乡，想着家乡的那一条河流了。

沅江酉水交汇的千年古郡，"中国传统龙舟之乡"沅陵，也有端阳扒龙舟的习俗。与"龙舟故里"汨罗不同的是，沅陵端午龙舟祭盘瓠，有句俗语叫"五月五，出盘古，端阳前后听锣鼓"。沅陵流传千年的苗族古歌《漫水神歌》唱道："人家划船祭屈原，我划龙舟祭盘瓠。"每年端午前后，沅水里扒龙船盛行，脑海里浮现当年屈子状写龙船竞渡时的恢宏场面与气势："驾龙舟兮乘雷，载云旗兮委蛇。"这是《东君》里的诗句，是不是湘西醇厚剽悍的民风民俗，让屈子感受到另外一种精神境界，吸取了一种奋发向上、昂扬激越的勇气和力量？他在《湘君》中的诗句："驾飞龙兮北征，吾道兮洞庭。薜荔柏兮蕙绸，荪桡兮兰旌。"这是屈子即将离开沅陵，往北方去时的心境表露。遗憾的是，他此次北行，刚到洞庭，就传来楚国灭亡的消息，悲痛情急之下，抱石怀沙自沉汨罗江以身殉国。

斜风细雨、樯倾楫摧的汨罗江，芳草萋萋、涛声呜咽的汨罗江，是一江痛苦的雨滴和泪水汇成的吗？一滴一滴，淌成了一条无法告别的河流？是，又不仅仅是，在悲怆绝伦之后，它更应该是雨中的清流，是文化清流的源头。伤过，痛过，怨过，就该在五月的粽叶香里，在香草兰蕙的氤氲中，在浊浪和泥流里，有云梦泽国的葳蕤、丰茂、纯澈、浩渺，有"天问"的振聋发聩，清流独醒，又有"虽九死其犹未悔"的上下求索，遗世独立。

汇入大湖的一江汨罗水，最终还是给了洞庭湖一抹悲壮、苍茫的底色。三湘大地，群峰万壑，细流遍野，无数条河流，有风姿、风骨的河流，为这洞庭而来，又自洞庭而去。沅水，不是起点，洞庭，也不是终点。那么，世间的一切，该来的依然会来，该去的，已然去矣。山水，自有其最好的安排；人生，自有其最美的遇见。面对如同河流一样前途未卜的人生，我兀自感伤，心有凄凄然。其实，也应该没有什么好感叹的，江河万古，人世不过百年。

在汇集万千的水滴中，我再也找不到了，哪一滴水，该是蓝溪的水，哪一脉分支，还有着沅水最初的温度？我终于失去了属于我的河流。唯有耳边响起母亲常挂在嘴边的一句阳戏唱词："苦读寒窗十年整，求名知音家道贫。沅水泛舟八百里，涛声送我过洞庭。"

已然中年，我渐渐能理解"归宿"这个词的深意。最终汇入洞庭的一脉沉水，也许从一开始，就有着既定的归宿。同样，一个清流独醒的人，也许从一开始，就注定了最好的结局。一切岁月的走向，或者说痕迹，无论我愿不愿意，这一切都会消逝抹去，河流来了，又走了，人却不能再次踏进同一条河流，深藏的只能是漫漫记忆。既然，那么，好吧，从匆匆而来，到缓缓而去，就让其浅浅地流淌，静静地沉淀，由一山而来，由一城而往，流过烟云繁华，流过寂寞秋色，流往蒹葭深处，流向更远的远处，流到时光的背面。

城邑居千年

一

或许,一座城市,初次抵达时,是一种模样,而最后离开时,它又是另一种模样。真是这样的。

比如,岳色南来的天心阁;比如,澧阳平原的城头山。

当年,我从沅水中游的楚秦古黔中郡,越过资水,抵达湘江,来到湘流北去的岳麓山下求学,对一座古城的感知,却是从天心阁开始的。

天心阁,古城长沙最后的标志,坐落在并不高大巍峨的城垣之上。阁立城头,栗瓦飞檐,翼角高翘。微风拂过,铁马铜铃,彼此轻摇慢晃,迎风鸣响。悬在高处的声音,带了苍凉的古意,悠扬清越,让人随了这天籁,可以携一卷当年离骚,咿咿呀呀的,唱九歌,作天问。

古阁雄踞,朱梁画栋,古香古色,气象颇有些蔚然。只是,我很好奇"天心"这个名字。是穹顶之星,还是天地之心?后来,看到一副对联:四面云山皆入眼,万家灯火总关心。倒让这个观星象、祀天神的处所,一下子蘸满了浓郁的人间烟火之气。由是,临嘉木繁荫,睹箭垛城墙,豁然释怀,甚至小确幸了不少日子。想来,所有的匠心自有其内在的玄机,当年西汉高祖,垒址以石,筑城长沙,除了秉承天心,更多应是顺应、抚慰民心的吧。因为,民为邦本,本固邦宁,天心即民心。

由一阁而一城,由一城而天下。如今的"星城"长沙——其实我更愿意称"心城"长沙,是当年高祖刘邦与长沙王吴芮所无法想象的,就像现在的我们,无法想象他们一样。

每每登顶这座阁楼,俯瞰万家。不远处,是星城地标建筑IFS国金中心,高高耸立,直入霄汉。高楼有时在云端,有时在光中,楼中每一个金色的窗格里,都有一群年轻沸腾的故事,以及埋藏在心底的那些炊烟生长的往事。

天心阁的高度,在IFS国金中心的比照下,似乎低了下去,矮了下去。低得寂寞怆然,矮得阒寂无声。此时的我,有幸站在两千年前的古城,看一座现代化都市的高度和速度,这是一种偶然巧合,还是冥冥注定?

不过,确凿的是,这座流光溢彩、车水马龙的星城,无论如何铺陈,如何写意,天心阁,犹如一枚古老的印章,只需轻轻一盖,一座城市的图腾,便聚拢了一切山,一切岳,一切峰,一切岭,一切的壮丽,一切的风采,以及无数的深,无边的远,既云淡风轻,又渊厚潜沉。

望不断七十二峰衡岳,流不尽八百里洞庭。晨光初曦的天心阁,藤蔓覆盖,树影参差。古城墙下,几个晨练的老人,手持银剑,闪展腾挪,疾徐之间,剑花偶尔一闪,带起一阕衣袂翩跹,与缥缈的古典音乐一起,似拂起一池湘水的禅意。

我小心翼翼地,沿着古城墙角徐行。登高,可楚天一览;低行,可遐想无垠。在仰望与虔诚之间,一不小心,就跨出了千年。行走在庄严而鲜活的时空罅隙,我突然迷糊起来:我在哪儿?我似乎弄丢了自己。如果再往前,又会是哪儿?是这座城池千年前的模样吗?还是能抵达我们与时间抗衡的最初的家园？我不知道，却又渴望知道。

二

天心阁与城头山，一个在湘江，一个在澧水。湘江，我很熟悉。澧水，也不陌生。从天心阁到城头山，隔了风，隔了雨，隔了季节，隔了千年的奔波，更隔了无法消解的想象。

前往城头山，观光车绕行了几圈，我就迷糊了好几阵子。也许，认识一座史前的城池，一截历史的命运，最好的路径，要么是迷路，要么是迷糊。

晕乎乎的阳光，始终斜在我的头顶。我得感激它，它不是人间的东西，却总是照耀着人间。我拧开水杯，喝了一口水，水杯里的澧水，绵长沁甜。

一滴水长大了，会成为河流。有河流，就会有村庄。一个村庄长大了，会成为城池。有城池，就会有环绕的护城河。青山横北郭，白水绕东城。我们的先祖，逐水而居，滨水而长，不在别处，只在这里。

试想，一条流经苦难的河流，怎么可能只有一个源头？如若所有的河流都会干涸，至少还有一条河流，它会经久不息。比如，"绿水六十里，水成靛澧色"的澧水；比如，澧水滋养下的澧阳平原；比如，澧阳平原上城头山的护城河。

烈日的光下，我站在辽远的澧阳平原上，感受六千三百多年前土地深处的秘密，感受时光穿越的沧桑，感受史前文明的震撼，感受远古的大溪文化，感受先祖的开拓与坚守。在这座曙光之城，先祖的故园，文明之光，开始熠熠闪耀。

显然，早期的部落，那里应该只有茅舍零落的村庄、稻麦不生的沼泽、干涸的河床和芦苇、粗糙而低矮的围墙。早期的先祖，居无定所，随遇而栖，三五成群，渔猎而食。然而，面对恶劣的生存环境，个人的力量势必单薄，他们需要联合，需要聚力，需要发明并传承着使用石器、烧制陶器、种植水稻、掘筑城壕、搭建房屋、聚族而居，创造出"生存还是毁灭"的石破天惊。

难以想象，早在六千多年前，我们的先祖就懂得了筑垣为城，防御外扰，用无可置疑的文化史实，道出：长江流域的古代文明，不仅丝毫不逊色于黄河文明，而且其年代更加久远。听起来，这似乎很像一个童话，但它却又是那么真实可信。

我眼前看见的，脚下踩着的，先祖生活过的土地，现在是一个叫作城头山古城遗址博物馆的地方。走进馆内，有各种展示，头顶有发白的聚光灯，也有高大而坚固的建筑为之遮风挡雨。也许，用我们现在的眼光看来，先祖们苦心建造好多年的城池，只是一个用黄土围墙圈起来的农业聚落。

但，这是苏醒过来的"中国最古老的城邦"，这足以载入史册，改写华夏的文明史，并镌刻到"中华世纪坛"的青铜甬道上。

有人说，一座城市所拥有的历史和记忆，它所呈现的丰满繁密的生活细节才是它真正的魅力所在，好像一个没有人去打开的抽屉，可它里面可能珍藏了很多很多宝贝。

城头山抽屉里的宝贝多不可数，大到一截反复修筑的城墙，一座完整的陶窑；小到一粒干瘪的稻种，一块家畜的骨骸。那些大大小小残缺的红陶罐、红陶支座，长长短短打夯的木器，用于砍伐的石锛、石斧，还有一个个骇人的祭祀坑等。当然，还有那一片骄傲的古稻田，我恍惚看见先祖们身影依稀，并不十分饱满的稻穗在风中轻摇，我们的先祖在收割、在舞蹈、在筑城、在祭祀。他们收割秋天的色彩，也收割生活的苦涩。这一围长堤，一粒稻子，一片碎陶，一道夯歌，诉说的是先祖关于收成，关于繁衍，也关于命运的种种故事。

可惜的是，我并没有一一记住抽屉里过多的名目，一走出博物馆大门，我又迷糊了。好在我记住了东经112度、北纬29度这一地理坐标。

夏日正酣，微弱的风中，藏着一些桀骜不驯。

护城河边，一群白鸟，翩飞或者栖息，皆洒脱自如。它们一展开翅膀，漫天的太阳就掉了一地的光斑，整个平原霎时酷炫了起来。近旁的每一棵树，吐出了绿色；每一朵花，绽出了妩媚；每一束光，亮出了意义。

迷糊的我，突然想起常德诗墙上，王阳明先生诗里的"江天云鸟自来去，楚泽风烟无古今"。鸟去鸟回，风烟俱净，一如初世鸿蒙的简静。

三

因为久远，所以想象；因为敬畏，所以谨慎。

也许，在某个春日，城头山上，先祖的故园里，温酒的女子，制陶的小伙儿，持禾的老妪，划桨的老翁，以及满脸虔诚又德高望重的祭司，在祭坛上敬天礼地，祷告神灵，祈求整个部落与整座城池的风调雨顺，六畜兴旺，五谷丰登。澹水声声，夯歌阵阵，他们头戴树叶编织的斗笠，手提石头打制的凿刀，一边播种，一边耕耘。金色的稻子长出来，一块块，一团团，一片片，铺展在辽阔的澧阳平原，等待着一种生命轮回的重新苏醒，也等待着六千年后的我们，与之重逢相遇。

如果，赖以生存的城市，是人类最好的栖息地，并成为心灵的归宿，那么，城头山理当是先祖们现实的城，桃花源则是梦里的城。

"土地平旷，屋舍俨然，有良田美池桑竹之属。阡陌交通，鸡犬相闻。其中往来种作，男女衣着，悉如外人。黄发垂髫，并怡然自乐。"这是每个人心中可遇而不可求的城。从某种意义而言，世外桃源也是一座城，一座精神的城。

让人感叹的是，人们一边呕心沥血建造城市，一边慌不择路逃离城市；一边发展"天堑变通途"的现代文明，一边向往"而无车马喧"的世外桃源；一边呼吁"安得广厦千万间"，一边自我安慰"斯是陋室，惟吾德馨"；一边惦记城里的月光，一边憧憬乡村的蛙鸣。

其实，城市与乡村，当无本质的区别。无论远古，还是当今，城市有其独有的韵味，其中也不乏耐人寻味。城市不断向外生长，当初的欲望已是记忆，城市最终收获虚无，成为看不见的城市。

意大利作家伊塔洛·卡尔维诺认为：城市的真正魅力，在于它是柔软的，它吸纳众多，无所不包，始终是希望的体现，又是郁积负罪感的源泉。连绵的城市，无限地扩张，城市规模远远超出了人类的感受能力，这样的城市已经成为一个无法控制的怪物。

庞贝古城，延续将近三千年的历史，曾经一夜间消失。许多人在睡梦中死去，也有人在家门口死去，他们高举手臂张口喘着大气；不少人家面包仍在烤炉上，狗还拴在门边的链子上；奴隶们还带着绳索；图书馆架上摆放着草纸做成的书卷，墙上还贴着选举标语，涂写着爱情的词句……

历史的车轮总是会轻易地抛弃他曾经的宠儿。

楼兰，中国古代西部的小国，丝绸之路的必经之地。这个曾经绿草遍地、繁荣无比的古城，在辉煌了近五百年之后，也在历史舞台上悄无声息地消失，一个融汇东西方文化精华的独特艺术绝迹了，一个充满诗情画意的绿洲消失了，只留下了一片颓垣断壁，还有耐人寻味的千古之谜。

每一座消逝的城池背后，都会给遥望他的人以一遍又一遍的憧憬和想象，也都隐藏着自然不可抗拒的伟力，当然，还有人性无限膨胀的贪婪。在永恒的宇宙与自然界面前，人们，首先得敬畏自然。

虽然，最后的我们，大都会成为那个"遂迷，不复得路"的武陵人。先祖的故园，不经意间，也已深埋地下，消逝于历史的烟云。而我们，在现实的城里，不断地寻找，不断地发现，同时，也不断地生长。

城邑居千年，甚或万年。所幸的我，在一场六千年前的相遇里，耳遇目得一曲史前的绝唱，面对一座消亡的城池，一截尘封的历史记忆，我头顶一缕慷慨的阳光，却依然迷迷糊糊地，写下这一切。在每一截城墙，每一棵树，每一只鸟，每一块石碑、瓦罐、陶土面前，我安静得只有我自己。

时间沿岸的村庄

一

"阿公阿婆,插秧栽禾。阿公阿婆,插秧栽禾。"看不见鸟儿穿梭的身影,叫声从天上的云朵里撒一把下来。

风丝飞荡漾,林鸟哢交加,夜月一帘,春风十里,算是赶上了一年中这个最好的时节,不冷不热,不深不浅。

再过不久就夏至了,眼下的乡村,越发青绿,是另一番草长莺飞的蓬勃光景。

"春把大地交给夏,青蛙开口叫呱呱,竹笋尖尖节节高,藤上花儿变成瓜。"童谣里的乡村气息扑面而来,让心萌动欢喜得一番跳跃。

或许是待在城市樊笼太久的原因,我有些愈发地想念起乡村来。

我一直想要的乡村,是山水丰沛,绿意嫣然的,且有古村落,有青石板,最好还有参天大木,村口的古井,汲水的村人,穿梭行走的猫狗之类的小动物。村落里诸多的人和事,虽已经老旧得上了年纪,但这又有什么关系呢?它们本来就是乡村原生的一部分。

待在村里一整天,如果寂寞了,就与树上的鸟儿说说话,想说什么就说什么；口渴了，弯腰捧一口水井的水，沁凉到了肺腑；烦躁了，扯起嗓子向大山吼几声，过瘾惬意得很。在溪水中浸泡一阵脚丫子，所有的疲惫都会消散。闲散在乡村，会觉得这一生中没有什么海阔天空的大事，也不需要向谁诉说自己的成败得失，点点滴滴，平平淡淡，却有烟火人生的暖。

大山和大山之间的缝隙，通常是用小溪小河来缝补的，溪河收纳了山间更多的秘密。溪水边，无疑是有路的，小路、山路、车路，走的人多了，路就大了。然而，路的大小，或许最终又与人，与山水的高度、厚度有些关系。

客居城市，每每回到乡村，就想好好地走一走村子里的路，村里的泥巴土路，爬坡的路，上岭的路，钻刺蓬子的路，一些不是路的路，想怎么走就怎么走，只要不厌烦，多走几次，大多能随心走出一条路来。城里虽然也有路，还很宽阔，但是，乡里的路走起来，无疑更亲切、亲近一些。上坡路是回家的路，下坡路是离乡的路。往往，上坡路比下坡路难走，所以，注定的，离乡的路比回家的路更容易走。

时光，往往就在这一上一下之中，蹉跎了，散漫了，也沉淀了，时光中的每一个生命个体，有时难免渐渐弄丢自己的乡村，无数时光沿岸的村庄，不经意成了匆匆停歇的驿站。

也算是运气好，我内心想要的乡村，故乡大地基本都能给到，这是我喜欢回大湘西的理由，比如山清水秀的馈赠，花鸟虫兽的慷慨，比如一场风，一阵雨，一瓣云，一场花事，一些不可预期的遇见。

诚然，乡村的很多东西都在时光中改变，并非一味地在荒芜，不管是原来久远的面目，或是时光中新的模样，都需要我们重新去观察与领略。

因此，适当的行走依然必要，这和光阴相关，更与心情相联。

二

高铁飞驰的湘南大地，是个林邑之所，丘陵起伏，阡陌交错，满眼皆是绿意。车一动，就驶出了时间之外，快速地打开了一幅古意的画卷。

路边，丛林深处，各样的植被丰富，熟悉的水稻田倒不多，却见遍地烟叶拔节，葳蕤丰茂，长势很好。勤快的人家，烟叶子收摘了一批又一批，绿叶变金叶，喜上了眉梢。玉米秆高过人头，抽了穗，红须变青丝。荷塘莲叶田田，墨绿丛中点缀着花朵，亭亭玉立，清清雅雅，颇有几分娇妍。

花开总是无声无息，自自然然，大大方方，更多是不知名的花木，却显出见过世面的稳重。大雨刚过，每一片花叶上都躺着细小晶莹的雨珠，半遮半掩的，剔透如水晶。

渐渐暗下来的云朵，追赶着稍纵即逝的霞光，鸟儿归巢的鸣叫，并没有打扰劳作的人们雅兴。水田里的秧，刚刚插完，一些手脚慢的村人，还在田里劳作，弯腰、直立，动作不断切换，秧田满满当当，整齐划一，满眼都是绿的希望。眼见一户农人还剩下最后几行几垄，须待插完了才好放工。间或有一丘两丘水田，明镜一样溢满着水，映着褪去了颜色的云朵，映着最后的几缕霞光，映着青青的禾苗，映着那一户户农人晒红了的脸。

烟叶中间少有的水稻，显得多少有些珍贵。这让我到底又想着家乡了。我的家乡大多种水稻，梯田一圈一圈地旋在山坡上，风吹稻浪，场景很是诱人。我的视线还没能完全适应这满田的青黄烟叶，且总觉得这蓬勃的叶子，和当下蓬勃的时代一样，是长势过快的新鲜事物。而我总喜欢缓慢的日子，缓慢的节奏。

喜欢，总是藏不住的。

遇见湘南古村，是意料之中的样子。一个个古村落，散在峰林叠翠的山峁田野，流水潺潺，旖旎清透，新鲜而有生气。

古村落，多是徽派明清建筑，颇具规模，且年代久远。差不多完整地拥有宗祠、戏台、厅宅、庭院等。古村民居，多与古桥、长亭、水井、巨木交相辉映，形成"小桥流水人家"的气象。抬头仰望，墙体或横木梁上，古朴精致的木雕，或演绎民间故事，或饰以瑞兽花卉祥纹，风格空灵洒脱、平和清新。窗格上见青瓦窗檐，窗檐下配精美的壁画，人文气息很是浓郁。配以窗外的自然风景，典雅而又和谐。

每到一户，所见的，青砖黑瓦、马头墙、天井屋、古祠堂、雕花窗、青石板路……在这些小巷中迂迂回回，让人能感受到旧时光并没有走远，甚至在这一刻是停留的，如同一直安静的古村，有一种忘却时间的安静，若是打开它，需要小心翼翼，像极了一本线装的典籍，每一页，都有一个不同寻常的开始。

古村人崇耕尚读，礼让慈孝，创业守成。进门的方形户对上，多刻有乾坤卦象图，讲究一点的人家，还有饰有花卉云纹的须弥座方形门当，也有形似圆鼓的，门当与户对，可显示出屋主人的身份、地位与志趣。大户人家的门当、栏杆、石柱上，多有龙凤、麒麟、莲花、祥云等装饰图案，看起来朴实高雅、浑厚大方。堂屋供有神龛，供奉着历代祖先之位，左右皆悬"祖德流芳远，宗功庆泽长"的楹联。屋内多设天井，开阔俊秀，人坐室内，可晨沐照霞，夜观星斗，俯仰间，一种天人合一的和谐静谧之感油然而生。

古村多依山傍水，视野开阔，既庄严恢宏，又朴拙雅致。古村人多简约朴素，低调务实，温润内敛，有着"耕读传家"的良好家风，借此也曾走出去许多大有学问的人。

村庄，多古意葱茏，前有流水，后有靠山，靠山多乔木、灌木、柘木，树木绵延成片，村中多香樟、枫木、竹林，林木扶疏，遗韵纯美。门前的溪河，悠然穿村而过，既灌溉了两岸良田，又润泽了一村文脉。远远的古渡码头，依稀可辨，村中妇孺浣衣洗菜，都在这样一条"参差荇菜"的溪里了。

时光悠悠远远，行走在时间沿岸的村庄，一颗平素急急的心，可静，可慢，可抵达。

然而，带着重重心思看见的事物，总是有些沉重的，犹如眼前厚重而密不透气的灰白院墙和巷子，这一片被誉为"湘南第一古村"的村落，并没有给我太多特别的记忆，大概是我还没能适应这湘南的风土人情，或者说是这一片山水还没能真正容纳一个外乡的我吧。回头再看一眼，溪水流向远方，一进一出，两次踏过古朴的接龙桥，似乎有了些不一样，到底不一样在什么地方，却一时说不上来，大概唯有时间才知道。

三

湘南的古村落不止一处，沿路所见，多有青瓦灰墙、飞檐翘角的老宅，其间也不乏拔地而起的新楼宇，一道道闪着银色光泽的门窗，照见了古宅的斑驳，新旧穿插，新旧并肩，似乎接续着"苟日新，日日新，又日新"的光阴。

我有些恍然，有些迷失，有些不知身在何处，如同被时光丢弃的孩子。

村边汩汩流淌的西溪水，见证了一个古村落的繁华蜕变。从青石板路上，从颓垣断壁的墙角，似乎还能听到往昔商贾长短不一的吆喝，那些回荡在小巷里的马蹄声，以及那些烟云过往的悲欢离合。

八百多年过去了，岁月变迁，这里一切似乎没有过多的变化，特别是在这里繁衍生息的曹氏家族，聚族而居，开枝散叶，崇文重学。

一个个古村落，祠堂始终是中心。村落大多属于乾隆、嘉庆和道光年间的建筑，屋檐上依稀悬有时间里的遗骸。沿祠堂向四周辐射开来的各家民居，既对称又连片，朝向基本一致。巷道多相通，屋檐多相叠，交错纵横，回环贯通。马头墙，高低错落，起伏有致，覆盖了小青瓦的屋舍，多饰以白墙，有的还绘上精美的壁画，有以花卉和喜庆祝福图案为主的，也有喜上眉梢、花开富贵的俗世寓意，如一首古琴曲，呈现出音乐的韵律。人们常说，建筑是凝固的音乐，这在古村落，一点不假。

村落里，一群银发老者闲坐在青石门对上自顾自地拉家常，对于我们这一群外来者，他们除了用苍老的眼神打量一番，并不忘友好的客气，甚至很随和地摆出几张竹椅子，示意我们坐下。村人多汉族，衣着也随意，有着外人听不懂的口音。这是一群同宗同姓氏的本土居民，他们是这个古村的后人，现在依然是这个村子为数不多的主人。

这样一群老人，往往是古村的灵魂所在。在他们生长的村庄，总是能看见炊烟，可以感受到青草的香、玉米的甜、土地的慷慨。他们在村子里，劳作或是闲时，每一个平淡无奇的烟火日常，多是人们的向往。因为这日常，是踏实，是丰富，是自然，是生态，是价值，是意义。确切地说，每一个日子里，都浸泡着他们的淳善。这种淳善，是土地上耕耘了一辈子的庄稼人本质的自然流露。

曹登柱老人，八十有三，个子不高，不弯腰、不驼背，看着依然很精神，身板结实，嗓音洪亮，喜欢与人拉家常。见我们打听村里的事儿，他打开了话匣子，还领我们到他宅第参观，讲述他的家族故事，日子虽平常，却生动、有趣，尘埃里满是烟火。

看老宅的架势，曹登柱老人的家虽比不上大户人家的气派，也没有雕花的门窗，却修筑得结实耐用，门当、户对、马头墙、天井屋、神龛,一样都不少。耕读传家、光耀门庭一直是他的理想,做了村里几十年会计,是他这辈子的高光时刻。

老宅收拾得很干净,家里也添置了电器,新与旧的对比很明显,看得出他对生活的态度,平淡而知足,知足而长寿。这栋祖上的老宅,据说是在他祖爷爷手里建的,到他们这一代,已经是第五代,算下来有两百多年的历史了。他的三个儿子,目前都在城区居住,过年过节时,孩子们会回来看看他,也看看老宅。老宅保留至今,还很完整,是家族的福地,也是孩子们的乡愁,是个无法挥之而去的念想。

四

缓行在古村,我常常落在人群最后,不受外物扰心,打开或是掩卷,收放自如,如同欣赏一部泛黄的古籍。我喜欢这白墙青砖黑瓦,喜欢与花草树木促膝长谈,也喜欢缓慢生长的村庄故事。那些藏在拐角处,藏在荷塘深处,藏在砖缝里的故事,水井边的故事,层层叠叠,生生不息。

去湘南郴州之前,我似乎一直在追赶时间。返程之后,我依然还在追赶,掐着时间追赶飞驰的高铁,追赶穿行的公交,追赶错失的机会,时间总是那么巧合,又那么无情。这一路的追赶,像极了我用力奔跑的半生。有时会常常疑惑,怎么人生到了下半场,时间突然就匆忙得不够用了呢?大概,也许不是时间不够,而是我自己心灵的能量不足了吧。污垢、雾霾、沉淀、堆积,日子在千疮百孔之后,依然是百孔千疮,表面的水波不惊,其实暗流涌动。

常常对着光阴,只好长叹一声:唉,这流动的时间。

芸芸众生如我们,从乡村到都市,从城市到乡村,左突右奔,难道不都成了时间的仆人吗?时间,其实,既不会流动,也从未流逝,它本身是和空间一样真实的存在。原来,前进的并不是时间,而是我们人类自身。

原来,老去的不是时间,而是不知不觉的我们。还好,置身于乡村,有山水能治愈,一处山水,有山水的气质,一个村庄,有村庄的气场,看多了山水之间的古村,就对"活着"这个词,有了一些新的想法。如今"活着"的古村,已经不多了,即使存在,也并非真正意义上的"活着"。

一棵生命蓬勃的梾木,并不在乎它是否长歪了身姿,也并不在乎它是否千疮百结,依然长在下马桥边,桥边有人家,也有葱葱郁郁的生命。桥下有下青溪,溪上有下青桥。我眼里的下青村,是青绿的,眼前的古村落,是古意的,也是活着的,这毋庸置疑。

在我的理解中,能活着的梾木证明了一切,活着是一种存在,活着更是一种心态。溪河边捶洗的妇人,穿简单的蓝布衣,正在浆洗的被单,被溪水流成一幅印象派的画,和水底的水草缠绵悱恻一起,形成一个简单又复杂的掠影。之后,被一双满是风霜的手拧成麻花状,拧紧、铺开、晾晒,随风而起,一幅儿时熟悉的画面,成为另一种亲切。

一只鸟,停歇在振南书院的大银杏树上,只"啾啾"两声,世界就变得安静之极。很快,孩子们的朗朗书声,淹没了鸟与树的寂静。想来,寂静只是暂时的,热闹才是常态。在闹中取静时,听风,听雨,听书声,听树叶坠地的声音。书院内高高悬着的电铃,替代了古老的敲钟。一节课的时间总是那么漫长,天井里回荡着孩子们作古正经的读书声。其实,我多么想听到熟悉的下课铃声,看到背着书包的孩子,蹦蹦跳跳走出那扇百年来厚重的校门,释放一个孩子最真纯的一面,那也是一个村子最美的留守,或者说是最美的剪影。

五

霞光漫上来，夜色就淹了下去，所有的事物就都有了最好的归宿。

鸟有鸟的归巢，虫有虫的归处。夜晚该是虫鸟们独处的时光了。人们渐渐睡去，只剩下虫儿寂寂地欢叫。再晚一些，月色和星子，愈发明亮起来。但村庄总是要睡的，睡醒了才能唤醒下一个日头。

即使眼前"活着"的村子，夜里也是要安静的。即使窗外飞驰的轨道声响，我的心也能瞬间静下来。万籁俱寂，遐思，静坐，畅想，第一次这么认真地琢磨一个古意盎然的村子，记忆开始停在了这个初夏，心里缓缓涌现一些切实的向往。

如果，我还有机会再次回到古村，我一定要小心翼翼，态度虔诚，决不呼朋引伴，高声喧哗，走马观花。我要弯下腰来，把一株长歪了的豆苗悄悄扶正，把蔓延到了路边的一根南瓜藤蔓牵起来，让它爬上一旁的枝丫，以免被一串陌生的脚步踩到。或者，我只是静静地看着，看这乡村蓬勃的力量，在时节的号令下，绽放生长的伟力，该有多好。

古墙屋檐下，一树木槿悄然绽放，朵朵紫色缀染枝头，有着含蓄的内敛，内敛的高贵，高贵的平凡，如同眼前的村庄。更多的是各样叫不出名字的树，像人间芸芸众生，并不需要过多的关注，一树树绿芽萌发，自由生长，长在风里、雨里，长在光里、心里，长在隐秘的时间沿岸。

烟火老街区

一

在沅水蓝溪边,是有一条老街的,简陋,却不单一,满街的烟火味。

霞光漫漶的黄昏,端着饭碗,或蹲或坐在门槛上,稍不留神,举着大红冠子的公鸡便会瞅准时机,啪一下,啄翻了碗,母鸡们则一哄而上,不到三五秒钟,打翻在地上的米饭会被啄得一干二净。几条半大的麻狗、黑狗,也会奔过来,将鸡们撵得上树的上树,进笼的进笼。大人则呵斥小孩儿,连只饭碗都端不住,让鸡啊狗的给糟蹋了,没出息……整条街,鸡飞狗跳,烟熏火燎的,各家的故事,各样的声响,此起彼伏,热闹得很。

我在属于自己的乡村,在这样的一条老街上长大。远山起起伏伏,屋舍仄仄斜斜,村树高高低低,村人热情,乡风醇厚,蚯蚓蚂蚁也都活泼得十分新鲜,自然而然,心性中也沁出几分山野灵透之气。

离开老家多年,读书求学,老街的样子在心里渐渐模糊。有时我恍惚感觉在远离市井烟火,但回到日常的柴米油盐,依然在岁月的烟火里琐碎而具体。未承想,现在的我,在湘江边的星城长沙谋生,偏偏又毗邻城区的老街巷子。这次，虽是别人的老街，模样气质格局大不相同，但那份烟火气，倒近似，甚至有些汹涌。或许，城乡有别，日子的存根却并无二致。

"南门口的哑巴，糖炸的粑粑，司门口的路况像嗲嗲；金苹果的硕，文庙坪的货，金满地的美女一大摞；平和堂的多，阿波罗的贵，北正街的嫉驰七小对；八角亭的闹，步行街的喧，南门口的巷子一串串。"歌谣里的长沙，老的街，新的楼，旧的烟火，新的光芒，聚于一处，恍若一名拿腔拿调的老者，摇着蒲扇，啜着茶，旁边走过一群群喝着"茶颜悦色"正青春的人们，彼此打着新潮的招呼，各自心领神会地点头致意。

作为一个居住时间不算短的外乡人，一些周边的老街老巷，慢慢地，我开始熟悉，或者说不得不熟悉。因为近水楼台，月常未先得，街倒是可以时不时走上一圈。耳濡目染这些年长沙老街的变化，感觉是新的更"新"，旧的愈"旧"了。

二

或许，每个人都有着自己身份的ID与密码。我一直都在企图远离，渴望雅致生活，却又偏偏离市井烟火最近。

寓于星城，其间换过不少地方，住得最久的，最有兴味的，还是这个叫柑子园的地方。距柑子园不远，就是南门口，美食小吃挺有名。有时候，我也对人说是住在定王台。这大概，多缘于天气与心情，时不时徘徊在柑子园和定王台之间吧。但我更倾向对人说是柑子园，说这个地名的时候，我总觉得眼前有一片清香氤氲的柑橘林，蝴蝶和蜜蜂在其间忙碌，秋来黄澄澄的柑橘挂满枝头，这让人颇有几分莫名的欢喜，潜滋暗长出丝丝缕缕的乡情味道，可以在心底的山涧幽谷弥漫许久。这和提起定王台的口气是不一样的，定王台有居庙堂之高的王者之气，柑子园倒是处江湖之远，更贴合我的乡村气质。

事实上，现在的柑子园并没有柑子，也无惯常应该有的园子，就像老婆饼里并没有老婆，茶颜悦色里也没有红颜是一样的道理。我天天必经的柑子园，再也没有生长过半棵柑子树，如今生长的却是摩天高楼，是最繁华的闹市区五一商圈，是长沙最火的网红打卡之地，寸土寸金，商铺林立，人流如织，繁盛异常。旁边的九龙仓国金中心，黄兴南路步行街，太平老街，还有人民医院，没有哪一天不是人来人往，摩肩接踵。

喜欢安静的我，在这样的非凡热闹中，小心翼翼地度着每一个寻常的日子。早上出门是人头攒动，晚上回家是灯火阑珊，归来与出发，每一根头发丝都沾满了烟火市井味。当然，我常常安慰自己说，只要心里住下了一个陶渊明，眼前处处都是世外桃源。所谓的大隐隐于市，莫不如此吧。

从山水丰盈的大湘西而来，我只能错位想象，寻找到一些仅仅存于心的山水。至少我还是坚信，柑子园这里以前是有园子的，园子里也是种柑子树的。每一个地方、地名，总是有自己的来历。据说，还真是这样：柑子园，古为私家园林，园内广植柑橘，故得名。清嘉庆《善化县志》省城图上即标有此街名，虽然柑园早废，其地已成街市。到道光二十九年（1849），这里再度成为私家园林，这一年，任两江总督兼署河道总督的李星沅，以姑息下属事被议降四级留任，旋即因病奏请开缺回籍，在柑子园筑李家花园，广植花木，堆砌假山，修建亭栏，以为暮年颐养之地。民国时期，李家花园园景荒芜殆尽。新世纪以来，政府部门在柑子园原址，以"长沙历史文化遗址"立牌纪念。

名为柑子园，来历却如此不简单，纵然烟火气息也掩盖不了这里的前世今生。至于定王台，更是不寻常。平平如常的定王台，据说为西汉景帝之子长沙定王刘发所筑。偏处一隅的定王常常想念母亲，于是，他每年都要挑选出上好的大米，命专人专骑送往长安孝敬母亲，再运回长安的泥土，在长沙筑台。年复一年，日复一日，从长安运回的泥土筑成了一座高台。每当夕阳西下之时，刘发便登台北望，遥寄对母亲的思念之情。所以，定王台也被人们称为"望母台"。后来台废址存，屡屡变故，如今，哪还有半点旧时影子，只剩有诗文传世了。宋朝理学大师朱熹写有《定王台》诗："寂寞番君后，光华帝子来。千年余故国，万事只空台。日月东西见，湖山表里开。从知爽鸠乐，莫作雍门哀。"

定王台虽不见台，地势也不高，倒是书香氤氲，这里成了湖南甚至全国都有名的图书批发市场，许多爱读书的人聚集于此，餐馆和书店交错，处处弥漫着书卷味的烟火色。如果算是得风水传承，倒也是非同寻常。

三

循定王台并不十分宽的街道，旁逸出一狭长巷子，便是凤凰台巷。相传在明代，长沙有个人气颇高的藩王——吉王，他有一名爱女，取名凤凰，美貌足以倾国倾城，吉王为之筑起高台，建起梳妆楼，凤凰台由此得名。一些起名为凤凰的地方，大多清幽而美丽，但此地的凤凰台，多是市井味弥漫，集中成片的低矮房屋群里，"老长沙"们在喧闹嘈杂中依然怡然自若。并不宽敞的里弄，挑着担子叫卖的摊贩们来回穿梭，一些"老字号"铺子和算不上精致的小摊，看起来并不十分起眼，但生意都还不错，烟火气散布在每一条街巷里弄。不知吉王家的凤凰，可曾喜欢这样的人间烟火？

定王台也好，凤凰台也罢，包括没有柑子树的柑子园，历史久远得仅仅只是路过。时间以同样的方式流经每一个地名，每一个地名却以不同的方式呈现时间。既然时光要给予人们一个不同往日的新面孔，那我们又有什么理由驻足不前呢？

心由境造，境随心转。出凤凰台巷，便是都正街了。有关都正街的文字，在何立伟老师的笔下已经出神入化，读来满满的烟火与温情。翻修一新的都正街，和不远的太平老街一样，都有着当下流行的老街元素，也蕴含着老长沙和新时尚相结合的独特江南韵味。或许是被都正街的颜值征服，隐而不喧的气质，闹中取静的雅致，许多来过的文艺青年都曾用文字和图片记录打卡，无论是街面店铺的一窗一格一瓦檐，还是阁楼里一花一壶一盆景，皆韵致有加，木质雕花门窗与麻石巷路相映成趣，青瓦白墙盘满青藤，老街古巷匠心显现，真正是古韵悠长。举头仰观，高大的牌坊巍然耸立，古色古香，巷口绿树掩映，郁郁葱葱，牌坊背面写着"天下都正"四个字，这和太平老街白墙上的"天下太平"一样，寄寓祥和安宁，大治之世。正面有一对联："尘封一页神游湘楚乌衣巷，回味千年梦绕长沙美食街。"家国情，烟火色，兼而有之，可见前世今生的某些意味、某些维度总会在时间的长河里缓缓流淌。

都正街入口处有一口古井，名桃花井。桃花井为旧时长沙四大名井之一，直至二十世纪八十年代仍在使用，故其所在小巷亦名桃花井。清光绪《善化县志》记载："桃花井，织机巷尾，都司署右。"老街复建后，井水还是有的，只是废弃不能用了。遥想当年，这里曾是"饮水能歌，桃花古井桃花扇；望瀛可接，第一仙人第一巷"。

继续兜兜转转，附近还有一口丰泉古井。关于这口井，也有传说：古时候，这里原来没有水井，人们用水困难，要到几里外的湘江去挑。有个老嫫驰的儿子是个大孝子，却生来腿脚不方便，挑水太难。孝子因母亲有洁癖，天天要洗澡，便不顾自己脚有残疾，天天跛着脚去湘江挑水给母亲用，数十年如一日，因此感动了观音菩萨，派来座前捧玉净瓶的龙女，在孝子屋前点化出一口井，将玉净瓶内的甘露洒到井里，从此井内一年四季水涌不绝。后人称为丰盈井，又称丰泉井。可惜多年前废弃，成了如今的古迹，仅供人参观凭吊。

同样供人凭吊的，还有藩后街边的藩后古井，偏居在街角，毫不起眼。好在，还有一口白沙古井，距离我的居所，并不十分远，在天心阁附近，依然清流不断，渊源久远。"高阁仰天心，贾临瀛海三千客；古城寻地脉，细品长沙第一泉。"白沙古井润泽星城诸多百姓，接续着这个城市烟火传承的佳话。

井还是那口井，街还是那条街，城还是这座城，历史的痕迹，经年的传说，虽遥远而不可及，仍日久弥新。

四

老街区内，四处散落的街角小巷，随便提起哪一条，都有着话说一箩筐的历史，甚至来历不小的有关"新"与"旧"的故事。

古城长沙，这座有着两千多年历史的文化名城，类似于这样的老街、老地名，纵横捭阖处太多太多。除了厚地高天的岳麓书院、天心阁、贾谊故居等，我更热衷转转一些名不见经传的老地名，诸如一师范、二马路、三王街、四方坪、伍家岭、六沟垅、七里庙、八角亭、韭菜园、石马铺等。渐渐发现，有的老街保留完善得很好，有的老地名渐渐在疏离，逐渐消失在更多如我这样的外乡人的视听里。

人间烟火，也可以不仅仅局限于柴米油盐的熏染，在被岁月淹没的老地名老故事中，我们也能看到万千精彩。也许，每个人的记忆里，都有一条古朴悠长的老街，狭窄的街道，斑驳的木门，烟火漫卷的屋檐，深藏着一段久远的温情岁月。

穿行在巷陌之间，有时我会变得很健忘，忘了山，忘了水，忘了自己。身边形形色色的人，炸臭豆腐的，炸糖油粑粑的，修鞋修伞的，包子铺，剃头铺，凉粉摊，还有装修极有个性的小店。我东瞧西逛，这大概也算是闹市寻幽。所谓寻幽，寻的是百态人生，也得一份市井生活的真趣。从白沙古井到桃花古井，从都正街到高正街，从东茅街到登隆街，从坡子街再到太平老街。不为别的，只想在寂静与喧嚣中，体味老长沙的市井烟火，从而聆听一座城，感受一座城，认识一座城。从别人的城市，找到回到原乡故地的心灵捷径。

逛逛老街，和年轻人摩肩接踵，除了感叹年轻真好，也感受到热腾腾的烟火人生，还长了不少见识。百年老店的传承，本土品牌的成长，国际品牌的注入，不断出现在我有限的认知里。不远处的火宫殿、坡子街、三王街，无不有着年轻人扎堆的惬意和潇洒。臭豆腐的臭，糖油粑粑的甜，无不就是人生，交织着各种复杂而美好的味道。老街与新城，时尚与烟火，原来也可以这么妥帖地融为一体。人们在这些雨后春笋般的新旧面孔中，各自体悟着属于自己的长沙韵味。

从乡下的老街来，回到城里的老街去，也算是入乎其中，出乎其外了。来的尽管来，去的尽管去，来去之间，实实在在的，是太多不同的脚印，太多不同的故事，太多充溢其间的喜乐平安，太多的苟日新日日新。当然，长沙真正的韵味，还是大多潜藏在这些老街老巷里，年轻人往往只记住新的标签，一些颇有来历的老地名老故事，就显得陌生遥远，也就少了那么些正宗的老长沙韵味。

世事万物，有老，才会有新。许多年前，老的，也是新的；多少年后，新的，也必将成为老的，诸多的况味、风味、韵味，全在新与老的演化中，成全着烟柳画桥中的参差人家，成就着一座城池无数的归来与出发。

以春天的名义

一

　　草木蔓发，春山在望。徘徊缱绻在一江湘水岸的我，只是想沿着水的方向，向你娓娓讲述，湘流北去，岳色南来，以及一脉江声下洞庭的故事；讲述关乎河流、山川、大地、自然，以及春天的故事。走进时光深处的春天，才知春色如许，如许春色，才知春意浩荡，岁月峥嵘。

　　潇湘热土，楚汉名邑，历史悠远，如诗如画。文化，一直是这座城的底蕴，也是一个地方的记忆密码。什么才是这座城的色彩和旋律？什么又是一座城永恒的活力？阵阵春雷响过，三湘大地，葳蕤蓬勃，万物生，万物长，一山翠微，一波沧渊，一轮望舒，一树繁花，都在生机盎然，摇曳生姿。

　　每一个春天的故事，总与希望有关；每一个春天的努力，都有可预期的未来；每一个努力奔跑的人，都拥有属于自己的春天。

二

吹过千年的风，淌过万年的水，流淌希望的地方，总会汇聚成一腔热血与激情。湖湘儿女多奇志，拼以热血荐轩辕。热血与激情，是镂刻在湖湘儿女骨髓里特有的基因，激情燃烧的湖湘大地，从惟楚有才的杏花春雨里走来，从楚辞章句的家国情怀中走来，从独立寒秋的烽火硝烟中走来，从敢为天下先的古道热肠中走来。

日月经天、江河行地。今天的大湖之南，这片红色的潇湘热土，英雄的儿女，上九天揽月，下五洋捉鳖。他们以坚实的步伐，以包容的姿态，在更大空间、更广领域、更高层次上释放热情，展示更大生机与活力。可谓顺应"世之大势"，服务"国之大者"，谋划"省之大计"。

如果可以，我们以岳麓为峰，以湘江为名，绘"三高四新"蓝图，攀"世界工程机械之都"高峰，每一处厂房，每一条生产线，每一间实验室，每一次"苟日新，日日新，又日新"，都在三湘大地上石破天惊，让不现实成为现实，把不可能变为可能。开新时代之宏猷，谱新湖南之华章，只争朝夕，进无止境。

攀登，一个向上的姿态；创新，一个正青春的词语。我们为什么要登攀？因为，高峰就在那里。我们为什么要创新？因为，我们要乘风破浪，跨越壁垒，与时偕往。

蓝图正在绘制，飞翔的羽翼渐渐打开，预见与遇见，未来可期。近，可感知智能终端、电子信息、软件和网络安全、生物医药、新能源、新材料等专精特新小巨人企业。远，可观工程机械、轨道交通、航天航空、先进制造装备、北斗导航等大国重器。

前瞻，引领，甚至颠覆。星城儿女，既仰望璀璨星空，又脚踩坚实的大地，这或许，就是春天的力量。

三

"创"的基因，始终在这一片土地上流淌。"新"的笃定，指引着湖湘科研人前行的方向。"创新"，不仅是一个正青春的绿色词汇，更是一场迈向未来的笃行。

在湘江新区，宽敞明亮的车间里，大国工匠们正在全神贯注，夜以继日；闭环管理的实验室里，有为青年们在紧锣密鼓，废寝忘食。灰蓝的工作服，红色的安全帽，掩盖不了砥志研思的青春面容。

一河奔腾的湘江水，有着前浪的开拓砥砺，更有着后浪的追逐赶超，每一朵浪花，都是一个平凡的你我他。每一朵浪花，都是时代跳跃的音符，悦耳动听，美妙绝伦。这样无数的他们，眼里有星辰大海，心中有目标追求，怀揣信念，潜心涤虑，努力攀登，他们要做到"省内最好、国内领先、国际有影响力"。湘军出战，战无不胜。

南岳群峰延绵，岳麓山之外，我们依然可以看到更多的山脊，更多的河流，山与水之间，双向奔赴，深情相拥，政府与民企之间，跨山越海，众志成城，形成合力，以恒心办恒业，从基地到高地，从高地到高峰。

一座城市的活力靠什么？靠产业、靠创新、靠消费……关键是靠人才，山高人为峰，人才是第一生产力。古往今来，湖湘儿女，心忧天下苍生，胸怀大匠之心，他们始终站在世界的高度，发出天问，上下求索；他们始终笃定地向着前沿的前沿，不断创新，豪情万丈。在春天的赛道上，他们接续跑出中国力量、中国速度，开掘中国深度，收获一枚又一枚春天的勋章。

四

湘江水在这里拐了一个弯，弯出了一片制造业的高地。

写满红色文化的莲城湘潭，正以一座文化名城、风雅名城、书法名城的姿态，多维度呈现。这里，是湖湘文化的重要发祥地，自古以来文脉兴旺、人才辈出。这里，一代伟人生于斯、长于斯，还有诸多响当当的人物，谱写了"半部近代史，湘潭人写就"的人文传奇。

如今的红色圣地，更是国家重点布局的工业城市，国有企业众多，工业体系完备，产业基础雄厚。在有着"中部智造谷"美誉的高新区，访宏大真空、吉利汽车、龙牌酱油、永霏特种防护、崇德科技……它们，自主与创新，突破与抵达；它们，以宏载道，志者大成。

巍巍韶峰，昭潭泱泱，土厚水深，吾爱其礼。不管是本土企业，还是落户而来的企业，它们，扎根湖湘大地，建设伟人故里；它们，品质意识，牢记心中；它们，弘扬民族工业，逐梦复兴征程；它们，创新引领，开创未来。

在干净无尘的实验室，在弥漫着金属碎屑的车间，在满是浓郁豆香的百年酱园，我似乎，嗅到了春天的味道，春天的气息扑面而来。

五

湘江月夜，春风轻拂，华灯初上，街市烟火璀璨。

强省会，创未来。融城发展，长株潭，必然是一体的，这里是"三高四新"美好蓝图的重要战场，是核心增长极。

古称建宁的株洲，以何而名？"株"字取自株田之"株"，"洲"字取自古人以湘水两岸为洲之"洲"，这里是中华民族的始祖炎帝神农氏安息之地。

株洲的城市名片很多，这里是革命老区，革命史迹地众多。株洲也是"商业之都"，中国服装商贸名城。株洲更是老牌的工业基地，是中国最重要的铁路枢纽之一。

国内第一台航空发动机，第一枚空空导弹，第一台电力机车……建市以来，株洲缔造了共和国工业史上180多项第一。中国南车、株冶集团、株硬集团、南方航空等重量级大型企业，都诞生在湘江流过的这一片热土。

时间的长河奔流不息，时代的车轮滚滚前行。一座城市，如何以收放自如的智慧，在转身之间完成了一个精彩的跳跃，站在一个更高的地方，找到了新的经济增长方式？

有减有加，有退有进，有反思有行动，老城不断确立自己生长的速度和方向。今天的我们，看到的是"神农福地，动力之都"转型升级后的新面容。

一河湘江水，如川之逝，不舍昼夜。春色溢满株田之洲，已然呈现。

六

眺望东洞庭，烟波浩渺，横无际涯，一片青绿。

洞庭湖，这是湘江抵达的归宿，也是跨越山海的开始。在这里，扑面而来的洞庭天下水，和最美长江沿岸，你一定能够感受到碧水绕城，大江大湖的生态底色。你还能感受到候鸟的欢歌、江豚的微笑、麋鹿的倩影，感受巴陵儿女"守护好一江碧水"的决心。当然，你一定也能感受到"兴工强市"的欣欣向荣，朝气有为。

无论是巴陵石化六十万吨己内酰胺产业链的搬迁与升级转型，城陵矶国际集装箱港的繁忙，中创空天超大型铝合金新材的精密，攀华集团四百万吨新型薄板之王，还是汨罗龙智新材料年产五万吨电解铜箔项目，恒塑新材料低碳环保型再生塑料……都有着大格局，大担当，大气象，融和绿色、高效、环保、科技等诸多元素。

在这里，湖光悦色，水天相接，美丽宜居；在这里，产城融合，制造高精，创新环保，低碳循环。助力碳达峰碳中和，建设生态文明，推进可持续发展。

潇潇山河，慨当以慷。前程壮阔，使命催征。湖湘儿女，阔步前行。

让我们一起用热情，用希望，用智慧，用虔诚，在不忘初心中笃定行走，与时代同频，与科技共振，律动出三湘四水无穷的力量。在科技的春天里，听风，听雨，听潮汐，看山，看水，看世界，大手笔绘制一幅春潮涌动的湖湘画卷。

江皋月华云渺苍

岳麓山脚下的后湖，微波漾漾，月浦悠悠，隙光从林中透下来，斑斑驳驳的，倒映湖中，蕴出一城湖山云渺苍苍的意味。微风拂面，云裳桥上散漫而行的人们，或驻足桥上，或凭栏远眺，看烟柳参差婀娜水中，波光衔了水底远山，岳色匆匆南来，湘流遽然北去，平岸烟草如茵，自是一派空阔迷离景象。

再次来到后湖，要去寻访的是画家段江华老师。段老师作为一位德艺双馨的艺术家，无论是圈内还是圈外，都有着金子一样的好口碑，受人推崇。几年前的一次跳水救人，更是让他进入大众的视野，被称为三湘大地上的"最美画家"，中宣部授予其"时代楷模"荣誉称号。

山明水静的后湖，偏隅在湘江西岸，依岳麓山伸展开来，到处弥漫着浓厚的艺术气息。湖岸高低错落、造型新奇的建筑，入驻着湖南省内一批顶尖的艺术家。在曲径通幽的小路穿行，路上植满修竹和香樟，一些不知名的鸟儿掠湖面而来，姿态轻盈。一栋面湖的红砖小院，花草丰茂，掩映在高大的玉兰和栾树下，正是段江华老师在后湖的工作室。

不知怎的，面对我即将要去拜访的画家，就突然想起了唐李绅《移九江》所描写的情形：秋波入水时，舳舻千里，帆樯林立。其中的诗句

"异乡秋思苦,江皋月华吐",是否就是画家名字的来历与意蕴呢?我猜想着。有关画家许多画里画外的事情,那春寒料峭湖中勇救小女孩的纵身一跃,段老师作品中那些河、城、墙、楼的画面,那些城市的肌理,那些历史深处的凝望,那些纪念碑式的废墟,那些试图不朽的天空,都在不断地交织、重叠。事实上,在阡陌交叉的后湖,我需要寻找一些路径,寻求一些答案。

然而,在见到段江华老师的那一刻,所有的谜底,所有的答案,渐次清晰。段老师衣着朴素,穿着件圆领 T 恤,光光的头,仿佛一下子可以照耀许多遥远的前尘往事,下巴上稀疏的胡子,有某种山川大野的苍茫感,一双眼睛犀利而深邃,似乎正透视嵌刻在时间深处的生命密码与文化遗存。可让人感到意外的是,段老师整个人却又是那么平静、随和,始终带着一种保罗·克利般的微笑,需要人用足够的耐心去慢慢体悟每一个视觉元素中的奥妙,体会谜一样的意象中那种沉静厚重的力量。

短笛轻吹傍溪田

永恒的童年,驻在每一个人的心里。有关童年,总是回味颇多。段江华老师小时候,在大湘西老家麻阳县乡村度过。乡村的一草一木,一山一水,总是令人魂牵梦萦的。每一个热爱生活的人,或多或少,都有着一个色彩斑斓的童年,而且这些色彩里,一定都有着某些乡村密码、精神图腾。行云在天,流水在地,万物葱茏,山花烂漫。大山里天然淳厚的风物,人与人之间的真与善,深深地融入他的血液,成为他日后创作的精神内核之一。

乡间村落,家家户户都似乎没有秘密,也许,没有秘密,才是一个乡村最大的秘密。张家长李家短的故事，像风一样在老街上传着，各家有几口人，谁家来了远客，谁家做了红烧肉，香味窗口飘出来，整条街的孩子都在咽口水。乡亲们的秘密都是公开的，哪家有了喜事，大伙一起欢喜；哪家有了为难的事，大家也都一起想办法。乡下人的善良总是看得见的。

小孩可不管大人事。作为孩子王，他最开心的事，就是带着一帮小朋友怎么样玩，下河游泳，上树掏鸟，溪田摸鱼，没有哪样事不参与。五月端午下河边看赛龙舟，八月十五在院坪赏月听姥爷讲故事，除夕夜里放鞭子甩响炮，大年初一拜年讨红包。

稍微大一点，在一番玩闹之后，他和小伙伴常常坐在老街的青石板台阶上，看街面上各种各样的人来来往往。村里一位本家哥哥，小时候曾向他父亲学过画，人鸟花兽，全凭兴趣画。记得哥哥画过一幅图，是一位藏民在捣酥油，白色的哈达，长长的木槌，奇异的高原背景，这幅图景，一直留在段江华的记忆中，他想，藏民捣酥油，和土家人打糍粑，还真有些相似之处呢。哥哥还会剪纸，剪窗花，剪喜字，各种动物图案，都剪得栩栩如生。这让段江华和小伙伴们看得眼馋手痒，于是也想学画画。

初学绘画，大自然是他最好的启蒙老师。池塘里抓鱼，田埂上骑牛，黄土地里挖红薯，山坡上摘苞谷，乡村无处没有生活，无处没有色彩，"短笛轻吹傍溪田"的诗意田园，对他处处浸润，让他处处迷恋。

段江华的父亲是一名军人，多才多艺，画画、吹小号、扎纸，样样都出色，还曾经拿过全省射击的第二名。父亲在单位主管宣传工作，经常画海报，还常常组织排文艺节目，工作认真扎实。父亲身边经常聚集着一群有才艺的年轻人，父亲也希望自己的儿子多才多艺，还给他讲达·芬奇小时候画鸡蛋的故事，说学画贵在长期坚持，有一技之长，这辈子不求人。正所谓：养千秋正气而立事，学一技之长以傍身。父辈的言传身教，以及乡村诗意田园的童年生活，无疑给了段江华无尽的艺术启蒙与熏陶。

夜深篱落一灯明

　　村里的木樨花开了一秋又一秋，稻子熟了一回又一回。转眼之间，段江华得进学堂读书了，无忧无虑的童年开始用另一种形式进行。在乡下上了一年学后，他便跟随父亲，还有母亲和姐姐，一家人离开麻阳老家，来到了芷江县城，在红卫小学就读。

　　学校并不远，也不大，当时教他的班主任是张玉珍老师，矮矮的个子，却总是精力充沛，脾气也很好。一次，张老师去他家家访，段江华的父亲正在画画，见到老师来了，很热情地招呼，急切地问："这孩子犯事了？真是不好意思，麻烦张老师了。"

　　"孩子平时倒也听话，是个好孩子，但难免有不懂事的时候，他在帽子上画画，画了一些不该画的，这才惹了事。以后还是要注意！"张老师眉宇间温温地透出隐隐的焦虑。在那个敏感年代，任何不当的话语和图画，都有可能给自己和家庭带来灾祸。从来没有打过他的父亲，当场暴怒地踹了他一脚。他哭着躲进了张老师的怀里。张老师一边安慰他，一边劝父亲。从那之后，段江华依然爱涂涂画画，只是，再不敢乱画了。每次见到张老师，也格外感到亲切。

　　小学时光似乎格外短暂。一晃，段江华就上初中了。父亲由于工作的需要，经常会请画家、书法家来为县里宣传作画，其中就有钱德湘老师与雷宜锌老师。当老师们画画的时候，父亲也带着段江华在一边看，父亲想让儿子有意识地去感受艺术，先看看老师们怎么画的，渐渐有了感觉，拿起笔来涂鸦素描。渐渐有了进步，更添兴趣，周末时间，段江华还组织父亲单位的一帮小孩儿，十几人，一起画画，相互学习。

虽然有父亲的启蒙教育，但还远远不够。于是，父亲带着段江华向钱老师拜师学画。一天又一天地练习，练的是基本功，练的也是耐心。老师教的不光是绘画，更是让他磨炼禀性，想学画，先学做人。

钱德湘老师是芷江人，后来到湖南师大美术学院学习并留校任教，之后去了美国。现如今，芷江水河畔，有一幢绿树成荫、环境怡人、格调高雅，看上去半新半旧的厂房仓库，就是旅美著名油画家钱德湘的"油画创作工作室"。钱老师尊重传统，他的作品有一种内在的平静和高尚，就像他的为人一样，让人尊敬。

从长沙来芷江下乡当知青的雷宜锌老师，也曾给过段江华许多指点。因为老师们的言传身教，段江华耳濡目染，艺术感觉越来越好，对画画的热情更是从不间断。然而，到了怀化读高二时，段江华被父亲和老师告诫不能再画画了，得一门心思地把文化课学好，考一所好大学才是正经事。遗憾的是，1979年高考，段江华没有发挥好，和梦想的大学，失之交臂，这是他少年人生中尝试的第一次打击。

蟋蟀在不远的草坪里叫着，风把树叶刮得沙沙响。今后的人生之路，该怎么开始呢？什么样的人生，才是这辈子应该选择的呢？这个少年第一次陷入沉思，但不管怎么选择，内心的热爱与执着总该是第一位的。

玉汝于成终有时

落第春难过，穷途日易愁。大学没考上怎么办？难道就此"别到江头旧吟处，为将双泪问春风"？段江华不信就此前路无望，横下一条心还是决定学画。段江华遵从自己的内心，他的心里一直有一个梦想，尽管这个梦想看起来遥遥无期。

于是，少年段江华第一次南下广州，来到雷宜锌老师学习的广州美院拜师求学，尽管当时的心情是忐忑不安的。广州美院聚集了国内最精英的一群艺术人才，而段江华幸运地又恰巧遇见了像雷老师这样的一群人，而且能得到他们的指导，可想而知，他的眼界，他的基础，从一开始，就有了一定的高度。

努力了，不一定会有收获；但不努力，肯定什么机会都没有。段江华一连考了几次，都没有考上自己梦想的中央美院，灰心失意之际，只好回到湖南老家。但学画并没有停止，他找到当时在芷江师范任教的王金石老师，再一次拜师。每天，段江华早早地就去王老师宿舍学习，推开木门，木门发出嘎吱一声，每天在这些嘎吱声的陪伴中，进进出出，涂涂画画，画艺一天一天进步。王金石老师，现在已经是中国画坛实力派山水画家，常年从事教学工作，以扎实的造型能力，稳健的笔墨功夫，缜密的美术理论，诲人不倦的师长风范为人称道。当时能得到王老师的指导，段江华似乎又比常人幸运。

段江华来到长沙补习是在1981年，他当时和三位学画的补习生租住在师大附近的桃子湖，一个月四十元生活费，外加五元房租，周末还和同学推着三轮车去买煤。那段时间，他不断地去敲老师的门虚心请教。哪个同学画得好，他们也相互交流比较，每天吃完饭就是看画，绘画，也没有其他的娱乐活动，有时候过河到定王台买书，因为没带够钱，连公交车也不敢坐，一直走路来回。

为了梦想，没有什么不可以。咬定青山不放松，再苦再难，为了内心的热爱，也必须得走下去。时间一晃又过了两年，幸运看起来遥遥无期。段江华回到怀化，学画之余，还曾在书店帮别人做美工，画过橱窗，又在沅陵一中补习了半个学期。如果不是父亲一直鼓励，段江华几乎都想过要放弃。父亲告诉他说：时光不负少年人，请记住，你只管努力奔跑，其他的交给天意。

苦心人天不负。1985年，不断用力奔跑的段江华，终于如愿拿到了中央美院大红烫金的入学通知。这对一个屡败屡战的乡村少年来说，是一种莫大的鼓舞，可以说，这开启了他人生新的起点。

青山霁后云犹在

光荣的桂冠从来都是用荆棘编成的。从偏远的湘西山城考到中央美院，又能够进到中央美院鼎鼎有名的第三画室，这对一个乡村少年而言，实在是石破天惊的大事情。当然，幸运和压力同在。中央美院的四年，从理念、眼界到绘画技巧，都是一个质的飞跃，这里遇见大师的机会太多了，老师们的言传身教使段江华获得了不懈追求艺术的勇气，绘画技巧、技能水平日益提高。

詹建俊老师，朱乃正老师，这些有名的大师，在此之前，可望而不可即，现在都能见到而且有幸得到他们的指点，特别是朱乃正老师的一句"学画先做人"，以及从小父亲和家乡老师给他关于做人作画的教导，成为了他此生艺术创作与教学生涯恪守的准则。

时间和真理同在。努力和奔跑，驻进了他宝贵的学习生涯。

央美毕业在即，他的很多同学选择了出国留学，有的留在了京城，段江华却毅然选择回到湖南，在湖南师范大学做了一名美术老师。当时有人替他惋惜。他觉得，艺术的东西，需要沉淀，厚积薄发，一定离不开自己的"母土"，湖湘大地上，历史悠久，壮丽秀美的风景，他用这一辈子，书也书不尽，画也画不完。

段江华从此扎根三湘四水，潜心油画创作，作品中充满着"文化性"，体现出对历史冷静的思考。他的作品中虽然没有人的出现，但段江华自有其说："没有人更能加强画的那种气质，我整个作品的一个追求，是想表达我对人类生存状态的一种担忧，我是基于这样的出发点来创作的，不管是一座楼、一条路还是什么，我想表达它千年以后的一种状态。其实贯穿这样一种忧患意识，别人都说我的作品过于沉重。但我觉得已经有那么多不沉重的东西，我来承担这个角色也未尝不可。"现在的段江华，他的作品给人的印象虽是历史的沉重，但他总不忘在每一件作品中留下一片天空，天空总是灵动、充满生机，总有些许的光明在闪烁，达到永恒，虽然，那些光明总是从很远很远的地方传来。而这，或许正是段江华着力探讨世俗与真理、不朽与自由的关系，自己内心深处那颗赤烈之心的艺术呈现。

靳尚谊院长曾十分中肯地评价说：这些年，段江华在艺术上不断地探索发展和进步。象征性处理是他的风格，作品内容上和表现形式上独特，尤其是他的大风景作品，纯粹厚重，很有特色。

如今的段江华老师已成名成家，回忆那些年，他虚心请教，遍访名师，像海绵一样吸收各家所长，才有了后来的多次获奖。他说，画了几十年，最后还是归结到画"修养"，基本掌握技艺的"几板斧"并不是很难，而要真正提高画的艺术品位，丰富画的思想内涵，还得靠修养，这似乎更难。只埋头作画，顶多是个熟练的匠人，而成不了画家。画家得有思想，修为到一定境界，才成其为"家"。

立德树人写春秋

落红不是无情物，化作春泥更护花。几十年来，段江华总怀着一颗感恩的心，努力工作，不负教师这一神圣的称谓。他的老师以前是怎么教他的，他就用老师的方式回馈给学生。

　　成为教师后，段江华从未缺过一节课，对学生始终倾囊相授，希望为学生多打开一扇窗户。他不仅肩负着传授文化知识、教授绘画等艺术技法的职责，同时也是学生心灵的塑造者、崇高理想的布道者、社会规范和价值的传递者。

　　生活中，段江华与学生们打成一片，课堂上是师生，课堂下是朋友，学生们都亲切地称呼他为"老段"。面对各种各样的学生，他尊重学生的艺术天赋，充分发掘学生的艺术潜能，因材施教，教学相长，尊重个性，鼓励、尊重、支持学生。他不仅教给学生绘画的技巧，而且给他们讲人生阅历，讲做人的道理。"爱护"是人性的光辉，作为教师，能给学生带来什么，最终将影响学生的一生。

　　浏阳学生廖国核，家里条件不好，父母靠养蜂供他学画。这个学生从大学一至二年级，每次老师上课要求学生画画的时候，廖国核只是看书，不是看哲学书，就是看文学类的书，仿佛有读不完的书。直到三年级的时候，学院组织大家去普陀山写生，当别人一幅画也画不出来的时候，廖国核却灵感汨汨而出，一连画了几十幅，而且每一幅都不俗，有自己的东西在里面。看来，他是找到了一种适合自己的方法，又从实践中找到了自己所想要表达的东西。之后的毕业创作中，他又是最有思想性的一个。这期间，段江华总是鼓励他，欣赏他，并深有感触地评价说："他的画里面有很多很有意思的东西，很难得的才华跟想象力，异想天开，才华横溢，画里面探讨的东西跟说的东西像蜘蛛网一样，层层拨开，有很多方向。"毕业时，学校破例给他办了个人画展。

　　韩愈说：世有伯乐，然后有千里马，千里马常有，而伯乐不常有。的确，一位老师对学生的正确判断，是这个孩子一生的幸运。现在的廖国核，经过几年的磨砺，有了更多思想深邃的好作品。他试图突破绘画的边界,也试图突破传统展览形式的边界。这个有思想的年轻人,如今,成了这个行业的八零后代表人物了。

段老师爱才惜才,在他教过的班级里有困难的学生,有时候他会购买颜料和油画画框送给他们,帮他们解决部分经济困难。他还想办法联系到一些企业家朋友,在学校设立奖学金,前前后后帮助了一百多名经济困难的学生。作为画家,段江华虽然物质上不是特别富有,但当汶川地震发生时,段江华却尽一己之力捐画义卖,将画作拍卖所得二十余万元,全部捐给了灾区。农民工子女开办"百年职校"时,段江华又捐赠画作,将所得善款一百万元悉数捐出。还有一次,一名小学生患急性白血病,他捐出个人油画作品《生命如花》,将义卖所得的五万元捐给了孩子。作为一名老师,一名艺术家,处处他都闪现出艺术人生的光芒,体现出倾尽全力的社会责任和担当。

作为一名老师,在给学生打开一扇门的同时,又为其打开了一扇窗。很多时候,当一名让学生从心底佩服和感动的好老师,似乎没有那么容易。除非,你用作品,还有人品,让他们深深折服。无疑,段江华老师做到了。

一江烟水照晴岚

一江烟水照晴岚,两岸人家接画檐,看沙鸥翩舞再三,卷过香风十里珠帘,爱煞江南。"仰观宇宙之大,俯察品类之盛,所以游目骋怀。"回顾这些年,段江华的艺术之路,皆是用心抵达的结果。潜行随日月,翰墨记曾经。

1993年,段江华创作的充满历史韵味却形式前卫个性的作品《王·后二号》获第二届中国油画展金奖,并被中国美术馆收藏,那一年,他三十岁。后来,他又创作了不少的作品,获得一系列大奖。有人说他的作品深邃而凝重。或者说,他的作品有对历史的思考和表达,具有"历史意识",因独辟蹊径,表达"另类",而一举成名。中国美术家协会主席、中央美术学院院长范迪安先生曾评述他:"在面向世界、广泛交流的艺术情势下,段江华坚持立足本土,坚持中国主题和中国元素。他的许多作品都取自历史主题和题材,用当代人文情怀关注思考历史,把他对当代社会的发现、感受与历史主题结合,把历史思考与当代视觉手法相联系,视野开阔宏大,有深层的思考。他学的是油画,但是,超过了油画原有的表现力。"著名艺术评论家余丁高度评价说:"坚守油画领域,把油画与当代艺术结合,不断创新,这是段江华对当代艺术的贡献。他特别关注当代油画语言与当代母题的结合,如马王堆、碑、长城、天安门等,将文化符号与当代的文化思考和当代的文化语言相结合,汲取新表现主义以来的营养,尤其讲究画面的肌理和画面的厚度,形成了独树一帜的风格和地位。"

眼里存山河,胸中有丘壑。不管艺术成就有多高。段江华心底永远恪守着朱乃正老师以及其他老师教导的"学画先做人"。

2015年3月的一天,正在河边散步的段江华,看见湖中有人挣扎呼救,当时,他容不得多想,跳入冰冷的湖中,救起了落水的孩子。之后,这件事被媒体纷纷报道,成为先进事迹表彰。中宣部在授予他"时代楷模"荣誉称号的颁奖辞中如是说:"闻稚童落水,乃奋以五旬之身,跳入冰冷湖水救之,观者莫不感佩,遂盛传于星城,誉之为'最美画家'。揆以其人其行,盖无愧焉。赞曰:美之在画,美之在心。"

对此,段江华自己却说:"当时,众多赞誉让我自己都倍感意外,那只是件很普通的事,没想到会引起这么大的反响。我想,任何一个人在那种紧急情况下都会伸出援助之手。在今后的工作当中,我会加倍地努力，潜心教学，努力地创作，用心创造出无愧于时代的作品。"朴实的语言，真诚的感情，简单而不平凡的人生经历，感动着每一个人。

段江华奋勇救人的义举看似是偶然，其实也是必然，这是湖湘文化熏陶和"仁爱精勤"的湖师大校训精神浸润出的最美画卷。而在他自己看来，面对这么多的荣誉，更多的是一种鼓励和鞭策。

段江华老师，的确是一个需要研究的画家，他的作品是一种需要思考的艺术，突出地呈现出文化的自觉与沉重。作为一位用画笔触摸和叩问历史的湖湘领军油画家，他对年轻一代的艺术家，总希望他们：艺术创作要耐得住寂寞，守得住清贫。艺术创作如逆水行舟，不进则退。他说："这些年来，除了教学，对于个人创作，总是丝毫不敢懈怠，不辍耕耘。作为一名湖湘艺术家，我深受'敢为人先，心忧天下'湖湘精神的熏陶，将不断追求具有人文思想底蕴和社会责任担当的创作精神，用一支画笔、一颗初心、一江烟水，映照出最美的锦绣潇湘、华夏大地。也希望以此，能与年轻一代的艺术家共勉。"

片云挂峰，斜照江天。离开后湖时，我又折回去看了看段老师工作室的花园。花园虽不大，然而各样绿叶花朵，烘托掩映，自自然然。段老师的家人在一旁细心打理，一些空着的花盆，还需要填满营养土。园子里各种植物，都长得很"艺术"，有种"几番画角催红日，无事沧州起白烟"之感，和后湖的一物一景，一欹一枕，相得益彰。有家人在旁，有花木陪伴的素简人生，心会神融，逸情透骨。这里也许正是他诗意的栖居之地，观春江水暖，得画道真谛。他说，要是走到前面，风景会更好看呢。的确，往往很多时候，风景除了在眼前，也在远处，更在一个人的心底。寄胜处，每凭阑，好山好水，好画好境，可爱一天风物，全在悠渺水云间。

四十八寨赶歌会

一

每年的初夏，山青翠，水碧绿，草长莺飞的不只是万物并秀，还有土地深处的歌谣与回响。一朝一夕，一枝一叶，处处天籁，都是光阴策马路过人间的模样。

走进湘黔边界的四十八寨赶歌场，只见田畴，木楼，盛装，笑脸，处处是古风悠悠的歌声，从丝绸腰带上，从绣花云鞋里，步履款款，上上下下，幽幽渺渺，伴随着银耳环、银手镯悦目的微响与光泽，从木屋檐角上热切灵动地滑下来，从山尖云朵里朴拙含蓄地飘过来，缠绵热闹了整个山坡、村寨与心田。

"隔坡得听吹哨声，不知吹哨为何人，若是为我过来坐，若是为他莫久连……"山寨的歌子响了起来，阿幺（阿妹）歌声悠悠扬扬，缠绵悱恻。紧接着，有阿凸（阿哥）的嗓音传来："隔坡吹哨你听清，吹哨不是为他人，吹哨不是为他伴，为你才是有缘人。"

此时，对面的阿幺会继续盘问："隔山得听金鸡叫，隔岭得听凤凰声，只听歌声不见面，不知哪方的贤良？"

"隔山得听金鸡叫,隔岭得听凤凰声,歌声悠扬想会面,你若有心拢来谈。"会心的阿凸巧妙答唱。这样一来一往,初相识的美好,酝酿发酵,年轻人心间的爱恋就如夏草,青青翠翠地绿了满坡。心心念念的两个人,幕天席地歌为媒,似乎悄悄达成了某种默契,唱着唱着,就唱成了相亲相爱的一家人。

春红落尽,夏木成荫,依山而建的苗寨,重叠聚集。溪水潺潺,竹树旖旎,充满着山野的灵气。一些村寨恰似世外桃源,田畴交错,屋舍掩映,屋前半亩池塘,屋后山峦耸翠,清风泉韵,叮咚作响,古木参差,一切都契合着大自然的造化,更迭繁衍,生生不息。

"连雨不知春去,一晴方知夏深",山间的雨水有多清亮,吃生喝凉的苗族历史就有多长。澳大利亚著名的民族史学家格迪斯曾在《山地民族》里说道:"世界上有两个灾难深重而又顽强不屈的民族,中国的苗族是其一。"苗族,自五千年前开始,跋山涉水,经历千难万苦,但他们一直没有对生命和祖先放弃,从中原逃离到云贵高原和世界各地,朝着太阳落坡的地方寻找故乡,用血泪养育古歌和神话,没有怨恨,把悬崖峭壁当做家园,将梯田依山而建,信仰万物,崇拜自然,祀奉祖先。

千百年来,苗民在生命的大迁徙中,勤劳纯朴、爽朗豪放,是个"以饭养身,以歌养心"的民族。优美清新的自然环境和日出而作、日落而息的单纯生活,促使苗族先民模拟鸟鸣、蝉唱、流水、林涛等大自然"和声",在生产劳动、狩猎中发出的音律,经过长期的选择与提炼,创造了独具韵味的苗族山歌。唱歌不仅是苗民族群生息纪事、人际情感交流、本族文化传承的重要载体,更是他们日常中不可缺少的重要生活方式。

靖州苗乡女"歌王"龙金香的爱情,就是她用一首首山歌唱来的。

在"灼灼其华"的桃夭之年,"歌王"龙金香和她的乡亲参加竹林镇竹寨歌场的"黔湘四十八寨赶歌节",一年一度的赶歌节,如时序的轮回和生命的脚步一样,让人步入了另一个时间的场域。一场歌会,点燃了乡村所有的热情,唤醒所有沉寂的时光,以及族群对家园无比由衷的热爱。大家在田坳、村寨、竹林、山坡、坪坝,身着节日的盛装,聚集歌场,参加盛装游行、芦笙演奏、苗族祭祀、非遗展演、直播带货等活动,吸引着越来越多的外地游客参与其中。

我原以为四十八寨是一个寨子,原来它是一个地域名称合集,四十八寨地处云贵高原最东部,临近湘西,多分布在清水江中下游,包含贵州省天柱县竹林乡和坌处镇、锦屏县三江镇和茅坪镇,湖南省靖州县大堡子镇、三秋乡的大部分或者全部地区的村村寨寨。这里属低山丘陵地貌,村寨依山傍水,气候温和,居住的苗族人口占百分之八十以上,也有不少侗族居民,苗族、侗族、汉族人民团结和睦,语言传承相同,风俗习惯相近。

苗侗山歌唱道:三月初一天华山,三月初三石榴界,五月初五细草坪,五月十五两头坳,六月土王赶平芒,六月十五龙凤山,七月十五赶麻阳,七月初七三门塘,七月十五阿婆坳,七月二十赶岩湾,九月土皇十八关……历史上的"四大歌场",即天柱中寨四方坡、竹林龙凤山、茶亭四乡所、湖南靖州四鼓楼。四个歌场年代最久远,场面最隆重,每年歌节集会都会有几万人。

四十八寨歌会,作为湘黔边区的歌会,是湘黔边区的优秀民间文化,也是民族古歌的遗存。它是以侗、苗为主的少数民族集会、唱歌和年轻人交友恋爱的传统民族节日,以被誉为"民族生态博物馆"的四十八寨最有代表性。

每年农历孟夏,歌场山坡上,古树下,岩脚边,人山人海,歌声此起彼伏,遥相呼应,场面无比壮观,这是山寨一年中隆重而盛大的节日。这不免让人想起沈从文先生《云南的歌会》中所述场景：这是种生面别开的场所，对调子的来自四方，各自蹲踞在松树林子和灌木丛沟凹处，彼此相去虽不多远，却互不见面。唱的多是情歌酬和，却有种种不同方式。或见景生情，即物起兴，用各种丰富譬喻，比赛机智才能。或用提问题方法，等待对方答解。或互嘲互赞，随事押韵，循环无端。也唱其他故事，贯穿古今，引经据典，当事人照例一本册，滚瓜熟，随口而出。在场的既多内行，开口即见高低，含糊不得，所以不是高手，也不敢轻易搭腔。那次听到一个年轻妇女一连唱败了三个对手，逼得对方哑口无言，于是轻轻地打了个呃喝，表示胜利结束，从荆条丛中站起身子，理理发，拍拍绣花围裙上的灰土，向大家笑笑，意思像是说，"你们看，我唱赢了"，显得轻松快乐，拉着同行女伴，走过江米酒担子边解口渴去了。

　　四十八寨赶歌会，既是苗族、侗族文化的缩影，又是黔湘边区人民群众业余文化生活的缩影。歌手所唱的腔调主要有河边调、高坡调、青山调、阿哩调等。在演唱中，歌手对生产、生活中的客观事物，采用拟声、状形、达意、传情、描事等手法，随机应变，巧妙穿插，没有经过整理加工，直接演唱，纯朴自然，显出一种特有的简约美和质朴美。演唱双方一旦选定演唱主题，即自由演唱，歌手往往不能将死记硬背的歌曲用上，必须随着时间、地点、内容的改变而临时编曲，随口演唱，表现出强烈的智力特征。

　　在中国五十六个民族中，能同时讲苗语、侗语、酸汤语、汉语的民族和村寨恐怕只有湘黔四十八寨，其歌节的丰富内容和基本特征，及其传承历史，在中国各民族中实属罕见，它体现了民族团结精神，几经兴衰更迭，曲折发展，至今歌节在人们的心中依然神往，这是村里的男女老少这一生中不可缺少的精神营养和延年益寿的良方。

龙金香所在的靖州县大堡子镇大木村,这个美丽文明的苗侗乡村,就是湘黔四十八寨之一。

二

"苗侗福地靖州美,物华天宝美名扬。钟灵毓秀山川美,人杰地灵出英才。千年飞山显神韵,悠悠渠水万古流。蜜饯油茶醇香酒,歌伴苗乡迎客来。"龙金香随口所唱的,正是当地流行的款歌,四十八寨款歌,也称为玩山歌、情歌、侃堂子、三朝歌、官亲歌。

"玩山歌"盛行于湘黔边界的苗族、侗族方言地区,是当地男女青年在约定的日子上山相会时对唱的歌。当地习俗,在节日期间,赶场路上,走亲访友或参加婚礼时互相认识之后,便悄悄约定日子到山上相会,对歌。若男女双方都未婚,"玩山"就是他们寻找对象的开端;若双方已有配偶,"玩山"则是显示歌才,对歌娱乐。它的调子,一是酒歌调,一人领唱多人拉腔,歌声优美,委婉动听,都是有规律的,有多种唱调,比如,哩哦哩、耶啫;二是侃堂子,就是在赶歌场的时候,二十多人围在一起唱歌比口才,一唱一答,对方刚落音马上就要对上歌,特别注意的是要听清楚对方是唱什么歌,抓歌头还他歌尾,要对得上歌的意思,从三个阶段唱起。他们每一次唱歌都要约好时间,一周相遇一次,三五成群地去。凡遇聚会,必有歌咏,关于古今事迹,或个人生平之遭遇,多隐寓于歌曲中,凡个人的喜怒哀乐,无不以歌唱来表现,人们互相唱答,以抒双方情感,找到心灵的寄托。

龙金香给自己的微信取名"湘黔一家",原来,贵州天柱县竹林苗乡,是龙金香的娘家,后来她嫁到了湖南靖州县大堡子镇大木村的一个苗乡家庭,虽然跨了省,其实也不是很远,翻过几座山就能回娘家了。

如今的龙金香，是湘黔两省四十八寨的"歌王"，可谓小有名气，还是当地苗寨大木村第一位女村主任。这么些年过去了，热爱唱歌的她，参加大大小小的歌唱活动，早就是村里的明星了，大家信任她，没想到在她四十几岁时，推举她当了村里的村主任、村支书，机遇与责任同时而来，这是她之前想都不敢想的事。

　　龙金香天生有一副好嗓子，她唱的款歌，声音洪亮，音质好，高坡腔、河边腔等腔调，韵味十足。对歌时，她脑海里唱词多，能信手拈来，好多人都对不上她的歌，十里八乡，没有人是她的对手，多次代表县市、省区参加原生态歌唱比赛获得过大奖。

　　经过几十年对民族文化的钻研，龙金香掌握了四十八寨款歌核心技艺：关键是换气，起音，字句押韵。唱词多为四七句，唱的时候音调高亢，起伏委婉，拉调的时候是凭感觉去完成它的尾音，用气很重要，如果不会用气，歌声就会停顿中断，接不上，听觉上，给人的感觉就是很吃力，不动听。

　　龙金香初中毕业后，在家务农，闲暇之余，开始向父母学唱款歌。父亲龙运球是村里有名的歌师，村里每家收亲嫁女打三朝，都要请父亲去唱歌。曾祖父曾祖母、太公太婆、爷爷奶奶等都是村里有名的歌师，多才多艺，经常带领村民参加四十八寨赶歌场，许多款歌来自他们流传下来的作品。

　　母亲罗满莲能歌善舞，能打一手好腰鼓，村里开展活动都是母亲当领队，四十八寨赶歌场"围堂子"，唱款歌，比口才，母亲都能随机应变，三国演义、盘古开天地、屈原等历史人物以及典故能唱答如流，酒歌、三朝歌，样样精通。随着祖祖辈辈代代流传，在家族的熏陶下，龙金香从小就和款歌结下了不解之缘，初中毕业后开始和村里的姐姐们一起去赶歌场、唱山歌，不管在田间耕种，还是在山上造林，她们都爱唱上几句山歌，感受山歌带来美好向往的前程。爱唱歌的人，运气自然不会太坏，而且还长寿。据说，村里大部分爱唱歌的老人，都活到八十岁以上。

如今少数民族基本汉化，平时不穿苗服，看不出大家有些什么不同。一旦到了赶歌场的日子，男男女女、老老少少都是盛装出门。苗族的服装，男子的差异并不太大，无非是右衽、大襟、对襟之类差别，裤脚有大有小，有长有短，头上包套头、脚上缠绑腿之类。差异最大的是妇女的服装，色彩艳丽，尤以青年妇女的盛装最能表现各自的特点。

表演与唱歌的时候，她们穿的苗服多以青色为主，蜡染麻布，图案简单，刺绣吉祥之物。识别民族的方法，多是按最直观的头饰、服饰来做区分。我们知道，苗族有"红苗""青苗""花苗"等不同，除了发型、服装而外，首饰也有许多区别，包括佩戴在头部、颈部以及手上的装饰品。最初，苗族先民多半是取自然物做装饰品，如野山鸡、锦鸡羽毛，表现出一种粗犷、古朴的美感。后来也借助一些头巾、彩线、银器等，就有了叮叮当当的节奏和色彩感。

六月十五龙凤山，千年古记老歌场。这不，天光微曦，龙金香又要带着她的村民歌队，去赶龙凤山的四十八寨歌会了。

三

生活中，一脸朴实的她，是个实干的女村主任，这几乎很难和舞台上那个光鲜的"歌王"联系起来。但看到她那么多表演照片，以及在我们面前亮出的那一嗓子，我信了。有梦想的人，机会永远都不会太迟；有才华的人，永远都不需要向别人证明什么。

由于老一辈的熏陶，出于热爱和传承，龙金香除了带着村民唱，还能写,很多脍炙人口,歌颂党、宣扬党的政策的歌词都出自她的笔下,比如"改革开放政通人和新气象,特色社会宏伟蓝图新篇章,乾坤朗朗锦绣山河添溢彩,民族团结爱我中华万年长"等,她还收集了四本民间歌书,手抄了二百多首民歌,自编歌词一百多首,获得荣誉证书不计其数。2016年,龙金香被授予县级款歌传承人,后来又被授予市级传承人,去年她还提交了申报省级传承人的材料,希望她能梦想实现,舞台越来越大,得到外界的支持,让她更加热爱这份事业。如今,她还在家里办了一个四十八寨款歌传习所,凭着自己多年掌握的对款歌四种不同腔调的唱歌技巧,每个月,用五天时间在村里组织培训传唱,到了"三月三""八月八"等活动日,带着村民队参加民族文化活动,她在村里的徒弟从十多人到现在有五十人了。

让优秀的苗族传统文化代代相传,是她的心愿。从她曾爷爷那一辈算起,到她这一代已经是第五代传人了,她的女儿李静和儿媳潘焰鸾也热爱唱歌,算起来这一辈就是第六代了。除了家族的传承,她还把非遗民歌带进了小学课堂,让其从孩子学起,她一个学期到乡村学校上六节课,现在学校三年级以上的孩子基本都会唱四十八寨款歌。

这还不够,龙金香又在微信里建了一个群,专教唱四十八寨款歌,群里有上百人,每天在群里学唱款歌。每当节假日,微信群里会组织一次赛歌活动,参加比赛的歌手每人奖励十元作为鼓励。参加民间非遗活动上百次,不计其数,而且都是她自编自演自教,古老风情,民族文化,随着时代开放,四十八寨款歌得到了及时的保护与弘扬。而且最重要的是,村民们唱山歌、赛歌喉、拉家常,联系交流多了,矛盾也少了,把心里的烦心事儿、纠纷事儿,通过歌声一一化解。这真是"苗寨歌声荡悠悠,能解百姓几多愁"。

原以为龙金香整天带着村民唱山歌,其实,她做起村主任的工作,真是有魄力、有担当。调解纠纷、带头致富,样样都有几手。那年选举,村民纷纷投了她的票,都说她很积极,踏踏实实,做事有魄力,为人蛮好。她从2015年开始担任靖州县大堡子镇大木村的村委,之后又高票当选为村主任。选举结果出来,对一个女人来说,是一种压力,也是一种动力。她说,自从嫁到这大木村来,都还没有出现过女人当村主任的。既然大家信任,她就勇敢挑起了担子。她说:"我先试着挑一下这个担子吧,挑得动,我就挑了,挑不动,我就换个肩膀挑了。"她绞尽脑汁想办法帮村民解决问题,骑着摩托车,村里村外,忙前忙后,问题没有解决,有时是整夜整夜睡不着了。

"现在赶歌场啊,回到以前唱山歌那个时代,很好玩的。""人有的时候也烦恼,烦恼的时候就想着唱歌,唱歌时就什么都忘记了,会很开心。""我想多学一点苗语,这样子才会传承家乡的语言。""反正我们少数民族特色就是爱唱歌,我要用歌声带动群众化解矛盾,要让他们感受到我们现在这个社会好嘛,要会享受生活。不要老是为一些小事去纠结。""如果都不去学习的话,那我们这个民族文化就要失传了。"

这些都是村民们的心声,也是村支书龙金香的心声。关于村里将来的发展,龙金香也有自己的打算,比如说以歌养心,以歌会友,把这些民族文化活动搞起来,这些是地方特色,打造成旅游品牌,把村里的文化产业带动起来,让在家里的村民都有工作,有事做。龙金香想用歌声保护和传承非物质文化遗产,她写的歌词,普及国家政策,凝聚和提升了村民的精气神,村里老人小孩看起来都很幸福的样子,原来,歌声的魅力是不可小觑的。

明末清初董说《七国考·岳阳风土记》有载:"荆湖民俗,岁时会集或祷祠,多击鼓,合男女踏歌,谓之歌场。"清人宋树谷《出京留别》诗云:"六年燕市聚游踪,酒席歌场处处同。"每个人都有一个自己的家园,每个家园都有属于自己的民俗。四十八寨歌场中那些乡土、乡村、乡俗中柔软晴暖的腔调,承载的是过往时光的澄澈与鲜活,在季节的轮回中,盘活了一团春意思,守住了那山、那水、那狗、那人的诸多美好。

用歌声诉说心灵冷暖,用歌声相约季节稼穑,用歌声守望过去未来,这是一种生活的态度,也是一种生命的立场。

"岩寨今日开歌会,民族文化得重视,苗侗儿女歌飞扬,人民生活奔富强。"龙金香的歌声在空谷中再一次响了起来。

蓦然一回首,雨停住了,彩云散开了,留在我记忆里的满是彩云,山歌远去了,留在耳边的是余音未绝。走,趁着青翠翠的时光正好,去四十八寨赶歌会去。

昭山隐

很多次,我逡巡于湘水岸边,不止不倦的。

这是曾站在杜甫江阁上,放眼一望就能见着的湘水;这是登上岳麓山顶,俯瞰大地苍茫中的那河湘水;这还是我每天坐公交东西穿行的湘水,抚慰橘子洲头的湘水。

当然,这还是更多人的湘水。

这是三闾大夫满目愁绪的湘水,"袅袅兮秋风,洞庭波兮木叶下";这是诗圣杜甫伤病流离的湘水,"风急天高猿啸哀,渚清沙白鸟飞回";这也是伟人毛主席独立寒秋中的湘水,"漫江碧透,百舸争流";这更是无数湖湘儿女诞于斯、感于斯、奋于斯的湘江,"吾道南来,原是濂溪一脉;大江东去,无非湘水余波"。

也许,我的思绪飘移得有点远,此时,草尖上的霞光散落在水面,每一粒光,跳跃着,水灵灵的,氤氲了一江的遐想。我不禁想,这还应该是一条峥嵘岁月中血色的湘江吧,直到一只鸟,一片云,一枚树叶,拽回了我的迷失。

是啊,一条不可低估的河流,总有许多壮志未酬的景色,隐在人们的视野之外,甚至,包括一些久远而富有生气的记忆。直到一线斜阳豁出所有的余光，醺醺的，渐渐隐了远去的帆影。

这一江不知拐了多少道弯的大水，苍茫，辽远。我不曾确知它的上游，也不清楚它的下游，都会与一些什么样的人，什么样的事，什么样的地名，相知相遇。既无从细知，我只需记得，它最终是奔向八百里洞庭，继而扑向长江，一路向东，劈波斩浪，流归大海。

一条水，承载着太多的时光荏苒、颜色与声音、苦难与梦想，彼时，此刻，它又该有着怎样复杂的表情？但我，已经顾不得去思考有关一条河流的心思。此时，站在水边的我，只是带着有光的微笑，弥望四野，憧憬着一些由来已久的小确幸。

虽然，现在的我，距湘水近了，离家乡的沅水，就远了。因为近，所以亲；因为亲，所以怯。但确凿的是，我只是从一处水边，泊移到另一处水边；从一处寂寞，迁徙到了另一处寂寞。今后更长的日子里，我将在一处寂寞里，思念另一处的寂寞。

滔滔南来、汩汩北去的湘水，自蓝山湘江源头出发，过古郡零陵，与潇水汇合入湘江。一路北上，穿过无数个村庄、田畴、市井。并不只是为了路过，更多的是滋养与润泽。它路过的无数大大小小的地名中，一定有一个叫昭山的地方。

昭山，湘江岸边一处并不十分热闹的去处，离我所在的城区不远。山因水而名，水因山而灵。一个周末，欣然前往，并不仅仅是因为仁者爱山，智者乐水。其实，我只是想知道，换一个角度看一看湘江，它又是怎样的一番景象？

去了，看了，山与水，就更亲了，近了。

昭山并不高，叠翠如云，林木葱茏中，一两声鸟鸣啁啾。一些高大的枫杨、槭木、朴树、凿木等，长在它们该长的地方。更远一些的地方，内敛的云层下，一群鸟在盘旋，也许是习惯了飞翔，看苍茫辽远的天空，试图寻出一些生存之外的乐趣来，鸟因为什么而乐，谁知道呢？！

山外自由穿行的高架桥，呼啸而过的高铁，密布的城轨，看似与之毫不相干的一些平行线，却又彼此交错相通。现代都市融入了我过多的焦虑，我却总是逃离不开，转山转水之后，又是一场不期而遇。

相濡以沫的江水与山峦，渔船与古渡，不为所动，安静于眼前的尘世，给我一份和盘托出的美意，那是一种倾巢之后的大气与恬然。此间时刻，仿佛人生的意义有了寄寓和方向，形于外，触于心，让人突然产生想要豁出去大吼一声的勇气。

原来，赋予我的这一切力量，不仅仅因为这一河水，尚有一脉山给足的底气。

《重修昭山寺碑记》中写道：

> 昭山，耸立于湘江之滨，上承衡岳之余绪，下启洞庭之先声，实为湘潭之门户，湖湘之要冲。居山之巅，环顾视野，直下大江横，一览众山小，江楼雨雾，山市晴岚，碧树蝉声，蓝天鸟影，水沉石出，月小崖高，扫臂摇舟，凝潭涞岛，此则昭山之四时也。

如此重要的地理位置，如此厥木苍苍的山，如此旦复泱泱的水，该有一些厚地高天的传说才对。

据说，战国时期，吴国攻破楚国，楚昭王曾落难而四处流浪。在昭山的湘江之中，他拾到一个"萍实"，孔子认为是吉祥之兆，后楚昭王果然复国。此典故源自《孔子家语》，后人都认为昭山是块吉祥宝地，之后，上昭山拜祭之风渐盛。

昭山何以为昭阳山，并不仅仅因为山南水北为阳的理由。

据说，玄帝镇守昭山，玄帝原名昭阳，楚国令尹，战功卓著。秦灭六国后，楚人为其立祠，供为楚地英雄，昭阳也被供奉为昭山神圣，在唐初为其建寺，宋时改寺为昭阳殿，明清时叫昭山观，尊昭阳为玄帝，称其为南岳圣帝之兄，其塑像毁于"文革"时期。

昭山虽不高，海拔185米，却有旧时"潇湘八景"中的"山市晴岚"，自古以来，不乏名人诗画，米芾、王船山等名人题咏很多。

清乾隆《长沙府志》载："秀起湘岸，挺然耸翠，怪石异水，微露岩萼，而势飞动，舟过其下，往往见岩牖石窗，窥攀莫及。"

明末王夫之为长沙岳麓书院生徒时，曾郊游至此，留下了咏昭山的佳作："终古石自碧，深春花欲红。澄潭凝一色，云末出双虹。"他的《昭山东省孤翠词》也有"日落天低湘岸杳，迎目葱茏，独立苍峰小，道是昭王南狩道，空潭流怨波光袅"之句。

当然，昭山名声大震，更得益于北宋著名的书画家米芾的《山市晴岚图》。传说米芾到此，十分敬慕这里的景色，即兴绘景成画，并配诗一首："乱峰空翠晴还湿，山市岚昏近觉遥。正值微寒堪索醉，酒旗从此不须招。"

昭山"山市晴岚"，烟雨碧波，晴空朗翠，从此被列为"潇湘八景"之一。若非眼见，倒是可以好好憧憬一番。

登顶昭山古寺，立即开阔了视野。古寺巍然，肃静，门刻一楹联："巍巍昭山临江畔，幽幽净土在佛门。"每逢庙会，四方香客云集，山寺轻烟缭绕，钟磬之声不绝，好似瑶宫。古寺内外有数株古树，见其依稀的枝叶，粗大开裂的躯干，知其年老岁大。其中一株乃千年银杏，当地叫它白果树，树高30多米，枝叶繁茂，浓荫蔽日。相传树上曾经有一口从印度"飞"来的金钟，不击自鸣。寺庙内有僧人住持，一年四季香火缭绕,钟磬之声不绝于耳,与山前滔滔湘水,山后袅袅炊烟,相得益彰,相映成趣。

千年古银杏树下,我内心许诺着一些无法兑现的远景,似是而非的存在,似与时光对抗的决心与勇气。大化苍茫之下,想象真是可以泛滥成灾。

纵目四望,浩浩湘江从山脚流过,碧波荡漾,帆影点点,水鸟翔集。远处的兴马洲,白沙泛银,似一条巨舰破浪而来。汽笛和着鸟声,齐奏起一曲和谐而宏大的交响乐。其实,日月其迈,零雨其蒙,我更向往的是诸如一首门德尔松的 e 小调小提琴协奏曲那样,高雅柔美,温婉多情,偶尔还流露着一点点的感伤。因为,在山水里长养的我,早已习惯了家乡沅水的温婉和简静。

看来,时移世异,我也得习惯湘水给我的宽厚和宏博。

百年前的一个秋日,在第一师范求学的毛润之等学子,从长沙步行至昭山做社会调查,在昭山畅谈理想,泛游湘江,夜宿昭山寺。如今,山还在,水还在,寺还在,斯人已远去。在山中兜兜转转的我,企图循着先贤伟人的足迹,一些小路无人打扰,一些泛黄的树叶接受了入秋的现实,木樨在孕育着一年难得的绽放,枝头的凌霄花,开得那么招摇灿烂,它们只微微一笑,午后的霞光,就心有灵犀地跃了上来。

西岸的轮廓清晰可见,大片稻田、池塘、村房被暮色渐渐吞噬,只有那霞光斑斑点点,碎金散银般坠了一地,绽放着或明或暗的光。

此时的昭山,隐在米芾的画里,隐在光影的深处,隐在湘水之畔,也隐在我的心里。隐与显,静与动,之前或之后,莫见乎隐,莫显乎微。我恍然,一切皆在此之外,一切似乎都不需要多说什么的样子,你一转身,整个时光就懂了。

伫立湘水古渡,遐想千年,入湘与出湖,历史的脚步渐渐远了。星云大师曾说：仁就是慈悲，智就是般若，勇就是菩提。一些来与归，得与失，当下与未来，或枕一叶轻舟，携一幅长卷，山与水，云与月，自然与人类，造化与机缘，仿佛一切都在淡去，有着鸿蒙初开，万物肇始的简静。

再看烟云深处，远浦的津渡、帆船、虹桥，皆隐在其中。船影匿了，夕阳斜了，白鸟无痕，远远的，远远的，只余昭山之外长烟一空的洞庭涛声。

潇湘行记（二题）

永山永水行记

余久居武陵雪峰之隅，四围苍然，小村一二，点缀其间。时观墟烟浮动，冉冉升腾，四野暧暧，杳蔼深远，其间多有可爱。然丘山见惯，略无奥秘，宜痴坐相对，宜暇刻伫想者亦鲜矣。壬寅季夏，余自蓝溪出，逐沅水东行，逾桃源，过常德，越资水而抵星城，立东城天心古阁，观河西岳麓之野，但见湘流北去，洲浮云起，一碧溶溶。是日晨，雾霭蒙蒙，长烟引素，簇簇幽林，芳草未歇，乃与众始游潇湘。

洞庭之渊，潇湘之浦，谓潇者，水清也。潇水出九嶷三分石，过大洋出青口，入于泷，径流百余里，于古郡零陵萍岛合于湘水，始得潇湘雅称。溯潇水，向西，向南，山巍林茂，飞瀑千寻，陆瞰不测之渊，水多错阵之石，尽有山圩水市，州邑之胜，宜樵宜渔，宜诗宜赋。高山浮云处，水天一色，熙然可亲；近水幽亭边，弦歌清韵，渊然可近。夹岸城郭，幽秀其中，文有文曲，武有武庙，半山半埠，皓月濯烟，皎洁澄鲜，漏石嶙岣，百叠成岭，俨然可畏。明山秀水，嘉木繁荫，皆自然馈赠。循名觅踪，玲珑款行，赏之，乐之，安之。

永山永水，四时竞妍，萍洲春涨，可想桃红，绿天蕉影，堪发幽思，夏则恩院风荷，楚楚有致，冬有愚溪眺雪，夹岸皑皑。更兼一蓑香零烟雨，满城山寺晚钟，然若子厚不到，到而不游，游而不记，则其山川窅奥，千古无闻矣。丘山、潭石、溪涧、游鱼，因柳子之诗文，今犹耀采，石崖有元郎之颂辞，鲁公之笔迹，垂芳后世。永之山水，因柳子八记而幸，柳之左迁异域，彷徨羁旅，虽才不为世用，道不行于时，然山之绮退诡谲，水之悄怆幽邃，雄深雅健，仁智之乐，固所自得，亦柳子之幸也。

沿途所见闻者，楚岫云归，飞鸟出林；渔舟倚岸，柳荫蝉鸣。落花水香，夜雨天霁，欸乃一声，波光粼粼。群峰攒聚，环玦东向，谒柳子庙，观小石潭，访濂溪书院，祭盘王殿，寻上甘棠，品洗泥宴，赏瑶乡歌舞。虽行色匆匆，舟车劳顿，然乡人情厚谊深，醇醉流年，深悦其中，感山环成坞，锦绣幽澄，人文荟萃，所见皆风物，所闻多奇趣，耳遇目得，一思一念间，可观，可品，可叹。

潇水岸，夕阳近，十里村庄，百里城邦，炊烟袅袅，熏风满卷。愚溪畔，柳子庙，山水来归，黛瓦青墙，黄蕉丹荔，春秋极事，富我寿民，都是文章。书法碑记，石刻拓片，古意盎然，法度庄严。芳村外，小潭西，绿韵幽幽，隔了篁竹，水响清越，蝉鸣声声。千秋迭梦，道在人心，八愚千古，民至于今，尚受其惠。

谒周家大院，连阡累陌，稻浪起伏，荷叶田田，远山绵渺，廊外曛斜。至村，有老翁，袒胸赤足，憩于户外石阶上，以手捋须，意暇甚，若世事洞明，了然凡尘者。濂溪河畔，圣脉清泉，蕴藉奥妙，文气沛然，斯乃理学鼻祖诞生之乡，湖湘文化发祥之地。濂溪故居有院、有殿、有馆、有亭，形胜之地，建筑有常，中轴对称，尊卑有序，主次鲜明，规矩合度，隐隐有大气象。

入瑶都梦境，天清气朗。高山峡谷，溪流潺潺，清莹秀澈，铿鸣金石。万物峥嵘，草木竞发，山光水色，映人衣裳，照人眉睫。使人欣欣然安闲自在。和风且媚东郊，时物尚滋南薰。江永民瑶，勾蓝瑶寨，马头墙、古寨门、守夜屋，檐饰彩绘，青瓦伶窗。门楼巷道，雕花抱石，穷工极态。城堡积石嵯峨，累累相连，古色古香，经久不衰。阳华胜迹，暖谷春容，有旧时八景，有奇婚异俗，寨内屋舍凉亭，舞榭歌台，清风明月，小桥流水，真世外桃源，一派天然画卷。

瑶族祖居地，千家峒寻幽。水秀山清，土厚载物，十二姓瑶民，十二截牛角，历经风雨，五百年后重聚合，长鼓铜铃歌不断，子子孙孙回龙源。千里寻亲，得成夙愿，寻根归峒，垒垒而进，缅怀先祖，共绎心声。千年上甘棠，勿剪勿伐，昂山毓秀，独石时耕，溯其渊源，可至汉唐。步瀛桥古朴，谢沐河静深，文昌阁典雅。有村史博物馆，文脉传承，乡风源远。月陂亭下摩崖碑林，溪河古道牛儿悠闲。八十一个他字歌，慈悲为上。乡风民俗，淳朴仁厚，宁静隽永，意之所安。

观摩崖石刻，穿岩通幽，独览胜迹，蔚为大观。船游涔天河，青山盈盈，绿水迢迢，出以风韵，态度幽闲。山影重重，枝叶扶疏，犹见芭蕉滴翠，一泓漾之。抵爱情小镇，许愿塔前，桃花岛上，水木明瑟，默许虔诚。歇桐冲口，品洪沙大宴，观篝火晚会，感风物淳淳，灯火煌煌。夷勉堂前，云山雾罩，鱼鸟藻荇，溪水淙淙；风雨长廊，载歌载舞，乐而忘返，俱有情致。

天地之廊，得山之耸拔，或轩邈，或逶迤，或磅礴；得水之潺湲，或清浅，或回环，或激荡。山环水绕，山得水而翠蔓，水得山而清妩。夫山，仁者之所乐；夫水，智者之所喜。仁者静，智者动，动静之间，眉眼盈盈处，青山行不尽，绿水去何长。同游皆雅士，谈诗论文，研文章之法，叙文学情怀，挥洒笔墨才情，书之，吟之，歌之。

平明行，雨歇风止，烟笼雾锁。昨夜有雨，可为潇湘夜雨？昨日有风，可是汉唐之风？风雨皆去，山水有深意，余亦有愿景，如弘祖，山水为邻，烟霞为友，翠微熹光，掩映其中，云帆远近，纵送目前，凤池分付夔龙去，万顷潇湘属湛然。永山永水，潇湘之美，五色鲜明，锦绣纷叠，莫可一一言语，是为记。

茶亭行记

辛丑季月，春寒料峭，然郊田内外，万物滋荣，遂约三五同道，欣然起行。出星城西，循湘水北上，即入望城，至铜官码头，复沿芙蓉大道，几经驱驰，遇小镇，名曰茶亭。

古驿茶亭，东临汨罗，北接湘阴，群山绵亘在东，翠秀长曲向西，九峰环抱，如坐椅中，山水相依，窈然深碧，貌似新兴，然渊源历久，古为边陲重镇。

远近观之，可见田园怡情，竹树苍然，茶亭悦色，皆有次第。古有茶亭八景，九峰夕照，飞凤朝阳，惜字儒风。今有花田似海，美丽屋场，春来菜花金黄，夏至荷叶芬芳，近秋稻穗飘香，晚冬听雪敲窗。四季曲水潆洄，鱼游虾嬉，鹭影横斜，浅翠浮香，或静观，或远眺，或踟躇，或垂钓，素心幽赏，深可人意。

平芜尽处，有仙姑矮岭，岭前一塔，名曰惜字塔，檐角微翘，塔影峻秀，塔高五层，花岗岩质，顶生朴树，枝繁叶茂。塔树一体，共生共栖，木石良缘，沧桑百年，蔚为奇观。邑人诗云：古树斜阳灿，亭亭立若仙。又云：清溪垂塔影，鱼跃上峰巅。古德曰：敬字如敬圣，惜字如惜金。乡人因之磬折，焚烧字纸，惜其字者，后福无量。

九峰村中，闲庭信步，截雾横烟，举目悠然。见大道宽阔，沙石铺地，洁净如新，道旁屋舍林立，三三两两，或簇拥接踵，或单家独院，高下参差，浅深青碧，隐约桃李，门外皆有对联，长短随心，各有韵致。或曰：门对青山宜居地，户纳绿水富贵庭。或曰：好梦荷花碧水摇，闲庭竹影清风曳。

村中屋舍，皆俨然，小院叠致，窗明几净，楼不高，多两层，前有坪场菜园，后有茂林修竹，鸡犬成村，桑麻可绘。菜园标明姓氏，各有所属，竹篱围墙，整齐划一。路遇一谭姓老妪，园中摘采，怀抱菜荽，言笑灿灿，遂延至其家，三室同堂，和谐知足。自谦家中无佳酿美食，唯粗茶饭蔬，恐怠慢失礼。抱朴守拙，虔诚袭人。观其室内陈设，简而不陋，家电簇新，器皿用具，一应俱全。一孩童翻读书页，朗朗其声，自得其趣，问起姓氏，嫣然一笑，笑而不语。

乡人崇文尚武，耕读传家，文脉深厚，民俗淳朴。前有榜样雷锋，后有楷模美玲，新人好事，层出不穷，惜字如金，虚怀若谷。始知乡村之美，贵在乡风，贵在文明，乡村振兴，文以化之，德以育人，方能固其根本，渊源久长。

人生海海，山山而川。青山不语，草木含情，鸟雀啁啾，流水潺湲，享山居之静谧，赏造化之奇趣，感民风之淳厚，是为都市中人艳羡。小镇虽小，小村不名，然特色兴镇，文化兴镇，故亦称奇；虽村树人家，醇酒浮香，娱目悦心，四野晚山，足可宿水波眠，离俗数里。同游者静赏无厌，皆呼美哉乐哉，醉在其中，流连忘返。是以为记。

清风与归

这两天，小区树丛里，天麻麻亮，总有清亮的鸟鸣，似一根琴弦划过并不十分蔚蓝的天空，头一个音节相对短促，后两个音节略显悠长，前一声尚未渐消于无形，后一声又富有韧性地响起，不急不躁，余音袅袅。

显然，这是我所熟悉的布谷鸟的鸣声，在低回的咏叹调里，似有江南秧田无限的水意，这鸟声，一路按节气飞来，隐匿在翠树丛林里，一刻也不停息。

时令过清明，朝朝布谷鸣。这样的一只布谷鸟，执着地在我的窗外鸣叫，一天，又一天，我甚至怀疑，它就是跟随我从北方飞回南方的那只，为什么不是呢？"布谷，布谷"，连语速和腔调，都那么相似！

我的思绪，又回到了鲁园，人间四月天的园子。

在鲁园的每一个早晨，我都是在鸟鸣声中醒来。"布谷，布谷。"没错，那是布谷鸟的声音。我揉着疲惫的眼，尖起耳朵又听了一会儿，除了布谷声声，还有其他鸟鸣，"吱吱吱"，"啾啾"，"叽叽"，你一句，我一声，谁也不偷懒，谁也不示弱，一会儿是高声部，一会儿是低音区，偶尔有几声复调，间或又是共鸣，宛如一曲交响，总是那么恰到好处。

一时间，整个窗外春深似海，好不热闹。

循声推窗而望，花树下，绿荫处，有几处鸟影，拖长尾巴的，黑白相间的，有的小巧玲珑，有的憨态可掬，或藏身树丛，或是划过一道剪影，从这棵树，跳到那棵树，又集结于高大的泡桐树上。东瞧瞧，西瞅瞅，啁啾之声，不绝如缕。"谷雨到，布谷叫。"春天最后一个节气来了，正是春风浩荡的时候，鸟儿也是懂得时节的，这不，都纷纷跑来助兴，毫不示弱的样子。鸟儿叫来了天边缕缕霞光，叫开了墙角一树紫藤，叫醒了每个忙碌的清晨。

这样的晨曦，这般的热闹，并不扰我清寂，反倒让我更静了。

我在园子里随处走走，就像在家门口的园子一样，从早晨，到黄昏，又从黄昏，到早晨。每一缕不可辜负的晨光，在挺拔的梧桐树下，在风雅颂的花园里，在爬满紫藤的长廊中，或者是在一剪月光下，一些行走与思考，都充满了四月甜润的气息。夜静下来，偶尔又能听到那只鸟鸣，鸟语呢喃，足以拂去一些心上的尘垢，一些疏离的失落。只需稍稍凝神谛听，那是动人的夜曲，那是天使的耳语，那有着让人宁静的力量。

忽然想起一首《世事沧桑话鸟鸣》，是美国诗人沃伦的诗，第一次读到，我便被这首诗的安静，和安静背后的东西深深打动：

> 那是一只鸟在晚上鸣叫，我认不出是什么鸟／当我从泉边取水回来，走过满是石头的牧场／我站得那么静，头上的天空和木桶里的天空一样静／多少年过去，多少地方多少脸都淡漠了，有的人已谢世／而我站在远方，夜那么静，我终于肯定／我最怀念的，不是那些终将消逝的东西／而是鸟鸣时那种宁静。

年少不懂寂静的好处，懂得时，已是人到中年。最初的鸟鸣，总在乡下，最好听的鸟鸣，总在少年时。

谷雨之际，山川黛绿，春水漫漶，正是家乡春耕季节，一只只翼褐体白尾黑眼黄的布谷鸟，落在参差掩映的竹树上，一声又一声地叫着……乡间听鸟鸣，无忧无虑，清澈澄明，自由自在得很。当然了，在城市里，听鸟儿歌唱的时候，你得要有选择性遗忘，你要忽略高墙外的机器轰鸣、车水马龙，你要遗忘你身处的大都市，你甚至要遗忘文学之外的喧嚣。城市若是没有喧嚣，城市会寂寞的，但听惯了乡间鸟鸣，委身在城里的乡下人，会更寂寞。

鸟鸣的时候，我会格外想念我的乡村，想念那触目便是青山，低头流水潺潺的日子，大山里藏着很多惊喜，只要走进村寨，体悟万物生长的秘密，文字会多了某些色彩、响声与灵气。四月的乡村是美的，也是忙碌的，就连鸟鸣，似乎也是忙碌的。"布谷布谷，种禾割麦。黄鹂唱歌，麦子要割。"看来，这园子里的布谷鸟，即使叫声再怎么热闹，实质上，该是透着无谓的寂寞。因为，在繁华的都市，是不需要农历，不需要节气，也不需要催耕的。城市里，有的是现代的音响，现代的气息，现代的时空虚拟，现代的机器奏鸣。

清风与归，待我回乡。有时，想想，其实，乡村到底是我们文学人的沃土，是灵感的源泉，心灵的归宿。而且，文学之于我们，应该也需要一个春天，我们欠着文学一个热闹的春天。但，文学热闹了，还是文学吗？！很多时候，安静，也是一种力量。一路过来，我们走走停停，便忘了内心到底要坚守的是什么！看来，一直保有内心的淡泊，坚守的毅力，不虚美，不懈怠，不隐恶，能真实地表达自己，一如这园子里的鸟鸣，就好。

结业那夜，我再也无心听园子里的鸟鸣，不知它什么时候离开，又什么时候归来。对于还没有熟悉就要分别的友谊，心里诸多不舍，茫然中写下几句离别辞，十年没有写诗了，确凿手生，不管不顾，还是写几句，也算是来过无悔吧：

> 我们很近/我们很远/隔着一条河，一座山，一些鸟鸣/朦胧中，一些苏醒的文字/开始酝酿离别的诗行/紫藤结下细小的花瓣/悬在绿得浅浅的叶上/海棠忙着开花结果/蒲公英举着一簇簇小伞/准备四海为家的样子/泡桐开得一满树，刚刚好/缀满我喜欢的淡紫小风铃/白色山楂还在犹豫，该如何落去/才算不辜负/这个春天浩荡的情意。

离开的那个早晨，依然是被鸟鸣唤醒，我以为我已经熟悉了它的身影，当一群鸟儿从我眼前飞过，我却无法辨别，谁才是那只布谷鸟。回头，再看一眼，依然安静的园子，浅翠而深蓝，典雅而温馨，阳光斜在梧桐和玉兰树上，一树繁花，一树诗意，有暖暖的风，吹彻心间，有三五学友，歌以吟，咏而归。

花粉佐餐，晨露为饮，那些鸟儿，在美丽的园子里，自由而随心，它们用好看的羽毛，划出一道远去的影子。可是我们，再也遇不见这么美好的时光了啊。一想到这些，离别的脚步，多了一些迟疑。回头又看了看，园子里，一些看似柔弱的光，长满细长细长的芽，在心里，投下一些浓淡不一的痕迹，就如同百草书屋里，那些细小而有力量的文字，——跳跃在如雪的云朵之上，亦跳跃在生活的惊喜之中。

后记：一个人悄悄地铭记

月亮升起来，天大概就黑了；月亮落下去，天就亮了。月亮的一升一落之间，日子就过去了。

一轮月明，几度春秋。

回到青寨的日子，有风，有雨，有月光，也有星子。回到青寨，村子里到处都是路，有大路，有小路，蚂蚁有蚂蚁的路，飞鸟有飞鸟的路，牛有牛路，虫有虫路，水有水路，风也有路，还有向人们心灵世界敞开的路。月光照耀的回乡路，格外明亮。

月光灼灼，山水在召唤，入夜，只要闭上眼睛，那些风土人情，都一一跳跃在眼前，稍稍一回眸、一打盹的地方，就是回乡的路。

回到青寨的路径，其实有很多，可以沿着《诗经》里的水岸蒹葭而行，可以沿着屈原的路径逆流而上，沿着沅江酉水的汩汩清流而往，沿着绵延苍茫的武陵山脉而去。当然也可以追溯着沈从文的文，黄永玉的画，宋祖英的歌，带着满脑子的神秘与幻想，带着水灵灵的童谣与山歌，走过一个个山寨，触及满目的青山，蹚过清冽的溪泉，探索进寨里人的灵魂深处，去看看这个多民族的热土，是如何用他的一草一木，一山一岗，一村一寨，在月色中完成一次又一次向命运的挑战与涅槃。

后记：一个人悄悄地铭记

只是，现在，如果还有能够看见满天星光的地方，大半只有在乡下的夜色温柔里了。

月光辉辉，星河迢迢，无论冬与夏，春与秋，日出月落，日落月升，看来，月亮也是一个痴人，那么冷，那么远，那么孤单，却还要朗照人间。所谓日升日落，也不过是再一次在黑暗中擎起了希望和热爱。所谓乡村，就是一个游子，还不曾离开，就开始心心念念的家园。

时节过了大寒，此时山峦清净，炉火微温，静夜冬寒，风雪白头。倏忽间，我们走到了隆冬岁末。在冬雪里，我们可以围炉煮酒论茶，可以互赠残雪梅花，也可以放心地失眠。

失眠的夜里，我觉得自己很轻，轻得像一朵雪，风一吹就起舞。飞舞与盘旋，那是怎样的一个夜啊，能让一朵雪，去想一朵云所想的心事。雪并不总是雪，雪落在地上，有时化成了水，有时又最终凝结成冰，原来，是思念太重，时光太轻。

隆冬时节，居然在冰冷的池水里，看到残荷，一茎干枯的莲叶，禅定一般映了水面，成为水的一部分，另有池边零星的三五枝头上，绽放了几朵不甘寂寞的山茶花，让人恍然，春风大雅，归乎？春已归。

往日的心，似漫江雾气，锁住一河大水。似有巨大的悲与悯，滞在胸前。直待太阳一出，雾色与水汽，霎时升腾，烟消云散，河面上，一切就都清晰了，大船小船，码头长堤，布局得极为自然，并不需要刻意而为之。

向窗外望去，远处有陡峭的山岭，层叠绵延的梯田，梯田下面的村庄，村庄里的人家。因为有了山的重重叠叠，才有了自下而上的梯田，一层层，一摞摞，一圈圈，梯田之美，像极了世间所有艰难绵密的爱。攀爬，是唯一需要的路径。

院落明亮，树干参差，秃着的树枝上落着几只不怕冷的小鸟。小鸟缩头缩脑的，树也都落光了叶子。树和鸟，鸟和人，都一样，天冷也要活下去，每一粒熬过冬天的种子，在春天都绿了；每一次越冬的鸟儿，都要好好换一身羽毛。

我在我的村子，来来往往，漫无目的地走着，寻寻觅觅，我想遇着一些熟悉的人，一些熟悉的事，一些熟悉的腔调，或者是一棵熟悉的树，一片熟悉的月光，一只去年的鸟雀。但我眼前所见的都是陌生的，崭新的，唯有记忆是旧的，泛着熟悉而古意的味道。

究其实，乡村，是我眺望这个世界的一个视角，我渴望与之建立一生的联系。一年年，我写着我的乡村，我希望自己的这些乡土书写，并不总是充满田园牧歌式的想象，也不仅仅是小女子的思愁，它得反映时代中国城乡之间的变迁和鸿沟。它是我内心无意识的流淌，没有功利，也不忙碌。我想从毛茸茸的生活之中找到乡村的温暖与光亮，让自己的写作更有温度，有悲悯，有烟火，有更大的疆域。我想写出更广阔的社会生活面前个体生命的情感和命运，而不是僵硬的、充满大词的概念的生活。我不允许自己的文字仅仅只是一个记录，我希望它们更加生动鲜活起来，至少可以代表从内心向外倾诉的一些勇气，或者说是不能言语的悄悄话，这也算是我向故乡的土地，致以深深的敬意和沉沉的爱意。

米兰·昆德拉曾说：我已无暇顾及过去，我要向前走。的确，在青寨这般的山旮旯里生，山旮旯里长，谁也不认识谁，生长与飞翔都成了一件随心所欲的事情，当然，红尘俗世，有时也会平白无故地变得陌生起来。在我看来，城市只是大了一点点的村庄，或者说，城市以前就是乡村。我虽待在城市，心向往之的却是我的村庄，这也许是乡村之幸，我之不幸。当我以乡土乡情为对象,写下这些文字絮语,用质朴而又诗性的文字表达着对乡土精神的眷恋时,我感觉它是一种宿命,也是一份责任,并不仅仅为聊慰一颗浸润乡愁的心。

作为离乡多年的游子,探讨一个游子应该如何回到家乡,如何看待家乡,如何善待乡村前程命运,包括人类自己的命运?似乎多么复杂而艰巨的一个命题,却是从一个个再平常不过的乡村早晨开始的。多年前,薄薄的我,扎在一所小小的乡村,教书育人,照亮他人,养活自己;多年后,出走与回归,从起点尚未到达终点,又回到起点,我开始在一些书写乡村的文字中取暖度日,养活灵魂。

灵魂,真是一个古怪而又有趣的东西。

春天与冬天之间,白天与黑夜之间,有一个平淡生活的周期,有一个不断思索的过程,那得是从漫长等待与暗淡中摸索而得出的人生至理。我一直想有的是简单而明亮的人生,想要给眼睛一个远方,给心灵一个旷野。文字让我明亮,生活让我丰富,乡村让心灵简单。我曾经质疑过自己,写作为了什么?为什么而写乡村?这本身,就是一个没有唯一答案的问题。

因为热爱,因为丰盈,因为书写乡村,就是书写我的整个世界。

只是不知道,何时何地开始,埋伏在人生的河流,不再激越奔突,迂回绵延。回到青寨,已是中年,疲惫的我,不再纠结困顿,得失寸心,这像极了村口的那棵老树,枝叶并不见得婆娑,却成天歇云、歇鸟、歇雨、歇风,自在而恬淡。精神和气质的长成,难道也与我的青寨有关?大概确实如此。

一个想看见远方的人,才能看见更远的远方;一个看过远方的人,也才会最终回到诗画一样的乡村。就这样了吧,余生光景,停云时雨,笑对花开。见山光，见潭影，悦鸟性；见天地，见万物，遇见苍茫的自己。从此，人生盈满，无关得失，无关远近。

在时间的沿岸，在一个人的青寨，许多的许多，依然值得一个人悄悄地铭记。

（书中插图作者：龙合辉）